NARRATORI ITALIANI

www.giunti.it
www.bompiani.it

Pubblicato in accordo con Grandi & Associati, Milano

Via Bolognese 165 - 50139 Firenze - Italia
Via G.B. Pirelli 30 - 20124 Milano - Italia

ISBN 978-88-301-0282-8

Prima edizione: giugno 2020

FAUSTO VITALIANO

LA MEZZALUNA DI SABBIA

LE ULTIME INDAGINI DI GORI MISTICÒ

ROMANZO
BOMPIANI

Ad Alberto. Mio amico, mio fratello.
La ragione per cui mi trovo qui.

La battaglia l'ho vinta o l'ho persa lontano dai testimoni, nelle retrovie, in palestra e poi là, per strada. Ben prima che io cominci a danzare sotto queste luci.

Muhammad Ali

Tutti hanno un piano.
Finché non prendono un cazzotto in faccia.

Mike Tyson

PRIMA PARTE

Aereo
37.000 piedi sopra a tutto

Volando di sera da Milano verso sud magari non è la prima cosa che vedi ma di sicuro è la prima cosa di cui ti rendi conto: sono le luci del porto di Livorno. Sempre ammesso che il volo punti verso La Spezia, perché se invece per qualche ragione il pilota o chi per lui decide di prendere per l'entroterra, allora il passeggero non vedrà più niente già dopo Parma. Tutto buio, fino a quando spunteranno, sui finestrini del lato di sinistra, le vaghe e tremolanti luci della pista di Lamezia Terme. A quel punto l'aereo virerà di novanta gradi a est per allinearsi e così da una parte e dall'altra ritornerà il buio, giacché qui fa notte presto.

Sotto la pancia dell'Airbus A319 easyJet c'era il mar Tirreno ma Gori Misticò non poteva vederlo né, a dire il Vangelo, era interessato. Aveva sonnecchiato per tutto il viaggio e, nonostante la hostess lo avesse garbatamente scrollato per svegliarlo, ancora non s'era del tutto ripreso. Al momento dello scarrellamento s'era sentito il rumore grossolano dell'ingranaggio che faceva calare le ruote centrali e, meno evidente, quello delle ruote anteriori. Poi, a pochi minuti dall'atterraggio, le luci della cabina si erano spente, e a questo punto c'era sempre almeno un passeggero il quale, ignaro che quella fosse né più né meno una procedura normale, drizzava le orecchie e cominciava a roteare lo sguardo sgomento in cerca di rassicurazione.

Il maresciallo in aspettativa Gori Misticò tutte le paure poteva comprendere e giustificare, tranne quella dell'aereo. Fammi capire: se tieni paura dell'aeroplano, non ci salire. Ma se alla fine ti convinci e ci sali, mi spieghi che senso ha che ti metti ancora paura? Credi che se senti paura l'aereo non cade? Che i tuoi scongiuri ti faranno atterrare in piena sicurezza? Che convincerai il pilota a tornare indietro? Visto che ormai sei sopra, tanto vale che te la godi, no? Potrebbero essere le ultime ore della vita tua, vale la pena di rovinartele con l'angoscia che da un momento all'altro ti schianterai in mare o contro una montagna? Guarda fuori dal finestrino, goditi il panorama. Tanto, o prima o tardi, o per un incidente aereo o per vecchiaia, o per cellulare alla guida in contromano o pallottola vagante, te ne devi andare pure tu.

Eh, sì, prima o poi ce ne andiamo tutti, pensò fuggevolmente Gori Misticò – un pensiero veloce, che gli passò sulla superficie della coscienza come un buffo di vento sull'erba. Siamo tutti morti che per il momento sono ancora in vita, ecco come stanno le cose. I passeggeri di questo aereo, quelli dell'aereo prima e di quello dopo, il pubblico di un concerto e quello di una partita, i clienti del supermercato e i pazienti in attesa di ritirare gli esiti degli esami. Nasci e già hai contratto la malattia che ti riporterà da dove sei arrivato. Capiterà sicuro, per una cosa o per l'altra. O all'improvviso o dopo lunga agonia. O per caso o per malattia. Per un banale raffreddore o, nel suo caso, per un cancro alla prostata che dopo due anni di alti e bassi, aspettative e delusioni, esami invasivi e altri alquanto incresciosi, falsi positivi e negativi, terapie promettenti e altre vane, forse si stava per avviare sulla strada tutta in discesa della metastasi. Vale la pena di crucciarsi? E, più in generale, vale la pena di venire al mondo? Così si domandava Gori Misticò mentre le luci della cabina proprio non ne volevano sapere di riappicciàrsi.

"Scusate, voi dite che è tutto a posto?" gli chiese il vicino di sedile, un anziano alto poco più di un metro e mezzo che per tutto il viaggio si era tenuto il cappello, una coppola di panno pesante e scuro che lo faceva sembrare la pubblicità dell'emigrazione dall'Aspromonte. "Le luci si hanno spenti. C'è di quale preoccuparsi?"

Gori Misticò alzò gli occhi dal *Topolino* comprato a Linate, guardò il vicino con compassata attenzione, gli prese un po' di misure e gli sorrise. Stabilì che l'ometto fosse andato a trovare la figlia al Nord e che mo' se ne stava tornando a casa. Non la vedeva da quasi un anno e le aveva portato le provole, magari 'na suppressata e i pomodori secchi. E pure una bottiglia di olio, massì. Era stato felice di vederla, ma poi pure lui non vedeva l'ora di tornarsene al paese, ché il piattume lombardo non gli consentiva di orientarsi. Al paese suo sapere dove ci si trovava è un attimo, non c'era bisogno di mappe né bussole: da una parte c'era 'a muntàgna e dall'altra la marina. Inoltre, essendo il genero dell'altitàlia, di confidenza ce n'era poca e pure i vicini di casa lo guardavano come se fosse uscito da un documentario in bianco e nero sulla crisi della pastorizia.

Da quando aveva cominciato a prendere aerei per esami e terapie, a Gori Misticò piaceva favoleggiare le vite dei compagni di volo. Così gli passava meglio il tempo.

Gli sorrise di nuovo. "Ma no, non vi incarricàte, va tutto bene," rispose. "È una cosa che devono fare obbligatoriamente."

"E pecchi' la devono fare obbligatoriamente?" domandò quello, guardingo.

"Non mi ricordo con esattezza. Ma mi pare che è perché se l'aereo fa un atterraggio di emergenza, con lo scuro i passeggeri vedono meglio le luci e si orientano verso le uscite."

"Omadonnasantaincoronàta!" disse l'anziano soffocando la paura. "Allora stiamo per atterrare d'emergenza."

"Ma no, statevi tranquillo, stiamo atterrando normale. Va tutto benissimo."

"È che mi pare che siamo un poco bassi," disse quello sbirciando dal finestrino e, chissà come, valutando a occhio e croce la quota.

"Meglio bassi che alti," lo rassicurò Gori Misticò. "Come la pressione."

"Vi dispiace?" gli domandò timidamente il vecchietto. E gli porse la mano.

"Accomodatevi," rispose Gori un po' riluttante. "Abbàsta che non stringete troppo."

Il vecchietto gli tenne la mano per tutta la discesa. Di tanto in tanto gli mostrava un sorriso tirato, voltava lo sguardo dal finestrino a lui, e poi di nuovo al finestrino. Solo quando le ruote toccarono la pista e l'effetto degli inversori di spinta gli premette il basso ventre contro la cintura di sicurezza costringendolo a liberare dell'aria, riuscì finalmente a rilassarsi. Ringraziò Gori per il sostegno umano, dopodiché, passato il terrore, non gli diede manco più retta e, anzi, in cuor suo non vedeva l'ora di sollevarselo dai coglioni a causa della figura di merda a cui si era esposto, per di più davanti a un estraneo. Si avviò svelto svelto verso il portellone dell'uscita e per poco il basco non gli cadeva nel corridoio.

Buon per lui che non aveva saputo né che quello che gli stava seduto accanto era un maresciallo dei carabinieri, ancorché in aspettativa, né che era malato di cancro. O chissà, magari questa seconda informazione gli sarebbe potuta servire a ridimensionare la paura dell'aeroplano, dato che alla fine tutte le valutazioni umane sono sempre relative. Compreso il dolore che è forse, tra tutte le unità di misura, quella più proporzionale. Il dato ineluttabile di dovere lasciare presto o tardi questa valle di lacrime non comporta tuttavia solo dolore. La questione era molto semplice, pensava Gori Misticò mentre prendeva il trolley dal portabagagli, e poteva essere spiegata altrettanto semplicemente: il fatto è che quando muori chi ti sopravvive racconterà la tua storia come gli pare e piace, senza che tu possa obiettare un bel niente al riguardo. Pure che hai lasciato un ricordo puro e imperituro, pure che eri una pasta d'uomo che davi mezzo stipendio in beneficenza e facevi attraversare la strada alle vecchiette, niente ti garantisce che qualche ciaramedhàru non si svegli un mattino raccontando le peggio di cose su di te. Magari attaccandosi a una sola, singola questione, un errore di gioventù, una minima mancanza, una macchiolina sul tuo curriculum altrimenti intonso di essere umano, una banale contravvenzione sulla fedina penale. Fors'anche una semplice diceria. E tu, che te ne stai sotto tre metri di terra, devi solo subire. Non puoi difenderti né confutare.

Ecco, il giramento di palle sta tutto lì.

Questa volta, tra viaggio di andata e ritorno e seduta di chemio, Gori Misticò era rimasto a Milano un totale di ventitré ore. Non era un record. L'altra, quindici giorni prima, l'aveva sbrigata in poco più di dieci ore. A questo giro se l'era presa comoda.

"La Calabria ti manca, maresciallo?" gli aveva domandato Nicola Strangio, suo medico curante presso l'Istituto di oncologia di via Ripamonti. Gonfiava la pompetta di caucciù con gli occhialini mezzi calati sul naso. La voleva far figurare una domanda interessata, quando in realtà era solo un tentativo per dare una volta di più del terrone al vecchio amico, il che lo divertiva, chissà per quale oscura ragione. La finestra dello studio dava su vasti campi incolti in attesa di una concessione edilizia che tardava ad arrivare, un'immagine che faceva pensare al tempo passato, alle occasioni perdute.

"Chi stai cuntàndu, dotto'?" aveva risposto Gori Misticò senza abboccare alla provocazione. "Sono arrivato ieri e stasìra stessa mi 'nda tùrnu. Manco mi accorgo che sono partito."

Un sibilo. Il dottor Strangio sgonfiava lo sfigmomanometro dopo aver letto il valore pressorio. La faccia liscia ma ingiallita dalla pluriennale esposizione alla luce dei neon mostrava un'espressione difficile da decifrare: poteva essere delusione, scetticismo o preoccupazione. Preferiva il vecchio apparecchio manuale al misuratore elettronico, giacché voleva essere lui a stabilire minima e massima, non una minchia di display che in teoria poteva rilevare quel cazzo che voleva. La lancetta non mente mai, specie se a controllarla c'è un occhio esperto. E poi c'era la questione delle pile, l'inquinamento da cadmio e tutta un'altra serie di fesserie che non vale la pena di analizzare in questa sede.

"Com'è? Alta o bassa?" gli aveva domandato Misticò.

"Meglio bassa che alta."

"E che risposta è?"

"È una risposta vaga a una domanda banale. Allora, la Calabria ti manca?"

"Questa invece sarebbe 'na domanda penzàta?" aveva detto Gori fingendosi sprezzante.

"Rispondi. Ti manca?"

"E se anche fosse?"

"Sai com'è," aveva detto il medico riponendo l'apparecchio con cura, con gesti simili a quelli del parroco quando rimette via i paramenti. "Voi meridionali sentite la nostalgia di casa che ancora non avete girato la prima curva. Tu, Gregorio, sei la prova provata che appena avete la possibilità ve ne tornate al paesello. Arrivi la mattina e la sera te ne vai."

"E sì, perché mo' tu saresti diventato padano," aveva replicato Gori Misticò riabbassandosi la manica della camicia. "Stammi a sentire, dottore bello. Tu pensi che t'abbàstano vent'anni di nebbia per integrarti? Questi non ti volevano prima, non ti vogliono adesso e non ti vorranno mai. Per loro eri e resti terrone, pure se li curi e li guarisci."

“Gli anni sono ventidue, tanto per cominciare,” rispose il medico andandosi a sedere dietro la scrivania con il piano in laminato biancoperla. “E io, nostalgia per la terra madre non ce l’avevo nemmeno prima. Io dalla Calabria me ne sono scappato, non mi è mai manco passato per la testa di tornarci. A Milano, mi sono sempre trovato bene e voglio morire qui.”

“Amen,” aveva detto Misticò fingendo di benedire preventivamente la salma di quello che, è vero, in questa sede era il medico che cercava di salvarlo dal cancro, ma che, più in generale, era uno dei suoi amici d’infanzia, pertanto non è che potesse mettersi a fare il fenomeno settentrionale come gli pareva e piaceva. “Fammi sapere quando c’è il funerale ca ti mandu ’na bella curùna,” aveva concluso.

“La fantasia di fare ’u cùnnu non ti passa mai. Nemmeno nello stato in cui ti ritrovi.”

“Parlo sul serio, professo’. Allora, mi dici come sto e mi lìbberi, ché ho cose da sbrigare?”

“Stai come stai e sei quello che sei,” aveva sentenziato il medico come se fosse il risultato ufficiale del test. Già che c’era, aveva pure svolazzato una firma su un foglio misterioso.

“E questo sarebbe un referto?” aveva detto Gori Misticò. “E la sanità pubblica ti paga pure?”

“Sarebbe quel cazzo che ti pare, maresciallo.”

“E non mi continuare a chiamare maresciallo. Sono civile da un anno, lo sai.”

“Io quello che so è che le dimissioni ancora non te le hanno accettate. Quindi, per quanto mi riguarda, carabbiniere eri e carabbiniere resti.”

“Per tua informazione, le dimissioni sono state accettate, eccome. Manca la ratifica ministeriale e poi c’è solo da aspettare la liquidazione.”

“Sei sicuro che ti arriva in tempo?”

“E io che ne so. Il medico sei tu. Se non mi arriva in tempo vuole dire che non mi hai curato come si deve e in quel caso, pure che sono morto, parte una bella denuncia per negligenza."

"Com'è stato il viaggio?" aveva domandato Strangio cambiando tono. E questa era davvero una domanda interessata, pertinente. Tant'è che Gori aveva finalmente alzato gli occhi.

"E adesso che minchia c'entra il viaggio?"

"È stato confortevole?"

"Mi è costato diciannove euri, dottore," aveva sospirato Gori. "Non è che mi posso aspettare che arriva l'hostess e mi fa aria col ventaglio di piume di pavone nano."

Strangio aveva fatto una faccia incredula. "Diciannove euro?"

"Eh, infatti. Ma a te ti sembra normale che un viaggio in aereo Lamezia Terme-Milano costa nemmeno quarantamila lire?"

Strangio si puliva le lenti degli occhiali sul camice. "Perché?" aveva domandato come se fosse interessato. "È troppo poco? È troppo assai?"

"Se venivo in macchina ci mettevo due giorni e spendevo mezza busta paga. Sempre che non andavo a sbattere addosso a un camion."

"Se ti pare poco gli potevi lasciare di più," aveva detto il medico rimettendosi gli occhiali. "Gli firmi un bell'assegno e gli dici: 'Mettete voi la cifra che vi pare appropriata, giacché a me non mi sembra giusto che ci rimettete.' A ogni modo, non era questo il senso della domanda. Volevo sapere se il viaggio ti ha stancato."

"Ma quando mai. Appena mi siedo, mi attacco la cintura e mi addormento. Manco le spiegazioni di quello che c'è da fare se l'aereo cade mi sento. Mi svegliano solo quando stiamo per atterrare."

"E dopo che sei atterrato?"

"Eh, be', in effetti lì comincia un altro viaggio," aveva risposto Gori Misticò, finalmente capendo dove l'altro stava andando a parare. "Quello sì che un po' mi stanca. Devo pigliare l'autobus numero 73 fino alla metropolitana linea rossa. Poi cambiare e prendere la metropolitana linea gialla. Poi andare a prendere il tram numero 24 e finalmente arrivo. Costa solo un euro e cinquanta, ma mi ci vuole un'ora e mezza se non c'è traffico."

"Ecco. Esattamente quello che volevo sapere," aveva detto Strangio mettendosi in piedi e appoggiando le mani sulla scrivania. "La prossima volta ti pigli un taxi. Sai quanto c'è da qui all'aeroporto in linea d'aria? Sei chilometri scarsi. Nemmeno dieci minuti e sei arrivato."

"Come no. Me lo paghi tu, il tassì," aveva risposto Gori infilandosi prima una manica della giacca e poi l'altra.

"Hai appena finito di dire che ti pare troppo poco il biglietto dell'aereo. Ma visto che sei tanto mischìnu, se vuoi te lo pago davvero io. Tanto guadagno meglio di te. A me che me ne fotte?"

"E perché dovrei prendere un tassì, mo'?" aveva domandato sprezzante Gori Misticò. "Sentiamo."

"Perché arrivi che sei uno straccio e poi devi fare la chemio, ecco perché," aveva risposto aggressivo il medico. "E guarda se io gli devo dare pure le giustificazioni, a 'stu testa 'e mattùna."

"Ci penso la prossima volta," aveva concesso Misticò. "Mo' vedi di sbrigarti a darmi la ricetta sennò ti tocca di pagarmi un altro biglietto dell'aereo, il mio me lo stai facendo perdere."

"Quasi quasi spero che cada," aveva detto Strangio finendo di compilare il foglio.

Gori glielo aveva strappato dalle mani. "È più possibile che vai a sbattere tu con la macchina quando te ne torni a casa," aveva ribattuto.

L'amico medico lo aveva accompagnato alla porta dell'ambulatorio. "Fai meno il cazzone, e la prossima volta vedi di arrivare puntuale, ché ho altri pazienti oltre a te," s'era raccomandato.

"Quelli che ancora sono vivi. Te li stai facendo morire a uno a uno, professore."

Poi si erano abbracciati, come temendo entrambi che non ci sarebbero state tante altre occasioni. Si erano dati appuntamento di lì a una settimana per la nuova seduta. Più breve, più leggera. Così gli aveva promesso il medico.

Lamezia Terme
Aeroporto

BENVENUTO IN CALABRIA, diceva un cartello scolorito su cui compariva una veduta aerea di Tropea in quella che doveva essere stata una splendida giornata di sole, ma che per via dell'ingiallimento dell'immagine si era fatta caliginosa e impolverata come se avessero esportato la nebbia dalla Padania al basso Tirreno.

La pagina del sito dell'aeroporto calabrese sosteneva che all'interno del territorio regionale lo scalo di Lamezia Terme "fosse situato in posizione baricentrica e assolutamente favorevole nell'ottica di intermodalità dei trasporti".

Ora, così pensava il maresciallo in aspettativa Gori Misticò, uno dovrebbe anzitutto spiegare che minchia vuol dire baricentrica e poi che cosa sarebbe l'ottica di intermodalità dei trasporti.

Lo stesso sito affermava inoltre che l'aeroporto fosse facilmente raggiungibile in auto, treno e autobùsso. Sarà anche vero, rispose mentalmente Gori Misticò. Ma allora dovrebbero aggiungere anche il ciuccio, che oltretutto, in quanto mezzo di locomozione, è cento volte più efficiente. Il ciuccio scavalla le montagne assai meglio di una quattro per quattro.

Ma la verità è che se non avevi una macchina tua o un parente che ti veniva a prendere all'uscita, specie dopo le dieci di sera, potevi prendere l'intermodalità aeroportuale e infilartela dove sapevi in posizione baricentrica. Oppure, ultima possibilità, farti fare pelo e contropelo da una macchina abusiva.

"Dove andiamo, dottore?" gli domandò con tipica cortesia meridionale il tassista illegale, che per mostrare quanto bene si fosse calato nella parte dello chauffeur, si era pure cacciàto la coppola.

A Gori Misticò neppure ci passò per la testa di qualificarsi. E poi, a quale scopo? Denuncia per esercizio abusivo di professione, articolo 348 del codice penale, reclusione da sei mesi a tre anni e multa da euro diecimila a euro cinquantamila? Oppure, più vigliaccamente, sventolare il tesserino da carabiniere per farsi portare sottocasa aggràtis, approfittandosi di un meschino che cercava solo di rimediare una minestra, rimanendo con la sua Panda a gasolio ad aspettare l'ultimo aereo della sera, quando ogni pullman di linea e ogni taxi a norma di legge se l'erano ormai squagliata da un pezzo?

Sussidiarietà. Si può chiamare così. Laddove lo stato – inteso nel senso più ampio – non tiene genio di fare niente, interviene l'iniziativa privata a tappare i buchi.

"San Telesforo," rispose Gori Misticò.

"Marina o Superiore, dottore?"

"Superiore. Camminiamo, su. E falla corta con tutti questi dottori. Quanto ti prendi?"

L'ometto gli fece la faccia da Babbo Natale. "Dottore, sarebbero ottanta euri, ma a voi vi fazzu immancabilmente sessanta," rispose.

Al 348, Gori Misticò aggiunse mentalmente il 640, truffa, il 629, estorsione, e considerò perfino il 643, circonvenzione di incapace, anche se solo come aggravante. "Centoventimila delle vecchie lire per fare trenta chilometri?" gli domandò un po' stupito e un po' ammirato dalla faccia di bronzo. "Che manco mi portavi in risciò."

“Eh, be’. Trenta ad andare ma immancabilmente anche trenta a tornare, dottore mio,” ribatté l’altro. “Sessanta totali.”

“Sessanta chilometri con la tua macchina li fai con cinque litri di nafta, che ai prezzi attuali di mercato fanno sì e no sette euri. Il resto è guadagno netto.”

“Sì, ma dovete pure tenere conto dell’usura del mezzo. E poidòpo sono pure le dieci passàti di sera,” obiettò l’uomo cercando di mantenere il punto ma senza rischiare di perdere la corsa. “L’àtri cristiani a ’stùra si ’nda stannu immancabilmente ala casa cu ’a mugghièra mentre io sono per strada, dottore carissimo. A ogni modo, fatemi voi un prezzo e ci mettiamo d’accordo.”

Gori Misticò propose trenta. Si accordarono per quaranta, ma l’autista lo scaricò a San Telesforo Marina in quanto sosteneva che quella fosse la destinazione comunicata. Se il passeggero voleva essere portato a San Telesforo Superiore allora bisognava aggiungere cinque euri, che Gori Misticò fu costretto a sborsare.

Solo una volta arrivato sotto casa, e dopo che il tassinaro abbusìvo gli consegnò un rettangolo di carta che pareva un cartoncino di quelli per le condoglianze su cui c’era scritto cognome, nome e cellulare, Gori cacciò il tesserino facendolo sbiancare. “Abbassa le tariffe, immancabilmente,” gli consigliò. “Ci siamo spiegati?”

Quello fece per restituire l’extra ma Gori Misticò già stava schiavardando la porta di casa.

San Telesforo Jonico
Bar Centrale, quella notte stessa

L’uomo bussava sulla vetrina della rosticceria. E bum e bum e bum. Aveva fame, doveva mangiare qualcosa. Non doveva farsi vedere da nessuno, non doveva attirare attenzione né sospetti, questo lo sapeva bene, ma la fame gli aveva fatto scendere la soglia della prudenza. Non metteva niente nello stomaco da dodici ore, da quando era atterrato.

Il viaggio era stato lungo, faticoso. Certo, per arrivare in Italia non aveva dovuto percorrere, come molti dei suoi compatrioti, tremila chilometri in piedi dentro il cassone di un TIR passando per Moldova, Romania, Bulgaria, Macedonia e Albania, per poi imbarcarsi a Durazzo, sbarcare a Brindisi, senza manco sapere che quella fosse Brindisi – poteva essere qualsiasi cosa: Brindisi ma anche Amburgo o magari di nuovo Durazzo, giacché i trafficanti spesso combinano scherzi di quel genere ai clandestini; gli dicono che li portano qui e invece li portano lì, oppure non vanno né qui né lì, girano in tondo per poi scaricarli in mezzo alla campagna ungherese dicendogli: "Ecco, siete arrivati in Italia. Andate a cercare fortuna." Un viaggio di due giorni e due notti pagato in anticipo all'autista del TIR. Non meno di due o tremila euro, soldi con cui dalle sue parti una famiglia ci campava un anno.

Lui aveva preso l'aereo. Anzi, tre aerei. Il primo – un 737 della airBaltic – lo aveva portato da Kiev a Riga, in Lettonia. Con il secondo – un Bombardier della stessa linea – era arrivato a Roma. Da lì aveva preso un Airbus dell'Alitalia che era atterrato a Lamezia. Nove ore di viaggio, trecentocinquanta euro andata e ritorno. Nessun obbligo di visto, anche perché in Italia ci sarebbe stato due giorni, il tempo di trovare la persona con cui doveva parlare e mettercisi d'accordo.

Ma adesso la fame gli mordeva da dentro.

Bussò un'altra volta e poi ancora, più forte. Niente. Il locale era chiuso. Quasi mezzanotte, era pure normale. In giro non c'era nessuno, pareva un paese evacuato, come quello da dove arrivava lui. Quello dove era nato, per meglio dire.

Fame e freddo gli offuscavano il ragionamento e così a un certo punto gli venne il dubbio di avere sbagliato destinazione. Ricontrollò gli appunti presi prima della partenza. No, nessun errore. Il nome del paese era quello giusto. Controllò sul telefono la posizione del palazzo dove era diretto, inatteso. LOCALITÀ TRE CROCI, diceva il display in cirillico. Quattro chilometri e ottocento metri. Un'ora da camminare, e per di più in salita.

Doveva mangiare qualcosa, altrimenti rischiava di collassare prima ancora di arrivare a metà strada. Attraversò la piazza ingobbendosi e tenendosi stretto nel giubbetto sintetico. Nessuno anche qui, a parte un gruppo di cani randagi. A uno mancava una zampa. Quella anteriore destra. Gli tirò una sassata, chissà per quale ragione. Scapparono via tutti guaendo, compreso lo sciancato. Zoppicando, saltellando sull'unica zampa rimastagli. Lo fece ridere. Gli sembrava un cartone animato con i disegni non ancora ultimati.

Udì un rumore. Proveniva da dietro la serranda chiusa di un bar. Dentro c'era ancora qualcuno. Anche quel locale era chiuso ma forse stavano finendo di fare le pulizie.

Si avvicinò alla saracinesca. Chiamò – un verso, più che altro, un suono gutturale che facesse capire a chi era dentro che fuori c'era qualcuno. Nessuna risposta. Emise un altro verso, ancora più cavernoso.

Il rumore dall'interno – bottiglie, metallo – cessò.

L'uomo chiamò di nuovo.

"Chi è?" domandò una voce maschile dall'interno del bar.

"*Vidkryty*," rispose lo straniero infreddolito. Quel poco di italiano che conosceva manco gli usciva. "*Kholod*."

"Chi dicìti?" replicò la voce dall'interno, quella del padrone del bar. "Non vi capìsciu."

"Sandwich," disse tentando l'inglese. "Toast."

Ci furono alcuni secondi di silenzio. "'U bàrru è chiuso," disse poi il barrìsta. E riprese a fare le sue pulizie.

L'uomo affamato e intirizzito perse del tutto la testa e cominciò a picchiare con il pugno a martello sulla serranda metallica e a bestemmiare nella sua lingua, finché il barrìsta, che di nome faceva Cozzetta Saverio, si decise ad aprire e, presentandosi con in una mano 'u pàlu 'e 'nterra e nell'altra un coltello da affettati lungo due spanne, gli domandò che cazzo andava cercando.

L'uomo si calmò e fece il gesto di cacciarsi qualcosa in bocca. Poi mise la stessa mano nella tasca anteriore del giubbetto e mostrò delle monete.

Cozzetta abbassò la lama e se la infilò nella tasca del grembiàle, ché l'aspetto di quello scimunìtu tutto poteva mettergli fuori che paura. "Mi dispiace," disse con tono ora conciliante. "Il locale è chiuso a quest'ora. A dire 'u Vangelo, già alle otto di sera qui si vedono solo cani randàggi e nuòttuli."

Il forestiero fece segno di non avere capito.

"Pipistrelli," tradusse il locale. Appoggiò lo spazzolone al muro di modo da avere entrambe le mani libere e mimò lo sbattere delle ali del mammifero notturno. "Capiscìsti, mo'?" chiese poi alzando un po' la voce come se il problema fosse il volume.

L'altro con il taglio della mano si toccò la pancia all'altezza dello stomaco.

"Ho capito, t'abbàtta 'u pitìttu," disse il barrìsta usando tutta la comprensione di cui era capace a quell'ora e dopo una giornata di lavoro. "Ma io non è che mo' mi metto a riaparìre perché tu hai fame. Ho già pulito i màcchini."

"*Bud'laska*," disse lo straniero. "*Hroshi*," aggiunse, porgendogli ancora le monete. "*Hroshi*." ripeté.

"Brioscia?" domandò Cozzetta Saverio, perplesso. Ci pensò su. Poi sospirò. "Una brioscia confezionata quella te la posso dare. Aspetta qui."

Tornò dopo qualche secondo con due merendine ripiene e un succo di frutta in tetrapak. Porse il tutto allo sconosciuto. Quello prese il cibo e gli offrì di nuovo le monete.

"Non fa niente, t'i rigàlu," gli disse il barista un po' brusco. "Abbàsta ca t'i 'nda vài àla sbèrza. Va' cùrcati, va', che a quest'ora dormono tutti."

Ma l'altro insisteva. Teneva una mano aperta. Sul palmo, monete mai viste prima, con l'effigie di quello che sembrava un papa con colbacco in testa e pastorale in mano. Intanto, apriva la confezione con i denti.

Alla fine Cozzetta accettò il pagamento, ben sapendo che quei soldi non li avrebbe mai potuti cambiare. Forse però poteva provare a darli di resto facendo credere che erano centesimi di euri.

Il forestiero se ne andò via veloce, superò gli ultimi lampioni, dopodiché la notte lo ingoiò come un ladro, un assassino o un cattivo ricordo.

San Telesforo Jonico
Bar Centrale, il mattino dopo

La mattina appresso Gori Misticò, sceso da via Roma e diretto verso la rosticceria di Rosarino Piscopo per ordinare come quasi ogni giorno il pranzo da portarsi a casa, arrivò a metà della piazza – l'unico punto pianeggiante di tutto San Telesforo Superiore – dove ritrovò, guarda la combinazione, proprio il tassista abusivo della sera prima. C'è da dire una cosa, ossia che la chemio e tutto il resto a Gori Misticò gli avevano fatto calare l'appetito, e pure il gusto pareva che se ne stesse andando. E, tuttavia, ogni mattina o suppergiù scendeva da Rosarino e si comprava il pranzo, pure che poi neppure lo toccava. Gli piaceva tenerlo in frigo, ecco tutto. Sapere che c'era. Magari torneremo su questa questione.

Il tassista abusivo, si diceva. Era intento a conversare con i Tre Fenomeni di San Telesforo Jonico, ovverossia Mario Corasaniti, detto 'u Filòsofu, Peppa Caldazzo, altrimenti noto come 'u Sapùtu, e infine Ciccio De Septis, da tutti chiamato 'u Rinàtu.

Tutti e tre o vedovi o scapoli e intorno all'età in cui ci si prende caso mai cura dei nipoti, altro che stare a ciondolare tra bar e piazzetta e parlare di cazzi di mare.

Il maresciallo in aspettativa si avvicinò quanto bastava per cogliere i temi della discussione odierna: a quanto pareva si parlava di migranti, automazione del lavoro e disoccupazione.

"L'africàni arrivano in ritardo," stava dicendo 'u Sapùtu con la sua consueta, sobria solennità. "'Ccà 'a fatica finìu pi' tutti. Ormai lavorano solo le màchine. L'operài non servono più."

"È ovverossìa quello che stavo ragionando io," ribatteva 'u Filòsofu. "Guardàti ai supermercati, presèmpio. Mo' manco più i cassieri servono, ché uno va, si fa la spesa ed esce senza manco pagare."

"Chi stai dicendu?" lo apostrofò 'u Rinàtu. "Mo' la spesa è gratuìta?"

"Ci stanno i màcchini che ti fanno il conto e tu paghi con il telefonino," spiegò con pazienza ma anche con una certa pignoleria Mario Corasaniti.

"Pure all'aropòrto ormai immancabilmente neanche più i facchini abbusìvi ci stanno," intervenne il tassista.

Era tornato a San Telesforo per prendere un cliente da portare al palazzo della Regione, dove avrebbe dovuto sbrugliàre certe questioni inerenti a un terreno demaniale, la cui parcellizzazione aveva portato a taluni dissapori familiari culminati con una spiacevole sparatoria tra cuggìni.

"È stato quandu 'mbentàrunu quei cazzi di valìggi coi rotelli," continuò. "Non c'hai bisogno manco di un meschino che ci dai mille lire pemmu t'i porta immancabilmente 'u bagàgghiu."

"E ai giudici di rete del tennis dove li metti?" intervenne a sorpresa 'u Sapùtu.

Calarono alcuni istanti gravidi di silenti riflessioni.

"E mo' chi càzzu c'ìntranu i giudici del tennis?" chiese 'u Rinàtu.

“Una volta c’era un giudice che appoggiava la mano e ti diceva se la pallina aveva toccato o non aveva toccato la rete,” illustrò il Caldazzo. “Mo’ c’è una macchina che fischia.”

“Pecchì, secondo a te mo’ l’africàni sbarcano in Italia per diventare giudici di rete?” intervenne ’u Filòsofu. “Chi càzzu cùnti, Peppinùzzu?”

“Ti sto facendo un discorso generale,” rispose l’altro. “L’africàni non c’ìntranu, d’accordo. Se vuoi capire, ti sto facendo un altro esempio della tennologgìa ca arrùbba ’a fatica ali cristiani. Valìggi coi rotelli e macchinette del tennis, stesso pincìprio.”

“Comunque, l’africàni sbarcano a raccogliere partugàlli e pumadòra,” concluse De Septis. “Per loro la fatica ci sarà sempre.”

“Ma perché, c’è stato qualche altro sbarco?” domandò Gori Misticò avvicinandosi al gruppo e rispondendo con un cenno ai mezzinchìni.

“Maresciallo illustre,” disse subitamente il tassista sollevandosi la coppola.

“Tu vedi di stare comodo,” gli rispose minaccioso Gori Misticò.

“Io vi debbo immancabilmente lasciare,” disse allora l’altro, subodorando la mala parata. “Saluto tutti. Maresciallo, tenete un amaro pagato.”

“Non sono più maresciallo e non bevo amari,” rispose Gori senza guardarlo.

“Il maresciallo gradisce solo la Brasilena,” spiegò Corasaniti.

“La cèlebbre gazzosa al caffè,” aggiunse Caldazzo.

“Prodotto tipico della nostra bella Calabria,” chiosò De Septis.

“E allora bevete la gazzosa o quello che volete,” replicò l’autista senza fare un plissé. “La prima volta che ripasso regolo immancabilmente la differenza,” aggiunse rivolto al barrìsta, Cozzetta Saverio, il quale stava portando via piatti e tazzine.

Appena del tassista fu rimasto che un vago ricordo, Mario Corasaniti rispose alla domanda posta da Gori Misticò che ancora aleggiava nell'aria. "I profughi ormai arrivano un giorno sì e uno no, egrèggio maresciallo," disse con compostezza.

"E ti bussano alla saracinesca a notte fonda," intervenne Cozzetta passando una spugna su un tavolino, senza che nessuno capisse a cosa si riferiva.

Misticò nel frattempo si era dimenticato di quello che aveva chiesto – effetto collaterale del Cabazitaxel, come puntualmente informava il bugiardino del farmaco: "possibili lievi amnesie transitorie" – e pertanto guardava Corasaniti come si guarda qualcuno che se ne va in giro per la piazza in pigiama.

"Parlevàmo degli sbarchi, maresciallo," disse l'altro. "Lo avevate domandato voi, poco innanzi. I profughi."

Gori fece segno di sì, che adesso si era ricordato.

"Tra Crotone e Gioia Tauro qui ormai è un barcone via all'altro," continuò 'u Filòsofu. "Ma i teleggiurnàli parlano solo di Lampedusa e dei siciliani. Della nostra bella Calabria patria del pensiero classico si dimenticano tutti."

"La settimana passata alla spiaggia di Turra ne hanno arrivati quasi cento supa a 'na bbàrca avvèla la quale secondo i miei precisi calcoli a malapena ce ne stavano cinquanta," aggiunse Peppa Caldazzo, detto 'u Sapùtu. "Il brigadiere capo, vostro sostituto provvisorio, lo hanno perdunque messo sul giornale di oggi."

Quell'ultima informazione sorprese Gori Misticò. "A Costantino?" disse. "Sui giornali? E perché, è sbarcato pure lui?"

"C'è pure la foto," disse Ciccio De Septis, 'u Rinàtu. "Guardate, comandante. Pare un santo."

A quanto pare era andata che il brigadiere capo Federico Costantino, da un anno sostituto tutt'altro che provvisorio di Gori Misticò presso la locale stazione dei carabinieri, aveva personalmente coordinato l'operazione di salvamento di una barca a vela, trasportante numero ottantasei migranti, arenatasi lungo un tratto di spiaggia fuori dal territorio comunale di San Telesforo Jonico noto come località Turrastorta. In realtà, il facente funzione di comandante non avrebbe avuto competenza territoriale sul fatto, ma dato che non si trovava nessuno disposto a occuparsene, alla fine era toccata a lui. Un'operazione temeraria, eroica e umanitaria durante la quale il brigadiere aveva tratto in arresto lo scafista di nazionalità russa e per la quale si era guadagnato una menzione da parte nientemeno che del tenente colonnello Sagripante del comando provinciale dell'Arma. Per non parlare dell'intervista nelle pagine interne della *Gazzetta della Calabria* a firma della fascinosa giornalista Annamarialuisa Codiloti, nota nel territorio per una vociferata ma mai confermata relazione con un attore di fiction. Tutto ciò era avvenuto nei giorni in cui Gori Misticò si sottoponeva a un tentativo estemporaneo di brachiterapia effettuata su consiglio di Nicola Strangio presso un ambulatorio di Catanzaro. La seduta non aveva sortito risultati e tuttavia gli aveva lasciato qualche postumo. Così, non aveva saputo niente né dello sbarco né dell'impresa del brigadiere suo sostituto.

Misticò non aveva fatto nemmeno in tempo a leggere tutto l'articolo che i Tre Fenomeni si erano agitati e guardavano tutti alla loro sinistra come i cani del deserto quando sentono odore di femmina, cibo o predatore. Da lontano si avvicinava la sagoma lònga lònga di Federico Costantino, il brigadiere più alto e più magro che mai avesse prestato servizio presso la locale caserma della Benemerita.

"Ecco il giovane ancorché cèlebbre graduato," si rallegrò il primo fenomeno.

"Illustre e illustrato," aggiunse con ammirazione il secondo.

"San Telesforo nel mondo," concluse, misteriosamente, il terzo.

Il barrìsta girò intorno al banco e uscì per accogliere Federico Costantino nemmeno fosse Wanda Osiris capitata in paese durante la tournée teatrale nella Bassa Italia appena liberata dagli americani. “Complimenti vivissimi per la vostra impresa e per la notorietà acquisita, brigadiere,” disse Cozzetta Saverio. “Vi posso offrire qualcosa? Una granita, un aperitivo.”

L’oste già si immaginava frotte di televisioni che, con la scusa della celebrità locale, venivano a fare pubblicità gratuìta al suo bar tabacchi.

“Come se avessi accettato,” rispose il carabiniere, un po’ in imbarazzo. Poi si voltò verso Gori Misticò, che si era versato sul palmo della mano una caramellina bianca da una confezione di mentine. “Comandante, finalmente vi vedo. Vi posso parlare un secondo?” gli disse sottovoce.

“Non sono più il tuo comandante, brigadiere,” rispose Gori calandosi la caramella in bocca. Il tono era più indifferente che infastidito. “Mo’ quello che comanda qui sei tu. Prima ci fai pace con l’idea e meglio è per tutti.”

“D’accordo, però vi vorrei parlare lo stesso, se mi concedete un minuto.”

“Senti, Costantino, non l’ho letta l’intervista. Pertanto, se vai cercando complimenti, da me non ne avrai.”

“Non è per l’intervista.”

“E per che cosa?”

Il brigadiere abbassò ulteriormente la voce e si avvicinò all’orecchio di quello che negli ultimi cinque anni era stato suo comandante, suo mentore, la figura più vicina al padre che quasi non aveva avuto. “Qui sta succedendo qualcosa di assai strano,” disse. “Li avete notati tutti quei macchinari che vanno e vengono?”

Il maresciallo si allontanò istintivamente di qualche centimetro. “Quali macchinari?” domandò a sua volta.

“Mezzi di lavoro. Ruspe, bulldozer. Sono giorni e giorni che girano dalla collina alla provinciale e ritorno.”

"Non ci ho fatto caso," rispose Gori Misticò con distacco. "Sono stato via."

"E infatti ero venuto a chiamarvi ma Catena mi disse che eravate partito. Posso chiedervi dove vi siete recato?"

"No, non puoi," rispose Gori Misticò. "Vai al punto che mi sto innervosendo, Costantino. Di che minchia stai parlando?"

"Ve l'ho detto. Macchine per la terra. Pure un escavatore."

"E si vede che devono escavare. Dovranno costruire. Che problema c'è?"

"Il problema è che a me non risulta che ci siano costruzioni autorizzate. E infatti le macchine vanno e vengono ma non è che lavorano. Girano, girano e poi se ne tornano in magazzino."

"E si vede che gli piace di appizzare gasolio. Perché vieni a raccontarlo proprio a me, brigadiere?"

"È che mi sembrava strano. Che poteva essere qualcosa da andare a controllare."

"Se pensi che ci sia da controllare, va' e controlla," ribatté Gori Misticò con freddezza. "Quelle sono cose tue. Io ho le mie."

Detto ciò, e senza aspettare repliche, voltò le spalle e fece per avviarsi verso la rosticceria sperando che oggi Rosarino avesse fatto la pasta chìna, giacché era assai che non ne mangiava, sebbene allo stesso tempo non fosse del tutto certo che sarebbe riuscito a gustarsela. E, difatti, dopo pochi metri cambiò traiettoria e, anziché puntare verso la breve strada in discesa, tornò verso casa a cambiarsi e prendere il necessario.

Aveva deciso di andare alla sua mezzaluna di sabbia e silenzio, la spiaggetta del Pàparo, così da zittire i troppi rumori del mondo.

San Telesforo Jonico
Via Roma 16
Abitazione di Gori Misticò

Catena Ciullo vedova Mastranzo aveva una figlia ancora schietta di nome Filomena. E il maresciallo in aspettativa Gori Misticò era scapolo e teoricamente ancora in età da 'nzuràrsi. Anzi, più che teoricamente, giacché un sacco di uomini ormai aspetta i quarant'anni e oltre prima di prendere moglie, anche se poi a quarantacinque magari gli viene la crisi di mezza età e si comprano una macchina rossa o, se il reddito non lo consente, si trovano una ventenne con la quale fare un po' di scenette. Gori Misticò di anni ne aveva quarantotto, ma si sa che oggi come oggi fino ai cinquanta sei considerato ancora giovane. Dunque: figlia nubile e maresciallo scapolo. Aggiungete che Catena si occupava delle pulizie a casa del maresciallo e quindi era solo questione di fare due più due.

"Vi spiace se oggi viene ad aiutare Filomena mia, maresciallo?" gli domandò la donna untuosa come una carta per avvolgere i frìttuli.

"Sì che mi spiace," rispose Gori Misticò senza manco alzare lo sguardo. Era seduto in pizzo al letto e si stava cacciàndo le scarpe. Per andare alla spiaggia erano meglio i mocassini o magari un paio di sandali. Non sapendo quanto ci sarebbe rimasto, aveva deciso di portarsi pure un libro. Ne aveva appena cominciato uno riguardante Mussolini la cui tesi era che se qualche decina di milioni di 'mbuccamùschi credono alle minchiate di uno scilettato di testa, poi non è che i 'mbuccamùschi si possono lamentare più di un tanto se lo scilettato li manda in rovina e dire che loro non ne sapevano niente. Poi, per una semplice questione di peso, optò per un giornalino preso dalla sua collezione. La prima storia era *Topolino e l'enigma del totem.* Gori Misticò l'aveva letta almeno quindici volte, eppure ogni volta era una sorpresa scoprire il vero colpevole (che era il ranger del parco, non il capo della tribù, come poteva sembrare a prima vista).

"Mi spiace e pure molto," aggiunse. "Lo abbiamo già fatto questo discorso, mi pare. Quante volte lo abbiamo fatto? Venti, trenta volte? Catena, se non ce la fai a fare tutte le pulizie, fa' quello che puoi e quello che non riesci a fare oggi, lo fai un altro giorno. Non è che mi metto a strisciare il dito indice sulla mobilia per controllare se hai passato o non hai passato lo straccio della polvere."

"Eh, ma la casa è grande e ha bisogno di tanto lavoro," provò a obiettare la brava donna.

"La casa sono cinquantacinque metri quadri calpestabili," ribatté Gori infilandosi il primo sandalo ma tenendosi indosso il calzino. "Cucina, bagno, càmmara e la tournée è finita. Non mi pare che c'è bisogno di una squadra."

In realtà, la struttura dell'abitazione di Gori Misticò, nella quale era cresciuto insieme a sua madre e che aveva lasciato all'età di diciassette anni per iscriversi alla scuola marescialli e brigadieri, era un po' più complessa, datosìa che era divisa su due piani collegati da una scala esterna. Lui abitava il disotto, mentre il piano disopra comprendeva altre camere che teneva chiuse. E non è che qualcuno fosse mai venuto a chiedergli di prenderle in affitto, giacché a San Telesforo Jonico erano di gran lunga più numerosi i vani a disposizione che gli abitanti.

Catena abbassò la voce, sorrise, cercando un tono complice che la faceva assomigliare a una maîtresse di un bordello degli anni venti. "È che la mia Filomena ha piacere a venirvi a trovare, maresciallo. Tiene stima per voi. Lo sapete."

"Ringrazia tua figlia della stima e salutamela," rispose Gori infilandosi gli occhiali da sole in una tasca. "Ti manca ancora tanto?"

"Quanto che faccio il letto e ho finito."

"Ecco, il letto me lo faccio da me. Facciamo che per oggi puoi andare."

"Eh, ma..."

"Non ti preoccupare, ché le ore te le pago lo stesso tutte," disse Gori spingendola fuori dalla stanza.

"Siete sicuro, maresciallo?"

"Di cosa? Che il letto me lo faccio da solo o che ti pago le ore? Tutte e due le cose, Catena. Arrivederci a giovedì."

"Le chiavi volete che le tengo?" domandò la donna già sulla porta di casa. Faceva penzolare il mazzetto tenendolo dall'anello.

"No, quelle lasciale nel tiretto," disse Gori Misticò finendo di ripiegare il piccolo telo di spugna. "Questa settimana non devo andare da nessuna parte, quindi ti apro io."

"Andate al mare, maresciallo?"

"Chiudi la porta quando esci."

C'era un sole bello tiepido, quasi primaverile. Il bagno a mare era escluso; ma starsene seduto un paio d'ore sulla spiaggetta, quello si poteva fare anche se era ancora inizio marzo.

Castrobello Marina
Ristorante sul mare Da Turi

Fosse stato per Falco Celata, avrebbe scelto un altro ristorante e di tutt'altra categoria. Si poteva andare da Abbruzzino a mangiare il riso al latte di cardo e baccalà, oppure al Dattilo, dove facevano un dentice col bergamotto e la senape selvatica che chiamava all'applauso. Oppure si poteva fare un po' più di strada e andare al Qafiz. Falco aveva sentito della stella Michelin, valeva la pena andare a vedere se se la meritasse davvero.

E invece, Di Teodoro lo aveva trascinato sotto un accidente di pergolato in una trattoria sulla spiaggia con le tovagliette di carta, le posate infilate nel bicchiere e il cellophane tutto intorno all'impalcatura, che peraltro non riusciva a riparare dal dannatissimo vento che spirava dal mare.

Turi, la cui mole faceva ombra al tavolo intero, stava in piedi, in attesa della comanda.

"Che prendete, signor barone?" gli domandò l'ingegnere Di Teodoro Ferdinando con quella solita, eccessiva affettazione che infastidiva Falco Celata ben più del persistente odore di dopobarba utilizzato evidentemente per mascherare un'eccessiva traspirazione.

Falco Celata tenne per qualche secondo lo sguardo fisso sulla faccia dell'ingegnere Di Teodoro, su quegli occhi tiroidei, quel sorriso di chi vuole per forza piacere a tutti. "Sentiamo un po'," disse poi controllandosi il taglio delle unghie. "Che cosa propone lo chef stellato?"

Quel tono sprezzante ispirò a Turi, padrone del ristorante omonimo, due scenari differenti: il primo, sbrigativo e brutale, prevedeva di piantare un cazzotto in bocca a 'stu vastàsu che si prendeva la libertà di venirgli a cacare il cazzo in casa sua. Ne aveva sistemati tanti molto peggio di questa mezzaminchia, sia dentro che fuori la galera. E tuttavia, era pur vero che 'u vastàsu, vestito che pareva pronto per fare il testimone a uno sposalizio, stava seduto al tavolo insieme nientemeno che all'ingegnere Di Teodoro e al suo guardaspalle. Pertanto, era persona a cui mostrare rispetto. Così indugiò per un istante con il pensiero sul secondo scenario, che prevedeva più semplicemente di pisciargli dentro la caraffa del vino, ma poi lasciò perdere anche quell'idea e fece finta che la domanda fosse davvero una domanda e non un tentativo di rompergli la minchia.

"Qui è tutto buono e fresco," assicurò.

A parte quel tavolo, il ristorante era deserto. L'ingegnere aveva chiesto a Turi la premura di tenerlo chiuso al pubblico per il mezzogiorno, giacché teneva una importantissima riunione con una certa persona e perciò voleva sbrigare gli affari suoi senza confusione.

Di Teodoro gli aveva anche domandato di tenere il personale al minimo, sempre per questioni di riservatezza, sicché in tutto il ristorante c'era un totale di cinque persone: Turi, l'ingegnere Di Teodoro, l'ospite dell'ingegnere e il guardaspalle dell'ingegnere. In cucina ci stava solo Angelina, sorella da parte di padre di Turi. Bastava e avanzava lei. Il figlio piccolo di Turi, che dava una mano in cucina e serviva ai tavoli, oggi era stato dispensato, mentre quello grande era eccezionalmente andato a fare i compiti a casa anziché nel magazzino delle bibite come faceva di solito.

Alla fine Turi lo riconobbe dai capelli biondo sporco: il mezzaminchia che si era rischiato di vedersi i denti frantumati era nientemeno che Falco Celata, figlio unico del rinomato barone Vittorio Celata di Lauria, uno dei più finissimi gentiluomini a cui la Calabria avesse dato i natali, signore di nome e di fatto, dotato di grande generosità ed eguale cortesia, nonché produttore di uno dei più pregiatissimi oli extravergini di oliva che, secondo il suo competente parere, fosse utilizzato sulle tavole del mondo intero.

I Lauria erano padroni di tre o quattro colline nel territorio di San Telesforo, una porzione di terra talmente estesa che veniva indicata dai locali come "Celata", anziché con il nome del toponimo di appartenenza. L'unica abitazione nel raggio di diversi chilometri era proprio il palazzo di famiglia.

Turi era originario di Trecàse, frazione di San Telesforo, dove era stato ai domiciliari tra il novantotto e il duemilauno. Quindi, poco sapeva delle questioni più recenti riguardanti quella illustre famiglia. Era tuttavia a conoscenza che il rampollo d'o bbarùni mancava dalla Calabria da anni, avendo viaggiato per il mondo un po' con la madre e un po' per fatti suoi. Era per quello che non lo aveva arriconosciùto subito, anche se la faccia di quel biondino non gli era nuova. Né Turi sapeva che affari potesse avere in ballo con l'ingegnere, ma quelli comunque non erano minimamente cazzi suoi, perciò attese il proprio compito senza altro interessarsi.

"Vogliamo fare un antipasto di mare caldo e freddo per cominciare?" propose. "Poi a seguire vi potrei fare uno spaghetto allo scoglio. E poidòpo una frittura o quello che volete."

"Un menu molto originale," commentò Falco Celata. "Chissà quanto tempo ci avrete messo a redigerlo."

"Mi hanno portato dei cefali che pare che parlano," continuò Turi facendo finta di niente.

"Ah, sì? E che vi dicono?" gli domandò il giovane barone restituendogli il menu plastificato. Ancora quel tono arrogante, che però si dissolse subito non appena Falco notò nello sguardo di Turi quell'assenza di espressione tipica di chi non ci mette né uno né due a spezzarti le braccia.

"Fai tu, amico mio," gli disse con cortese sollecitudine l'ingegnere Di Teodoro. "Ci fidiamo di te."

"Siete in buonissime mani," disse Turi congedandosi senza un sorriso.

"Turi è un brav'uomo," disse l'ingegnere al figlio del barone. Lo stava rimproverando, anche se non sembrava. Anzi, sì, si capiva bene che lo stava rimproverando. Sorrideva, ma quella sua faccia troppo affollata di elementi – naso, occhi e bocca che si contendevano uno spazio minimo – lo stava allo stesso tempo informando che lui poteva pure essere barone, ma a gente come Turi è meglio non venirgli a ballare la tarantella sui calli. "Un grande lavoratore," aggiunse. "E un onesto ristoratore."

"Non lo metto in dubbio e mi fa piacere per lui," rispose il giovane con disinteresse, aprendo il tovagliolo per controllare che dentro non ci fossero cacate di insetti. "Ma non sono venuto qui per fare conversazione con un oste. Mi avete detto che dobbiamo discutere di cose importanti. E non credo vi riferiste a cefali parlanti. Avanti, vi ascolto."

L'ingegnere e il guardaspalle cominciarono a sistemarsi il tovagliolo infilandosi un lembo dentro le cravatte. Falco osservava la scena con un'espressione alla quale mancava un millimetro dal disgusto.

E finalmente l'ingegnere parlò. Negli ultimi cinque minuti lui e il guardaspalle si erano dedicati in silenzio alle acciughe marinate che, stella o non stella, resuscitavano i morti, guarivano gli infermi e consolavano le vedove. Delicate, piccanti quanto basta, perdipiù insaporite dall'olio Celata.

"Parliamoci chiaro, signor barone," esordì pulendosi l'ultima traccia di unto all'angolo della bocca. "Vostro padre non è stato d'accordo sul progetto fin dall'inizio. Noi rispettiamo il suo parere, ci mancherebbe. Nonché le prerogative proprie del signor barone. Eppurtuttavia l'ostacolo è questo, per dirla in breve."

Di Teodoro aveva usato un tono dolente ma assertivo, quello di chi sa che in affari le cose o si fanno o non si fanno. Le vie di mezzo sono per i chiacchieroni e i cuntacàzzi di mare.

Anche a Falco le acciughe erano piaciute, ma non voleva dare soddisfazione. "E voi che ne sapete se mio padre è o non è d'accordo?" disse.

"Certe cose si sanno, signor barone," ribatté Di Teodoro con sicurezza. "E noi, in quanto sindacato, siamo tenuti a saperle. L'investimento è alto, l'aspettativa, se possibile, lo è ancora di più. Ora, nessuno pretende che tutto il progetto sia realizzato dalla sera alla mattina. Ma, ripeto, vostro padre la vede in maniera diversa. E nessuno ritiene ragionevolmente che cambierà idea."

Falco Celata appoggiò entrambe la mani sul tavolo come se si accingesse a rovesciarlo. "E quand'anche non la cambiasse?"

disse stizzito. "Continuate a parlare di mio padre. Che diavolo c'entra mio padre? Dove sarebbe l'ostacolo? Il progetto è mio. L'idea è mia. Voi è con me che vi dovete confrontare."

"Sì, signor barone," rispose l'altro leccandosi la punta dell'indice ancora intriso d'acciuga. Il tono era tranquillo, di chi esorta a non mettersi a fare scenette inutili. "Il progetto è vostro e l'idea pure. Ma la terra è di vostro padre. Ecco dove sta l'ostacolo."

Falco Celata tentò di alzare la cresta. "La terra sarà anche di mio padre," disse. "Ma io, in quanto figlio e unico erede..."

Di Teodoro si sporse in avanti e gli strinse leggerissimamente i polsi, quanto bastava per zittirlo. "Io mi fido al mille per mille della vostra parola," disse lasciandolo dopo alcuni secondi. "Se voi dite che il barone vostro padre prima o poi accetterà di destinare i terreni della vostra famiglia, attualmente incolti, all'investimento fruttifero, io non mi permetto di dubitare. Ma io posso parlare per me. Nel sindacato le teste sono tante e, come sapete, ogni testa è un piccolo mondo. A me non mi dovete convincere, perché io ero e rimango pienamente convinto della bontà dell'operazione. La Calabria tutta ve ne sarà grata. Ma devo anche correttamente ricordarvi che due dei quattro soci finanziatori si sono ritirati dall'affare. E, come sapete, la scrittura privata da voi sottoscritta prevede una penale che occorre riconoscere."

"Questa gente non ha pazienza," ribatté Falco Celata come parlando tra sé. "Che cosa credono, che per fare le cose basti il pensiero?"

"Avete perfettamente ragione," lo rabbonì Di Teodoro, rivolgendo una rapida occhiata al guardaspalle nel quale c'era tutto un ragionamento. E quel ragionamento girava intorno al fatto che Falco Celata di Lauria era 'nu cùnnu come raramente se ne erano visti non solo sul versante jonico della Calabria, ma sull'intera faccia della terra. "Ma questa è gente semplice.

Senza scuola. Loro si ricordavano la vostra assicurazione secondo cui entro primavera un primo passaggio di proprietà sarebbe già stato firmato. E la primavera sta arrivando, ma ancora non si è visto niente. Purtroppo, come si dice, *pactis sum servandi.*"

"Quanto la fate lunga, geometra," sbottò Falco infastidito. "Fatemi sapere la cifra necessaria per risarcire ex soci di cui nessuno sentirà la mancanza e l'assegno arriva seduta stante."

Di Teodoro sorvolò sul downgrade accademico che il figlio del barone gli aveva sbattuto in faccia. Del resto, era assolutamente vero: lui era ingegnere quanto Brigitte Bardot era un portuale. Ma era una forma di rispetto consolidato, da quelle parti, alzare d'ufficio il grado all'interlocutore: così, il geometra diventava automaticamente ingegnere, l'ingegnere veniva promosso architetto, il dottore era seduta stante anche professore. Se poi si parlava di politica, onorevoli erano quasi tutti i consiglieri comunali e assai frequenti erano pure i ministri.

"Lasciate stare gli assegni," disse Di Teodoro. "Quella è carta, che il vento se la porta."

"Vorrà dire che farò un bonifico," lo interruppe Celata. "Inoltratemi il numero di IBAN che preferite."

"Eh, no, signor barone. Adesso ci volete offendere. Vi pare che abbiamo bisogno di mettere in mezzo le banche, che quelle più che fottere soldi ai cristiani onesti non fanno?"

Gli mostrò un foglietto. Un numero scritto a matita. Il figlio del barone lo lesse e un secondo dopo Di Teodoro gli diede fuoco lasciandolo bruciare nel portacenere. La cifra scritta avrebbe mosso perplessità anche al più sicuro degli uomini, ma a Falco Celata di Lauria non provocò il minimo sussulto. "Sta bene," disse. "Entro la fine della settimana o al massimo all'inizio della prossima vi porto i contanti. Ne parlerò oggi stesso con mio padre." Quindi si alzò e se ne andò senza aggiungere altro.

"Porgete i nostri saluti al barone e alla baronessa vostra madre," disse Di Teodoro sollevando leggermente il culo dalla sedia.

Poi rassicurò con un gesto Turi che stava sopraggiungendo tenendo in equilibrio tre scodelle: pure che il barone se n'era andato, quello spaghetto allo scoglio in più non sarebbe andato assolutissimamente sprecato.

San Telesforo Marina
Spiaggetta del Pàparo

Le cronache narrano che il picco demografico si ebbe prima della guerra, quando tra San Telesforo Superiore e Marina (che, a quell'epoca, erano quattro capanne di pescatori) si contavano oltre duemila abitanti. Poi era stata una discesa senza freni. All'inizio degli anni settanta le anime qui viventi si erano dimezzate e dopo vent'anni un'altra metà era sparita.

L'ultima crisi aveva dato la botta finale, quasi una generazione intera se n'era scappata e i pochi giovani rimasti tenevano la valìggia bella che pronta dietro la porta di casa. Bambini non ne nascevano – l'ultimo era stato il figlio della farmacista, nato nel 2011 a Catanzaro. La farmacia aveva chiuso quell'anno stesso e mo', se ti serviva un'aspirina o una purga, ti toccava prendere la corriera.

Chi se ne andava, non tornava. E chi rimaneva, si difendeva dal dispiacere come l'essere umano fa da che mondo è mondo, ossia smettendo di ricordare. I ricordi di ciascuno – dei figli, e dei figli dei figli – svaporarono piano piano, finché parve che l'intera memoria del paese se ne fosse volata via col vento e si fosse dispersa nei fitti castagnàri che vestivano le colline. In teoria, San Telesforo poteva pure non esistere più, o non essere mai esistito. Poteva essere un'astrazione, un'idea dei suoi abitanti immaginari, i quali si erano voluti convincere che il paese c'era, e che loro pure c'erano, ma senza prova certa.

In un certo qual senso, questa cosa della memoria perduta stava capitando pure a Gori Misticò. Tra le mura di San Telesforo Superiore lui era sempre l'ex maresciallo comandante della locale stazione dei carabinieri, mansione assunta nella primavera del 2014, quando era tornato in Calabria dopo avere lasciato il reparto anticrimine di Milano. Il suo era diventato subito un nome noto a tutti, come poteva essere quello del sindaco o del medico condotto – che, nel caso specifico, corrispondevano entrambi alla figura del dottor Gianantonio Passacantando – o quello del parroco, don Giacinto Formaggio, recentemente andato in pensione e sostituito dal giovane sacerdote don Marco Vavassori proveniente dalla diocesi di Bergamo.

Già il primissimo giorno di servizio del nuovo maresciallo comandante, sette di settembre del 2014, la processione era cominciata passato appena mezzogiorno e si era protratta fino al giorno successivo, con una sola interruzione notturna. Gori Misticò aveva ricevuto non meno di sessanta visite, quasi tutti maschi, alcuni vedovi. Molti si ricordavano del figlio di Maria Maddalena – avevano ancora nella mente il viso dolcissimo, gli occhi malinconici di quella giovane donna, bella e sola. Gli erano bastate poche ore per ridiventare santelesforese a tutti gli effetti.

C'era chi si presentava in caserma per portargli i propri saluti e gli auguri suoi e di tutta la famiglia, compresi i figli emigrati, chi in altitàlia chi addirittura in Belgio. C'era chi si spingeva oltre, recando, insieme alle buone parole, anche generi di prima necessità quali una fressuràta di pìpi o malangiàni chìni, 'nu panàru di zzìppuli, cesti di ficundiàni e recìna. Ci fu addirittura chi gli presentò 'na cuzzùpa 'e Pasqua, pure che era quasi passata l'estate. Non mancarono bottiglie di vetro verde scuro senza etichetta e chiuse con tappi a corona contenenti vino rosso, olio, sàrza 'e pumadòra fatta in casa

C'era chi esprimeva soddisfazione per l'arrivo a San Telesforo Jonico di un maresciallo dei carabinieri, e chi era certo che un sottufficiale graduato proveniente nientemeno che da Milano avrebbe finalmente potuto mettere fine alla pluriennale ingiustizia alla quale aveva dovuto finora sottostare.

"Quel grandissimo criminale di Scarpàro Florestano detto Zorro, attuale mio fratello minore, è anni e anni che m'arrùbba pèrzichi, pùma e pìri dai miei leggìttimi alberi da frutto, la quale sono piantati dentro la mia propietà nonostante alcuni rami sconfinanti 'nto jardìnu del predetto," raccontava Scarpàro Catello, detto Rùmbulu, lamentando una questione di proprietà e usufrutto alla quale nessuno – né sindaco né vigilanza urbana – finora aveva saputo dare risposta. Solo l'età avanzata dei due fratelli Scarpàri, nonché l'intervento delle rispettive mogli, a loro volta sorelle, aveva finora impedito che la questione degenerasse in aperto conflitto.

"Ho capito, signor Scarpàro," aveva detto Gori Misticò dopo avere ascoltato l'esposto orale. "Tenete però conto che sono arrivato da trentasei ore. Non è che mi posso mettere subito a indagare su questioni di frutta rubata. Favoritemi la cortesia di fare mente locale e di ambientarmi."

"E vi pare che io questa cortesia non ve la favorisco, maresciallo illustrissimo?" aveva ribattuto lo Scarpàro maggiore. "Del resto, non vi sto domandando né di indagare né di interrogare."

"Ah, no? E allora che cosa dovrei fare, secondo voi?"

"Cominciate ad arrestare a fràtumma," aveva suggerito con grande compostezza l'uomo. "E poi aventualmènte lo interrogherete a vostro piacimento."

La fila di persone in attesa di essere ricevute non si sarebbe sciolta, a occhio e croce, prima delle sette di sera.

In pochi anni il maresciallo Gori Misticò era diventato un elemento di coesione, identità e appartenenza per tutta la comunità, qualcuno a cui chiedere consiglio e protezione, sostegno e tutela. Nel tempo non si era limitato a comporre liti tra fratelli o a dirimere questioni di vicinato. Oltretutto, i santelesforesi erano complessivamente gente pacifica che viveva e lasciava vivere. Le sue competenze però erano state sovente richieste e sfruttate anche in indagini assai complesse, e la sua esperienza come agente infiltrato aveva consentito a giudici e magistrati di avvalersene senza obbligo di riconoscergli il merito. Poco male, alla mancanza di riconoscenza Gori Misticò si era abituato da un pezzo. Non erano certo le medaglie quello di cui andava in cerca.

Finché aveva presentato domanda di congedo indefinito. Da quel momento molto era cambiato, a cominciare dal fatto che bastava scendere alla marina ed ecco che il ricordo della carica si era già affievolito.

Miche', mi evitano tutti che pare si è sparsa la voce che sono diventato ricchione, pensò Gori Misticò rivolgendosi all'amico lontano.

E sarebbe un problema?, gli rispose Michele con una voce che solo Gori poteva udire.

No, per carità, nessuno, si rispose. Omosessuale, tuttavia, non mi risulta di esserlo diventato. E, comunque, non ci sarebbe niente di male nemmeno per un carabiniere.

E allora di che ti preoccupi?, gli domandò la voce dell'amico. *Se si stanno dimenticando di te, sarà per qualche altro motivo.*

Forse è la malattia, pensò Gori Misticò. Non ne ho parlato con nessuno, però è possibile che qualcuno se ne sia accorto lo stesso, che abbia fatto girare la voce. E si sa l'effetto che fa la malattia.

Che effetto fa, Gori?

Ti fa il vuoto intorno, pensò Misticò.

La malattia ha un suo inconfondibile odore. Tra gli animali è un segnale preciso, un allarme silenzioso che tutti i componenti del branco captano quando un esemplare ha qualcosa che non va. L'animale malato o ferito o morente viene evitato dal branco, messo ai margini, esiliato. Quel tanfo potrebbe attirare il predatore, mettere a rischio la comunità.

Quando qualcuno ciancia di quanto è bella la natura, quant'è magica e meravigliosa la vita dovrebbe guardarsi i documentari che guarda Gori Misticò quando non piglia sonno – ossia, specie ultimamente, quasi tutte le notti, anche a causa del Docetaxel che talvolta può dare come effetto collaterale l'insonnia. Dovrebbe vedere il povero bufalo a cui il morso di un leone ha staccato mezza natica costretto a nascondersi nella boscaglia perché i suoi simili, compresi genitori, moglie e amici d'infanzia, non lo vogliono più in mezzo ai coglioni. Dovrebbe vedere gli ippopotami che negano a un loro simile di rinfrescarsi nella pozza dove stanno loro, che pure di spazio in teoria ce ne sarebbe, e piuttosto che stringersi un po' lo mandano a morire di sete o sbranato dalle iene, ché a loro non gli passa manco per la testa.

E gli esseri umani non sono poi tanto diversi dalle bestie. Anzi, il comportamento a volte è alquanto simile. Uno degli ultimi casi di cui Gori Misticò si era occupato appena dopo avere scoperto di avere il cancro riguardava un ragazzotto che aveva ammazzato a pugni e calci la figlioletta della donna con cui si era messo. La piccola non aveva manco due anni.

"E che cazzo, piangeva sempre," aveva detto l'infanticida, con il tono di chi domanda comprensione per un tutto sommato comprensibilissimo scatto di nervi.

Era disoccupato ed era saltato fuori che si drogava e quindi giusto di testa non era, tant'è che aveva pure ottenuto le attenuanti. Ma la verità era un'altra, ossia che quella bambina non era figlia a lui. Lui si era comportato esattamente come si comporta ogni maschio quando entra in un branco: per prima cosa, fa fuori la progenie altrui. I leoni, ai cuccioli degli altri maschi li divorano. E le zebre gli fracassano il cranio a zoccolate.

Ma l'aspetto più terribile della faccenda, se si vuole, non è nemmeno questo: che i maschi siano, chi più chi meno, una razza di ritardati violenti – leone, zebra o essere umano, cambia poco – è un fatto noto. La cosa che colpisce è la reazione delle femmine. Delle madri. Sulle prime provano a difendere i cuccioli, ma poi lasciano fare al maschio quello che ha in mente di fare. E dopo, si fanno re-ingravidare dall'esemplare dominante.

"Ha fatto una cosa brutta," diceva la madre della bambina ammazzata. "Ma io lo so che non è cattivo, lo amo e voglio che ricominciamo da capo."

La vita, complessivamente, è un fatto senza senso. Almeno quella terrestre. Gori Misticò era arrivato a domandarsi se da qualche parte nello sconfinato universo non esistesse almeno un posto – un pianeta, un satellite, un cazzo di asteroide – dove *le cose* non funzionassero così a 'mmùzzu come qui da noi. Dove, per dire, non fosse necessario sbranarsi uno con l'altro per ottenere l'energia necessaria per continuare a campare. Dove gli esseri viventi avessero trovato un qualche meccanismo di sopravvivenza che evitasse lo spargimento di sangue. Un posto dove, di conseguenza, non fosse la paura a dominare le azioni collettive, ma qualche altra emozione.

I pensieri di Gori Misticò ultimamente lo portavano lontano, gli facevano sorvolare territori che nemmeno lui sapeva dove si trovassero, dandogli l'impressione di non poterli più controllare. Pure questo era un normale effetto collaterale della chemio. "Ogni tanto avrai l'impressione che la testa se ne va per i cazzi suoi," gli aveva spiegato il dottor Nicola Strangio. "È solo un'alterazione dei recettori della dopamina. Non stai diventando pazzo, Gregorio. Non ti schiantare."

Arrivato alla spiaggetta del Pàparo incontrò un paio di pescatori che stendevano le reti al sole e un gruppo di donne intente a raccogliere le frasche intorno alla fiumara che si gettava a mare. Nessuno lo salutò né fece cenno di averlo riconosciuto. Pareva che nemmeno si fossero accorti di lui.

Meglio così, pensò Gori Misticò, che io tutta questa voglia di chjacchiarijàra proprio non ce l'ho.

Attraversò la mezzaluna di sabbia finché non raggiunse quello che gli sembrava il punto giusto.

Appoggiò sull'arenile la tovaglia di spugna che si era portato, ingoiò un paio di caramelle bianche e si mise seduto a guardare il mare. Quando c'erano queste giornate fredde di fine inverno pareva fatto di scintille di luce.

Rimase lì fermo per un tempo che non seppe quantificare, finché alle sue spalle sentì il rombo di un potente motore. Si voltò e vide un escavatore allontanarsi lungo la stradina sterrata che andava verso la provinciale. Lì lo attendevano altri mezzi – una ruspa, un bulldozer, una minipala. Ricordavano le camionette dei fascisti. Ripartirono tutti insieme, suonando i clacson come se andassero a uno sposalizio o a una spedizione punitiva.

Luogo non specificato

Negli ultimi giorni i due avevano tentato, secondo le istruzioni che erano state loro date, di provare a convincere il forestiero a fare il bravo. Lo avevano blandito, gli avevano promesso un indennizzo, oltre al viaggio di ritorno pagato. Dopo quarantotto ore di sostanzialmente inutile trattativa, però, visto che quello non voleva sentire ragioni, sempre seguendo le istruzioni, lo avevano fatto mezzo 'mbriacare e poi portato dentro una gabbìna in campagna per risolvere la questione una volta e per tutte, in una maniera o nell'altra. Lo avevano legato a una sedia col sedile di paglia mezzo sfondato. L'uomo bofonchiava qualcosa nella sua lingua, sbavava, ma conservava ancora lucidità sufficiente per rendersi conto che stava inguaiato. Dentro la capanna di mattoni forati a secco e paglia si sentiva odore di foglie marce e animale braccato.

"Dimmi un po', compagno," gli disse il primo uomo, quello che comandava. "Ma tu davvero l'italiano non lo parli niente?"

"Poco taliano," rispose il prigioniero alzando appena lo sguardo.

"Poco quanto?" domandò l'altro, che era con tutta evidenza il tirapiedi.

"Io capisci ma no parli," cercò di spiegare l'uomo legato.

"Se te ne stavi a 'lu paìsi tuo, vedi che non ti succidìva nenta," commentò il capo. "Invece volisti veniri a cacàra 'u càzzu in Calabbria," aggiunse, a denti stretti. "Di dove cazzo vieni, si può sapere?"

"Di Ucraina," rispose quello. "Tu conosce?"

"Ucraina?" disse il compare ficcandosi un dito nell'orecchio e facendolo girare al suo interno. "Dove cazzo sarebbe? In Russia?"

"Dell'Ucraina era quel giocatore. Come cazzo si chiama?"

"Shevchenko?"

"Eh, bravo. Quello."

"E pure Braìmovic."

"Ibrahimović no Ucraina," obiettò il prigioniero prontamente. "Ibrahimović zingaro."

"E tu non sei pure un poco zingaro?"

"Io no zingaro. Io *politseyskiy*."

Fece per alzarsi dalla sedia ma il tirapiedi gli appoggiò una mano sulla spalla rimettendolo seduto.

I due carcerieri si guardarono in faccia. Il tempo stringeva e qui più che chiacchiere non si facevano. "Senti un po'," disse il capo rivolgendosi allo straniero. Parlava lentamente per essere sicuro di farsi capire bene. Un ultimo tentativo bisognava farlo, così che non si potesse poi rimproverarli di avere preso decisioni affrettate, di non avere tentato un'ultima mediazione. "Tu lo capisci che hai fatto una cosa no buona che sei venuto fino a qui a minacciare e a rompere la minchia?"

"Io no minaccia," protestò l'uomo legato. "Io solo chiede soldi per famìlia."

"E infatti i soldi te li vogliono dare," ribatté l'altro. "Diecimila più viaggio pagato. Che cazzo vuoi ancora?"

"Dieci mille poco," disse lo straniero scrollando la testa, deciso. "Io dico un milione."

"'Nu milione?" disse il tirapiedi divertito. "E che cazzo di famiglia tieni? Che hai, trenta figli da campare che ti serve un milione?"

"A chissu 'onnu cumbìncia mancu 'a madonna 'ncurunàta," constatò con rassegnazione il capo.

"Mancu gesucrìstu ca scìnda da crùci," concordò l'altro.

"Io a te ti volevo aiutare," disse il primo mettendosi davanti al prigioniero. "Ma tu si' tustu peggio di un calabbrìsi."

E senza aspettare repliche gli piazzò un diretto che gli spaccò il naso e lo fece svenire. Poi prese una corda, si arrotolò un'estremità intorno alla mano destra e una intorno alla sinistra. Saggiò la resistenza tendendola un paio di volte.

"Si' sicùru?" gli domandò il tirapiedi. "L'avvocato disse che..."

"L'avvocato se ne può jìra a fare in culo," ribatté l'altro. "Disse di cercare di ragionarci, ma 'stu curnùtu di ragionare proprio non gli cala e io non tengo tempo da perdere."

Vide che il compare aveva già in mano la Glock. "Assa stàra 'a pistola," gli intimò. Si mise alle spalle dell'uomo legato, gli passò la corda intorno al collo e lo sollevò di peso. "Aja la madosca, quantu pisa, 'stu bastàrdu. Aiutami," disse al compare. "Mina càci, 'u cornùtu."

Il prigioniero, sentendosi soffocare, si svegliò, si mise a scalciare come un mulo mettendoci la forza prodotta dall'istinto a sopravvivere.

Il secondo uomo lo abbrancò dalle caviglie e prese a tirare, giacché il suo compito era questo. "Quanto càzzu ci menta a murìri, 'stu bastàrdu?" disse più volte.

La resistenza diminuiva, il corpo cedeva. Un ultimo, spaventoso rantolo, un suono come di un tubo che si riempie di liquido denso fece intendere che l'uomo si era arreso. Rimase rigido sulla sedia, come se si fosse improvvisamente congelato dall'interno.

Era durato tutto due minuti, forse tre. Quattro giorni prima questo era un uomo che faceva la sua vita, giusta o sbagliata che fosse, e mo' era solo una massa di carne e ossa senza più niente da dire né da fare.

"Si cci sparàvu ala testa a quest'ora l'avìvu già sotterràtu," obiettò con prudenza il tirapiedi.

"Mòviti e spìcciala," lo esortò il capo. "Devo chiamare all'avvocato."

Cacciò di tasca il telefonino e spiegò all'interlocutore, che poi era anche il committente, che la questione era stata risolta e che non ci stava più niente di cui preoccuparsi. C'era voluto del lavoro in più, il che significava un adeguamento al compenso pattuito, ma poteva stare tranquillo che di problemi non ce n'erano e non ce ne sarebbero stati. Si misero d'accordo sulle questioni logistiche e si salutarono né più né meno di come normalmente fanno cliente e fornitore.

Terminata la conversazione, i due presero il forestiero uno dalle gambe e l'altro dalle braccia e lo portarono fuori. Avevano lasciato il baule del furgone aperto, segno che loro stessi non credevano fin dal principio che sarebbero riusciti a convincerlo a desistere dal suo intento. Certe storie finiscono come devono finire, perché, alla finfine, l'essere umano è un animale prevedibile.

Località Tràca dello Spùlico
Canneto

La terra era soffice. In nemmeno un'ora avevano scavato quasi due metri in profondità. Non lo avrebbero trovato prima che metà della carne gliel'avessero mangiata i vermi. E pure quando avessero trovato lo scheletro, dopo la cura che gli avevano fatto a occhi, mani e denti, c'erano ben poche possibilità di arrivare non dico a sapere chi fosse, ma manco da dove venisse.

"Jamunìnda," disse il primo lanciando al compare le chiavi del furgone.

L'altro le prese al volo, sputò sul cumulo di terra e si avviò verso la stradina che portava fuori dal canneto.

Già dal pomeriggio nuvole nere e pesanti provenienti dai Balcani avevano cominciato a ingrossarsi sullo Jonio orientale. Una tempesta d'acqua inaspettata per quantità e violenza stava per raggiungere il golfo di Squillace. Di lì a due o tre giorni lo avrebbe certamente fatto. Per il momento, però, il cielo era pieno di stelle lontane e indifferenti a quanto accadeva lì sotto.

Comune di San Telesforo Jonico
Località Tre Croci, detta anche Celata
Palazzo Lauria

Quel pomeriggio Falco Celata di Lauria licenziò in tronco tutta la servitù – sei persone in tutto. Motivo di tale furia: il reiterato divieto di accesso all'ala del palazzo dove alloggiava suo padre. Il barone stava lavorando, gli avevano detto, o forse riposava dopo aver lavorato. In ogni caso non lo si poteva disturbare. Vittorio Celata aveva dato disposizione di chiudere a chiave le porte di accesso al lato ovest. Falco strillò e minacciò, ruppe alcuni suppellettili e diede un cazzotto a una mensola che, essendo di noce massiccio, lo ricambiò con una lussazione del metacarpo sinistro.

Il licenziamento collettivo – ci aveva fatto le spese anche il giardiniere, il quale non c'entrava una beata fava, dato che quel giorno era in ferie – non sortì effetto alcuno. Falco non disponeva di potere decisionale riguardo alla forza lavoro di casa Celata né, in generale, sulla gestione delle cose di famiglia. Godeva comunque di una generosa rendita mensile che, tuttavia, intorno alla seconda settimana del mese era già volatilizzata.

Era esattamente di questo che intendeva discutere con suo padre, dopo che quel miserabile ometto del direttore della Popolare gli aveva con cortese fermezza rifiutato l'assegno a vuoto. Doveva incassare la cifra chiestagli dal geometra Di Teodoro per risarcire i soci usciti dal patto di sindacato. Tutto il progetto rischiava di andare gambe all'aria. Già aveva dovuto rintuzzare le lamentele del costruttore, il quale sosteneva che l'anticipo versato tre mesi prima fosse già andato esaurito e pertanto andasse integrato con un altro bonifico.

Per non parlare del denaro da dare all'ingegnere affinché lui lo girasse a chi di dovere. Era Di Teodoro, quell'ometto mediocre e sovraprofumato, a tenere tutti per le palle. Compresi i soci russi, che avevano versato decine di migliaia di dollari per assicurarsi le quote del progetto. Falco non aveva visto neppure un centesimo ma andava benissimo anche così. Lui era l'ideatore del piano di lavoro, il genio visionario. Delle faccende monetarie non aveva intenzione di occuparsi. Nonostante l'aspetto da funzionario delle pompe funebri, Di Teodoro era un duro, uno ammanicato. E Falco doveva ammettere che l'ingegnere aveva perfettamente ragione: bisognava parlare con suo padre, il vecchio barone Celata di Lauria. E al più presto.

Da una delle finestre dell'ala del palazzo di sua competenza

Falco guardava fuori. Nuvole scure e basse da due giorni gonfiavano il cielo. Gli ulivi che producevano l'olio Celata si trovavano al lato opposto. Quattro colline per una estensione complessiva di poco più di 120 ettari su cui l'esposizione al sole, la composizione del suolo, la profondità della falda e l'esposizione al vento avevano creato un microclima unico. Un miracolo della terra, avevano dichiarato gli agronomi. In lontananza, qualche casa del paese, il campanile di mattoni rossi con la torre bianca. Lo stradone in discesa puntava verso lo Jonio che il poeta così un tempo descrisse:

Qui Pitagora eterno, allor che l'empio
pugnal crotonïate incontro al santo
cor la sua nova carità gli mosse,
qui ramingò lunghi anni, e qui, sublime,
per divino ardimento, i templi aperse
de' rinnovati studi.

Dietro le vetrate di quel possente edificio che dominava la valle, pur rimanendo nascosto alla vista di tutti, Falco riusciva a vedere perfino lo svincolo autostradale. Laddove autostrada non v'era.

Sentì bussare. E poi la porta aprirsi.

Gli chiese cosa fosse successo. Aveva parlato con la governante di casa Celata, che le comunicava d'essere stata licenziata. La donna sembrava non sapere se mostrarsi turbata, divertita o sgomenta. "Lasci fare a me," l'aveva rassicurata la baronessa Silene Celata di Lauria. "Mio figlio in questo periodo è un po' teso. E anche irritabile." La governante con un gesto aveva risposto di non preoccuparsi, che capiva perfettamente.

"Cosa pensi che sia successo?" le domandò a sua volta il figlio senza voltarsi. Continuava a guardare qualcosa che solo lui riusciva a vedere.

Donna Silene si teneva a una certa distanza, come a valutare un possibile rischio. "Ho sentito che hai avuto una discussione con i collaboratori," disse.

"Si chiama servitù," la corresse lui.

La baronessa fece finta di non avere sentito. "Vuoi che ne parliamo?" gli domandò.

Finalmente Falco si voltò. "Parlare di cosa?" disse guardandola con ostilità. "Di come quell'uomo voglia sempre boicottare qualsiasi mia iniziativa? Di come non creda ai miei progetti, solo perché non li capisce?"

Silene Celata aveva trascorso una notte insonne e il suo viso era lì a dimostrarlo. "Non dovresti fidarti ciecamente delle persone," gli disse. "Non di tutte. C'è chi desidera aiutare. Ma anche chi vuole solo approfittare."

"Ti prego, non parlare di cose che non sai," ribatté Falco. "L'unica cosa che gli interessa sono i suoi libri sui ruderi di chiese. Qui potrebbe sorgere qualcosa di fantastico, ma lui..."

"Vuoi che ci parli io?" lo interruppe Silene facendosi coraggio e muovendo qualche passo verso il figlio.

"Non sono un ragazzino," sibilò Falco Celata. "Non ho bisogno della mammina che mi difende. So difendermi da solo."

"Io sono dalla tua parte," disse donna Silene, ma sottovoce, come se non volesse farsi sentire, come se fosse lei la prima a non crederci.

Disse poi che gli avrebbe fatto trovare quanto gli serviva sulla scrivania del suo studio. "Metti tu la cifra che ti occorre," aggiunse seguendolo con lo sguardo mentre lui già si avviava verso la porta.

Uscendo, urtò con la spalla la governante che stava entrando. "Signora," disse la donna. "Vi desiderano al telefono."

"Gradirei che quando vi rivolgete a mia madre la chiamaste con il titolo che le spetta," disse Falco fermatosi a metà del corridoio, senza voltarsi.

Silene Celata rivolse un vago sorriso alla donna e scosse lievemente la testa. Lasci stare, intendeva dire. Non è necessario.

Falco era già passato a ritirare l'assegno che gli aveva lasciato. Silene non sapeva a cosa gli servisse e non era importante saperlo. L'importante era che il fragile equilibrio su cui si fondava quella strana convivenza familiare potesse durare, anche se nessuno avrebbe potuto dire fino a quando.

Sollevò il ricevitore. Non possedeva un cellulare, non lo aveva mai avuto né aveva intenzione di comprarsene uno. Chi aveva necessità di parlare con lei poteva chiamarla a casa o alla fondazione. Sempre che avesse i numeri.

"Volevo dirvi che la questione che vi preoccupava è stata sistemata, signora," la informò Pinuccio Menabarca, avvocato presso il Foro di Reggio Calabria.

Quella voce le fece ritornare l'apprensione. Ecco che riaffiorava l'angoscia per quanto era accaduto, per quanto stava accadendo. E per quello che poteva ancora accadere.

"Vale a dire?" domandò. Il tono era freddo e formale, ma non ostile. Del resto, l'avvocato Menabarca era davvero l'unica persona con cui potesse parlare. L'unico amico che le rimaneva, in un certo senso.

"Vale a dire che gli ho parlato," rispose l'uomo. "Ho ascoltato la richiesta, gli ho fatto una controproposta che ha accettato. È stata una trattativa rapida, niente affatto complicata. Vi assicuro che né quel tale né altri verranno più a importunarvi."

"Come ha fatto ad arrivare fin qui?" domandò Silene Celata. "Com'è stato possibile che abbia recuperato certe informazioni?"

"Era un poliziotto," rispose Menabarca con una indifferenza che pareva malcelato disprezzo. "Ha fatto indagini. Ricerche. Ma, vi ripeto, è tutto stato ricomposto. Quell'uomo è ripartito per il suo paese. Potete stare tranquilla, signora. Non pensateci più. Fidatevi di me."

Si salutarono. Ma, no, la signora non era affatto tranquilla. Nei tanti anni di attività internazionale della Fondazione Vittorio e Silene Celata di Lauria, donna Silene aveva viaggiato ai quattro angoli del mondo, conosciuto centinaia, migliaia di persone. Gente di ogni qualità, tipi umani di tutte le specie. Molti erano personaggi con cui nessuno avrebbe voluto avere a che fare. Ormai sapeva distinguere le varie tipologie di persone. Quelli che temeva di più? Quelli che le dicevano di stare tranquilla, che non c'era niente di cui preoccuparsi, che il problema era stato risolto e che erano stati loro a risolverlo. Quelli che le raccomandavano di non pensarci più e che la esortavano a fidarsi di loro. Ecco, erano quelle le persone di cui diffidare e lei era diventata molto brava a cogliere il dettaglio rivelatore della menzogna, il segno di un possibile inganno. Il più delle volte era una voce *dal sen sfuggita*, una parola, un tempo verbale sospetto.

Era un poliziotto.

Così gli aveva detto l'avvocato Pinuccio Menabarca del foro di Reggio Calabria. E la baronessa Silene Celata di Lauria aveva capito che il problema non era stato affatto risolto, che c'era molto di cui preoccuparsi. E che la differenza tra peccati e buone azioni è la seguente: le buone azioni presto o tardi verranno dimenticate, mentre i peccati hanno la coda lunghissima.

Sentì il bisogno di cambiarsi, come se quell'ultima conversazione telefonica le avesse sporcato l'abito. Andò in camera sua, aprì l'armadio. I vestiti non erano numerosi ma uno più elegante dell'altro. Ne scelse uno di colore chiaro, lo indossò, guardò la sua figura allo specchio. E si vide sola. Di nuovo, una volta ancora.

Silene Celata era una donna circondata da rispetto e riconoscenza, deferenza e gratitudine. Già. Ma l'affetto? L'amore? Da quanto tempo nessuno le chiedeva semplicemente come stava? Abitava una casa troppo grande e troppo vuota, nessuno con cui parlare. Una prigione? No, non proprio. Se possibile, ancora peggio. Sì, perché in prigione si forma una solidarietà tra le persone che condividono un destino triste e una cattività imposta. La comune sofferenza non genera solitudine, ma condivisione. Silene era l'unica abitante di un'isola: ogni tanto arrivava una nave, lei saliva a bordo, la nave descriveva una rotta più o meno ampia ma poi, presto o tardi, l'avrebbe di nuovo riportata su quella porzione di terra speduta nell'oceano.

Davvero una donna che aveva donato tanto, che aveva profuso tutto quel bene, poteva sentire su di sé il senso del fallimento? Suo marito, l'unico uomo che avesse davvero amato, ora viveva in un altro spazio, abitava un altro tempo. E suo figlio, quel figlio così fortemente desiderato, le poche volte che lo rivedeva, la guardava come avesse bisogno di qualche secondo per ricordarsi chi fosse.

Quella solitudine era il prezzo da pagare, il conto per un solo ed enorme errore commesso – certamente non l'unico né il primo, ma di sicuro il più grave. Il suo peccato originale. Ne stava ancora scontando la pena, e la visita di quell'uomo era solo un nuovo capitolo del lunghissimo atto di accusa nei suoi confronti.

Uscì dalla sua stanza. "Può avvertire mio marito che ho bisogno di parlargli?" disse alla governante.

Sapeva che Vittorio non le avrebbe potuto dare conforto né consiglio su quella questione. Il barone era davvero interessato solo ai suoi studi, causa e al tempo stesso rimedio dell'intensa malinconia che da anni lo aveva allontanato dal mondo e da tutto ciò che esso conteneva, compresi moglie e figlio. E, tuttavia, con qualcuno Silene doveva confidarsi, giacché il senso di angoscia le stringeva la gola, impedendole quasi di respirare.

Mentre si dirigeva verso l'ala opposta del palazzo scorse qualcosa sul pavimento. Sembrava un astuccio di plastica. Forse metallico. Scuro. Spuntava da sotto un mobile. Si chinò per raccoglierlo, lo spostò per vedere di cosa si trattasse e dovette trattenere un grido di spavento. Raccolse la pistola tenendola dal manico con la punta di indice e pollice, come un orrendo animale morto. Prima di entrare nello studio del barone, la nascose tra certi possenti libri con l'intenzione di liberarsene definitivamente.

Dal cielo arrivavano gli ultimi boati della tempesta. Acqua e vento stavano per andare a devastare altrove, ma prima gli dèi volevano gettare sul mondo un poco ancora di rabbia. Tanto la terra avrebbe digerito pure quella.

San Telesforo Jonico
Via Roma 16
Abitazione di Gori Misticò

Gori Misticò constatò che a occhio e croce il numero di capelli era più o meno quello dell'anno passato. Aveva preso una fotografia scattatagli da Shin quella volta che eccezionalmente loro due avevano passato tutta una giornata insieme come fossero amici, o padre e figlia, oppure amanti. L'aveva appoggiata sullo specchio dove si controllava l'attaccatura del cuoio capelluto. Improvvisò un calcolo visivo: sì, più o meno i capelli erano rimasti gli stessi per numero e colore. Ma era davvero una notizia buona? Voleva dire che il cancro non si era esteso oppure che la chemio non stava facendo effetto? Rinunciò a telefonare all'amico Nicola per esporgli il dubbio, certo che avrebbe rimediato un vaffanculo di proporzioni epiche. Era pure notte fonda.

E il resto? Come era il resto del corpo? Non stava certo a lui giudicare, e tuttavia Gori Misticò non poteva non constatare che la malattia ancora non era riuscita a piegare un fisico tuttora asciutto e ragionevolmente muscoloso. Perfino la cicatrice di quasi venti centimetri che gli attraversava in diagonale il muscolo pettorale sinistro aggiungeva ulteriore fascino virile alla sua complessione. Shin, la sua ragazza al salone dei massaggi, se ne prendeva ogni volta cura con rispetto e delicatezza, certo, ma anche con un senso non nascosto di desiderio.

Si era messo a letto senza quasi spogliarsi, da tanto che si sentiva stanco. Stanco per che cosa?, si domandò. Solo le scarpe si era cacciàto. Ma poi, come diceva una canzone che gli piaceva assai, da tanto che era stanco non riusciva a prendere sonno. *Le due di notte, non c'è niente da fare.* Prese un libro, lo sfogliò, lo rimise sul comodino. Accese il televisore constatando che l'apparecchio non era rimasto sintonizzato sul canale dove l'aveva lasciato lui, ma su uno di quelli dove al pomeriggio trasmettono la peggio spazzatura per rimbambire la gente: padri che vanno a letto con le amiche delle figlie, madri rifatte da labbra a gluteo per ritornare ventenni, gigolò ed escort in cerca di contratto, riconoscimenti filiali tardivi e altri mai avvenuti.

Ciò era la prova che, in sua assenza, Catena, mentre gli puliva casa (sempre ammesso che in sua assenza gliela pulisse per davvero), si riempiva la testa di quel letame che, poi, di tanto in tanto, tentava pure di condividere con lui.

"Ma a voi vi pare giusto, maresciallo mio, che una suocera di sessant'anni si fa mettere 'ncinta d'o zzìtu della vicina e poi pretende che il marito ci dà il cognome?" gli aveva chiesto il martedì della settimana passata. "Ma a questi genti bisognerebbe di arrestarli."

Non solo a loro, disse Gori Misticò da sdraiato. Bisognerebbe mettere in galera pure chi se le inventa certe trasmissioni. E a chi le guarda, togliere il diritto del voto, perché se senti l'urgenza di doverti fare un'opinione su certe questioni, allora non sei degno di contribuire alla formazione del parlamento del tuo paese che poi nominerà il governo. Capisci, Catena?

Gori Misticò stava di nuovo parlando ad alta voce tra sé, cosa in effetti normale per chi vive solo, cancro o non cancro. Ma poteva essere pure quello un effetto dei farmaci. Soliloquio, caduta dei capelli, inappetenza, impotenza, astenia. Ossia, stanchezza. Stanchezza assoluta, definitiva. Gori Misticò si sentiva spossato, sfinito, esausto, e non solo fisicamente. Però non riusciva lo stesso a prendere sonno. Risintonizzò il televisore su uno dei canali che guardava lui, quello dei documentari. Gli piaceva la scienza, gli piacevano gli animali e pure lo spazio e la storia.

Ne aveva seguito ultimamente uno che parlava del destino del pianeta e che in pratica diceva quanto segue: Sarà pure vero che la Terra è un organismo unico costituito da tante forme di vita e sarà pure vero che questo organismo è capace di autoregolarsi a seconda delle convenienze – se è troppo freddo si riscalda, se è troppo caldo si raffredda, se piove troppo poco poi pioverà di più e viceversa. Ma alla finfine, a questo organismo unico la vita non è che gli stia simpaticissima, tant'è vero che ogni tot milioni di anni organizza una bella estinzione di massa. Una volta rende l'ossigeno velenoso, altre volte si ghiaccia o si surriscalda o fa eruttare i vulcani tutti insieme. È come se la Terra fosse un pachiderma che per un po' sopporta i parassiti che gli stanno sulla schiena, ma che poi, a un certo momento, gli girano i coglioni e si dà una scrollata. Ecco, in questo momento ci troviamo in mezzo a una scrollata. L'unica differenza è che tra i parassiti stavolta ci siamo pure noi.

A Gori Misticò questa teoria piaceva, e la ragione non è difficile da capire: se ti hanno diagnosticato un cancro, la consapevolezza che tutti gli altri ti seguiranno è una consolazione. E non parliamo solo di quelli che uno conosce, ché quelli hai la certezza matematica che presto o tardi anche loro se ne andranno al Creatore. No, qui si parla del fatto che tutta questa sceneggiata insensata e ridicola che si chiama vita presto o tardi finirà come deve finire, ossia in un buco nero, una voragine cosmica tale che quando gli alieni passeranno da queste parti della galassia, guarderanno e diranno: "Chissà che minchia ci doveva essere stato qui, dove adesso si vede questo stronzo carbonizzato."

No, pensò poi Gori compatendosi.

E no, su. Davvero. No.

Non puoi essere tanto meschino, maresciallo. Siccome a te ti è venuto il cancro allora devono crepare tutti? Siccome la tua personale piccola vita finisce, allora la vita complessiva non ha senso?

Sei proprio un egoista, si disse tra sé. Un meschino egoista, ecco cosa sei. Mo' datti una regolata e vedi di dormire almeno tre ore, altrimenti domani se ne accorgono tutti di quello che hai, anche se da un anno ti stai dando tanto da fare per nasconderlo.

Crotone

Centro primo soccorso e accoglienza per rifugiati e richiedenti asilo

Si erano imbarcati tre giorni prima da un porto clandestino di Gasr Garabulli dopo aver camminato da un minimo di cinque settimane a un massimo di sei mesi lungo Senegal, Mali, Algeria, seguendo l'antico tragitto delle carovane che tocca prima Agadez e poi Dirkou, l'oasi degli schiavi, per poi entrare in Libia superando il villaggio-oasi di Tummo e poi nel distretto di Sebha. Cinque tappe, altrettanti check-point dove versare ogni volta una quota per il passaggio a militari, trafficanti, capivillaggio. Chi poteva pagare, passava. Chi non poteva pagare rimaneva lì a disposizione. A chi si ribellava, mazzate sulla schiena e gabbie finché non imparava a ubbidire.

Durante il viaggio parecchi erano morti per fatica, stenti e malattie, qualcuno era impazzito e si era perso nel deserto. Altri erano stati tratti in schiavitù – pratica che da quelle parti si usa da secoli – e di loro non si avevano più avute notizie. Ad alcuni era andata bene, erano quelli di bell'aspetto e migliore complessione fisica, venduti a famiglie di ricchi commercianti che li avevano presi come servi di casa. Avrebbero almeno mangiato, avrebbero avuto un tetto sulla testa e quando fossero stati frustati ciò sarebbe accaduto per un'effettiva colpa, non per il sadico capriccio di un mercante di uomini.

All'imbarco erano arrivati in settantanove. Erano i sopravvissuti della prima selezione, quella del deserto. Ventiquattro donne, sette bambini, uno era nato durante il viaggio. Il resto erano uomini, età media meno di venti. Il più giovane aveva quattordici anni. Il più vecchio, sessantasette, si era imbarcato per accompagnare il nipote, poi poteva anche morire. Però era sopravvissuto, a differenza di tredici disgraziati morti annegati mentre erano già in vista della costa calabrese. La tempesta li aveva sorpresi, improvvisa e furibonda, cielo e mare uniti in una nebbia d'acqua che non si vedeva da anni. Pareva che si fossero messi d'accordo Dio, Allah e Poseidone per mandarli a picco, ma prima volevano giocare un po', come pare che agli dèi piaccia fare con gli esseri umani che li adorano. Erano rimasti in mezzo al mare grosso due giorni e due notti, senza potere andare né avanti né indietro, senza più orientamento, con la sola certezza che sarebbero finiti mangiati dai pesci e che nessuno avrebbe saputo più niente di loro, nemmeno i parenti che avevano lasciato a casa.

Poi la tempesta si era placata. Erano stati tratti in salvo e fatti sbarcare. I sopravvissuti della seconda selezione, quella del mare, erano cinquantaquattro, più morti che vivi, affamati e spaventati, senza sapere dove fossero finiti, in quale parte del mondo, su quale isola, senza nemmeno la certezza che quello non fosse già l'oltretomba. Uno di quei cinquantaquattro si chiamava Ahmed, aveva diciassette anni ma diceva di averne venti. Ed è di lui che adesso, brevemente, ci occuperemo.

"Pronto, brigadiere," disse l'uomo tenendo il cellulare attaccato all'orecchio con una mano e con l'altra facendo segno ai profughi di stare zitti ché non si sentiva niente. "Sono Galati Angelo Domenico del Centro primo soccorso e accoglienza per rifugiati e richiedenti asilo di Crotone. Mi scusate se vi disturbo. Qui ci sarebbe bisogno di un vostro intervento."

"Di che si tratta, Galati?" rispose distrattamente il brigadiere capo Federico Costantino dal telefono del suo ufficio. Anche quella mattina il giovane carabiniere si stava occupando del viavai di ruspe e trattori intorno a San Telesforo cercando di scoprirne il mistero. Quella telefonata inattesa lo aveva infastidito. Immaginava a qualche burdèllu causato da un migrante indisciplinato. Figuriamoci se aveva voglia di mettersi in mezzo.

"Si tratta che uno dei migranti sostiene di avere visto un corpo," rispose Galati ottenendo finalmente silenzio tramite il lancio di un portamatite all'indirizzo di quelli che gli riempivano abusivamente l'ufficio.

Federico Costantino si fermò dalla lettura della targa di una ruspa. "Corpo?" domandò. "Che genere di corpo?"

"Un genere di corpo umano ma però morto," rispose Galati. "Non tutto, a dire il Vangelo. Solo un braccio e una gamba."

"Cioè, due arti separati dal corpo?"

"No," disse l'altro. "Arti attaccati al corpo ma affioranti dalla sabbia. 'Nzòmma, il morto era sepolto ma c'è stato mare grosso a tempesta e il cadavere è affiorato. Sempre che quello che dice l'africano è vero. Non vuole aggiungere particolari. Si spàgna."

"E di chi avrebbe paura?"

"Del morto."

"E che cosa gli può fare un morto?" domandò Federico Costantino.

"E infatti io lo so. Io e voi lo sappiamo, brigadiere. Un morto è morto, ma per loro sono questioni religiose. Dalle parti sue dice che quando un vivo vede un morto, poi il morto ci dà la caccia al vivo per tutta la vita. Almeno, così mi pare di avere capito. Il ragazzo parla francese e nemmeno tanto bene. Il mediatore culturale è un babbo di minchia che non so dove l'hanno trovato e alla fine ci ho parlato io. Occorre che venite qui il prima possibile."

"E a che titolo?" replicò il brigadiere capo con fastidio.

"A titolo che voi venite qui a chiedere all'africano del morto," rispose Galati Angelo Domenico con tono più urgente. "Perché lui adesso non vuole parlare più con nessuno. Magari vede una divisa e si schianta."

"E perché lo stai domandando proprio a me, Galati?"

"Lo sto domandando proprio a voi, brigadiere, scusatemi se mi permetto, perché per prima cosa non so più a chi minchia dovrei dirlo. Qua è tutto uno scàrricabarili. Uno mi dice che non è competente, l'altro che non è responsabile e l'altro che non sono affari suoi. Secondo poi, ho fatto una ricerca e il punto dove l'africano ha visto il braccio e la gamba sono competenza territoriale vostra. Terzo, il mio superiore mi ha detto di chiamare a voi, datosìa che l'altro giorno eravate sul giornale proprio per questioni di profughi. Quindi, ve lo chiedo per cortesia, venite a parlarci perché qua sennò viene giù pure la Madonna. 'Stu cùnnu d'africànu sta seminando il terrore, chìmmu su màngianu i cani."

Il brigadiere capo Federico Costantino ritenne che non fosse il caso di scavare ulteriormente dentro quella tortuosa logica dialettica tra profughi e personale dell'accoglienza e si infilò in macchina.

Arrivò all'ex aeroporto militare che ospitava il centro raccolta in poco più di due ore, il che era quasi un record, considerando che il Centro primo soccorso e accoglienza per rifugiati e richiedenti asilo distava da San Telesforo cinquanta chilometri scarsi. Sulla strada Statale 106 una media di venticinque chilometri l'ora, specie di mattina, è pura fantascienza.

Non fu necessario, come pensava l'addetto Galati Angelo Domenico, spaventarlo, giacché il giovane profugo era già terrorizzato di suo per quello che aveva visto. Un morto alla conclusione di un viaggio infernale: per il ragazzo, che era stato istruito dagli anziani del suo villaggio sulle apparizioni degli spiriti, quello era un incubo che diventava vero.

Il brigadiere Federico Costantino decise di prenderlo con le buone. Nel frattempo era arrivato un altro mediatore culturale, meno babbo di quello precedente, di nome Cecerchia Pasquale, datosìa che nemmeno il brigadiere parlava un francese fluente.

"Ahmed, dimmi che cosa hai visto, per piacere," gli disse Federico Costantino. "E, possibilmente, mi devi fare vedere dove. O almeno spiegarmelo. Forza, che tra poco qui viene scuro."

Il carabiniere fece segno a Cecerchia di tradurre e quello fece il dovere suo. Il problema era che Ahmed non aveva alcuna intenzione di tornare sul punto dove aveva visto affiorare un braccio e una gamba, e che riportasse le coordinate precise pareva poco probabile. "*Une fourré de canne*," disse solo.

"Sarebbe?" domandò il brigadiere.

"Un canneto," tradusse il mediatore.

"Allora ho capito," disse Federico Costantino. "Dicci che ho capito e che lo ringrazio assai."

Fece un cenno al mediatore. "Cecerchia," disse. "Mi accompagni tu."

E dato che non ci aveva messo il punto interrogativo, Cecerchia, che a dirla tutta teneva forte la curiosità di vedere un vero cadavere affiorante dalla sabbia, lo seguì senza fiatare. Alla zzìta sua piacevano le storie un poco màcabbre e lui quella sera gliene avrebbe raccontata una da farle 'ngrizzulàre le carni.

Località Tràca dello Spùlico
Canneto

Niente documenti, niente impronte digitali (gli avevano bruciato i polpastrelli con l'acido) e nemmanco gli occhi. Glieli avevano cavati con un cucchiaio, presumibilmente. E pochissimi denti. Qui avevano usato un martello. Un lavoro ben fatto, di chi non vuole che il morto parli troppo. Roba da professionisti.

"Per fare una cosa del genere doveva valerne la pena," disse tra sé il brigadiere capo Federico Costantino.

"Era un pezzo grosso?" gli domandò speranzoso Cecerchia Pasquale che non aveva fatto una piega nemmeno quando aveva visto le spaventose cavità dove un tempo stavano i globi oculari.

Federico Costantino gli fece una faccia che voleva dire, più o meno: Cecerchia, ma che stai dicendo? "Ma chi, questo?" gli domandò. "Gli occhi almeno tu ce li hai? L'hai visto com'è vestito? Questo è 'nu povero disgrazziàtu. Scarpe da ginnastica, giubbetto sintetico."

"Ma allora..." fece per dire il mediatore, confuso.

"Era un disgraziato, ma evidentemente sapeva cose," disse Costantino.

Poi gli cadde l'occhio sulle scarpe.

"Belsta," disse. Ripeté quel nome. "*Belsta*," come cercando di capire se e dove avesse già sentito la marca.

Accese il tablet, avviò Safari e sulla striscia di ricerca di Google scrisse scarpe belsta.

Google gli chiese se intendesse BESTA.

Il brigadiere articolò meglio la richiesta. SCARPE DA GINNASTICA MARCA BELSTA, scrisse.

FORSE CERCAVI: SCARPE DA GINNASTICA MARCA BESTIA, rilanciò il motore di ricerca.

"E che diavolocàne," commentò spazientito Federico Costantino, lasciandosi andare al massimo del turpiloquio che era disposto a concedersi.

Tornò verso il cadavere, si mise seduto sui talloni, pizzicò con due dita la linguetta e lesse sull'interno. "Made in Ucraina," mormorò e poi ritenne che fosse il caso di chiedere aiuto e consiglio a qualcuno che ne sapesse più di lui. Compose il numero, ma il telefono del maresciallo in aspettativa Gori Misticò era staccato. Allora chiamò direttamente la Procura di Catanzaro e spiegò l'accaduto.

San Telesforo Jonico
Via Roma 16
Abitazione di Gori Misticò

"Quante medicine che dovete prendere, maresciallo," constatò Catena ad alta voce per far sentire che si preoccupava.

Gori Misticò irruppe in camera da letto e trovò la donna intenta a voltare e rivoltare la boccetta di plastica scura.

Catena sospirò. "Come dice l'antica saggezza, cu tena 'a sanità è riccu e non lo sa," disse mostrando tutto il senno di cui era a disposizione in quella mattinata di martedì.

Misticò le strappò dalle mani il barattolo dell'integratore alimentare a base di acido eicosapentaenoico che doveva prendere tutte le mattine a stomaco vuoto e lo rimise sul piano del comò.

“Sai una cosa, Cate’?” disse facendosi velenoso. “Mi pare che pure tu dovresti cominciare a prendere qualche medicina.”

La donna fece subito gli scongiuri puntando indici e mignoli verso il pavimento. “Io, ringraziando a Dio e alla Madonna della Pietra, godo di ottimissima salute,” disse. “Prendo giusto giusto la pastiglia della pressione alla matìna.”

“Ecco. Dovresti prendere qualcosa pure al pomeriggio.”

“E che cosa?”

“La medicina per non ficcare il naso negli affari che non ti riguardano,” disse Gori Misticò facendo a capire che non stava affatto chiecchiarijàndu.

Catena capì di essersi spinta un po’ troppo al largo. “Gesù, maresciallo, non vi arrabbiate,” disse per rabbonirlo. “Stavo passando lo straccio sul comò e mi è caduto l’occhio.”

“E tu dovevi raccoglierlo subito e continuare a passare lo straccio,” replicò Gori Misticò. “E poi mi pare che lo sai già, il letto me lo faccio da solo. Hai tante altre cose da pulire. L’hai detto tu stessa che la casa è grande.”

“Altroché,” concordò la donna. “Voi tenete pure le càmmare al piano disopra che adesso sono chiùsi, ma un domani potrebbero pure servirvi, qualimenti vi fareste una famiglia. Voi siete assolutissimamente sicuro che non volete che ci faccio prendere aria e macàri ci do una bella spazzata?”

Vedendo che Gori Misticò non rispondeva, Catena Ciullo vedova Mastranzo sorrise con l’evidente intenzione di allisciargli un po’ il pelo. “Maresciallo, io sono una donna discreta che gli potete raccontare tutto,” disse solenne. “Se avete qualchesivoglia problema, sia che di salute o di altro, voi me lo potete dire, che parlare con me è come parlare al confessionale. Tenete conto che dalle parti mie si dice ca l’acqua ’e matìna è ’a mègghiu medicina, pertanto tante pìnnole e pastigli avvòlte fanno più male che bene. Ècco, io, di mia parte, dico solo questo,” aggiunse, “che un uomo solo tutta la vita non ci può stare, specie dopo che ha superato una certa età e magari qualche acciacco comincia a farsi sentire. Voi famiglia non ne tenete e nemmànco a papà vostro e a mamma vostra buonanima che riposa in pace." Si segnò, per sottolineare il concetto. "Qualcuno al vostro fianco ci deve stare, in caso di malaparàta," concluse.

Gori Misticò non replicò subito, attese che l'ondata di sangue al cervello gli scendesse sotto il livello di guardia. "Catena, ti potrei rispondere in tante maniere," disse poi. "Ma preferisco non farlo per rispetto del fatto che tutto sommato sei sempre una donna. Perciò, ti ripeto gentilmente: evita di ficcare il naso nelle cose mie e pure di fare cadere ogni volta il discorso sull'argomento che sai."

"Quale argomento?"

"E non fare 'a cùcca perché, quant'è vero Dio, mi riprendo i gradi di maresciallo e ti arresto seduta stante."

"Ossantamadònna! E pecchi' mi volete arrestare?"

"Per indebita intromissione. Io non ho bisogno di mogli, è chiaro? Quanto a tua figlia, trovale 'nu zzitu dell'età sua, non 'nu frògastu come a me."

"Chi mi stati cuntàndu, maresciallo mio?" disse Catena, suadente. "Voi siete ancora cionondimeno giovanissimo."

"Eppurtuttavia ho il doppio degli anni della figlia tua."

La donna sembrò farsi improvvisamente triste e, senza che nessuno l'avesse autorizzata, si mise seduta in pizzo al letto.

"E che vi pare che io non ci ho provato a trovargli 'nu zzìtu dell'età sua?" disse con voce dolente e straccio ancora in mano. "Qui è un paese che hanno rimasti solo vecchi. I giovani se ne hanno tutti partiti. E del resto che ci restavano a fare a San Telesforo? Ad ammaccare i pedùcchi? L'ultimo giovane che ci ho fatto la proposta è stato il vostro carabiniere."

"Costantino?" disse incredulo Gori Misticò. "Hai cercato di fare fidanzare tua figlia con Costantino?"

"Lui. Il vostro brigadiere. Ed egli ha avuto 'u coràggiu di declinare la proposta."

"Non è più il mio brigadiere," ribatté Gori. "E, comunque, certo che ha declinato. Costantino la zzìta ce l'ha già. La figlia di quel galantuomo del professor Chiaromonte. Sono promessi sposi."

Catena si rialzò di scatto e mise su un'espressione aristocratica. "La dote di Filomena mia, modestamente parlando, non è comparabile con nessuna, caro maresciallo," disse. "Il vostro brigadiere era meglio se valutava beni e corredi prima di rifiutare."

"Così mi piaci, Catena," disse Gori Misticò spingendola fuori. "Nelle questioni matrimoniali, la prima cosa è l'amore disinteressato. Poi, un giorno mi dici dove hai imparato quella parola."

"Quale parola?"

"Comparabile," rispose Gori Misticò. "Adesso vai. Ci vediamo martedì prossimo."

"Giovedì, volete dire."

"No. Voglio proprio dire martedì."

"Siete di nuovo in partenza?" domandò Catena indicando il piccolo trolley messo in un angolo che Gori Misticò non disfaceva mai.

"Prenditi una settimana di ferie," rispose senza rispondere il maresciallo. "Te la pago tutta, non preoccuparti. Basta che per una settimana non ti fai vedere."

Tempo dieci minuti e Gori era rimasto di nuovo da solo e la casa si era zittita. Ma la solitudine per lui non era un problema. Era un privilegio.

Michele, pensava rivolto all'amico lontano, senti un po', ma tu ci pensi come poteva stare chiunque mi fosse stato dentro casa? Una moglie, mettiamo. Ecco, mettiamo che mi ero sposato con Julia. No, tu non puoi conoscerla. Tu te n'eri già andato.

Parlavamo di sposarci. A dire la verità, ne parlava lei, e io la lasciavo dire. Sarebbe stato molto difficile, con il lavoro che facevo io e con quello che faceva lei. Ma mettiamo che succedeva. Poniamo l'ipotesi. Ma tu ti immagini come diventava la vita di quella povera anima quando un giorno mi presentavo e le dicevo, magari mentre stavamo mangiando: Tesoro, ti ricordi quegli esami che dovevo fare? Nicola non lo dice, chiacchiera di terapie e medicine, ma secondo me non ci crede lui per primo. Io penso un anno. Forse anche meno.

No, non è per quello che io e Julia ci siamo lasciati, era una questione più complessa. Ma tu pensa come sarebbe stata l'esistenza di quella povera disgraziata da quel giorno in avanti, Michele, amico mio perduto. Un inferno. Così, invece di soffrire uno, soffrivano due. E se c'erano figli, peggio ancora. Ti pareva giusto, Miche'? No, vero? Nemmeno a me. Ecco perché non mi lamento della solitudine, ché a essere soli ci sono più vantaggi che danni. Che ne dici, Michele?

Bisogna accettare tutto con semplicità, Gori, si immaginò che gli rispondesse l'amico con cui aveva diviso i migliori anni della gioventù, un tempo breve e veloce, il solo che vale davvero la pena di vivere prima di capire che l'unica sicurezza che c'è nella vita è che alla fine perdi tutto.

Non permettere che quello che desideri ti faccia dimenticare quello che già possiedi, gli continuò la voce di Michele nella testa. *Concentrati su quello che hai. Sii grato per quello che hai.*

E che cos'ho, io, Michele?

Hai un cancro, Gori. Goditelo.

L'unica maniera per fermare i pensieri era chiamare Gong Sho e fissare un appuntamento. Fece un rapido calcolo per capire se c'era tempo prima di andare all'aeroporto. E come no. Tempo ce n'era.

"Ciao, malesciàlo," gli disse la titolare del centro estetico Relax Beauty. “Ogi Shin è lìbela di una a due,” aggiunse. “Io ti fisso?”

“Fissami, Gong,” rispose Gori Misticò. “Di’ a Shin che tra un’ora sono lì.”

Preparò il trolley, scese con l’autobus fino alla marina e poi da lì chiamò un taxi che lo portò a Zangrone.

San Telesforo Jonico
Piazzetta centrale e zone limitrofe

Il brigadiere capo Federico Costantino si era deciso a fare qualcosa che, da quando si era trovato a comandare la stazione dei carabinieri di San Telesforo Jonico (senza peraltro che lui l’avesse minimamente domandato né desiderato) non aveva mai fatto prima, ossia prendere iniziative. Non è che si schiantàsse, è che non ne aveva mai avuto occasione. Epperò, la prima volta di ogni cosa, si sa, mette apprensione a chiunque.

Lasciò detto al piantone, carabiniere semplice Lo Cardo Ludovico, che usciva per accertamenti. Il Lo Cardo rispose signorsì e Federico Costantino si trovò fuori dalla caserma muovendo i primi, incerti passi come il nuotatore tremebondo che si accerta di poter toccare almeno con la punta delle dita del piede il fondo del mare. Faceva due metri avanti, si fermava, si guardava in giro, faceva altri due metri, però in orizzontale. Si guardava di nuovo alle spalle per vedere quanto lontana fosse la riva, fino dove avesse avuto l’audacia o, per meglio dire, l’imprudenza di arrivare. Poi si fece coraggio e allungò il passo camminando finalmente a stile libero.

Superò il possente olmo piantato nell’anno del Signore millesettecentoquarantadue, la cui umbràta si spandeva lungo quattro quinti della piazza di San Telesforo Jonico offrendo ai viandanti sollievo gratuìto durante i mesi caddùsi, e si avviò deciso verso il tavolino occupato dai Tre Fenomeni del paese. Erano loro il suo obiettivo in questa fase dell'indagine. A quell'ora, infatti, 'u benzinàru era ancora chiuso – la pausa pranzo durava da mezzogiorno e mezza alle quattro del pomeriggio; del resto, per il giro di macchine di San Telesforo, la stazione avrebbe potuto lavorare tre giorni al mese – e altre possibilità di raccogliere informazioni da testimoni oculari non ce n'erano, e se c'erano lui non sapeva dove cercarle.

Il ricordo dell'impresa con i migranti immortalata dalle cronache giornalistiche locali si era già smorzata, pertanto Mario Corasaniti, Peppa Caldazzo e Ciccio De Septis, ovverossia Filòsofu, Sapùtu e Rinàtu, accolsero il brigadiere con poco più che un gesto di cortesia e tornarono a discorrere dell'argomento di giornata, che era la moneta unica europea, la quale continuava tuttora a sollevare, a quasi vent'anni dalla sua entrata in circolo, alcune perplessità di ordine finanziario.

Secondo Caldazzo occorreva al più presto ridiscutere il cambio. "Dumìla lìri per ciascheduno euro è troppo assai," sentenziò con competenza. "Secondo i miei precisi calcoli al massimo si deve spendere cinquecento lire altrimenti le sportàzioni vanno in crisi."

La posizione di Corasaniti era più drastica, benché dettata non già da motivazioni di tipo economico ma umanistico. "Dobbiamo tornare a la nostra cara moneta italica," disse annuendo a se stesso. "E io ne faccio un discorso di identità nazionale."

De Septis auspicava invece un ritorno allo scambio, al baratto, alla solidarietà tra fratelli figli di Dio. "Voi come la vedete, ispettore?" domandò con aria interessata a Federico Costantino, rimasto in attesa che qualcuno gli rivolgesse la parola, così da entrare nel discorso che gli premeva.

"Volevo domandarvi se negli ultimi giorni vi sia capitato di incontrare uno straniero," disse il brigadiere.

"Stranieri? Sottufficiale carissimo, qui altro non si vede che anziani, cani randàggi e stranieri," gli rispose uno dei tre, che non vale nemmeno la pena di stare a specificare chi fosse.

"Non un africano," precisò Costantino. "Un uomo bianco ma non italiano."

I Tre Fenomeni si guardarono in faccia perplessi, segno che anche il minimo aiuto che potevano offrire era già andato esaurito.

Il barrìsta Cozzetta Saverio stava carrijàndo due grossi sacchi dell'immondizia neri tenendoli entrambi dal collo. "È stato l'altra notte," disse rivolgendosi al brigadiere. "'Nu disperàtu che non ne potete avere un'idea." Posò i mundìzzi per terra. "Era menzannòtte passata," riprese. "Stavo facendo i pulizzìi e sento sbattere alla saracinesca. E bum e bum e bum. Vado a vedere e c'era 'stu cacasìccu che non si capisce manco una parola e dice che ha fame."

"E voi?" gli domandò Costantino.

"E io docatamènte ci ho detto che l'esercizio era chiuso," rispose Cozzetta. "Ma quello continuava a carfutijàre e alla fine ci ho dato una brioscia e gli ho detto di andare a curcàrsi."

"Ed egli lo ha pagato con moneta straniera," completò 'u Filòsofu indicando il barrìsta.

"A mio parere, non di còrzo legale," precisò 'u Sapùtu. "Poi uno dice che bisogna aiutare."

"Io dico sempre: dare d'abbère all'assetàti e da mangiare ai cannarùti," concluse 'u Rinàtu con espressione ispirata.

"Che tipo di moneta?" chiese il giovane carabiniere al barrìsta.

Corasaniti cacciò la mano in tasca e ne trasse degli spiccioli che mostrò al brigadiere, il quale li osservò senza toccarli.

"Io manco li volevo," si affrettò a precisare il Cozzetta. "Ma lui 'nzistèva e oggi li ho dati di resto. Per sbaglio."

Per qualche secondo, ciascuno per proprie ragioni, nessuno più parlava: il carabiniere elaborava l'informazione, il barrìsta attendeva la certezza di non avere detto niente di compromettente e i Tre Fenomeni stavano ancora immersi nel brodo del loro ragionamento economico-finanziario. Visto da una certa distanza, il gruppo pareva un *tableau vivant* rappresentante la perenne lotta della ragione umana contro le tenebre dell'assurdo.

"D'accordo. Vi ringrazio e vi auguro buona giornata," disse infine Federico Costantino voltando i tacchi e tornando verso la stazione.

La sensazione era che in effetti si fosse coraggiosamente avventurato in mare aperto ma, come si dice, finché tocchi sai precisamente quanto l'acqua è profonda. Ma quando non tocchi più non puoi dire se il fondo sta a uno, cinque o dieci metri. Né che un fondo ci sia per forza.

Riprese in mano il cellulare e ricompose il numero del maresciallo Misticò.

Niente. Diavolocàne. Sempre staccato.

Comune di San Telesforo Jonico
Località Tre Croci, detta anche Celata
Palazzo Lauria

Silene Celata non lo salutò né lo invitò a sedersi. Non si era mai mostrata tanto brusca – non con lui, almeno – al limite della scortesia. Gli mostrò il giornale adagiato sull'imponente tavolo di rovere che le faceva da scrivania, affollato di oggetti, foto incorniciate, documenti e dossier e tuttavia estremamente ordinato.

L'avvocato Pinuccio Menabarca del foro di Reggio Calabria

prese il giornale e lesse in silenzio la notizia riportata a pagina diciotto, anche se già sapeva tutto. Si soffermò sulla didascalia che accompagnava la foto del canneto di Traca dello Spùlico dove si leggeva che l'uomo ritrovato cadavere era di probabile origine ucraina. Intorno alle piante il nastro segnalatore della polizia delimitava un perimetro. Posò il quotidiano dove l'aveva preso e si decise a parlare. "Non si poteva fare altrimenti, signora baronessa," disse con cautela ma al tempo stesso con fermezza. "Mi avevate chiesto di occuparmi del problema ed è quello che ho fatto."

Silene Celata lo fissò con uno sguardo carico di una durezza che l'impotenza rendeva implacabile. "È impazzito, avvocato? Non era questo che le avevo chiesto, lo sa benissimo," disse. "E non può certo dirmi di avere frainteso."

"Non ho frainteso nulla, donna Silene, cercate di calmarvi," la interruppe l'uomo mostrandole la mano come a intimarle lo stop. "Io avevo dato disposizioni, ma evidentemente la situazione si è complicata."

"Non mi dica di calmarmi e non parli come se si trattasse di una banale disguido," intervenne a sua volta la baronessa senza lasciarsi intimidire.

"Quello che chiedeva era irragionevole," ribatté Menabarca. "Irragionevole e immorale. E voi lo sapete benissimo. Gli era stata fatta una controproposta giudicata evidentemente troppo bassa. A quel punto che cosa si doveva fare, secondo voi?"

"A me aveva detto che aveva accettato," replicò Silene. "Mi ha mentito."

"Vi ho detto il necessario," rispose Menabarca. "E il resto l'ho sbrigato senza coinvolgervi. Come ho già fatto in passato e sempre per vostro conto. Se non fosse arrivata la mareggiata non avreste saputo nulla e saremmo stati tutti felici e tranquilli."

"È colpa del tempo, dunque."

"Mi avete chiamato voi, signora," disse Menabarca minaccioso. "Non dimenticatelo."

Lo straniero parlava solo qualche parola di italiano, e l'inglese era approssimativo, quasi rudimentale, peggiorato ulteriormente dall'inflessione che allargava e restringeva le vocali a proprio piacimento e sostituiva diverse consonanti, specie quelle palatali, rendendo talvolta le frasi incomprensibili. L'essenziale però lo aveva fatto capire. Aveva spiegato perché si trovava lì, quale fosse stato il percorso logico e logistico che lo aveva fatto arrivare al palazzo del barone Celata di Lauria, nonché la richiesta economica per tenere la bocca chiusa.

"Lei capirà che non ho in casa un milione di euro," aveva detto donna Silene.

L'uomo si era messo una mano sull'orecchio per fare segno di non avere capito.

"Dovrò telefonare."

"*Yes, telophone*," aveva concesso lo straniero spostandosi il giubbetto sintetico ed estraendo la pistola infilata nella cintura. La posò su un mobile, quindi mostrò l'indice della mano destra. "*One hour. Money*," disse.

Silene Celata di Lauria si domandava quanti anni potesse avere. Chissà perché le era venuto in mente. Lei ne aveva sessantasette ma a detta di tutti ne dimostrava almeno dieci di meno. Era ancora una donna assai piacente, dotata di naturali eleganza e fascino, oltre che di enorme reputazione guadagnata a livello internazionale. Aveva contribuito alla costruzione di ospedali e scuole in Africa, alla realizzazione di sistemi idrici e fognari in Asia e parchi gioco in certe zone del Sudamerica. E ora doveva fare fronte a quell'uomo.

Aveva chiamato l'unica persona a cui potesse raccontare quanto stesse accadendo. "Tra un'ora sono a palazzo," le aveva detto l'avvocato Menabarca al telefono, con un tono un po' comico, come il ciambellano che risponde alla convocazione del sovrano.

Vittorio Celata di Lauria era nel suo studio, nell'altra ala del palazzo. Lavorava al suo manoscritto e sembrava disinteressato a qualsiasi altra cosa. A un certo punto gli era parso di udire dei rumori, ma non aveva alzato neppure lo sguardo.

Tutto ciò che gli interessava era contenuto da quella stanza. Il suo presente, il poco futuro su cui ancora poteva contare. Niente avrebbe potuto più ferirlo. O, almeno, questo è quanto il barone credeva.

"Ho fatto male a rivolgermi a lei," disse Silene Celata mostrando lo sguardo di chi non ha più intenzione di ascoltare. "Avrei dovuto chiamare direttamente i carabinieri."

"Potete farlo adesso," disse Menabarca con tono di sfida. "Io non mi opporrò. Avete già deciso che cosa cominciare a raccontare? E magari anche da quando cominciare a raccontare." La donna non disse niente e Menabarca le si fece vicino. "Silene, statemi a sentire," disse abbassando la voce e stringendole la mano, un gesto al quale la baronessa non seppe opporsi. "Questa storia poteva finire male. Male assai."

"Non è una storia, è una tragedia," commentò la baronessa Celata, anch'ella a voce bassa.

"Sono d'accordo," disse Menabarca. "Ma è una tragedia che ne eviterà altre, ben più grosse. Quell'uomo avrebbe portato a voi e la vostra famiglia al disastro. Tutti sarebbero stati coinvolti. Compreso vostro marito e vostro figlio." Fece una pausa, per riprendere fiato. "E voi vostro figlio volete proteggerlo. Giusto, Silene?"

Per qualche secondo nessuno dei due parlò.

"Vostro marito," riprese l'avvocato come ricordandosi di qualcosa. "Ci avete parlato? Gli avete detto qualcosa? Perché non è necessario dirgli proprio niente."

Silene Celata si scosse e ritrasse la mano che Menabarca ancora le stava stringendo. "Vorrei restare sola, se non le dispiace," disse cercando di contenere rabbia e tristezza, paura e angoscia.

Menabarca non disse niente, si limitò ad annuire, prendere le sue cose e avviarsi verso l'uscita della grande sala.

Arrivato sulla porta si fermò. "Per qualsiasi cosa sono sempre a vostra disposizione, signora baronessa," disse ristabilendo la distanza. "Ricordatevi. La vostra prima preoccupazione è proteggere vostro figlio. E questa era l'unica maniera."

Zangrone
Salone Relax Beauty

Gori Misticò la prima volta aveva trovato l'indirizzo del centro massaggi cinesi partendo da un certo sito di incontri che sulla home page prometteva totale soddisfazione, massima discrezione e assoluto anonimato. Saltata la scintillante pagina iniziale, però, e scorrendo quelle interne, l'offerta si era rivelata simile a quella di certe balere di periferia dove gli uomini alla fine sono costretti a ballare tra di loro giacché le poche donne presenti oltre a essere bruttarelle se la tirano pure.

Il Relax Beauty era un posto pulito, onesto e del tutto trasparente, non ti prometteva niente di più di quello che poteva mantenere, ma quello che prometteva lo manteneva tutto. Vuoi un massaggio rilassante? Eccoti il massaggio rilassante. Vuoi un massaggio ai piedi? Togliti scarpe e calze, ché la ragazza sta già arrivando. Hai dolori di schiena, il collo bloccato, la cervicale? Tra mezz'ora starai meglio. Prezzi giusti, cortesia e discrezione tipicamente orientali. Poche chiacchiere, musica distensiva, assenza totale di volgarità.

E poi, se proprio desideravi, se tenevi assoluta necessità di rilassarti ulteriormente, c'era pure il massaggio romantico – l'*happy ending*, come lo chiamavano. Le ragazze di Gong Sho usavano le mani e solo quelle, ma le mani bastavano e avanzavano. Gori Misticò, senza che nessuno fosse mai venuto a saperlo, frequentava il Relax Beauty da prima che la diagnosi del cancro fosse indiscutibile.

Dopo Julia, aveva avuto solo poche, brevi e deludenti relazioni – quanto a Regina, era più corretto parlare di tragedia che di delusione, ma non è il caso di rivangare. Il sesso a pagamento non lo aveva mai contemplato non tanto per questioni morali quanto logistiche – San Telesforo non era Milano, trovare compagnia femminile professionale era una faccenda piuttosto complicata. Il massaggio cinese con lieto fine gli era sembrato la soluzione ideale per appagare le sue fisiologiche necessità e, dopo la diagnosi, l'unica a sua disposizione, quella che chiedeva poco e che lo impegnava ancora meno.

Ci andava una volta alla settimana, raramente due, ma poteva magari passare un mese senza che si facesse vedere. Se arrivava in macchina, parcheggiava sempre a una certa distanza e suonava all'ingresso laterale. Abitudini prese da quando era agente infiltrato. Da Shin si faceva fare prima un massaggio propriamente detto – adorava quello alla pianta dei piedi – per poi, non sempre, rispondere con un cenno di assenso all'offerta silenziosa della giovane ragazza dagli occhi a mandorla che gli indicava la saletta attigua. Si sdraiava a pancia in giù, un piccolo asciugamano sui fianchi, poi, a un certo punto, lei lo faceva girare sulla schiena e gli levava la tovaglietta.

Ultimamente, Gori Misticò faceva fatica a iniziare e ancora un po' più fatica a continuare. Finire, poi, stava diventando complicato. Ma Shin, la sua ragazza, aveva pazienza, lo aspettava, si fermava, riprendeva e alla fine l'aveva sempre vinta lei.

Anche questa volta Gori riuscì ad arrivare fino in fondo, ma era stata una mezza battaglia. E tuttavia Shin non ci pensò nemmeno a lamentarsi della durata, effettivamente cospicua, del massaggio romantico. Anzi, lo ringraziò e lo ripulì. Quando si dice *ripulire* non parliamo di squallidi fazzolettini presi da una confezione di cartone, né intendiamo dire che la ragazza si limitò a porgergli il necessario e a lasciare che si arrangiasse da sé. Macché, ma quando mai. Qua le cose si facevano per bene dall'inizio alla fine. Avete presente quei ristoranti dove i camerieri sono tutti sussiegosi finché non ritirano la mancia che gli avete lasciato sul tavolo, dopodiché ve ne potete andare a fare in culo voi e tutta la razza vostra, che a loro non gliene fotte più nemmeno se vi andate a schiantare sulla strada del ritorno? Ecco, qua usava che le ragazze continuassero a sorriderti anche quando te ne stavi andando, ti salutavano dal vetro e aspettavano che salissi in macchina. Mo', adesso ditemi voi se c'è da stupirsi se sono i cinesi a comandare davvero il mondo, e senza bisogno di bombardare nessuno.

La giovane e alabastrina ragazza cinese, a cui, dopo quell'unica giornata trascorsa insieme a Gori Misticò, la sua maîtresse aveva proibito di avere contatti con i clienti al di fuori del salone, prese un piccolo asciugamano di spugna caldo appoggiato su una stufetta, gli asciugò l'uccello e quindi lo gettò in un contenitore. Prese un'altra tovaglietta, calda pure questa, e gli frizionò petto, ventre, di nuovo l'uccello e poi lo scroto e infine l'interno delle cosce. Gettò anche questa, congiunse le mani all'altezza del petto, gli fece un inchino più profondo e prolungato del solito, come se fosse un saluto d'addio, e lo lasciò sul lettino, tra le candele e la musica suonata con il guzheng. Nessuno gli avrebbe messo fretta, si poteva rialzare e rivestire quando voleva.

Gong Sho neppure ci pensò a chiedere un extra. Gori Misticò sapeva tuttavia che le ragazze del Relax Beauty lavoravano a cottimo, e che nel tempo del suo *happy ending* Shin avrebbe potuto servire almeno altri due clienti, sicché gli sembrò giusto aggiungere un venti di mancia.

"Glazie, malesciàlo," gli disse Gong Sho accennando anche lei a un inchino e mettendo via la banconota in un contenitore di legno simile quello dei ravioli al vapore cinesi.

Gong lo aveva chiamato così fin dalla sua prima visita. Come accidente faceva a sapere che era maresciallo?, si era chiesto Gori. Glielo aveva detto lui in un momento di distrazione? O forse la maîtresse cinese aveva sbirciato nel portafoglio e aveva visto i documenti? O magari era che bastava guardarlo un minuto e chiunque capiva che era carabiniere? Forse era così, ed era, quello, un pensiero che gli regalava un senso di gratitudine e al tempo stesso di tristezza.

Intanto, a una ventina di chilometri di distanza, nelle ultime tre ore il brigadiere capo Federico Costantino aveva composto il numero del maresciallo in aspettativa Gori Misticò un totale di tredici volte: le prime tre il telefono aveva squillato a vuoto, poi gli aveva dato sempre la stessa risposta: *L'utente chiamato non è al momento raggiungibile, la invitiamo a riprovare più tardi.* "E va bene, diavolocàne," aveva detto tra sé. "Riprovo più tardi. Ma mi potete pure richiamare voi, comandante."

Aveva cominciato a chiamarlo già da Traca dello Spùlico, per poi proseguire una volta rientrato in caserma. Anche dopo la conversazione con i Tre Fenomeni aveva riprovato a mettersi in contatto con Misticò, finché si era detto che non era il caso di insistere. Poi il cellulare gli aveva finalmente suonato e lui si era sentito sollevato. Ma non era il comandante.

"Eh, lo so, Ausilia," aveva detto Federico Costantino con tono colpevole e al tempo stesso urgente. Non voleva tenere la linea occupata ma non poteva nemmeno riattaccarle in faccia. Era da un pezzo che trascurava la fidanzata, anche se sempre per questioni lavorative, e riconosceva di essere in torto. "Ieri proprio non potevo e oggi ho avuto un impiccio," aveva aggiunto balbettante. "No, stasera nemmeno, Ausilia. Mi dispiace. È che qua... qua succedono tante cose, e io da un anno sono rimasto solo."

Era stata una conversazione breve e complicata, risolta come sempre con parole spezzate e colme di risentimento. In altri momenti Federico Costantino avrebbe richiamato all'istante Maria Ausiliatrice Chiaromonte, così da fare pace, perché lui in urto non sapeva starci con nessuno, figurarsi con la sua fidanzata e promessa sposa.

Ma adesso il brigadiere capo sentiva di avere altre priorità e che quelle venivano prima di ogni altra cosa. Proprio perché erano priorità. Lo diceva la parola stessa.

Quando Gori Misticò, all'uscita laterale del salone massaggi, riaccese il cellulare non credeva ai suoi occhi: tre telefonate perse, otto SMS e dieci messaggi in segreteria. Questo era il bottino delle ultime ore di assenza telefonica. Il chiamante era sempre lo stesso e ancora non si dava per vinto. Ecco che squillava ancora.

"Pronto, maresciallo Misticò. Parlo con voi?"

"No, parli con il maresciallo Badoglio," rispose Gori. "Che minchia vuoi, Costantino? Mi hai intasato il telefono. Che è successo? È andata a fuoco la tìmpa e le pecore sono scese in paese e lo hanno incendiato? Dimmi che è una faccenda del genere, altrimenti per meno di questo giuro che vengo lì e a furia di vaffanculi ti seppellisco."

"Non mi rispondevate mai, comandante," disse Federico Costantino con timida fermezza. "E poi a un certo punto il telefono era staccato."

"Cu 'on ti rispunda a prima vùci, vola dira ca 'u cantàta 'on ci piàci," sonettò il maresciallo in aspettativa Gori Misticò. "Lo conosci l'antico proverbio, brigadiere? Evidentemente, no. Allora permettimi di spiegartene il senso. Se non ti rispondo la prima volta è perché o non voglio o non posso. Se non ti rispondo la seconda è perché proprio non tengo l'intenzione. Dalla terza in poi è accanimento terapeutico."

Il brigadiere capo Federico Costantino gli domandò se fosse a Milano.

"E perché dovrei essere proprio a Milano?" ribatté Gori Misticò.

"Non siete a Milano?"

"No, non sono a Milano. Chi ti ha detto che ero a Milano?"

Gori aveva capito perfettamente chi fosse il delatore e si annotò mentalmente di fare quanto prima un discorsetto a Catena.

"Se non siete a Milano magari siete qui nei pressi," tentò allora Costantino, capendo con un istante di ritardo di essersi spinto troppo in là.

Gori Misticò non se ne volle approfittare, e poi era pure stanco di incazzarsi in continuazione. "Senti, brigadiere, che problema c'è?" disse con tono più calmo ma anche urgente. "Che cosa devi dirmi di tanto importante?"

"Volevo parlarvi di una cosa. È successo un fatto grave e io non so come regolarmi. Appena sarà possibile ve ne parlerò."

Gori Misticò calcolò quanto gli sarebbe costato un altro taxi per l'aeroporto. In tasca teneva ancora il biglietto da visita di Immancabilmente, come aveva soprannominato l'autista abusivo dell'altra volta. Lo gettò via. Federico Costantino era sempre in linea, in attesa che il maresciallo gli dicesse qualcosa.

"Segnati questo indirizzo, avanti," disse Gori Misticò cambiando tono. "Guarda che se ci metti più di mezz'ora non mi trovi più," aggiunse minaccioso.

"Mezz'ora non so se ce la faccio ad arrivare a Zangrone," disse Costantino agitato. Scriveva su un foglietto che teneva appoggiato al muro e il telefono incastrato tra spalla e orecchio. "La macchina di servizio perde olio."

"Problemi tuoi," replicò Gori Misticò. "Io mezz'ora ti do. E quaranta secondi te li sei già giocati."

Federico Costantino arrivò dopo più di un'ora, ma Gori Misticò lo aveva aspettato lo stesso. "Proprio in divisa ti dovevi presentare?" lo rimproverò appena lo vide. "Un maglione da metterti non ce l'avevi?"

Da quelle parti non lo conoscevano. Nessuno, tranne Gong Sho, sapeva che fosse un carabiniere, ancorché in aspettativa. Pertanto, vederlo a colloquio con un militare poteva suscitare curiosità e sospetto. C'è però da dire che anche Zangrone, così come San Telesforo Jonico e gran parte dei comuni limitrofi, era andatosi gradualmente ma inesorabilmente svuotando. L'eventualità di incontrare non dico una faccia nota, ma una faccia in assoluto era – specie a quell'ora del pomeriggio, l'ora che da queste parti ci si è appena alzati da tavola – assai remota.

Gori Misticò era nervoso, e non solo per quella ragione. Si era reso conto che Federico Costantino – che tutto era fuorché bàbbu – doveva avere capito che cosa fosse venuto ad abbuscàre da queste parti. La vetrina del Relax Beauty era a pochi metri, bisognava essere cecàti per non accorgersene. Il suo segreto poteva essere scoperto.

Si domandò, allora, perché gli avesse detto lui stesso di raggiungerlo. Solo perché voleva che lo portasse all'aeroporto a gratis? O c'era dell'altro, sotto? Forse, nel suo intimo, desiderava che qualcuno scoprisse le sue frequentazioni orientali, così da poterne parlare? E che magari qualcuno prima o poi scoprisse anche l'altro suo segreto – ossia che stava morendo – e che potesse parlare anche di quello, che potesse raccontare che cosa si prova quando sai che quella che arriva potrebbe essere (anzi, quasi certamente lo sarà) la tua ultima estate, che quello che sta per venire sarà il tuo ultimo Natale, il tuo ultimo campionato di calcio e che non saprai mai chi lo vincerà, che hai lasciato troppe cose indietro e che altrettante hai dimenticato di averle dimenticate. Sperava che quel qualcuno potesse essere proprio Federico Costantino, di potergli raccontare della sua malattia come un padre farebbe con un figlio?

Forse, Michele, pensò Gori Misticò (e lo pensò piano, affinché nessuno, ma proprio nessuno, potesse ascoltargli i pensieri), forse alla finfine mi dispiace di non avere avuto figli. Perché se è vero che tutti si muore e se è vero che, come cantava il poeta, quando si muore si muore soli, andarsene senza qualcuno a cui avere detto due cose buone, avergli insegnato qualcosa della vita, è davvero ingiusto.

Michele gli rispose che *il primo dovere di un padre, l'unico dovere di un padre, è proteggere i propri figli. E la maniera migliore di proteggere i figli dalla vita è di non averne.*

Così gli rispose Michele, per consolarlo, per non avvilirlo. Ma Gori Misticò sapeva che era una risposta che si stava dando da solo.

"Sono in servizio, comandante," disse perplesso Federico Costantino, lisciandosi impacciato la divisa. "Non pensavo di dovermi cambiare."

"Vabbuo', vabbuo'," lo interruppe Gori. "Dimmi cosa c'è di tanto importante e, per piacere, evita di chiamarmi comandante."

Il brigadiere gli raccontò del cadavere trovato sulla spiaggia di Traca dello Spùlico. Quel cadavere era diverso, Federico Costantino aveva la sensazione, la certezza, che avesse una storia da raccontare.

"E si vede che da vivo era uno scrittore," ribatté Gori Misticò con un tono volutamente acido.

Il brigadiere capì che quello che era stato suo comandante aveva altre cose per la testa e non insistette. Gli disse solo che secondo lui il morto era ucraino o comunque di quelle parti. "Volete sapere da cosa l'ho dedotto?" domandò con un ultimo refolo di speranza.

Gori Misticò ebbe la sensazione che dentro il petto improvvisamente gli si accumulasse e coagulasse una bolla di rabbia nera e densa, che chissà da dove arrivava ma che non chiedeva altro che di uscire ed esplodere contro la prima vittima a disposizione.

Lui aveva un aereo alle venti e quindici, l'ultimo utile per Milano. L'indomani si sarebbe fatto sparare nelle vene un veleno che in teoria gli doveva allungare la vita quanto bastava per sperare che la vita finisse prima possibile. "E perché dovrei volerlo sapere, brigadiere?" domandò a denti stretti. "Che me ne fotte a me di un ucraino morto? Che me ne fotte di sapere come hai scoperto che era ucraino? È il tuo lavoro, vieni pagato per svolgerlo, pertanto svolgilo. Fai i rilevamenti che devi fare, passa i risultati al magistrato e aspetta di vedere che cosa ti verrà ordinato di fare. È responsabilità tua. Perché vieni a cercare aiuto da me? Io ho altro da pensare."

"Mi piacerebbe proprio sapere che cosa, maresciallo," disse Federico Costantino trovando chissà dove il coraggio per ribattere a quella rabbia che mai aveva visto negli occhi e nella voce del suo comandante.

Gori Misticò lo fissò, incredulo. "Prego?" disse. "Ti spiacerebbe ripetere?"

Federico Costantino abbassò lo sguardo ma non aveva alcuna intenzione di cedere. "Mi piacerebbe sapere che cosa avete da pensare, comandante. Mi piacerebbe sapere che cosa vi è successo ultimamente, che siete diventato tanto disinteressato a quello che succede."

Gori Misticò gli appoggiò la punta dell'indice al centro del petto. "Brigadie', vediamo di capirci," disse. "Quello che mi succede e che non mi succede sono cose che non ti riguardano. Sono stato chiaro?"

Federico Costantino lo guardò come si guarda l'amico che ha deciso di partire per sempre e senza dirci per dove. "Io volevo solo dirvi che se posso fare qualcosa per voi, basta che chiedete," disse a mezza voce. Poi sbatté i tacchi e si portò la mani alla visiera. Rientrò nell'auto di servizio, mise in moto.

E Gori Misticò fu di nuovo solo.

Gong Sho lo guardava da dietro il vetro, aveva visto tutto anche se Gori non era certo che avesse capito. Sentì arrivargli dentro un senso di tristezza di una qualità nuova, mai provata prima d'ora. Il messaggero di quella tristezza era venuto a informarlo che il suo tempo stava davvero per finire e che il ricordo che avrebbe lasciato di sé sarebbe stato scadente e volatile. Lo avvertiva che senza figli e quasi del tutto privo di amici, ben pochi avrebbero conservato il suo nome in un angolo della memoria. E quelli che lo avrebbero fatto avrebbero solo raccontato di quanto ancora avrebbe potuto fare e invece si era rifiutato di fare.

Chiamò ancora mentalmente Michele.

Che devo fare?, gli domandò.

Metti a posto le cose che devi mettere a posto, gli rispose la voce dell'amico.

Sono troppe, si disse Gori. Troppe cose, troppo poco tempo.

Allora scegline una. Pensa alla cosa peggiore che hai fatto in vita tua. Aggiusta quella. Forse ti basterà.

Credo di avere capito, rispose Gori Misticò.

Estrasse dalla tasca la scatola di mentine e se ne mise sulla mano una, poi due. Sperava che gli oppioidi di cui ormai abusava e che si procurava sottobanco grazie alla compiacenza della ex farmacista di San Telesforo, impedissero al dolore acuto che gli partiva dalla schiena per arrivargli al centro del petto e poi ancora più in fondo si manifestasse. Nascose la scatolina di plastica in fondo alla tasca anteriore del trolley che si era portato appresso.

Chiamò un taxi che lo portò prima a San Telesforo, dove prese quello che doveva prendere, e poi all'aeroporto. Lo spennò vivo e sull'aereo dormì di un sonno chimico pesante ma senza sogni.

Milano
Istituto di oncologia

“Che dicono gli esami, professore?”

Nicola Strangio continuava a leggere e rileggere i fogli pinzati in una cartelletta sulla cui copertina era riportato il nome di Gori Misticò, e non si decideva a fiatare.

“Sono stato bocciato?”

A Milano era una di quelle giornate quando al posto del cielo pare che abbiano montato pannelli di laminato plastico. La luce biancastra dava l’impressione di stare dentro l’acqua di uno stagno, e in un posto come un ospedale per malati di cancro, specie nella sala per la chemioterapia, questo fatto non è che aiutasse l’umore.

Il medico picchiettava la punta di una penna sulla cartelletta che teneva in mano, come un tennista che cerca la concentrazione tra la prima e la seconda palla di servizio. Si era fatto serio come mai, Misticò lo aveva visto. “Di sicuro, non sei stato promosso, Gregorio,” disse con voce grave. “Il PSA è una volta e mezza quello del mese scorso, le proteine sono sballate e il resto nemmeno te lo racconto perché tanto non lo capisci.”

Finalmente sollevò lo sguardo e guardò il suo paziente e amico come la moglie guarda il marito tornato a casa di nuovo ubriaco. “Del resto, a te ti sembra che sono tutte barzellette, quindi che te lo racconterei a fare? Guarda che cazzo di occhiaie che tieni. Mi pari un tasso. Non ti avevo detto di prendere una macchina anziché il tram?”

“Ma tu guarda a cchìssu. Uno va dal medico che lo deve curare e invece quello ti ’nzùrta.”

Nicola Strangio si avvicinò alla poltrona dove Gori stava attaccato alla flebo e controllò il flusso del farmaco che gli entrava nel sangue. “Se volevi belle parole dovevi chiamare il telefono amico,” disse. “Io non sto qua per consolarti. Io sto qui per dirti le cose come stanno e le cose che devi fare. Poi se le cose che devi fare tu non le fai non è che te la puoi prendere con me."

"Certo che voialtri dottori siete clàssichi," replicò Gori Misticò, che adesso un po' si stava incazzando sul serio. "O poco o tanto, un po' di colpa al malato gliela dovete sempre dare. Credi che mi sono fatto venire il cancro apposta, professore? Non me lo sono fatto venire apposta, è chiaro? È arrivato da solo."

"È chiaro," rispose Strangio. "Però, per favore, abbassa la voce."

"E perché? Hai paura che mi sentano?"

"No, non ho paura che ti sentano," disse il medico severo. "Non me ne fotte niente di chi pensa e di quello che pensa. Hai visto dove siamo? Hai visto chi c'è qui dentro? Questo è un luogo dove te ne puoi davvero sbattere la minchia dell'altrui opinione."

"E allora di chi ti spagni?"

"Ho paura che se ti agiti ti stanchi ancora di più, Gregorio," disse l'altro, ora con apprensione. "Non te lo puoi permettere. Quindi, statti calmo. Te lo chiedo come amico prima che come medico."

Gori Misticò faceva fatica a capire il motivo per cui doveva starsene calmo. Risparmiare le forze? E perché? A che scopo? Lui era una automobile con un totale di mezzo litro residuo di benzina nel serbatoio. Andando piano avrebbe percorso forse tre chilometri anziché due. Ma il primo benzinaio stava comunque a sessanta chilometri.

"Non ho mai detto che è colpa tua, Gori," disse Nicola Strangio con un tono dove si mescolavano pena e preoccupazione, rimorso e malinconia. "Quando hai finito ti aspetto nel mio studio."

La poltrona alla sua sinistra era occupata da una giovane donna. Aveva un bel viso, il sorriso dolce e triste di chi pensa a chi e che cosa lascerà. Era arrivata da sola a farsi fare la chemio e dopo che un infermiere le tolse la flebo lo ringraziò silenziosamente, salutò con un cenno e si affrettò a tornare alla sua vita, al suo lavoro, alla casa, ai figli, a un marito e a tutto quanto il resto. Gori Misticò si vergognò della piazzata che aveva fatto ma non fece in tempo nemmeno a provare a chiedere scusa.

Si accorse che il vicino di destra lo stava guardando e gli mostrava un sorriso compiaciuto e complice. Lui la piazzata l'aveva apprezzata, eccome. Pareva che lo stesse per applaudire. "Lei ha perfettamente ragione, caro signore," gli disse. "I medici ci danno la colpa di esserci ammalati. E ci usano come cavie. E lo sa perché? Perché non vogliono farci sapere la verità. Sono d'accordo con le case farmaceutiche. E le case farmaceutiche sono d'accordo con i politici. Lo sapeva?"

"D'accordo per fare cosa?" domandò Gori Misticò.

"Per non farci sapere perché ci siamo ammalati," rispose l'uomo con un'espressione invasata che solo parzialmente poteva essere attribuita al fluorouracile che scorrendogli nel sangue cercava di sterminare quante più cellule maligne possibile ma fatalmente intossicando pure un po' di quelle buone. "Lei lo sa perché ci siamo ammalati? Glielo dico io. Perché ci hanno fatto ammalare loro. L'hanno fatto apposta. Prima si mettono d'accordo per farci ammalare, e poi si mettono d'accordo per non farci guarire. Mettono il fluoro nell'acqua, danno gli antibiotici ai polli. Spruzzano il morgellone dagli aerei."

"Il morgellone?" disse Gori rendendosi conto che, volente e nolente, il collega di chemio lo stava trascinando in un gorgo di puro delirio senza che lui potesse ribellarsi. "E che minchia è il morgellone?"

L'uomo glielo spiegò nei minimi dettagli ma Gori Misticò non ci capì lo stesso una mazza. "E lei si è ammalato per colpa dell'aria o dell'acqua?" gli domandò.

"Io dico che sono state le scie degli aerei. Ma ormai non conta più," rispose il vicino di poltrona. "Quello che è sicuro è che non ne usciremo vivi."

Si accorse dello sguardo del carabiniere. C'era perplessità, scetticismo. Ma anche compatimento.

"Lei non mi crede, vero?" disse in tono di sfida. "Certo, anch'io ero così, prima. Poi ho capito. Legga, si informi," lo esortò. "È tutto su Internet. Ma non vogliono farcelo sapere. So io cosa si dovrebbe fare."

"E cosa si dovrebbe fare?"

"Un bel missile terra aria contro un aereo."

"Quale aereo?"

"Uno qualsiasi, tanto pure i piloti sono tutti d'accordo. Ne basta uno e poi vedrà che la prossima volta ci pensano su."

"E lei lo farebbe?"

L'altro ci pensò qualche secondo. "Abbattere un aereo non è facile," disse poi. "Ci vuole un'attrezzatura specifica." Poi mise su un'aria pensosa, come se gli fosse venuta un'idea. "Ma magari un pilota... Chi lo sa. Così non sarei l'unico ad andarsene al creatore."

Gori Misticò si alzò combattendo contro un capogiro improvviso e violento ma per fortuna molto breve. Andò al bar interno dell'istituto, si avvicinò al banco ma non ordinò niente. Si sentiva la nausea, era la prima volta che gli capitava, temeva di vomitare e questa soddisfazione al cancro non gliela voleva proprio dare.

Strangio lo aspettava seduto dietro la scrivania. "Entra," gli disse.

Gori si mise seduto di sguincio, come facevano una volta le donne sul sedile della Lambretta guidata dal marito. "Senti, scusa per prima, Nicola," gli disse dopo qualche momento di imbarazzato silenzio. "Ero nervoso. Sono stanco."

Il medico gli fece segno che andava tutto bene, non era il caso di scusarsi. "Volevo solo dirti che ti devi riguardare," rispose.

Gori Misticò mostrò una specie di sorriso. "E che cambia?" disse. "Ti riguardi e non ti riguardi, finisce sempre come deve finire. Tanto vale che prendi solo la parte buona, senza pretendere che devi guarire per forza. Che quella è tutta fatica inutile in più."

Nicola Strangio lo guardò come se gli avesse scoreggiato a tradimento in faccia. "Quindi, io ho sbagliato completamente mestiere," disse. "Che senso ha curare i malati visto che tanto prima o poi muoiono tutti? Oltretutto, quelli che curo io non è che tengono il mal di gola o l'unghia incarnita. Tanto vale che gli do una fialetta di cicuta e buonasera. Tu stesso ti potresti tirare un colpo. La pistola ce l'hai ancora, no?"

"Ce l'ho ancora la pistola," rispose Gori, ostile. In questo viaggio se l'era portata dietro, per via della questione che aveva in mente di sbrogliare, quella che gli aveva consigliato Michele. Al check-in aveva mostrato i documenti necessari e aveva imbarcato il trolley nella stiva, come da protocollo.

"Benissimo," riprese Strangio. "Che aspetti? Che ti serve venire qua? Che serve che ti curo? Perché cazzo mi stai facendo perdere tutto questo tempo? Stattene a casa, così posso occuparmi di gente che apprezza quello che cerco di fare."

"Ti sto dicendo una cosa più seria, professore," disse calmo Gori Misticò. Adesso era lui che cercava di placare il medico. "Se la smetti di prendere tutto sul personale e ti rilassi è capace pure che impari qualcosa."

La fiammata di Nicola Strangio si spense altrettanto rapida quanto era esplosa.

"Il cancro è una delle cose più schifose che ti possono capitare, questo poco ma sicuro," riprese Gori Misticò sistemandosi finalmente sulla sedia come un cristiano. "E a me mi ha cambiato la vita. In peggio. Ogni giorno mi alzo con la sensazione che c'è un cannone che mi hanno puntato contro, che mi segue a ogni ora della giornata e non so quando sparerà. L'unica cosa sicura è che un momento o l'altro lo farà. Ho dovuto lasciare l'Arma, che per me era più importante della famiglia, visto che la famiglia manco ce l'ho. Nessuno mi obbligava a farlo, ma questo lavoro o lo fai al meglio delle tue possibilità o è meglio che ti fai da parte. E non ho detto niente perché non voglio la pietà di nessuno. Però qualcosa me l'ha pure migliorata."

"E che cosa?" gli domandò il medico diffidente.

"Mi ha tolto l'ansia," rispose Gori.

"Quale ansia?"

"Quella di aggiustare il mondo. Trovare il colpevole, fare giustizia. L'ossessione di ogni sbirro."

"Ah, sì? E invece adesso hai scoperto che non te ne fotte più niente."

"Non è che non me ne fotte niente, Nicola. Penso che non è compito mio. O almeno che non è più compito mio. Che ci pensassero altri."

"La vita senza ansia è una vita migliore," concesse il medico. "Basta che l'ansia non lasci il posto all'indifferenza. Alla rassegnazione, all'apatia. Che poi sono tutti trucchi del cervello per non farti sentire la paura."

"Te l'ho detto. Basta aspettare e pure la paura finisce."

Strangio picchiò un pugno sulla scrivania. "Ed è qui che ti sbagli, bàbbu 'e portùna," replicò con durezza. "Non hai solo da aspettare, hai anche da sperare. Ci sono terapie che possiamo ancora sperimentare, farmaci nuovi. Ma tu devi collaborare, altrimenti se pensi che tanto muori domani mattina è tutto inutile."

"Più di quello che sto facendo, che altro dovrei fare?" disse Gori Misticò. "Ogni quindici giorni faccio tremila chilometri avanti e indietro."

"Comincia a non intossicarti di antidolorifici," disse Strangio guardandolo serio. "Ti pare che non me n'ero accorto che hai il sangue pieno di oppio? E, giusto per tua informazione, sappi che proprio due ore fa ho fatto una telefonatina a una farmacista di tua conoscenza dicendole che se si azzarda a passarti un'altra scatola di Vicodin, non mi interessa in base a quale vostro accordo privato, quant'è vero gesucrìsto la faccio arrestare."

"Non è Vicodin, è Tramadol," disse Gori Misticò.

"Vai a fare in culo, Gregorio!"

"Preferisci che mi ammazzo di dolore?"

"Non sei a quel punto," rispose Strangio. "Ancora non ci sei nemmeno vicino, e prega la Madonna di non arrivarci, perché con tutta la merda che ti sei calato, quando ne dovessi avere bisogno davvero le pillole non ti faranno più un cazzo."

"Ho preso nota," disse con freddezza Misticò. "Altri consigli?"

"Te l'ho detto. Ti devi riposare. Pensi che sia un consiglio da quattro soldi? Anche il riposo è una cura. È una parte fondamentale della cura. Risparmia le energie. Il tuo corpo ha bisogno di tutte le forze a disposizione per combattere la malattia. Dormi. Mangia cose sane. Non bere né fumare. Quanto al sesso, finché ti limiti ai massaggi cinesi puoi pure continuare. Ma anche lì, vedi di non esagerare, ché le raspette andavano bene quando avevamo quattordici anni."

"Devo ricordarmi di non venirti a raccontare tutti i cazzi miei," disse Gori.

"Tra amici ci si racconta tutto," sogghignò il medico. "Tu adesso te ne torni in albergo e ti fai un riposino," aggiunse alzandosi dalla scrivania. "Stasera, anche si si' 'nu cacasìccu, ti pigli un taxi e ti fai lasciare all'aeroporto. Anzi, guarda, chiedi se ti può lasciare direttamente sotto l'aeroplano. E quando sei atterrato nella tua bella Calabria, chiami qualcuno che ti viene a prendere e ti riporta esattamente sotto casa."

"E se devo andare a cacare lo posso fare di persona o devo delegare qualcuno?"

"E continua a fare il coglione," disse il dottor Strangio esasperato. "Vattene di qui che più ti guardo e più mi girano."

"A dire la verità riparto domani mattina," disse Gori Misticò. "Stasera devo vedere una persona." Si accorse dello sguardo del medico. "Statti tranquillo, non mi stanco, promesso," aggiunse.

"E chi sarebbe la persona che devi vedere?" gli domandò Nicola Strangio.

"E che, sei geloso?" disse Misticò. "Pensi che mi vedo con un altro medico? Che vado a sentire un curatore filippino? È una persona che devo vedere, una cosa che devo fare. Mi pare che è una cosa necessaria sia per me sia per questa persona. Lo vedo e domani me ne torno nella mia bellissima Calabria."

Si salutarono sulla porta dell'ufficio, questa volta in maniera sobria e composta, come vecchi amici che si davano l'arrivederci, ma chissà a quando.

Comune di San Telesforo Jonico
Località Tre Croci, detta anche Celata
Palazzo Lauria

Su Falco Celata di Lauria chiacchiere se ne erano fatte da sempre. La conclusione di ogni ragionamento era che il ragazzo tutto poteva essere, fuori che cìppu du stessu lìgnu. Vale a dire che Falco assomigliava a suo padre quanto un quadro di Guttuso assomiglia a un cartello di divieto di sosta.

Aveva giusto gli occhi verdi della madre, ma del padre manco l'unghia del mignolo, e la gente di un paese come San Telesforo – pure che il palazzino di quella famiglia stava abbastanza lontano dall'abitato da non sentire né provocare chiacchiere – fa presto a fare due più due ritenendo di avere azzeccato il risultato. Qualcuno ricordava che la baronessa, prima di rimanere incinta, era rimasta all'estero per diversi mesi. Tra i paesi dove aveva soggiornato c'era anche la Svizzera. E dopo che era circolata la notizia che era rimasta incinta, donna Silene non si era più fatta vedere se non quando il bambino aveva già qualche mese.

Non era che un chiacchiericcio, e la baronessa – va detto – era pure donna dabbene, ma quel quel chiacchiericcio diventò diceria, poi subdola insinuazione, quindi palese calunnia e infine certezza diffusa – giacché questa è la parabola a cui l'opinione pubblica affida la propria conoscenza del mondo.

Adùlteri, nobili, fughe d'amore. Di storie così ne succedono. Chiedete a Catena Ciullo, vedova Mastranzo. Di storie così alle trasmissioni del pomeriggio di cui lei è ghiotta ne raccontano una alla settimana.

Ma erano pure passati trenta e più anni e ormai di chi era figlio o non era figlio Falco Celata nessuno discuteva più, anche perché molti di quelli che ne avevano a suo tempo discusso ormai potevano fare chiacchiere solo con il rispettivo angelo custode. E, nel frattempo, i Celata di Lauria erano praticamente scomparsi di scena: Falco a San Telesforo Jonico aveva vissuto poco e niente. Era cresciuto in diverse città, in ambienti protetti, allevato da donne di servizio e tate che nel corso degli anni si davano il cambio. Ciascuna resisteva insieme al bambino per non più di sei mesi, dopodiché abbandonava volentieri l'incarico prima di contravvenire alla prima, aurea regola di qualsiasi educatore, che impedisce di prendere a calci nel culo il piccolo di cui ci si occupa.

Il ragazzo aveva studiato, quel pochissimo che aveva studiato, a Roma, città dove aveva trascorso buona parte dell'adolescenza. In Calabria tornava raramente e solo per chiedere soldi. Il suo libretto universitario sanciva che egli aveva presentato in tutto tre su un totale richiesto di ventiquattro esami raccogliendo una brillante media di voto pari a diciannove. Aveva lasciato la facoltà di Legge, si era iscritto ad Architettura, era tornato a Legge, aveva preso un anno sabbatico lungo diciannove mesi e infine aveva deciso di interrompere gli studi che, a volere vedere, non è che avesse mai davvero iniziato. L'università non lo aveva affatto aiutato a elaborare il proprio, smisurato talento. Anzi, tutti quei professori, diceva Falco, avevano in testa una sola idea: tarpare le ali alla sua formidabile intelligenza, alla sua versatile creatività, alla sua poliedrica capacità imprenditoriale. Decise che sarebbe diventato autodidatta e che, un giorno, caso mai, avrebbe aperto un ateneo tutto suo.

La sua attività creativa consisteva sostanzialmente nell'incapricciarsi di un'idea balorda, letta o sentita dire da qualche parte, e usare i soldi di famiglia per tentare di realizzarla. Il giovane *entrepreneur*, tuttavia, come si incapricciava con altrettanta celerità si scapricciava, sicché le sue iniziative duravano quello che duravano, il tempo di perdere qualche migliaio di euro – tanto, a lui che gliene fotteva? – e aspettare una nuova ispirazione che certamente non sarebbe tardata ad arrivare.

La madre, perennemente in viaggio ai quattro angoli del mondo per le sue attività filantropiche, lo vedeva poco (da adolescente lo aveva portato qualche volta con sé, per poi rendersi conto che non era cosa). Suo padre, ancora di meno. Quasi mai. Il barone aveva già quarantadue anni quando Falco veniva al mondo e dopo poco tempo aveva manifestato i primi sintomi di quella depressione che non lo avrebbe più lasciato.

Abbandonata l'idea di proseguire gli studi, Falco cominciò a viaggiare anche lui. Non certo per motivi umanitari, ma girò il mondo ed esperì tutto quello che c'era da esperire, compresi arresti e fogli di via, finché l'anno passato si era deciso a tornare in Italia per tentare un primo progetto imprenditoriale. Fallì.

Per recuperare la fatica e lo stress accumulati, Falco ripartì allora alla volta di Las Vegas, dove riuscì a perdere centotrentasettemila dollari puntando per una notte intera il 18 su sei diverse roulette, ma dove ebbe la visione: il *suo progetto*. Era un'idea grandiosa. Però, né il barone né la baronessa lo avevano preso sul serio, anzi, probabilmente sua madre nemmeno l'aveva mostrato al barone il disegno che aveva commissionato allo studio di progettazione.

Solo Di Teodoro aveva creduto in lui, nonostante gli ostacoli. Bastava un poco di terra per iniziare, gli aveva assicurato l'ingegnere. Magari non tutta e non tutta subito. Ma almeno qualcosa. Per esempio, si poteva cominciare con la collina di Pagliarella, attualmente bosco incolto, e magari aggiungerci la piana di Mazzo del Càccaro, dove più che 'mpethràta e sterpaglie non c'erano.

Aveva firmato le carte che gli avevano chiesto, grazie al sindacato aveva ottenuto i capitali necessari. Mancava soltanto una firmetta del barone. Si erano perfino aggiunti soci stranieri, i russi, che minacciavano adesso di ritirarsi dall'affare, di chiedere interessi e danni per gli investimenti a vuoto. E quella era gente che non scherzava.

Falco Celata ritenne di avere capito il da farsi. Certo, era una decisione estrema, un azzardo, ma chi non è disposto a rischiare di andare lontano non saprà mai quanto lontano si può arrivare. Ben presto suo padre avrebbe saputo fino a dove lui fosse disposto ad andare.

A quell'ora del mattino la servitù non aveva ancora cominciato la giornata di lavoro. Falco era appena tornato da una notte in cui aveva provato una paura e una inquietudine mai sentite prima d'ora. Era stanco, non aveva dormito, si sentiva al tempo stesso lucidissimo e confuso, come se stesse sognando da sveglio. Ma si sentiva anche finalmente adulto, padrone del proprio destino.

Appoggiò la mano sulla porta dello studio. Sapeva che lui era ancora al lavoro, sempre che si potesse chiamare lavoro scrivere un libro su chiese diroccate vecchie cinque o seicento anni.

Esitò.

Respirò profondamente.

Poi spinse la pesante porta.

"Sono io," disse. "Dobbiamo parlare. Una volta e per tutte."

Milano
Strade

Anche se non gli avrebbe mai dato la soddisfazione di farglielo sapere, il maresciallo in aspettativa Gori Misticò decise di seguire il consiglio del dottor Nicola Strangio riguardo al fatto di non stancarsi e, a un certo punto, chiamò un tassì. Avrebbe potuto benissimo farsela a piedi, in tutto erano poco più di sette chilometri – si partiva dalla pensione vicino a largo Cairoli dove pernottava, si imboccava via Melzi d'Eril, si attraversava il parco, poi il pezzo fino a piazza Diocleziano e quindi sulla Mac Mahon da percorrere quasi tutta. Via Mambretti, largo Boccioni e finalmente il luogo dove, peraltro, non era affatto certo di trovare chi aveva in mente. Erano passati tanti anni, poteva essere successo di tutto.

Invece percorse nemmeno un chilometro, dal suo alberghetto fino al comando della stazione di porta Sempione. Si guardò intorno per riconoscere i luoghi dove aveva vissuto e lavorato per diversi anni: non era cambiato molto. Anche il chiosco dei fiori di via Procaccini angolo via Lomazzo dove nel maggio del 2013 Petronilla Ascari detta Gigliola gli sparava un colpo che gli tranciava a metà il muscolo pettorale sinistro era ancora lì.

Era una serata fresca e adesso Gori si sentiva effettivamente stanco, non solo per la chemio. Chiamò il 6969, Berlino 15 arrivò in sei minuti e dopo altri dieci era a Quarto Oggiaro, dove si apprestava a fare quello che, secondo lui, era stata la voce fantasma di Michele a suggerirgli. *Pensa alla cosa peggiore che hai fatto in vita tua. Aggiustala.*

Anche il Bar Ocean (si pronunciava così: O-ce-àn) stava dove era sempre stato, ma il barista nel frattempo era diventato cinese. Gori Misticò si sedette a un tavolino ma nessuno venne a prendergli la comanda. Dentro c'erano altri sei o sette avventori tra assidui, insonni e poco di buono. Fece un cenno a uno di quelli che sembrava appartenere alla terza categoria. Quello lo guardò senza muoversi. Gori Misticò non abbassò lo sguardo e allora l'altro gli rivolse a sua volta un breve cenno della testa che poteva volere dire diverse cose: "Ce l'hai con me?", oppure "Che cazzo vuoi?", o anche "Chi cazzo sei?".

Gori Misticò rispose con un altro movimento della testa che voleva dire una sola cosa: "Te lo sto chiedendo gentilmente. Vedi di avvicinarti, che ti devo domandare una cosa."

Il tizio – una quarantina d'anni portati come si poteva permettere di portarli: sigaretta pendente dal labbro, giubbotto di finta pelle marro' e scarpe di apparente rettile con la punta di metallo – esalò un profondo sospiro che stava a significare: "Ma tu mo' vedi che uno nemmeno al bar può stare tranquillo, che c'è sempre un cacacazzo in giro," e si rassegnò ad avvicinarsi.

Rimasero a guardarsi qualche secondo. "Ti conosco?" domandò poi l'uomo.

"No e non è necessario," rispose Gori Misticò.

L'altro indurì l'espressione. "E allora che..." fece per dire, ma Misticò si appoggiò la punta dell'indice al naso e tanto bastò per farlo tacere.

"Nittis è ancora in giro?" domandò il maresciallo in aspettativa. "Lucido, come si fa chiamare."

"Non conosco nessun Nittis e nessun Lucido."

"Sai dove lo posso trovare?"

"Non ci senti? Non mi hai capito?"

"Ti sento e ti ho capito benissimo," disse Gori. "Mi hai appena detto che conosci Nittis e che è ancora vivo. Ti spiace di dirgli che Misticò lo cerca? Gori Misticò. Dammi retta, se quello sa che ti ho chiesto di farmi l'ambasciata e tu hai fatto il coglione e non gli hai detto niente, è capace che si incazza brutto. Quindi, fa' il bravo e vallo a chiamare."

L'altro lo guardò per una decina di secondi, forse meno. "Gori?" fece con l'aria schifata. "E che cazzo di nome sarebbe?"

"Da dove arrivo io, è l'abbreviazione per Gregorio," rispose Misticò. "Quanto al cognome, visto che mi pari uno appassionato della materia, ti racconterò brevemente la storia. Si tratta di un banale errore di trascrizione. Mio padre di cognome faceva Palarmìti, una famiglia mafiosa con cui lui non voleva avere più un cazzo a che fare. Né col padre, né coi fratelli, né con nessuno. Quando nacqui io pensò che l'unica maniera per strapparmi alla sua stirpe fosse non riconoscermi. E così fece, io presi il cognome di mia madre, che faceva Nisticò, un cognome molto diffuso dalle mie parti. Disgraziatamente, l'impiegato trascrisse male e così mi sono trovato addosso un cognome vagamente ascetico. Ti è piaciuto il racconto?"

"In pratica, tuo padre ti ha abbandonato," disse il tizio.

"In pratica, sì," rispose Gori dopo una breve esitazione.

"Bel padre della minchia," commentò l'altro.

"A quanto pare era l'unico modo per salvarmi," replicò Gori con poca convinzione. Non parlava quasi mai di suo padre né gli era mai capitato di doverne difendere la memoria. Non avendolo praticamente mai visto non poteva neppure dire di odiarlo (si può odiare un padre-fantasma?), ma certamente non nutriva stima né per la sua famiglia, che poi tecnicamente era anche la famiglia di Gori, né per la scelta di non avergli dato il cognome. Certo, se se lo fosse trovato davanti, due paroline gliele diceva sicuro. Ma allo stato delle cose, era inutile anche pensarci.

"E lui che fine ha fatto?" gli domandò l'uomo recuperandolo da quei pensieri.

"Questa te la racconto la prossima volta," rispose Misticò. "Mo' vammi a chiamare a Nittis, che si sta facendo tardi."

Arrivò dopo pochi minuti. Si strinsero la mano con una sorta di minacciosa cordialità.

"Temevo che fossi morto," gli disse Gori Misticò. "Come ti devo chiamare? Nittis o preferisci ancora Lucido?"

"Mi chiami come le pare, maresciallo," rispose Adalberto Nittis, che continuava a mettersi gommina nei capelli come da giovane, quando, dopo essere passato con disinvoltura dalle rapine alla lotta armata, si vantava di potere affrontare una sparatoria senza spettinarsi. Solo che adesso la gommina non si chiamava più gommina e i capelli gli si erano sfoltiti e imbiancati. Però il risultato era abbastanza simile: faccia da cazzo era e faccia da cazzo era rimasto.

"Più che altro pensavo che fossi ancora in galera," precisò Gori Misticò facendogli segno di sedersi.

"Sono passati otto anni da quando mi ci ha rimandato," rispose quello sedendosi di malavoglia. "E sono uscito diciotto mesi fa. Quanto ci dovevo restare ancora, secondo lei?"

"Be', per quello che hai fatto, otto anni mi sembrano appena il giusto," disse Misticò sistemandosi la sedia. "Niente di più facile che ti fossi inguaiato di nuovo. Lo so, è un pregiudizio. Ma io e te lo sappiamo che a volte i pregiudizi funzionano."

"Nel mio caso, no," disse Nittis, badando a nascondere il fastidio. "Sono semilibero e tra poco non avrò più carichi pendenti con la giustizia."

"Bravo, complimenti. Beviamo qualcosa per festeggiare?"
"No, grazie. Ho di meglio da fare."
"Tipo?"
"Tipo che quando mi ha mandato a chiamare stavo cagando. Che cosa vuole da me, maresciallo?"
"Sai una cosa? Non sono più maresciallo. Ho lasciato l'Arma più o meno quando tu sei uscito di galera. Sei contento?"
"Direi che non me ne frega una minchia," rispose Lucido.
"Non vuoi nemmeno sapere perché?"
"Suppongo che si è stancato oppure che si è ammalato," disse l'altro buttandola lì. "Dagli occhi, direi la seconda."
Gori Misticò ebbe una lieve esitazione che però forse Nittis colse lo stesso. "Basta parlare di me," disse. "Allora, raccontami. Com'è questa tua vita semilibera e quasi priva di carichi pendenti?"
"Mi rompo il cazzo dalla mattina alla sera," tagliò corto Lucido.
"Eh, lo so. Ma, sai, capita a tutti quelli che stanno fuori dalla galera," replicò Gori Misticò. "Ossia, la maggioranza dei cristiani. Libertà in cambio di noia. E di Marchino che mi dici? E Bogdan? E quell'altro, come si chiamava? Il tuo figlioccio."
"Del Re."
"Esatto. Del Re. Che fine ha fatto?"
"Sta sotto tre metri di terra."
"Oh, mi spiace," mentì Gori. "E com'è successo?"
"Secondo me lo sa benissimo ma le va di fare conversazione. A ogni modo. Clelio è stato ammazzato da un vigilante durante una tentata rapina alla Popolare di piazzale Lagosta. È successo tre o quattro anni fa. Era in libertà condizionata e voleva tornare alla vecchia vita. Io glielo avevo sconsigliato ma lui non mi ha dato retta."
"Volevi rimettere anche lui sulla retta via?"
"No. È che quella banca non era un buon obiettivo. Poche via di fuga."

"È normale che il discepolo si ribelli al maestro," disse il maresciallo. "Non te la devi prendere, Lucidino."

"Non me la prendo, ma non mi chiami Lucidino. Del Re ha fatto la vita che voleva fare e la fine che si aspettava. Maresciallo, andiamo al dunque."

"Hai premura?"

Nittis fece una smorfia che poteva essere un sorriso o un tentativo di affilare i denti. "Il fatto è che nei film che fanno alla televisione, quando il criminale e lo sbirro che lo ha arrestato si incontrano dopo tanti anni è tutta una gioia, una rimpatriata tra compagni di classe. Invece io per lei nutro gli stessi sentimenti di quando mi ha catturato. Ricordo l'ultima sparatoria, gli anni di galera a uno a uno. E poi ricordo Gigliola. Se potessi mostrarle come vorrei festeggiare la rimpatriata lo farei volentieri, ma credo che sarebbe oltraggio a pubblico ufficiale, anche se ha lasciato l'Arma. Non mi fa piacere sapere che lei è ancora vivo ma immagino che non lo sarà ancora per molto."

"I medici dicono un anno," rispose Gori Misticò ostentando indifferenza. "Ma visto che non mi riguardo, penso che sarà di meno."

"Glielo auguro di cuore. Forza, mi dica cosa posso fare per lei prima che considero davvero l'ipotesi di farla sparare in testa da Pasquale."

Misticò si voltò. Il tizio con la giacca di pelle finta e le scarpe di serpente era ancora lì, di guardia, sulla porta del bar. Solo adesso Gori si rendeva conto che nel locale erano rimasti solo loro tre. Pure il cinese se l'era squagliata.

"Quello che ho mandato a chiamarti?" disse Gori Misticò indicando il tirapiedi. "Si chiama Pasquale? E lo farebbe davvero?"

"Per me quello si butta nel fuoco," rispose Lucido. "Al militare e in galera ti fai i migliori amici." Avvicinò la sedia e cambiò tono. "Maresciallo, forse non te ne rendi conto, ma qui stai rischiando brutto. Non so perché sei venuto ma è stata una pessima idea."

Gori Misticò sentì alle sue spalle un rumore metallico che conosceva bene. Uno scatto. Gli ricordò i tempi passati, quando a sentire un rumore come quello voleva dire che eri già mezzo morto. "Mettiamola così, Adalberto Nittis detto Lucido," disse facendosi serio, ma rimanendo calmo. "Se tu mi fai sparare torni in galera e addio semilibertà per i secoli dei secoli."

Nemmeno Nittis si fece intimidire. "Ho sessant'anni, maresciallo," lo interruppe. "E te l'ho già detto, in libertà mi rompo i coglioni. Devo lavorare in un cazzo di magazzino dove sposto in continuazione scatole per cinque euro all'ora. Tornare in galera non mi preoccupa né mi spaventa. Mi dispiacerebbe un po' per il figlio che ho appena avuto, ma preferisco che sappia chi era davvero suo padre."

"Un rapinatore di banche," disse Gori Misticò che teneva le mani sotto il piano del tavolino.

"Un combattente," lo corresse l'altro.

"Punti di vista."

"Sicuramente, non un magazziniere che deve dire signorsì a una merda di capo reparto che altrimenti parla col giudice di sorveglianza. Senza considerare la soddisfazione che avrei a portare a termine quello che non sono riuscito a fare l'ultima volta che ti ho visto."

Gori lo guardò sprezzante. Ghignò. "Tu non devi portare a termine un bel niente, Lucido. Non mi hai sparato tu, mi ha sparato Gigliola. Lei sì, era una combattente. A modo suo, almeno. Tu eri solo un delinquente comune che voleva fare il duro. Mandavi avanti gli altri. E difatti anche quella volta te la sei squagliata. Vuoi che ti ricordi com'è andata? Eri latitante. Ti avevo già messo in galera una prima volta ma eri riuscito a squagliartela. Ma siccome sei un genio del crimine, te ne stavi a Milano, dove sei nato e cresciuto. A lei avevi detto di raggiungerti perché avevi voglia di scopare. Mi vedi per strada, mi riconosci. Lei mi guarda e non capisce, ma tu le dici che sono uno sbirro, dopodiché, come tuo costume, scappi e la lasci a sbrogliarsela da sola. Però una pallottola nel culo sono riuscito a piantartela lo stesso.”

“E a lei l’hai ammazzata,” lo interruppe nuovamente Nittis.

“E che dovevo fare, offrirle un caffè? A ogni modo, non è della galera che ti dovresti preoccupare.”

Anche Nittis udì lo stesso scatto metallico che aveva sentito Gori Misticò cinque minuti prima. Veniva da sotto il tavolo.

“Il problema è che nel tempo che tu fai segno a Pasquale di tirare fuori il ferro, io ho già tirato il grilletto del mio che, lo dico per fugare ogni equivoco, è già puntato ai tuoi coglioni,” disse il maresciallo in aspettativa. “A te la galera non fa paura e in libertà ti annoi. E va bene. Io però ho un cancro che mi lascia qualche mese di vita. Adesso fatti il conto chi ha più da perdere tra me e te. Ora, se hai finito di fare il bullo, che alla tua età sei pure ridicolo, vuoi conoscere la ragione per cui ti cercavo?”

Nittis tirò un respiro profondo. “E sentiamo la ragione.”

“Sono venuto per chiederti perdono,” disse Gori Misticò mettendo via la pistola, che non serviva più. Nel frattempo, Pasquale aveva fatto altrettanto e, ubbidendo al cenno del suo capo, era uscito a fumarsi una sigaretta, benché nessuno avesse mai obiettato sul fatto che lui fumava pure dentro al bar.

Adalberto Nittis ebbe uno scatto della testa, come se avesse sentito improvvisamente puzza di gas. “Perdono di cosa?” domandò.

“Di averti ammazzato la donna,” rispose Gori Misticò con freddezza. “Non potevo fare altrimenti, mi dovevo difendere, ma non sono mai andato orgoglioso di avere ucciso una ventiduenne. Esaltata, ma pur sempre una ragazza di ventidue anni.”

Nittis deglutì. “Mi stai pigliando per il culo?” domandò minaccioso. “Sei venuto qui a pigliarmi per il culo?”

“Nossignore, gran testa di cazzo,” rispose Gori Misticò calmo. “Ultimamente sto facendo alcune riflessioni di cui non ti metto a parte, punto primo perché non le capiresti e punto secondo perché non ti riguardano. Sono venuto qui perché mi sentivo di doverti dire quello che ti ho detto. È una cosa mia, tu c'entri e non c'entri. Mi sono spiegato, adesso?"

Nittis rimase in silenzio qualche secondo. Espirò a lungo. "E va bene," disse poi. "E allora stammi a sentire, maresciallo, e stammi a sentire bene perché ti sto dando una lezione di vita. Mio padre è schiattato un paio d'anni fa. In punto di morte s'era messo in testa che voleva chiedermi perdono perché suo figlio era diventato un criminale. Dice che se avevo preso la strada sbagliata era per colpa sua."

"E tu?"

"L'ho mandato a fare in culo e l'ho guardato morire. Io diventavo criminale anche se lui invece di picchiare mia madre era professore universitario. Adesso pure tu sai che stai per andartene e vuoi mettere le cose a posto. Lo capisco, è quello che vorrebbero fare tutti. E ti sei convinto che dovevi parlare con me. Ti vuoi mettere davvero la coscienza a posto, Misticò? Lascia fottere me e la donna che mi hai ammazzato. Lei non ti riguarda, non sono affari tuoi. La cosa più rispettosa che puoi fare è dimenticarci. Se c'è qualcuno che ha il diritto di tenersi il ricordo di Gigliola, quello non sei certo tu. E adesso tornatene a casa. E fa' quello che devi fare davvero."

Nittis si alzò e si avvicinò all'uscita.

"E sarebbe?" domandò Gori Misticò ad alta voce. "Che cos'è che devo fare?" Si vedeva che lo stava domandando davvero, che voleva una risposta.

Nittis si fermò sulla porta. "E a me me lo chiedi?" disse senza voltarsi.

"Ci siamo io e te," rispose Gori Misticò.

L'altro finalmente si voltò con un gesto che sembrava preparato da tempo, per come gli era riuscito bene. "Aiuta chi te lo chiede," disse. "Non chi del tuo aiuto non sa che farsene."

Pasquale si era offerto di tornare dentro e spararagli in testa, ma Lucido gli aveva detto che andava bene così, che tanto non si sarebbe più fatto vivo comunque.

Milano
Pensione Torre d'Oro

Gori Misticò non aveva voglia di rimanere a Milano né voglia di tornare in Calabria, così pagò un altro giorno di pensione che trascorse a dormire, guardare la televisione e leggere. Trovò un *Topolino* rimasto nella valigia da chissà quale viaggio. Conteneva una delle storie più famose e celebrate di tutti i tempi, quella in cui zio Paperone si presenta per la prima volta a Paperino e ai nipotini facendogli subito capire che razza di stronzo si trovano come parente prossimo. Quella storia non gli era mai piaciuta né per la trama né per i disegni. A lui piaceva il Paperone pieno di vita e iniziativa, perennemente in viaggio. Sempre stronzo, per carità, ma in modo diverso. Non questa specie di pennuto in palandrana acido e abbrutito che stava sempre chiuso in casa, se ne fotteva di tutti e se ne vantava pure. E, tuttavia, Misticò rilesse quella storia dall'inizio alla fine ritrovando se stesso nei panni del papero più ricco del mondo, mentre Paperino e i nipotini avevano tutti la faccia di Federico Costantino.

Considerò l'ipotesi di trovare un centro di massaggi romantici per buttare fuori un po' del nero che si sentiva dentro. Non voleva però tradire la sua Shin e si fermò alla seconda cifra del numero. Infine si decise e telefonò al call center della easyJet acquistando una sola andata per Lamezia che gli dissipò tutti i dubbi e ogni riserva sul fatto che le compagnie low cost pratichino prezzi troppo bassi. Quel biglietto gli costò una cifra infame.

Nemmeno gli passò per la testa di avvertire Catena che sarebbe tornato giovedì anziché martedì. La donna avrebbe bussato e poi se ne sarebbe andata senza farsi troppe domande. Non c'era anima viva che si sarebbe preoccupata per la sua assenza. A casa non lo aspettava nessuno, neppure un gatto. C'era solo una pianta che, essendo grassa, non teneva nemmeno tutto questo bisogno di farsi innaffiare. Gori Misticò se ne poteva stare fuori casa sei mesi che per lei era lo stesso. Nessuno avrebbe sofferto quando lui se ne sarebbe andato per sempre.

Aeroporto di Linate
Imbarchi

"Vi ricordate di me?" gli domandò l'anziano. Indossava ancora lo stesso basco dell'altra volta.

"Come no," rispose Gori Misticò alzando lo sguardo dalla brochure che spiegava come comportarsi in caso di ammaraggio dell'aeromobile. "Siete andato a trovare di nuovo vostra figlia?" gli domandò per capire se l'altra volta ci aveva preso.

"Un'improvvisata," rispose l'uomo con lieve imbarazzo. "Ci ho portato certi dolci del paese."

"Pupùni?" gli domandò Gori.

"Cuzzùpa," rispose l'altro, pieno di orgoglio. "Un altro poco è Pasqua."

Gori continuò a sorridergli aspettando e sperando che quello se ne andasse e lo lasciasse agli affari suoi e alle sue letture. Ma quello non se ne andava, pareva aspettare qualcosa. Un'offerta d'aiuto.

Gori Misticò occupava il posto centrale. Finalmente comprese la richiesta e gli indicò quello lato corridoio che era libero.

"Voi davvero mi permettete?" domandò l'anziano incredulo di tanta generosità.

"Se proprio vi fa piacere," rispose Gori.

"E come no. Altro che."

"E allora, forza," disse il carabiniere alzandogli il bracciolo.

Il potenziale testimonial di una Calabria rurale ormai scomparsa fu preso da un improvviso dubbio. "Ma però io a dire la verità sarei al numero trentacinque," disse indicando il fondo dell'aereo.

"Mettetevi comodo," disse il maresciallo con un sorriso. "Caso mai ci parlo io con la hostess."

"E se poi dopo viene quello che deve stare qui?"

"Non viene nessuno," lo rassicurò il maresciallo. "L'aereo è mezzo vuoto. Al massimo gli diciamo che siete mio padre."

L'uomo si mise seduto. "L'altra volta mi avete proprio messo tranquillità," disse con tono colmo di gratitudine.

Nemmeno cinque minuti dopo il decollo già dormiva beato. Gori Misticò lo svegliò che erano in vista della loro bella Calabria, dalla quale mancavano entrambi da qualche giorno.

Comune di San Telesforo Jonico
Località Tre Croci, detta anche Celata
Palazzo Lauria

In quei giorni in Calabria erano successe alcune cose. Tra le cose che erano successe, era successo che il 10 marzo il barone Vittorio Celata di Lauria era stato trovato nel suo studio, morto sparato da un colpo di pistola a bruciapelo che lo aveva raggiunto al cuore. La terribile scoperta era stata fatta da Falco Celata, figlio del deceduto e perdunque orfano dello stesso. La morte sembrava essere stata istantanea. Un solo colpo calibro 9x18 e il barone, come si diceva da queste parti, si era raccolto i peperoni (altri in questi casi dicevano si è raccolto i panni, a significare che quando si muore non si deve mai partire a mani vuote, qualcosa è sempre meglio portarselo dietro).

Il giorno stesso in cui era stato ritrovato il cadavere del barone Celata, però, era successo un altro fatto altrettanto luttuoso: avevano ammazzato a Calogero Pirucchia, detto Marrànciu, vecchio boss della criminalità organizzata, ricercato dalla polizia e, a quanto pare, non solo da quella. Lo avevano sparato e poi, per lanciare un qualche segnale che in quel genere di storytelling evidentemente dovrebbe esprimere chissà quale raffinato concetto, lo avevano nientemeno che appeso per il collo e lasciato penzolare una notte intera da un palo della luce in una viuzza laterale al Palazzo di Giustizia di Catanzaro. Gli autori con tutta probabilità erano suoi rivali, ma quello che più conta ai fini del discorso che finora abbiamo fatto è che la morte di Vittorio Celata di Lauria era stata, in sede giudiziaria, oscurata dall'impiccagione efferata e clamorosa del sanguinario capococsa. Anche perché del mafioso appeso dal collo erano disponibili decine di video amatoriali realizzati prima e mentre le forze dell'ordine tentavano faticosamente di staccarlo dalla forca (avevano dovuto noleggiare una gru da un'azienda di traslochi); mentre del secondo non esisteva alcuna traccia video. E ciò ebbe un effetto non indifferente sulle indagini che ne seguirono.

Il primo a occuparsi del barone morto fu Federico Costantino, avvertito dal carabiniere semplice Lo Cardo Ludovico, al quale il figlio dello scomparso aveva dato comunicazione telefonica del fatto, anche se non proprio tempestiva.

"Come mai non ci avete chiamato subito, signor barone?" fu difatti la prima domanda che il brigadiere pose a Falco Celata di Lauria durante il sopralluogo.

Nella mezz'ora precedente Costantino aveva sommariamente esaminato la scena del delitto senza tremare alla vista del cadavere (benché fosse già il secondo nel giro di pochi giorni). Il corpo era rimasto esattamente dove Falco diceva di averlo trovato intorno alle sette e trenta di quella mattina.

Il figlio del barone morto si aspettava di essere come minimo congratulato per la freddezza e la competenza dimostrate, e invece questo mezzo appuntato si permetteva di opinare su quando o non quando li avesse chiamati. Si domandò fuggevolmente se per interrogare un nobile non si fosse dovuto convocare come minimo un capitano o comunque un ufficiale. "Vi ho chiamato appena ho potuto," rispose piccato. "Anzitutto dovevo parlare con mia madre, avvertirla di quanto successo."

"Sì, ma tra il ritrovamento del corpo e la vostra chiamata sono trascorse quasi otto ore," obiettò Federico Costantino, al quale Falco Celata – benché fosse la prima volta che ci parlava – gli si era già infilato di traverso in gola come un osso di pollo. "Ve lo domando solo per stabilire la cronologia degli eventi."

Fatti la cronologia di questo nobile cazzo, pensò Falco, il quale invece disse: "Le ripeto che il mio primo pensiero era tranquillizzare mia madre."

"Posso chiedervi a che ora siete rientrato in casa ieri sera?" lo incalzò Federico Costantino.

"Stamattina, volete dire," lo corresse Falco sbuffando. "Ho trascorso la serata con alcune persone per una importante cena di affari e la riunione si è poi protratta oltre l'orario preventivato."

Si era accorto di qualcosa nello sguardo di Federico Costantino, e quel qualcosa non gli era piaciuto: scetticismo, incredulità, sospetto. Verifica dell'alibi. "Se lo vuole, ci sono almeno cinquanta persone pronte a confermare..."

"Avete avuto una riunione di lavoro con cinquanta persone?" domandò il carabiniere.

"Era una riunione plenaria e operativa," rispose Falco Celata con prontezza. "Conoscete il significato dei termini?"

Detto ciò, il freschissimo orfano di padre uscì dalla stanza senza dire né grazie né arrivederci, del tutto persuaso che quello che ci fosse da discutere fosse stato discusso e che d'ora in avanti se la sbrogliasse da solo senza più seccarlo. Federico Costantino si ritrovò così da solo in quella stanza enorme e in penombra, dai soffitti altissimi e i mobili massicci, odorosa di oli e cere, di legni e di cuoio. Spazi che rimandavano a feste eleganti, a donne bellissime e profumate, a camerieri in giacchetta candida e vassoi di calici e vol-au-vent. Si sentiva intimidito, giacché al paese suo – una borgata che al confronto San Telesforo pareva una metropoli, un villaggio a cavallo tra la Basilicata e la Campania, in una zona talmente di confine che le due regioni non si erano mai messe d'accordo se ci si trovava in provincia di Salerno, di Potenza o di chissà dove, dato che principalmente se ne fottevano di chi avesse potestà amministrativa su quelle quattro case – palazzi così non li avevano nemmeno i vecchi latifondisti. Anche perché lì non c'era proprio il latifondo. Solo roccia calcarea, piante spinose e miseria.

Tuttavia, non fosse stato per la presenza del cadavere di un anziano semiriverso su una poltrona, la nuca appoggiata sulla spalliera, una gamba ripiegata e l'altra distesa, una macchia scura al centro del petto che occupava quasi tutta la giacca di velluto pesante (l'aveva indossata senza sapere che sarebbe stata l'ultima giacca che avrebbe mai indossato), se non fosse stato per quel particolare, dicevamo, il silenzio e la tranquillità di quel luogo invitavano a sedersi su una poltrona di pelle verde scuro e legno istoriato, prendere dalla libreria uno dei tanti ponderosi volumi rilegati e cominciare a sfogliarlo.

Sulla scrivania del defunto barone ce n'era appoggiato uno. Facendo attenzione a non compromettere la presenza di eventuali impronte, e seguendo con scrupolo e attenzione il corridoio di emergenza che aveva diligentemente delineato, il brigadiere capo Federico Costantino si avvicinò alla scrivania e sollevò la spessa copertina di pelle scura, scoprendo così che non si trattava di un libro nel senso proprio del termine, ma di una sorta di prezioso raccoglitore di diverse centinaia di fogli singoli scritti a mano. Il primo era il titolo del manoscritto. *L'influenza dell'architettura araba sul medioevo calabrese*, diceva. Autore, *Vittorio Nembro Celata di Lauria.*

Aprì una pagina a caso, c'era un'immagine che raffigurava i ruderi di una antica chiesa abbaziale, poi richiuse il raccoglitore. Chissà a che punto era arrivato, si domandò il brigadiere richiudendo con cura e rispetto la copertina. Chissà quanto gli mancava per finirlo. Chissà quanto gli è dispiaciuto sapere che non ci sarebbe mai riuscito.

Uscì dalla stanza, percorse lunghi corridoi deserti, passò davanti a porte imponenti e chiuse, vagò un po' alla cieca senza incontrare anima viva, come se quel palazzo fosse stato evacuato o mai abitato. Ebbe le sensazione di perdersi, temette di non trovare mai più un'uscita. Girolamo Califano, sostituto procuratore presso il tribunale di Catanzaro, dopo la tempestiva telefonata del brigadiere capo di San Telesforo, si era con tutta probabilità, ancorché controvoglia, attivato riguardo al caso. Tra poco qualcuno – un poliziotto incaricato ufficialmente dell'indagine – sarebbe arrivato e avrebbe chiesto a Federico Costantino di scansarsi, ché di qui in avanti ci pensavano loro. Certo, lo avrebbero ringraziato, forse perfino lodato per avere svolto il primo sopralluogo in maniera tanto professionale, ma adesso era tempo di lasciare fare ai grandi. Lui aveva giocato abbastanza.

Fosse stato ancora in servizio il maresciallo Gori Misticò, tutta questa cumpidènza non se la sarebbe presa nessuno. Qualsiasi agente di qualsiasi nucleo investigativo non si sarebbe permesso di metterglisi in mezzo ai piedi. Si sarebbero scanzàti loro, piuttosto, e si sarebbero bevuti le sue parole a una a una, avrebbero mandato a memoria, registrato e trascritto le sue valutazioni, le avrebbero prese per quello che erano – oro investigativo colato.

Gori Misticò si era occupato delle infiltrazioni della criminalità organizzata a Milano, aveva svelato traffici di armi tra l'Est Europa e l'Italia, aveva coordinato l'assalto a una raffineria di eroina nascosta tra i capannoni di una zona industriale abbandonata. E questo quando aveva poco più di trent'anni. Si era poi mischiato a certi gruppi di terroristi veneti che pianificavano – o dicevano di pianificare – attentati in grande stile e infine si era preso una pallottola che per pochi centimetri non lo aveva mandato al creatore.

E pure una volta tornato in Calabria, la sua competenza non era andata sprecata. Appena arrivato a San Telesforo, lui e il sostituto procuratore Girolamo Califano avevano avuto modo di conoscersi e valutare le rispettive competenze. Il sessantenne magistrato si era trovato tra capo e noci del collo nientemeno che un caso di traffico internazionale di munizioni da guerra. Fino a quel momento aveva potuto serenamente navigare tra inchieste che oscillavano tra la bagatella e la pinzillacchera, senza che troppo impegno gli venisse richiesto. Ma, in quel caso, Califano, utilizzando il proprio scintillante acume, aveva clamorosamente equivocato il traffico derubricandolo a trasporto di merce priva di adeguata bolla di accompagnamento. Il primo era un reato penale punibile con una decina di anni di carcere; il secondo, con una sanzione di quattrocento euro, salvo presentazione entro sessanta giorni della documentazione apposita.

Gori Misticò si era trovato a incrociare per una semplice casualità logistica i trafficanti. A dire il Vangelo, aveva pure cercato di evitare che Califano pigliasse quel colossale granchio e, contestualmente, rimediasse una di quelle figure di merda che si sarebbero potute raccontate nei libri d'esame. E, tuttavia, qualche spiffero denigratorio doveva essere passato lo stesso, tant'è che per un certo periodo il magistrato si guadagnò il nomignolo di "Pigghja càzzi pe sazzìzza", ossia colui il quale confonde un pene umano con un insaccato di suino. Secondo Califano, era stato proprio Gori Misticò a sputtanarlo. Cosa del tutto falsa. La verità era che a inchiesta conclusa il sostituto procuratore si era preso tutto il merito e Misticò non era stato nemmeno citato. Il maresciallo aveva accettato la faccenda senza prendersela più di tanto. A Califano, invece, Gori gli si era piazzato sulla bocca dello stomaco e non c'era stato bicarbonato che potesse farglielo digerire, malgrado non si fossero praticamente più incrociati né avessero avuto più niente da spartire.

Comunque, la ragione per cui il suo ex comandante aveva di punto in bianco deciso di gettare alle ortiche un patrimonio come quello, Federico Costantino proprio non riusciva a immaginarsela. Che cosa poteva essergli successo di tanto grave da indurlo a lasciare l'Arma? Forse c'entrava il fatto che il maresciallo era solo. Scapolo, senza figli e, per quello che ne sapeva Costantino, senza manco parenti. Mai negli anni di lavoro comune, lo aveva sentito parlare di fratelli e sorelle, men che meno di padre e madre. Sapeva che era orfano di madre e che il padre non lo aveva mai conosciuto. Era anche vero che, a quanto gli aveva rivelato Catena quella volta che gli aveva offerto la figlia Filomena come mugghièra, Gori Misticò si recava con una certa assiduità a Milano.

"È possìbbile, brigadiere mio, ca 'u maresciallo tiene 'na zzìta in altitàlia," aveva detto la donna condividendo certe sue impressioni puramente speculative e perdunque niente affatto suffragate da elementi di prova. "Sempreché," aveva poi aggiunto "tràttasi di fìmmina."

Aveva lasciato cadere la velata calunnia come se niente fosse, aggiungendo che "quelli"... eh, quelli, brigadiere mio, ormai stavano duvachè. Alla televisione l'altro giorno aveva visto un uomo-sessuale che voleva divorziare dalla moglie per sposare il cognato di cui era innamorato. Il cognato, però, aveva nel frattempo deciso che diventava donna e che voleva fare un figlio proprio insieme al marito della sorella, contando che ci piacevano le donne. Insomma, una situazione alquanto delicata, nonché assai intricata dal punto di vista etico-narrativo.

Federico Costantino era certo che Gori Misticò a Milano avesse questioni da sbrigare, ma l'istinto gli diceva che non si trattava né di uomini né di donne. E, comunque fosse, non erano fatti di sua propria pertinenza. Il maresciallo era del resto stato molto chiaro: d'ora in avanti Federico Costantino se la doveva sbrugghiàra da solo. Ma quanto avrebbe voluto in questo momento contare anche su un solo consiglio del suo comandante…

Questa faccenda del barone non gli quadrava ma nemmeno un poco, sentiva che sotto ci stava qualcosa di nascosto e inconfessato. Ma come? Uno trova il cadavere del padre morto ammazzato e si comporta come se avesse semplicemente ricevuto un pacco postale con l'indirizzo sbagliato? E la moglie, la baronessa, che quasi nemmeno si presentava? Uno poteva capire lo shock e il dolore, ma si andava oltre i normali effetti di un trauma.

Il giovane carabiniere si guardava intorno alla ricerca di non sa nemmeno lui che cosa. Quel palazzo era enorme e labirintico, un castello medievale. E, in effetti, quella pietra non aveva meno di trecento anni, e chissà quante poteva averne viste, compresi morti e terremoti.

Scorse qualcosa che luccicava sopra a una mensola. Istintivamente la prese e se la infilò in tasca.

Nel frattempo gli squillava il cellulare. Rispose.

"Sì, dottore," disse. "Qui è il brigadiere Costantino. Sissignore. Attendo… sì… e poi abbandono subito la scena del crimine."

Salutò il magistrato, dopodiché si sedette a una sedia damascata appoggiata a una parete su cui era appeso il ritratto di un uomo. Chissà chi poteva essere stato nella sua vita da meritarsi che un pittore impiegasse mesi e mesi per farci il dipinto a olio.

"Ma che diavolocàne me ne importa a me chi eri e chi non eri," mormorò il brigadiere capo Federico Costantino rivolgendosi a nemmeno lui sapeva chi.

Tra poco le stanze sarebbero state riempite dal traffico di quelli della polizia. Si alzò. Prima che arrivassero i colleghi voleva fare anche lui qualche domanda al personale di servizio.

Per un istante ebbe la tentazione di richiamare il suo ex comandante. Poi si rassegnò e lasciò stare. Si sentiva solo, come, del resto, quasi tutti i cristiani su questa terra.

Zangrone
Salone Relax Beauty

"Tu teso, malesciàlo. Tu tlòpo teso."

"E io apposta sono venuto qui, Gong," disse Gori Misticò. "Se volevo un caffè per svegliarmi andavo al bar. Invece sono teso e sono qui per farmi fare un massaggio."

"Come tu ti senti dàvelo, malesciàlo?" gli domandò l'anziana cinese scrutandogli attenta gli occhi.

Gong Sho era preoccupata per lo stato in cui si trovava il malesciàlo, per come lo aveva ritrovato dopo appena due settimane dalla sua ultima visita. I clienti del Relax Beauty arrivavano tutti incriccati nel corpo e nello spirito, certo, e lei e le sue ragazze stavano lì apposta per sciogliere crampi e tensioni, prendendosi cura di tutti e, per coloro i quali sentivano la specifica necessità di, come si suole dire, spurgare la lumaca, andando in deroga a quella fondamentale regola del *Tao del Sesso* che prevede la ritenzione del seme. Le ragazze di Gong, in caso di bisogno, erano addestrate e abili nel generare l'obiettivo esattamente opposto, ossia il rilascio immediato del seme a scopo distensivo. Chi arrivava al Relax Beauty era teso; ma dopo avere spurgato, eccolo lì di nuovo tutto tranquillo e rasserenato. Segno che, forse, detto con tutto il rispetto, su quello specifico punto il *Tao del Sesso* dice una gran cazzata.

"Sono arrabbiato, Gong," disse Gori Misticò. "Ecco come mi sento. Molto arrabbiato. Con un massaggio vedrai che mi calmo."

Negli ultimi giorni si sentiva costantemente esausto ma non riusciva a pigliare sonno. Aveva brividi di freddo e un minuto dopo vampate di calore. Si copriva e si scopriva. Sudava in continuazione e non aveva mai fame. Lo aveva riferito a Nicola Strangio e quello gli aveva risposto che nel prossimo ciclo avrebbe cercato di cambiare il cocktail dei farmaci.

"Allora forse hanno ragione quelli che dicono che ci fate fare da cavia," aveva detto Gori Misticò risentito.

"E questa mo' chi te l'ha raccontata?" aveva replicato il medico.

"Perché, vuoi dire che non è vero?"

"Certo che è vero, bàbbu," replicò stizzito Strangio. "Come credi che si capisce se una medicina funziona? Ti sentivi più tranquillo se ti dicevo che la tua chemioterapia l'ho testata su un maiale?"

Le sensazioni di freddo-caldo e tutto il resto sarebbero passati presto, lo rassicurò Nicola, consigliandogli un nuovo integratore alimentare da comprare in farmacia. Quell'altra cosa, ossia che aveva ripreso a pisciare sangue, Gori aveva scelto di non dirgliela. A quale scopo?, si domandava. Che cambia se te la dico?

Poi, però, tornato da Milano, aveva scoperto che non sapeva più dove andare. E così era finito al Relax Beauty, anche senza sentire necessità di spurgare niente.

"Tu no labiàto," gli disse Gong Sho accarezzandogli il viso.

"E invece sì," ribatté Gori Misticò. "Altro che. Sono incazzato nero."

"Tu no labiàto," ripeté la cinese senza farsi turbare dal tono del maresciallo. "Tu tlìste. Tu paùla. Òmini maschi no dice mai *Io tlìste, io paùla*. Òmini maschi velgògna dìle che lòlo tlìste. Alòla òmini maschi semple dice *Io labiàto, io vuoi pichiàle tuti*. Invece, òmini maschi solo tlìste e solo paùla."

Sì, è vero, dovette ammettersi mentalmente Gori Misticò. Non sono arrabbiato, non ce l'ho con nessuno, non voglio picchiare nessuno. Con chi ce la dovrei avere? Con Dio? Pure che ci credessi, non gli darei colpa di niente. Ciascuno fa quello che può, lui compreso. Non sono arrabbiato, sono solo triste. Triste e impaurito. E malato. Sono triste e impaurito perché sono malato. Sono un elefante che sa che sta per arrivare il suo tempo. Sono un vecchio elefante triste e impaurito non solo perché la sua ora sta arrivando prima del previsto, ma perché non sa come impiegare quel poco tempo che gli rimane. Ho pure provato a chiedere perdono per la cosa peggiore che ho fatto in vita mia ma non è servito a niente. E adesso non so più cosa fare.

Le domandò se Shin fosse libera. Quella giornata passata con lei gli tornava alla mente. Che cosa si era illuso di fare con quella "bambina scomparsa"? Pensava davvero di salvarla, credeva che le avrebbe restituito un'identità dopo che i suoi genitori, in osservanza della politica del figlio unico, l'avevano prima nascosta e poi chiusa in un istituto così da fare posto all'erede maschio?

Sì, in effetti ci aveva pensato. Per qualche istante, quel giorno in spiaggia, mentre lei gli chiedeva di mettersi in posa perché voleva scattargli una foto con una macchinetta di plastica di quelle ancora con il rullino, Gori Misticò aveva considerato quella ipotesi assurda, la folle possibilità: una nuova vita per lui e una prima vita per lei – salvo che lui aveva già il cancro e lei non sapeva né dove né quando fosse nata, e come si chiamasse davvero, e da quale villaggio venissero i suoi genitori. La nuova vita era durata un paio di minuti, poi non ci aveva più pensato.

"Ogi tu niente masàgio lomàntico," annunciò Gong Sho. "Ogi tu no spùlga tua lumaca."

"Non voglio spurgare niente," ribatté Gori. "Voglio solo parlare."

"Tu ògi no pàlla," rispose Gong, ultimativa. "Ogi tu tiene tùta enelgìa in tuo còlpo. No pàlla, no spùlga. Ogi tu solo masàgio di gualigiòne."

"Con Shin?"

Gong Sho scrollò la testa da sinistra a destra. "No Shin," disse facendosi triste. "Shin ogi no venuta. Tu masàgio di gualigiòne con alta lagàza."

"Tanto non guarisco lo stesso, Gong," disse Gori Misticò.

Si fece massaggiare dalla base del collo alle vertebre lombo-sacrali, una tecnica finora mai sperimentata. Pressione, strofinamento, frizione e sfioramento. E poi di nuovo. La nuova ragazza di Gong Sho, ubbidendo alla consegna della sua impresaria, neppure si avvicinò a sfiorargli la picca di giada, e alla fine Gori si sentiva meglio, i dolori erano diminuiti e le articolazioni pareva che gliele avessero oliate. La tristezza però non se n'era andata, non tutta almeno. E nemmeno la paura.

L'anziana cinese lo aspettava sulla porta. Prima che Gori uscisse lo accarezzò. "Tu fa quèlo che tu deve fale, malesciàlo," gli disse. "Tu fa e dopo tu può andàle."

"E dove dovrei andare?" domandò lui.

Gong Sho gli indicò la porta e lo seguì con lo sguardo finché voltò l'angolo.

Gori cavò il cellulare dalla tasca, fece scorrere la rubrica e si fermò sul nome che cercava. Una voce lo informò che l'utente chiamato non era al momento raggiungibile e pertanto lo invitava a riprovare più tardi. "E andiamo, Costanti'," disse tra sé dispiaciuto. "Mo' stutàsti 'u telefono da quanto che sei incazzato con me?"

Riprovò a chiamare, ma il risultato non cambiò.

SECONDA PARTE

San Telesforo Jonico
Bar Centrale e zone limitrofe

Due omicidi nel giro di poco più di una settimana sono cose da metropoli americana, da Milano degli anni settanta, da vicoli di Napoli, non certo materiale per un comune della costa jonica calabrese abitato da seicento cristiani, età media sessantacinque. Ma a San Telesforo, lungo le sue rùghe, le crùci e le rugàte, dietro le imposte accostate e i purtùni chiusi sembrava che di quelle questioni non ci interessasse quasi niente a nessuno. Anzi, a proposito dell'ucraino, quei pochi che avevano sentito dire qualcosa a riguardo, avevano pure deciso che non erano minimamente affari loro, pertanto nessuno ne parlò più. Quanto alla morte tràggica e violenta del barone Vittorio Celata di Lauria, quella era giunta come un dispaccio trasmesso da una lontana antenna – dai Carpazi, o dai monti dell'Atlante.

Il barone erano anni che manco si faceva più vedere in paese, tant'è che la notizia (falsa) della sua scomparsa era già circolata quattro anni prima. A quell'epoca ci fu chi diceva che gli era venuto 'nu tòccu e chi invece che il nobiluomo era scivolato da uno scalùna di casa e si era fracassato femore e cranio. Florestano Germaneto, notissimo cuntacàzzi della zona, che poi nemmeno viveva a San Telesforo, si era nientemeno inventato che Vittorio

Celata fosse stato trovato riverso tra i filari di pomodori, in camicia bianca con i tiranti e il cappello a larghe falde. Lo aveva trovato il nipotino piccolo mentre che giocava con lo spruzzatore del DDT per i parassiti delle piante. Insomma, tale e quale a come era morto don Vito Corleone nel *Padrino*. Con un piccolo particolare, ossia che Vittorio Celata di nipotini non ne aveva.

Barone e baronessa erano sostanzialmente assenti dalla vita sociale di San Telesforo. Tutti sapevano che i Lauria abitavano nell'immaginaria frazione di Celata, in quel palazzo sopra la collina delle Tre Croci, ma pure il presidente degli Stati Uniti dell'America tutti lo sanno dove sta di casa, eppurtuttavia non è che ti puoi aspettare di incontrarlo al bar o all'edicola o d'o guccèri a comprarsi una libbra di soppressata e una provola.

Vittorio Celata non usciva mai, sempre chiuso nel suo studio a occuparsi dell'unica e autentica passione della sua vita: la storia dell'arte medievale in Calabria. Da tempo lavorava su un volume che avrebbe ricostruito la misteriosa vicenda del battistero di Santa Severina. Da minuziose ricerche effettuate, il barone aveva scoperto che il progetto originale di quell'edificio sacro prevedeva anche la presenza di un minareto, la cui costruzione era stata bloccata dall'intervento di Roberto d'Altavilla detto il Guiscardo. Esisteva però una possibilità che il condottiero normanno, già conte di Puglia e di Calabria tra il 1057 e il 1059, avesse dato ordine di demolire il minareto già costruito, la cui traccia era ancora visibile nelle fondamenta.

Quanto alla baronessa, l'attività umanitaria della sua fondazione la portava a viaggiare ai quattro angoli del pianeta per recare aiuto e solidarietà, assistenza e sostegno agli ultimi della terra. Le pareti del suo studio erano tappezzate di fotografie in cornice che la ritraevano insieme ai bambini di Haiti e di Samburu, ai neonati di Choloma, alle donne di Sumatra. Eccola stringere la mano a capi di stato che la ringraziavano della sua generosità e del suo impegno, ed eccola, a capo velato, inchinarsi davanti a un vescovo che le offriva una targa dorata. Chi non la conosceva, avrebbe potuto dire che quella era una bellissima attrice americana o svedese o dell'Australia, e che quella era la sua *Wall of Fame.*

Donna Silene non era mai comparsa in paese, non ne avrebbe avuto ragione. Al barone Vittorio invece era capitato di farsi di tanto in tanto una passijàta. C'era chi ricordava di averci perfino scambiato due parole, affermando che fosse un gentiluomo d'altri tempi, persona 'docàta e gentile, che non faceva pesare a nessuno né 'u 'ndò e tantomeno la ricchezza.

Ma questo, sempreché fosse davvero capitato, era capitato tanto tempo prima. Mo' erano anni che nessuno l'aveva più visto. E datosìa che la terra dei Celata, salvo che le olivàre sfruttate e fatte fruttare dagli americani, era stata totalmente abbandonata, non c'era nemmeno possibilità di domandare notizie a qualche vrazzàla o zzappatùra impiegato alla cura della terra di cui sopra.

Questo per dire che, passato il primo momento di stupore ed effettivo interesse, dopo pochi giorni dalla morte misteriosa del barone era come se si parlasse di un romanzo giallo di quelli dove devi scoprire chi è l'assassino ma che il più delle volte già alle prime pagine l'hai capito, pure che lo scrittore fa tutto il misterioso.

Tuttavia, in altre sedi, quanto accadeva a San Telesforo Jonico aveva suscitato un certo interesse.

Annamarialuisa Codiloti, l'avvenente giornalista della *Gazzetta della Calabria* che tante lusinghe aveva scritto sul conto del brigadiere capo Federico Costantino, era stata nuovamente inviata dalla redazione a San Telesforo – quando lei in realtà avrebbe voluto presenziare alla cerimonia della consegna del premio cinematografico Giarra d'Oro, durante la quale si vociferava la presenza di Riccardo Scamarcio e altre personalità in vista del grande schermo. La questione dell'impiccagione rituale di Calogero Pirucchia, detto Marrànciu, era coperta e stracoperta da tutta la stampa locale, così il direttore della *Gazzetta* aveva pensato di tappare il buco giornalistico riguardante la morte del barone Vittorio Nembro Celata di Lauria (che solo il nome era già mezzo titolo) mandando proprio la Codiloti.

"Tu e quel brigadiere siete già amici," disse il direttore alla sua bella cronista. "Non ti sarà difficile ottenere qualche particolare esclusivo. Qui è capace che facciamo un piccolo scoop, Annare'."

Annamarialuisa cercò di obiettare, dicendo che ai lettori interessava più Scamarcio che un barone morto, ma il suo capo fu irremovibile.

"E se non mi dice niente?" domandò al direttore.

"Ti dice, ti dice," le rispose facendole l'occhiolino. "Basta che ti metti un po' libera." Agitò le mani come un giocoliere che manovra birilli invisibili. "Una gonna, un tacco," disse con tono approssimativo. "Lo disponi meglio."

La giornalista riuscì a trovare un *dress code* che comprendesse professionalità e avvenenza e si presentò quel pomeriggio stesso alla stazione dei carabinieri di San Telesforo Jonico chiedendo al piantone, carabiniere semplice Lo Cardo, di parlare con il brigadiere capo.

Federico Costantino fu però costretto a declinare la nuova richiesta di intervista. Non tanto per questioni di segreto istruttorio – lui aveva correttamente passato le carte al sostituto procuratore Califano e da quel momento nessuno lo aveva più cercato, segno che dall'inchiesta sulla morte del barone Lauria, così come da quella sul cadavere ritrovato a Traca dello Spùlico, lui era stato esautorato. La vera ragione era che Maria Ausiliatrice Chiaromonte, fidanzata di Federico Costantino, gli aveva intimato di stare lontano da quella mignotta su cui aveva raccolto materiale sia informativo sia iconografico. Quella specie di giornalista, sosteneva Ausilia, aveva un profilo Instagram dove si fotografava solo con la bocca a cùlu 'e tacchìnu. Pertanto, che ci stesse lontano.

Così, Federico Costantino accolse Annamarialuisa Codiloti sulla porta del suo ufficio e, senza invitarla né a entrare né a sedersi, si limitò a rispondere a mono e bisillabi – Sì, No, Forse – alle domande che la cronista gli poneva. Infine la invitò a rivolgersi per ulteriori particolari al dottor Califano presso la Procura di Catanzaro e, pertanto, facendo pure con la stampa la figura di quello che non sapeva niente e che contava meno di niente.

Su pressione del direttore, Annamarialuisa decise così di rivolgersi direttamente alla cittadinanza. Qui fece assai meno fatica a raccogliere pareri, indicazioni, ipotesi di indagine, *case history* e anche un po' di colore. Difatti, contrariamente alla vulgata secondo la quale caratteristica somma del calabrese è il mutismo pressoché totale su questo genere di eventi, gli abitanti di San Telesforo Jonico sembrava non vedessero l'ora di dare la propria opinione sul fatto. Stiamo sempre parlando della morte del barone, giacché dell'altro morto, quello trovato scempiato e mezzo orvicàto nella sabbia, nessuno faceva menzione alcuna. Del resto, un barone ammazzato è sempre un barone ammazzato.

Particolare soddisfazione offrirono al giornalismo locale i Fenomeni di San Telesforo. I tre accolsero la bella giornalista al Bar Centrale (così chiamato, quasi che ce ne fosse uno Laterale e uno Mediano) invitandola a condividere con loro un caffè, una granita, un brioscia col gelato, un amaro o puramente un aperitivo poco alcolico. La Codiloti accettò un Crodino e, senza domandare il permesso, appoggiò sul tavolinetto rotondo il registratore mp3.

Il primo ad avvicinare la bocca all'oggettino fu il Corasaniti. "Corasaniti Mario detto il Filosofo a causa delle mie profonde letture classiche," si presentò, scandendo nome, cognome, soprannome e origine dello stesso. “Scrivìti quanto segue, signorina: ‘Egli conobbe personalmente il barone Celata di Lauria nell’ormai lontano 1970, anno dei celebri mondiali del Messico.’”

“Egli?” domandò perplessa la giornalista.

“Finissima persona e autentico santelesforese di razza e generazione,” proseguì quello. “Non posso penzàre a la mano sassìna che può avere perpetrato il delitto, la quale auspico che sia stangàtu come merita, giacché come dice la filosofia: ‘L’uomo è lupu a se stesso.’”

Fece una pausa prolungata che indusse la giornalista a domandare se avesse finito. Corasaniti annuì solennemente.

Fu la volta d’o Sapùtu. “Vi raccomando di riportare correttamente il mio cognome, dottoressa,” esordì con tono contegnoso. “De Sèppitis. Staccato. De. Sèppitis. Con la dì maiuscola per via del fatto che discendo da famiglia nòbbile. E non ci badate a ’sti due vastàsi che si mèttano a ridere. Mia mamma conservava la carta genealòggica, la quale attualmente la tiene mia sorella abbitante a Catanzaro. Il nome è Francesco, per l’amici Ciccio, detto l’Esperto. Ho studiato ingegneria, medicina, storia e geografia e mi sono interessato alla legge e alle questioni criminali. Sempre da amatore ma con eccellentissimi risultati. E, dunque, quello che posso dire è la seguente: che io un’idea sul colpevole me la sarei già formata.”

“Davvero?” fece la Codiloti interessata.

“Certamente.”

“E chi sarebbe il colpevole?”

“Quello che vi posso dire che esso va ricercato all’interno di una cerchia ben ristretta di nomi,” aggiunse il Fenomeno.

“Quali nomi?”

“Quelli dei colpevoli.”

“D’accordo. E quali sono?”

“Una volta trovata la cerchia ristretta, non vi sarà difficile risalire a essi.”

“Sì, ma voi li conoscete?” insistette la cronista, un po’ confusa. “Potete fare questi nomi?”

“Ovviamente, no,” rispose sicuro ’u Sapùtu. “Se li saprei andavo sollecitamente presso le forze dell’ordine a riferirli, non vi pare, direttora illustrissima?”

Giuseppe Caldazzo rivolse uno sguardo alla dottoressa Codiloti acciocché non desse retta a chi lo aveva preceduto, essendo il De Septis un risaputo cazzàro. Era a lui che bisognava dare retta, non tanto per la soluzione investigativa del caso, quanto per la sua interpretazione in chiave morale e religiosa.

“Qui tutti mi chiamano il Rinato per via della mia riscoperta di un profondo senso religioso, il quale lo avevo smarrito al tavolo da giuoco,” disse. “Perquanto, il mio nome per intiero è Caldazzo Giuseppe fu Pasquale. E proprio in un’ottica di pentimento e quaresima io mi chiedo e vi chiedo, carissima amica: non è forse vero che agli occhi di nostro Signore Gesù Cristo siamo tutti colpevoli?”

Annamarialuisa Codiloti tornò alla redazione della *Gazzetta* con un assai misero bottino in termini di giornalismo d’inchiesta. Nemmeno gli altri abitanti era stati granché d’aiuto. Anche il tentativo di buttarla sul populistico che tanto andava di moda di questi tempi, aizzando i concittadini del barone ammazzato contro i migranti che continuavano a sbarcare a decine sulle spiagge del circondario, sortì poco effetto. Anzi, nullo. Per i santelesforesi i profughi erano pòviri disgrazziàti che, esattamente come erano stati costretti a fare i calabbrìsi prima di loro, lasciavano paesi e famiglie per trovare da campare in una terra lontana e ostile dove tutti ti guardavano come se fossi venuto a portare delinquenza, insetti parassiti e malattie infettive, dove ben pochi erano quelli che ti mostravano quella pietà che distingue l’uomo dalla bestia comune, ché, anzi, a volte la bestia si mostra ben più caritatevole verso il suo simile.

Sbarcavano affamati e poi venivano messi a schiavitù a raccogliere partugàlli per fare l'aranciata reclamizzata alla televisione, pumadòra per la salsa cento per cento italiana, e olìvi per l'olio. Dormivano dentro cacanìdi, si lavavano alle fiumàre e mangiavano avanzi e scatolette. Sulle loro spalle, latifondisti e industriali si arricchivano a vista d'occhio e ogni tanto a 'ncunu cilènticu buono a niente ci veniva pure in mente di andare a fare spedizioni punitive e ad appicciàrgli la barràcca con la scusa dell'invasione e della difesa della razza. E mo' ci mancava pure di accusarli di avere ammazzato al barone Lauria.

Ma quando mai, signorina giornalista, le avevano detto. Certe cose, quando capitano, bisogna guardare dentro le case, nelle famiglie stesse, ché lì si annida l'avidità, la cattiveria, il peccato origginàrio. Il figlio, la moglie. Così aveva detto qualcuno a mezza voce. Andate a chiedere a loro, ché qualche cosa sicuro ci si capisce meglio.

Ma né il direttore né la cronista avevano lena e genio di giocare all'inchiesta del secolo. Annamarialuisa presenziò alla consegna della Giarra d'Oro, si fece un selfie insieme a Riccardo Scamarcio e, insomma, per non stare a farla troppo lunga, pure la stampa della morte del barone Celata di Lauria smise di occuparsi.

Comune di San Telesforo Jonico
Località Tre Croci, detta anche Celata
Palazzo Lauria

Benché nessuno lo avesse mandato a chiamare, l'avvocato Pinuccio Menabarca del Foro di Reggio Calabria accorse prontamente e, senza nemmeno farsi annunciare, entrò nella grande sala che faceva da studio a Silene Celata di Lauria, porgendole le sue più sentite e sincere condoglianze. Si informò, con la delicatezza necessaria, riguardo a questioni pratiche e logistiche, dolorose ancorché necessarie – lo spostamento della salma, le domande poste dagli inquirenti, le risposte date, i successivi, prossimi sviluppi. Silene rispondeva con frasi brevi, parole spezzate, movimenti appena accennati della testa ed evitando di incrociare gli sguardi. Quando infine si decise a guardarlo, gli occhi dicevano: "Puoi andare, qui non sei il benvenuto."

Menabarca invece decise di restare. "Vostro figlio?" chiese.

Non era chiaro il reale senso della domanda – l'enfasi era stata lasciata a metà, come se fosse un quesito retorico di cui tutti conoscevano la risposta, primo fra tutti chi poneva la domanda.

"Non lo vedo da quella mattina," disse Silene Celata. "Credo che si sia trasferito in un albergo."

"Non vi ha nemmeno telefonato?" insistette Menabarca.

Silene non rispose, ma il silenzio era di per sé una risposta.

La baronessa non gli aveva fatto alcun cenno, ma Menabarca ugualmente spostò la poltrona di legno massiccio e cuoio che stava davanti al tavolo e ci si sedette. "Non avrei mai immaginato," disse dopo una pausa. Scrollava la testa, incredulo. "Falco e vostro marito non erano mai andati d'accordo, questo si sa, ma arrivare addirittura a..."

Il gesto della donna lo convinse a non completare la frase. "Nessuno sa cosa è accaduto, avvocato," disse con durezza. "La prego di evitare illazioni."

"È vero, vi domando scusa," concesse Menabarca alzando le mani. "Lo sapete, questo stress non mi fa bene al cuore..." Esitò nuovamente. "Ma non possiamo neppure fingere che niente sia accaduto," riprese, scegliendo un tono neutro. "A prima vista le cose appaiono piuttosto chiare."

Silene Celata stava per replicare, ma scoprì di non sapere esattamente cosa dire.

“Voi sapevate che possedeva un’arma?” domandò allora Menabarca con una sorta di interessata circospezione.

“Falco non aveva armi,” rispose con sicurezza la baronessa. “In questa casa non è mai entrata nessuna arma.”

“Ma allora...” fece per dire Menabarca. Poi si fermò. Aveva capito. “Volete dire che ha usato la pistola di quell’uomo?”

“Le ho detto che nessuno sa che cosa sia accaduto,” ripeté Silene Celata. Ora respirava pesante, le mani tremanti, il viso fattosi improvvisamente impallidito. “È colpa mia... La pistola...” aggiunse, cercando di calmarsi. “L’ho trovata per terra, gli deve essere caduta quando i suoi uomini lo hanno accompagnato fuori, come le ho già detto... non pensavo che... non sapevo dove nasconderla...”

“Che cosa intendete fare, Silene?” le domandò porgendole il bicchiere d’acqua che le aveva prontamente riempito. “Lo sapete, io sono al vostro servizio e farò quello che mi chiederete. Sempre che voi lo vogliate.” Fece un respiro profondo. “Desiderate che vi segua in questa vicenda?”

Silene bevve un sorso e poi un altro. Rimaneva in silenzio, pensosa. Aveva una sola preoccupazione, proteggere suo figlio. Quel figlio così fortemente voluto e arrivato quando non ci sperava più. Quel figlio che le aveva dato quasi solo preoccupazioni e amarezze, capace di creare quasi esclusivamente problemi e tensioni. Ma era sempre suo figlio, lo aveva voluto lei, lui non le aveva chiesto niente. Era colpa sua se Falco era quello che era, solo colpa sua. In altre condizioni – magari in un altro luogo, in un’altra famiglia – sarebbe probabilmente cresciuto come un ragazzo normale, un ragazzo come tanti, con i suoi pregi e i suoi difetti. E invece... Lo aveva desiderato troppo? Forse sì. Lo aveva amato troppo? Probabilmente. Doveva smettere di proteggerlo proprio ora che rischiava di vedersi devastata la vita? No, mai. Non lo avrebbe fatto per nessuna ragione.

Fece cenno di sì, il che equivaleva a un mandato ufficiale.

"Non preoccupatevi di niente," disse Menabarca. "Fidatevi di me."

Silene stava per dire qualcosa come: "Fidarmi di lei come mi sono fidata con quell'uomo? Fidarmi di lei come mi sono fidata tanti anni fa?"

Non disse niente, gli rivolse un cenno del capo come un contenuto ancorché obbligato ringraziamento e gli strinse la mano.

San Telesforo Jonico
Via Roma 16
Abitazione di Gori Misticò

Finalmente Federico Costantino gli rispose. Ormai il giovane brigadiere aveva perduto la speranza che il suo ex comandante lo richiamasse, ma era così felice che lo avesse fatto che per poco non gli veniva da piangere. Avrebbe voluto dire tante cose, il ragazzo, ma non fece in tempo, perché Gori Misticò lo precedette. "Ti volevo chiedere scusa, brigadiere," gli disse.

"Non c'è niente di cui dovete scusarvi, comandante," rispose il giovane. "Avete ragione, i fatti vostri sono fatti vostri."

"D'accordo, però tu fammi un favore. Evita di chiamarmi comandante," replicò Gori.

"Allora sono io che vi devo domandare scusa. Ma è l'abitudine. Siete stato mio comandante per quasi cinque anni."

"E da un anno non lo sono più," lo interruppe Gori. "Spero vivamente che in altri ambiti i tuoi riflessi funzionino meglio."

"Però vi ringrazio per avermi richiamato," disse poi Federico Costantino con voce commossa. "Vi ringrazio davvero."

"Sì, va bene, non c'è di che," si schermì Misticò. "Sono tornato l'altro giorno e ho sentito di tutto 'stu burdèllu. Vogliamo vederci così mi spieghi che cazzo sta succedendo a San Telesforo? Dall'inizio, possibilmente."

Federico Costantino dovette trattenere l'emozione. "Speravo che me lo diceste," riuscì a rispondere.

"Vediamoci domani mattina presto. Oggi mi sento ancora un po' stanco per il viaggio."

"Ditemi solo dove volete che vi raggiunga."

"Alla spiaggettà del Pàparo," rispose Gori Misticò. "E porta qualche bibita."

"Avete preferenze?"

"A me, lo sai, mi piace la Brasilena. Ma se non la trovi, va bene pure la cedrata."

Conclusa la telefonata Gori Misticò accese il televisore sul canale del telegiornale. Ascoltò il minimo necessario, ma una notizia passata sul sottopancia catturò la sua attenzione. E quella notizia, senza che lui lo volesse né decidesse di farlo, gli si immagazzinò nell'ippocampo in attesa di essere ulteriormente elaborata e messa in relazione con qualche altra informazione. Insomma, anche qui, per farla breve, come Gori Misticò lesse di un tale che all'interno di un aeroporto milanese senza apparente ragione aveva aggredito un altro tale, se ne dimenticò.

San Telesforo Jonico
'A Stràta, il cimitero

Alle sei del mattino l'abitato di San Telesforo Superiore era silenzioso e fresco, le finestre chiuse, la piazza vuota. Unica presenza, i cani randàggi che ti guardavano 'ncuriosìti. A Gori Misticò tornarono in mente i due opposti comandi con cui da bambini ci si rivolgeva ai cani: *Cucci... Cucci...*, quando volevi che si avvicinassero (per dargli una carezza o 'nu càciu 'ntro cùlu) oppure *Passafho'!*, quando li volevi cacciare via.

Il mare era visibile da diversi punti del paese alto, ma in particolare ti si spalancava davanti agli occhi, abbagliante e selvaggio, dopo la curva a gomito, appena passato il piccolo cimitero. Qui le case erano finite, c'erano solo alberi ed erba alta scampata agli incendi estivi. Passata quell'ultima curva cieca la strada senza striscia di mezzo né margine faceva una brusca discesa e puntava verso la marina. Chi scendeva non poteva vedere se qualcuno saliva e chi saliva non poteva accorgersi se qualcuno scendeva, magari a tutta velocità. Per quella ragione la curva veniva chiamata 'A Destìna.

Gori Misticò spinse il cancelletto di ferro, la catena era arruzzàta e senza lucchetto. Si sentì un cigolio lamentoso e stizzito. Entrò. A quell'ora non c'era anima vivente, tranne lui.

Si diresse con passo sicuro lungo il vialetto di sassi bianchi. Prese la prima deviazione a destra ed ecco la foto sorridente dell'amico. Non era cambiato in tutti questi anni. MICHELE CENTO, diceva la scritta corsiva. 1970-1986. *Non sentite la sua assenza*, raccomandava sant'Agostino iscritto sulla lapide. *Sentitelo vicino e parlategli ancora.*

Sulla pietra una lucèrta mattiniera si era portata avanti e attendeva di potersi assulicchjàre.

Che minchia hai da ridere, Miche'?, pensava Misticò. Ogni volta che vengo qui mi guardi e ridi. Che hai sempre da ridere? Che mi vorresti significare? Che pure che sei morto giovane, tu stai meglio di me? Che a voi defunti vi dice meglio che a noi viventi?

Non hai tutti i torti, ammise Gori. Anzi, per un sacco di motivi che adesso non ti starò a elencare, potrei dirti che hai ragione tu. Del resto, non è che ti sei perso granché a morire a sedici anni, perché una volta cresciuto per ogni gioia ti toccavano almeno dieci dispiaceri. Non voglio dire che sono contento per te, perché non è vero. Non posso nemmeno dirti che ti ho pensato tutti i giorni, perché pure questa è una frase della minchia di quelle che le senti giusto al cinema o le leggi su certi libri. Non ti ho pensato tutti i giorni, Miche', però ti ho pensato. Non mi sei mancato tutti i giorni, però mi sei mancato. Ti parlo ancora e mi manchi ogni volta che ti penso, pure che sono passati trent'anni. Ti va bene così? Se ti va bene, stiamo in pace. Se non ti va bene, pure che sei morto te ne puoi pure andare a fare in culo perché io di altri argomenti non ne ho. Vorrei che tu fossi ancora qui, però a volte vorrei che al posto tuo ci fossi io.

Ma poi penso che non è giusto, perché il vantaggio sarebbe solo mio. Io so che cosa lascerei, ma tu non sai che cosa ti aspetterebbe. Credimi, io avrei solo da guadagnarci e tu troppo da perdere. E io ti voglio ancora troppo bene per darti altro dolore, oltre quello che hai sopportato. Almeno fossi morto sul colpo. Scusa se mi permetto, ma mi spieghi che senso ha avuto aggiungerti sofferenza? Un mese intero di agonia. Dovesse capitare a me, non avrei dubbi. Chiamo Nicola e gli dico: "Amico bello, vedi di farmi una punturina, dammi delle goccine o quello che ti pare ma io questa soddisfazione alla vita che mi vede morire tra gli spasmi non gliela voglio dare." A proposito, Nicola ti manda i suoi saluti. Pure che non me l'ha detto, lo so che te li manda lo stesso. Adesso, Miche', scusa, ma si è fatto tardi. Devo andare. Ho un'altra visita. E poi un appuntamento alla spiaggetta nostra. Al Pàparo. Te la ricordi? Certo che te la ricordi. Come puoi averla dimenticata, la nostra mezzaluna?

A differenza di quella di Michele, invasa dalle erbacce e con quattro fiori secchi di numero infilati dentro a 'nu cuzzurùpu tutto scheggiato, la tomba di MARIA MADDALENA MISTICÒ – 1952-1990, nessuna iscrizione – era pulita e ordinata come se l'avessero appena scavata e la lapide posata quello stesso pomeriggio. Gori ogni volta si domandava chi si prendesse la briga di tenere in ordine la tomba di sua madre, e ogni volta non gli veniva in mente nessuno. Poi, uscito dal cimitero, si dimenticava completamente la questione.

Nella testa non gli venne un soliloquio simile a quello che gli era venuto con Michele. Sembrava che con lei non avesse niente da dirsi, nulla da raccontare. O forse era un certo pudore a impedirgli di portare cattive notizie a sua madre. Alla mamma si deve dire che va tutto bene e che se non va tutto bene, tutto si aggiusterà. Poi, la mamma capisce lo stesso quando stai raccontando fesserie, e Maria Maddalena le fesserie le capiva prima di tutti gli altri. La vita l'aveva costretta a essere attenta, a sentire il fruscio delle foglie, a interpretare le ombre, a parlare poco e a fidarsi ancora meno, specie degli uomini che le sorridevano. Madre a nemmeno vent'anni, fuggiasca a ventuno. Vedova bianca e poi vedova per davvero, donna delicata e fortissima. Come il cristallo temperato, come la neve d'alta quota.

Perciò Gori non disse niente, rimase a guardare per un minuto – forse meno – quell'ovale perfetto inscritto in un altro ovale altrettanto regolare, quegli occhi che non riescono a sostenere lo sguardo e fuggono altrove, la malinconia di chi ha visto più vita di quanta avesse voluto vederne ma che ne ha vissuta meno di quanto sarebbe stato giusto.

Quanti anni avevi quando ti avevano scattato questa foto? È l'ultima che ti hanno scattato? Sì, in un certo senso è la tua ultima foto. Avevi mai pensato che potesse essere la foto che ti avrebbero messo sulla tomba? La mia ancora non l'ho scelta. Occorre che mi ricordi. Occorre che la scelga. Una seria. Oppure una sorridente. Una con la faccia beffarda, per mostrare a chi mi sopravvive che a me della morte non me ne fotte.

Qui eri davvero bella. Capisco perché si innamoravano tutti di te. Capisco mio padre (chiamiamolo così: ha senso parlare di padre quando io non ne ho mai avuto uno?). Quand'è che ti ha abbandonato – sì, d'accordo, era l'unica cosa che potesse fare, ma il fatto resta – senza che tu sapessi più niente di lui? E quanti anni avevi, qui? Venticinque? Sì, una cosa del genere. Io ne ho quarantotto. Potrei essere io tuo padre.

Ecco, un altro effetto collaterale della chemio: delirio momentaneo.

Guardò l'orologio. Tra un'ora Federico Costantino lo avrebbe raggiunto alla spiaggia. Era il caso di muoversi.

Passò dall'edicola a prendere il giornale e pure una raccolta di storie a fumetti con una copertina a rilievo che gli era molto piaciuta.

San Telesforo Marina
Spiaggetta del Pàparo

Se qualcuno gli avesse chiesto un parere al riguardo, il brigadiere capo Federico Costantino avrebbe risposto che la ragione per cui il maresciallo comandante Gori Misticò era tanto affezionato alla spiaggetta del Pàparo avesse certamente a che fare con una donna. Chi fosse quella donna, lui non poteva saperlo: forse il suo primo amore, forse la ragazza della quale si era innamorato durante la più bella estate della sua vita, la ragazza che ti pare che sarà il tuo unico, vero amore e che poi mai più rivedrai.

La spiaggetta del Pàparo si chiamava così anzitutto perché era piccola, e poi per via della presenza delle oche. Nei tempi andati avevano formato un'affollata colonia prima che, per ragioni sconosciute, la abbandonassero. Recentemente però erano tornate e pareva che avessero pure cominciato a riprodursi.

Quella mezzaluna di sabbia bianca si apriva appena oltre la ferrovia. Per arrivarci l'unica possibilità era un camminamento di terra battuta che passava sotto un ponticello ad arco fatto di pietra. Non c'era niente, alla spiaggetta del Pàparo, se non sabbia e mare e un piccolo stagno formato da una deviazione del torrente Turra di Crìchi. In quello specchio d'acqua dolce nuotavano lambùghi, donzelle, pèrchie, vavùsi e di tanto in tanto pure qualche piccolo sàrago. Erano proprio queste le prede delle oche, che avevano ben poche difficoltà a procurarsi il cibo e pertanto qui vivevano e prosperavano, satolle e protette. Mareggiate e smottamenti avevano cambiato più volte la morfologia della spiaggia, che però aveva sempre conservato quella sua anima solitaria e aristocratica, come se qui non tutti potessero venirci ma solo quelli in grado di godere appieno di quell'isolamento, quel distacco dalle cose del mondo.

A pochi chilometri dal Pàparo, sia verso nord sia verso sud, trovavi spiagge ben più grandi e attrezzate, lidi, ombrelloni, sdraie, bàrri e ristoranti. Qui invece l'acqua te la dovevi portare tu, ma ti bastava giusto quella. Magari 'nu pùmu. E una tovaglia dove sdraiarti a prendere il sole per conto tuo o con una ragazza o un paio di amici.

Ecco, magari con gli amici. Magari i tuoi due migliori amici, quelli con cui da ragazzo andavi a sbirciare le prime donne che si mettevano a prendere il sole senza reggipetto, i due amici con cui ti dividevi un panino e una Brasilena, che già a quel tempo a Gori piaceva assai.

Uno di quegli amici si chiamava Nicola e sarebbe diventato un rinomato medico. L'altro era Michele e sognava di girare il mondo e suonare. E ce l'avrebbe fatta, senonché se n'era andato molto prima del tempo suo, a sedici anni, investito dal solito 'mbriaco – che ha fatto più morti lui della peste nera. Se n'era andato prima che la vita gli spiegasse il perché e il percome delle cose, prima ancora che potesse arrivare al punto in cui magari Michele stesso si sarebbe domandato se davvero ne fosse valsa la pena di venire al mondo. In un certo senso, chi muore giovane muore più felice, giacché tante brutte cose non le verrà mai a sapere. Resta il fatto che a volte la vita è davvero sleale.

Gregorio, Nicola e Michele trascorsero alla spiaggetta del Pàparo le migliori estati delle loro vite. Quattro in tutto. Verso la fine di un settembre si dissero che pure quell'estate se n'era andata, ma che per fortuna l'anno prossimo ne arrivava un'altra. Poi invece non arrivò niente.

Gori Misticò non aveva alcuna fretta che il brigadiere Federico Costantino arrivasse a turbare il momento di estasi, spezzando la contemplazione di quello scorcio di infinito.

Lo Jonio a quell'ora pareva non riuscire a smettere di chiacchierare, ogni scintillio che baluginava sulla superficie ricordava il cinguettare degli uccellini alla mattina presto – che chissà che cosa si raccontano, che avranno mai da dirsi, che cosa gli passerà per la testa. Il mare, uguale: ogni bagliore era una parola misteriosa, una piccola parte di un grande discorso, essenziale e incomprensibile agli umani. Gori Misticò si gustava quelle chiacchiere marine accettando il paradosso: "Tutto questo non ha senso, eppure lo sto a guardare incantato. Perché lo faccio?"

Appena Federico Costantino si presentò, Gori Misticò si fece dare subito la prima delle tre bottigliette di gazzosa al caffè che il brigadiere capo aveva portato. Per trovare la Brasilena, Federico Costantino si era dovuto spingere fino a un magazzino sopra Catanzaro Lido. Gori, senza ammetterlo, aveva apprezzato il gesto.

"Finalmente in borghese, brigadiere," si complimentò guardando Federico Costantino come se solo adesso si fosse accorto della sua presenza.

"Sapete com'è," rispose quello come scusandosi. "Un carabiniere in divisa sulla spiaggia salta sempre all'occhio."

Gori Misticò stappò e bevve più o meno metà bottiglietta. Poi si voltò verso il brigadiere e gli fece un cenno tipo quello del sovrano che dopo che ha finito di sistemarsi corona, mantello e real mutanda dice al messaggero che mo' si può avvicinare al trono. Poteva attaccare a spiegargli quanto stava accadendo al paese, ossia la morte violenta del barone Vincenzo Celata di Lauria.

"L'ha trovato il figlio intorno alle sette e mezza," esordì Federico Costantino mettendosi pure lui seduto sulla sabbia e appoggiandosi accanto la borsa di tela che si era portato. Sembravano padre e figlio venuti a trascorrere qualche ora su una spiaggia di inizio primavera. "Però ha chiamato la stazione intorno alle quindici e trenta." Mostrò la faccia di chi non se la beve tanto facilmente. "Trova il padre morto sparato e aspetta otto ore prima di dare l'allarme," aggiunse. "Lui dice che ha dovuto tranquillizzare sua madre che era in stato di shock."

"E la baronessa non si è accorta di niente?" gli domandò Gori.

"Dormono, o, meglio, dormivano lui in un'ala del palazzo e lei nell'ala opposta. La servitù era nella foresteria. Sono riuscito a fare qualche domanda. Che, poi, la servitù sono il giardiniere, il cuoco, una specie di governante, uno che si occupa delle pulizie e un altro che controlla tubature e luci. Al palazzo raramente ci sono tutti e tre. La signora e il figlio sono sempre in viaggio."

"Ed era davvero in stato di shock?"

"Chi, la servitù?"

"Che cazzo c'entra la servitù, brigadiere?" ribatté Gori Misticò. "La baronessa. Era davvero sconvolta?"

"L'ho potuta vedere solo per pochi minuti. Aveva una faccia strana, ma non mi sembrava sotto shock. Pareva preoccupata, più che altro."

"Forse il figlio è riuscito a calmarla."

"Come no."

"Falla corta, brigadiere," lo esortò Gori Misticò abbrancando la seconda Brasilena. "Secondo te gli ha sparato lui?"

"Non lo so, non credo sia capace," rispose esitante Federico Costantino. "Quello è un buono a niente vizziàto che si crede chissà chi. Come dicono qui, 'nu ciùcciu presuntùsu. Però chi lo sa, potrebbe anche essere. È pure vero che ha un alibi che pare lo scoglio di Pietragrande."

"E sarebbe?"

"Sarebbe che è stato tutta la notte a una festa piena di gente. Solo che lui l'ha chiamata riunione di lavoro."

"Hai controllato?" domandò Gori Misticò.

"Appena sono rientrato in caserma a stendere il verbale," rispose Federico aspettando invano che il maresciallo gli dicesse "bravo".

"E quale era l'albergo?"

"Villa Santa Leonarda," rispose il brigadiere. "Sopra Capo Rizzuto. Cinque stelle lusso. Ho parlato al telefono con il concierge e pure con un barrìsta. Hanno detto tutti che Falco stava lì."

"Fino a che ora?"

"Dalle sette di sera fino alle matinàte. Il medico legale dice che il barone è morto intorno a mezzanotte. Quindi non potrebbe essere stato lui."

Gori ci rimuginò su qualche secondo. "Forse," disse. "Però potrebbe anche essere che invece sì," aggiunse. "Bisognerebbe capire se avrebbe avuto il tempo di andare a casa, sparare al padre e poi dopo tornare alla sua riunione per farsi l'alibi."

"Ho chiesto alla governante che si occupa di chiudere il cancello di accesso al vialetto," disse Federico Costantino. "Dice che se qualcuno fosse tornato a quell'ora lei avrebbe certamente sentito una macchina arrivare o il cancello aprirsi. Però non è detto. Bisognerebbe verificare. Magari il magistrato potrebbe effettuare una simulazione."

"Chi, Califano?" ghignò Gori Misticò. "Lo conosco bene. Quello, l'unica simulazione che potrebbe effettuare è quella per vedere se trova la porta giusta del suo ufficio."

"E allora il figlio è totalmente scagionato," concluse il brigadiere con una certa delusione.

"Dimmi la verità, Costantino," gli fece Gori. "A te, Falco Celata non sta simpatico."

Il giovane carabiniere non rispose subito. "Non ci andrei a mangiare insieme," disse poi, controvoglia. "Me l'avete insegnato voi, comandante. Il mestiere nostro non è fare le classifiche dei simpatici, ma capire che cos'è successo."

"E secondo te cos'è successo?"

"È successo che il barone è morto sparato a casa sua," rispose il brigadiere. Poi fece una strana pausa, di qualche secondo. "Ma tre giorni prima era successo pure che al canneto di Traca dello Spùlico la mareggiata aveva cacciato fuori un cadavere senza dita e senza occhi che potrebbe essere di uno che arriva dall'Ucraina," aggiunse.

"E mo' che c'entra l'ucraino morto?" disse Gori Misticò ricordandosi.

"Eh, forse non c'entra però magari c'entra."

"Costanti', spiegati meglio e non fare il misterioso che a st'ùra proprio 'on mi vàca."

Federico Costantino fece una torsione della schiena e si mise una mano nella tasca posteriore dei pantaloni dalla quale cavò una moneta. La porse al maresciallo. "L'ho trovata a casa Celata," disse.

Gori Misticò prese la moneta, controllò la testa e la croce un paio di volte.

"Sono soldi ucraini," spiegò Costantino. "Ne sono circolati anche in paese."

"E quindi?"

"Mi pare strano," rispose il brigadiere, facendosi cauto.

"E quindi?" ripeté il maresciallo esortandolo a dire tutto quello che pensava.

"E quindi tra la morte del barone e quella dell'ucraino potrebbe esserci un collegamento," disse il brigadiere facendosi coraggio.

"Che tipo di collegamento?"

Federico Costantino sembrò sgonfiarsi di entusiasmo. "Questo proprio non lo so, comandante. Sono arrivato fino a qui, ma sono cose troppo difficili per me. Io da solo non ce la posso fare. Per quello pensavo che mi dovreste aiutare."

"Ti dovrei aiutare? E a me chi mi obbliga di aiutarti?"

"Per carità, nessuno," rispose il brigadiere sorridendo. "Però mi avete chiamato voi."

Gori Misticò sospirò. Sentiva che quella faccenda nascondeva un rischio, un rischio bello grosso. E non certo per lui. "Costanti', tu lo sai che l'inchiesta la stanno conducendo altri, vero?" gli disse. "Il magistrato ha aperto il fascicolo, ha nominato i suoi investigatori e se la deve sbrogliare lui. Tu, questa," gli mostrò la monetina tenendola tra pollice e indice "dovevi consegnarla al dottor Califano. E non l'hai fatto. È una cosa grave."

"Il dottor Califano, l'avete detto voi stesso, non distingue la mano destra dalla sinistra," rispose il brigadiere riprendendosi la monetina e ficcandosela in tasca."

"Lamentati pure quanto vuoi, brigadiere," disse Gori Misticò con severità.

"Sentite, comandante, io ho provato a chiamarlo per dirgli le cose, ma lui si fa sempre negare," replicò Federico Costantino. "L'unica cosa che so è che la prima ipotesi che ha fatto è furto con scasso. Peccato che non c'è stato nessun furto e nessuno scasso."

"Mi pare, però, che pure tu non sei andato molto avanti."

"È per quello che ho bisogno di voi, maresciallo. Da solo io posso arrivare fino a qui. Ma dopo..."

Gori Misticò ci pensò su e in quei pochi secondi molti ragionamenti gli si accavallarono nella testa. Il primo era che, stante le sue attuali condizioni, a lui di chi moriva e chi campava, di chi era stato ammazzato e di chi aveva ammazzato non gliene importava davvero più un bel niente. E non era nemmeno solo questione della malattia che gli aveva messo la data di scadenza. Non era solo perché nelle sue condizioni molte certezze, gli assiomi sui quali aveva fondato l'intera sua vita, se ne erano andati a strafottere. Non era solamente perché tutta questa pretesa di fare e restituire giustizia già da un pezzo cominciava a suonargli arrogante, oltre che francamente stupida. Erano i libri che leggeva e i documentari che guardava che lo avevano convinto che la vita sulla Terra è frutto di un errore dell'evoluzione. E l'apparizione del genere umano, uno sgàrro ancora peggiore. Gli uomini non si fanno altro che male uno con l'altro e sempre per le questioni più futili. Perfino la speranza si rivelava un'invenzione letale, giacché pure la speranza porta la gente ad ammazzarsi: la speranza di ricchezza, la speranza dell'amore, la speranza del successo, la speranza di salvare la vita... La speranza delusa si chiama disperazione, e la disperazione conduce dritti o al cimitero o al manicomio oppure in galera.

Ecco che cosa avrebbe voluto davvero spiegare al suo discepolo. Stammi a sentire, Costantino, avrebbe voluto dirgli. Vuoi una lezione di vita? E adesso te la do. Lascia stare tutto. Fòttitene. Perché ti dovresti preoccupare di chi ha ammazzato un barone e uno sconosciuto ucraino? Che te ne viene in tasca? Lo sai che un domani, ben prima di quanto ti immagini, ti ritroverai vecchio? Lo sai che una cellula già in questo preciso momento potrebbe esserti impazzita e, anziché fare il dovere suo, sprigionarti una malattia da qualche parte? Lo sai che tra soli cent'anni nessuno si ricorderà di te? Che senso ha cercare assassini? Metterli in galera. Tanto, i morti restano morti. Fine della lezione.

Questo pensava Gori Misticò. Ma poi pensò pure che se è vero che nessuno ci chiede di venire al mondo, è pur vero che una volta nati abbiamo sostanzialmente due possibilità: o spararci un colpo oppure fare il meglio che possiamo fare.

"Vabbuòno, Costantino," disse al brigadiere che aveva pazientemente atteso una risposta. "Vediamo che possiamo fare. Bada bene, non ho intenzione di favoreggiare indagini clandestine. Per il momento daremo una mano non richiesta al fenomeno della magistratura che, se l'esperienza mi ha insegnato qualcosa, sta ipotizzando il colpevole possa essere l'uomo invisibile. Ma tutto quello che eventualmente dovesse saltare fuori, tu lo farai avere a Califano. E lui deciderà il da farsi. Siamo d'accordo?"

"Siamo d'accordo, comandante."

"E finiscila di chiamarmi comandante perché quant'è vera la Madonna della Pietra mo' mi incazzo davvero."

"Da dove partiamo? Dall'ucraino?"

"All'ucraino 'àssulu fhùttara," disse Gori Misticò. "Almeno per il momento. Pure che le due questioni fossero collegate, e non è detto che lo siano, ma dico, anche se lo fossero, lo vedremo a suo tempo. Adesso bisogna concentrarsi sul barone. Quale domanda ti devi fare, per prima?"

"L'arma," rispose Federico Costantino senza adeguatamente pensarci. "L'arma del delitto."

Il maresciallo sospirò come il maestro elementare davanti all'anacoluto dell'alunno. "Va bene. L'arma del delitto," disse. "E ce l'hai, l'arma del delitto?"

"No," dovette ammettere il giovane.

"E allora che cazzo mi esci con l'arma del delitto? Quale altra domanda ti devi fare? Vai al dunque, perlamadòsca. Possibile che non ti sei imparato niente in tutti questi anni?"

"Be', chi poteva avere interesse..." ritentò timidamente Costantino, temendo di avere toppato di nuovo.

Invece Gori Misticò si rasserenò. "Bravo, brigadiere," disse. "Risposta esatta. Chi poteva avere interesse a spararglі al cuore.

Cominciamo a seguire la pista più semplice. L'interesse. Vale a dire, i sòrdi," e si sfregò i polpastrelli di pollice e indice affinché il concetto fosse chiaro.

I Celata di Lauria erano indubbiamente ricchi. E la fortuna l'avevano fatta con la terra. In particolare, con gli uliveti che da due secoli producevano l'olio extravergine di oliva Celata. Gli alberi li aveva piantumati il trisnonno di Vittorio, Landomario Celata di Lauria. Il bisnonno Goffredo li aveva fatti crescere e fruttare, il nonno Edmondo aveva cominciato a produrre l'olio e suo padre Pandolfo era riuscito a esportarlo in mezzo mondo. Il contributo dell'ultimo barone di Lauria alla promozione dell'olio Celata – che, detto per inciso, era davvero una magnificenza: gusto piccante e sapore amaro che si intrecciavano, un fruttato evidente ma non invadente, un profumo che conteneva terra e mare insieme e quel lontano aroma della mandorla, somigliante a una nota di oboe in una sinfonia, che lo rendeva unico – si era limitato alla produzione di uno spot pubblicitario (qualcuno forse lo ricorda, tanto era malfatto) trasmesso per un breve periodo sui network nazionali in cui Vittorio Celata di Lauria si presentava con moglie e figlio (all'epoca appena undicenne ma già talmente stronzo che pareva lo avesse cacato un labrador), dichiarando che lui era il barone Celata di Lauria e che quelli che si vedevano alle spalle erano i loro uliveti da cui si traeva l'olio omonimo. Tutto qui.

Lo spot non aveva portato proprio a un accidente di niente e, del resto, di pubblicità non ce n'era bisogno: l'olio Celata si vendeva come fosse olio santo a Lourdes, tant'è che l'anno successivo arrivò l'offerta che, quella sì, cambiò le cose.

Una multinazionale americana del settore agroalimentare pagò una somma, mai ufficialmente rivelata ma che doveva essere prossima al PIL di una piccola nazione, per accaparrarsi quegli uliveti e ciò che producevano, aggiungendoci una royalty (anche questa, gesucrìsto solo sa a quanto ammontasse) sulle vendite globali. Ciò consentì al barone Vittorio Nembro di dedicarsi interamente allo studio del medioevo calabrese, alla signora baronessa Silene di mettere su ospedali, scuole e pozzi d'acqua nelle zone più povere dell'Africa equatoriale, e a Falco di non fare un cazzo dalla mattina alla sera. Il resto della terra era rimasta alla famiglia, ma ormai da decenni il grosso di quella terra non produceva più niente.

"Ci serve un nemico, brigadiere," disse Gori Misticò disegnando con un legno un quadrato di sabbia al centro del quale stava seduto lui. Come a dire: "Guaglio', questa è zona di mia competenza. Se vuoi entrare, chiedi permesso."

"Un nemico?" disse Federico Costantino timidamente.

"Un avversario, un rivale in affari. O anche qualcuno che odiava il barone o che gli stava sullo stomaco per qualche ragione più o meno valida."

"Di nemici propriamente detti, non ne ho notizia," disse il brigadiere capo. "Ma ho fatto certe ricerche e mi è saltata fuori una storia un po' strana. Volete sentirla?"

Gori cercava con lo sguardo il punto più lontano dell'orizzonte. Nemmeno trecento chilometri da qui si arriva in Grecia, stava pensando. Noi arriviamo da lì. Del resto, tutti siamo arrivati da qualche parte.

"Falco Celata da tempo non tornava in Calabria," cominciò a raccontare Costantino. "Lo fa l'anno passato, più o meno. E appena arriva gli viene un'idea."

"Che idea?"

"Il Fico Supremo," disse Costantino.

Il figlio del barone si era fatto convincere da un vecchio compagno di università, che era più o meno stupido uguale a lui, di buttarsi nel business degli OGM. Occuparono un pezzo di collina e, datosìa che l'amico si riteneva un luminare in materia, avendo dato un esame di botanica generale nel quale aveva preso ventuno, cominciarono a progettare l'incrocio tra fico comune e fico d'India. L'intenzione era di creare la quintessenza del frutto calabro e diventare famosi.

"C'entra qualcosa con la questione di cui stavamo parlando?" chiese Gori Misticò. Allungò le mani sulla terza e ultima Brasilena seguendo per qualche secondo la sagoma lontana di una petroliera che navigava verso nord.

"Parlavamo di nemici," rispose il brigadiere capo Federico Costantino. "E io ho trovato questo."

Dalla borsa di tela estrasse il tablet e in pochi secondi lo aveva già avviato. Mostrò lo screenshot di una pagina Internet.

STOP AGLI INNESTI CONTRONATURA NELLA TENUTA CELATA DI LAURIA era la sobria intestazione della home page. Un gruppo di autonominatisi difensori della natura avevano iniziato una battaglia contro gli esperimenti di ibridazione del fico compiuti nelle terre dei Celata di cui erano venuti a conoscenza grazie al fatto che il genio della botanica aveva aperto una pagina Facebook nella quale raccontava per filo e per segno il meritorio esperimento. La pagina del sito conteneva recriminazioni, insulti e anche minacce di morte descritte con dovizia di particolari.

Celata devi essere legato a un albero di fico e bruciato vivo, diceva uno.

C'è una pallottola con sopra scritto il tuo nome, Celata, aggiungeva un altro.

Fossi in te barone dormirei ogni notte in un letto diverso, consigliava un altro ancora.

In realtà, più che mettere insieme un sito scarcagnàto frequentato da quattro 'mbuccamùschi e organizzare una fiaccolata con striscione (partecipanti totali: diciotto, tre dei quali noti scemi del paese) non erano andati. Però le minacce c'erano, non è che non c'erano. Si potevano considerare nemici del barone.

“Avevo capito che era stato il figlio a incrociare fichi e ficundiàni,” disse Gori Misticò perplesso. “Che c’entra il padre?”

“Il titolare del sito si era convinto che era stato il padre a, e qui cito, *stuprare la terra*,” rispose il brigadiere. “E a quanto pare lo voleva morto.”

“Un difensore della natura deciso e informatissimo,” commentò il maresciallo senza molto interesse. “Poteva mettersi in società con Falco e con l’amico suo botanico. Mi pàrano tutti e tre dei gran cervelloni.”

“Infatti, pure io penso che non ne vale la pena,” disse Federico Costantino mettendo via il tablet ma senza manifestare delusione. “Questa gente parla, parla ma alla fine non combina niente. Purtroppo, più di questo non sono riuscito a trovare.”

“Non ti abbattere, brigadiere,” disse Gori Misticò cercando di ricordarsi una cosa che gli era venuta in mente in quel preciso momento, ma che gli era volata via dalla testa prima che si consolidasse in pensiero strutturato. “Tanto la tua idea è un’altra. Lo sai tu e lo so io. Tu pensi che sia stato Falco e non vedi l’ora di vederlo chiuso a chiave. A questo stai pensando, cùntala ggiùsta.”

“I pensieri se ne vanno in giro per la testa per conto loro come ’mbriachi,” rispose Federico Costantino con una strana, lirica leggerezza. “Se uno potesse controllarli, sarebbe l’uomo più felice del mondo.”

“Pure tu hai una tua saggezza, brigadiere,” gli concesse Gori Misticò finendo l’ultima Brasilena.

Il pensiero che se n’era volato, intanto, era tornato e si era fermato quanto basta per riprendere fiato. Pure che Gori Misticò non poteva sospettarlo, era tutta una questione di ippocampo e di informazioni che se ne stanno buone e tranquille finché non arriva qualcosa – un’associazione mentale, una mezza parola, un’immagine – a comporre un ragionamento. Nel suo caso, si trattava della notizia letta sul sottopancia del notiziario e, così, si appuntò una telefonata da fare.

Un bulldozer gli rombò alle spalle.

"Stanno ancora girando," constatò Federico Costantino. "Non si fermano mai. Chissà che vogliono combinare."

"Prima o poi qualcuno li ferma," disse sottovoce – un sussurro, un sìbbilo – Gori Misticò. "Tu aspetta e vedrai che qualcuno li ferma."

Il maresciallo fece segno al giovane autista di levarsi dalle palle che stava disturbando tutti, pesci, uccelli e cristiani. Quello non capì e lo salutò con un gesto della mano. Gori Misticò lo mandò allora a fare in culo a lui e a tutta la razza sua.

Costantino scosse la testa. Era davvero tardi, doveva tornare in caserma.

Rimasto solo, Gori estrasse il giornalino e lesse l'indice delle storie. Ne scelse una che conosceva assai bene. Una delle storie più inquietanti mai lette, almeno dal suo punto di vista: *Topolino e il mistero della voce spezzata.* La trama girava intorno a una telefonata di aiuto ricevuta da Topolino e da molti altri abitanti della città. Quella telefonata era partita da una cabina (a quell'epoca ancora esistevano) ed era stata effettuata un anno prima. Ma la cabina era stata colpita da un fulmine e la telefonata si era, come si può dire?, congelata nelle linee telefoniche. Solo dopo la caduta di un altro fulmine, guarda caso su quella stessa cabina, la telefonata si sbloccava, così che Topolino poi riusciva a capire chi lo aveva chiamato.

Ora, al di là delle casualità che in un fumetto succedono e nella vita vera pure, con la sola differenza che quando capita nella vita vera nessuno ci fa caso, l'idea di una frase spezzata e conservata intatta nei fili come una zanzara nell'ambra lo aveva sempre affascinato e inquietato. Lo faceva pensare.

Dove vanno a finire tutte le parole che abbiamo detto?, si domandava Gori Misticò. Tutte le frasi pronunciate da quando abbiamo imparato a parlare. Dove sono, ora? Dove si conservano, dove si accumulano? Sarebbe possibile rintracciarle, raccoglierle e riascoltarle? Un momento prima di morire forse non ti scorre tutta la vita davanti agli occhi: forse invece senti tutto quello che hai detto. Ogni singola parola, ogni frase. Risenti tutto in un solo istante e non c'è niente che tu possa fare per cancellare una parola detta né per aggiungere una parola non detta. Quello che è stato è stato, e quello che non è stato non sarà mai più.

E tutto questo ragionamento insensato e febbricitante partiva da una storia a fumetti.

Recettori della dopamina. La testa se ne va per i cazzi suoi.

Non ti schiantàre, Gori. Non è niente.

Adesso passa.

Prese il cellulare e si accinse a fare la telefonata che si era ripromesso di fare.

Milano
Istituto di oncologia

Il dottor Nicola Strangio aveva lavorato per trentadue ore consecutive, senza dormire, nutrendosi esclusivamente di barrette energetiche e idratandosi con bevande contenenti taurina, caffeina e tracce di alcaloidi derivati dal trattamento delle foglie di coca. In quel lasso di tempo aveva ammesso tre nuovi pazienti alla terapia chemioterapica, ne aveva perso uno per sopravvenuto blocco renale, e di un altro (una bambina di otto anni) aveva constatato un repentino e inaspettato deterioramento del quadro generale aggravato da una broncopneumopatia che non lasciava sperare niente di buono.

Il mese prima si era sottoposto al test di routine per la possibile insorgenza della sindrome di *burn-out* ma i risultati erano stati positivi, quasi eccellenti. E, tuttavia, in giornate sovraccariche come questa si sentiva stanco, irritabile, demoralizzato. Se ci aggiungiamo le improvvise (ancorché transitorie) cefalee, l'inappetenza e qualche vertigine, ecco che i risultati del test di routine se li poteva attaccare ai coglioni.

Era un soggetto a rischio, su questo non c'è dubbio. Il *burn-out* è una malattia professionale per il medico che cura i malati di cancro come la silicosi lo è per il minatore e le emorroidi per il tassista. Non ci puoi fare niente, è compresa nel contratto al momento dell'assunzione. Non puoi trascorrere giornate intere a curare pazienti sapendo che la metà di loro moriranno durante la terapia e sperare di conservare intatta la psiche. Perché a quella gente ti ci affezionerai, che tu lo voglia no. Perché ascolterai le loro storie e conoscerai le loro famiglie. Perché dovrai vivere insieme alla loro angoscia, insegnare loro – per quanto ti sarà possibile – a non ignorare la paura ma nemmeno a farsene travolgere.

Ma quella era la sua vita e fosse potuto tornare indietro non ne avrebbe voluta un'altra. Era la sua vita anche se gli aveva impedito di avere una vita sua. Niente famiglia (il matrimonio era durato due anni scarsi), pochi amici, niente, amanti, zero hobby. Solo la gratitudine dei pazienti e delle loro famiglie, un sentimento che però non si era mai spinto oltre, perché i medici come Nicola Strangio ispirano rispetto ma anche timore. Deferenza, stima ma anche prudenza. Nessuno gli si avvicinava troppo, sempre due passi indietro. Come davanti a un santo. O a un animale pericoloso.

Il display del cellulare diceva GORI. Premette il pulsante verde. "Sei ancora vivo?" disse.

"Sicuramente non per merito tuo," gli rispose Misticò. "Anzi, se era per te a quest'ora ero già in agonia."

Nicola Strangio cambiò tono. "Che c'è, Grego'? Qualche problema?"

"No, tutto a posto, dotto'. Almeno, si fa per dire. Non ti chiamo per me. C'era una questione che ti volevo domandare."

"È una rottura di cazzo?" chiese il medico. "O vuoi solo farmi perdere tempo?"

"E sì, perché fuori dall'ospedale hai una rutilante vita che ti aspetta. Si tratta di un tuo paziente. Un tale che fa la terapia."

"Come si chiama?"

"E io che cazzo ne so. Se lo sapevo ti pareva che disturbavo al grande luminare? È uno che l'altra volta mi stava seduto accanto. Un tipo strano. Non mi pareva tanto giusto di testa. Hai capito di chi parlo?"

"Mettiamo che ho capito," rispose Nicola Strangio non nascondendo la diffidenza. Qua, la situazione era piuttosto chiara: uno sbirro gli domandava informazioni su un suo paziente. E, amici o non amici, in questi casi subentra la deontologia, che è una cosa seria, non chiacchiere da 'mpiàstri. "Che cosa vai cercando dai miei pazienti, Gori? Parla chiaro."

Gori Misticò capì che ci aveva preso. Non si fa per quasi trent'anni il carabiniere senza affinare certe antenne. "Hai capito di chi parlo. Ha combinato qualcosa, vero?"

"E quand'anche?" replicò Strangio altezzoso.

"Quand'anche il cazzo, Nico'. Non sto facendo indagini, ti sto solo domandando se un tuo certo paziente ha combinato qualcosa di strano. Non voglio sapere come si chiama, puoi parlare tranquillo."

"Dimmi perché ti interessa."

"Perché voglio capire fino a che punto può arrivare 'nu 'ndròngalu, per quanto stupido, quando si fissa su qualcosa."

"Un'indagine antropologica, dunque," lo sfotté Strangio.

"Chiamala come ti pare, professo'. Allora, che ha fatto, il cospirazionista?"

"Secondo te che ha fatto?"

"Secondo me ha aggredito qualcuno," rispose Gori Misticò. "Forse con un'arma, o più probabilmente con un bastone se non addirittura a mani nude. Ma siccome era debilitato, l'aggressore lo ha presumibilmente respinto. Deve avergli fatto pure male, giacché immagino che l'aggredito fosse in forma fisica assai migliore, dato che il suo lavoro lo richiede."

Strangio era estasiato da quello sfoggio di acume, ma non gli disse niente per non dargli soddisfazione. "E che tipo di lavoro si immagina, lo Sherlock Holmes dello Jonio?" gli domandò.

"Il pilota di aereo," rispose Gori Misticò.

Nicola Strangio attese qualche secondo prima di rispondere. Valutò che, non fornendo dati anagrafici, poteva considerare quella conversazione del tutto ipotetica. La deontologia era salva. "E va bene," disse poi. "Ha provato a colpirlo con una chiave inglese. L'altro gli ha sparato prima un calcio nelle palle e poi un cazzotto in bocca e l'ha fatto svenire. Era un americano. Ex pilota militare. Appena atterrato da Miami. Dieci ore di volo e all'uscita si trova 'stu calamendùna che gli si avventa contro. Mi hanno chiamato dal pronto soccorso in quanto gli ha detto che era in cura da me. Niente denunce, dato che si sono accorti punto primo che era 'nu stùpidu e punto secondo che gli rimane poco da vivere."

Fece un'altra pausa, breve, ma durante la quale gli girarono le palle. "E tu come facevi a saperlo, cazzone?" disse poi.

"Ciascuno fa il lavoro suo," rispose Gori Misticò fingendo boria. "Io metto insieme la logica e tu fai morire i cristiani."

Fu come se riuscisse a sentire l'amico irrigidirsi. "Non scherzare troppo, Gregorio," replicò Nicola Strangio con un tono al tempo stesso dolente e minaccioso. "Non oggi."

"Scusa, Nicola," disse Gori Misticò capendo di avere detto la cosa sbagliata al momento sbagliato alla persona sbagliata. "Ci vediamo tra due settimane. O magari prima, chi lo sa."

Chiamò Federico Costantino. "Brigadiere, fossi in te una chiacchierata con il difensore della natura andrei a farla," gli disse.

"Mi attivo," rispose il giovane carabiniere.

"Ecco, bravo," replicò Gori Misticò. "Attìvati."

Poi mandò giù un'altra mentina, giacché, per come la vedeva lui, da perdere aveva ben poco. Gliene rimanevano in tutto sei. Doveva farsele bastare, la farmacista gli aveva detto di avere ricevuto una telefonata da Milano e che forse era il caso di sospendere la fornitura. Gli aveva proposto in alternativa uno sciroppo omeopatico e, per non essere sgarbato, Gori aveva evitato di rispondere.

Case Condurbia, frazione del Comune di Vallestretta
30 km a nord di San Telesforo Jonico

Felice Saporito, amministratore unico della pagina web *Stop agli innesti contronatura nella tenuta Celata di Lauria*, fu sorpreso nel constatare di avere ricevuto una e-mail all'indirizzo del sito. Tralasciando lo spam, quella era la prima corrispondenza in quanto?, sette mesi?

Controllò anzitutto che non vi fossero allegati che potessero aprirsi automaticamente infettandogli il suo Acer Extensa 3000.

No, niente allegati. Solo tre righe in cui un certo Antonio Friccodeste gli chiedeva un incontro per parlare delle tante e meritevoli inchieste che quel sito conduceva in qualità di ricercatore indipendente.

La home page faceva infatti ancora riferimento agli incroci nelle tenute dei Celata, ma Saporito Felice si era recentemente interessato anche ad altre situazioni a suo dire oscure: dal finto sbarco sulla Luna ai cambiamenti climatici architettati dai servizi segreti (uno specifico capitolo era dedicato alle nevicate velenose in Groenlandia). Per non parlare dell'acceleratore di Ginevra che quasi sicuramente era un portale per raggiungere l'Antico Egitto, fino alla teoria più affascinante di tutte secondo la quale il Medioevo non era mai avvenuto a causa della falsificazione dei calendari.

Di che cosa volete parlare, in partclr?, domandò il Saporito al Friccodeste.

Sono un giornalista, gli fu risposto dopo pochi secondi. *Mi occupo di teorie alternative, in particolare ambiente ed extraterrestri.*

Non ci fu bisogno di aggiungere altro. Felice Saporito concesse all'istante l'intervista richiesta e in una successiva e-mail furono concordati ora e luogo dell'incontro.

Quando però arrivò in motorino al Bar Baffo di Vallestretta (lo aveva scelto sperando che tutto il paese si accorgesse che nientemeno che un giornalista era venuto a intervistarlo) al tavolino trovò ad aspettarlo il brigadiere capo Federico Costantino, e la vanagloria fu sostituita da una certa preoccupazione.

"Sedetevi, prego," gli disse il carabiniere indicandogli la sedia.

Felice Saporito si era improvvisamente ingobbito al punto da dare l'idea che la statura gli si fosse ridotta del venti per cento. Ubbidì senza protestare.

"Brigadiere capo Federico Costantino," si presentò il carabiniere.

"Felice. Sono Saporito," disse l'altro porgendo una mano sudaticcia. "Cioè, mi chiamo proprio Saporito Felice."

"Sì, lo so," disse il carabiniere asciugandosi il palmo della mano su un tovagliolino di carta.

"Io però veramente aspettavo..."

"Antonio Friccodeste," lo anticipò il brigadiere. "Non vi preoccupate, non c'è niente di cui avere paura. Volevo solo farvi qualche domanda."

"In merito a che cosa?" domandò Saporito timoroso.

"Bevete qualcosa? Un caffè?"

"Magari un bicchiere d'acqua," rantolò l'altro. "Ho un po' la bocca secca."

Il brigadiere fece cenno al ragazzo al quale ordinò un bicchiere d'acqua e un caffè. "Sicuro che non volete altro?" disse rivolgendosi al suo ospite.

"Magari un brioscia con gelato, se è possibile," rispose Felice Saporito facendosi coraggio. "Non ho ancora fatto colazione." Adesso sembrava rasserenarsi. Quel carabiniere non voleva arrestarlo, altrimenti lo avrebbe già fatto.

"Parlatemi di voi," gli disse Costantino con tono cortese ma fermo.

Saporito girava la testa per controllare che il giornalista Antonio Friccodeste non fosse nel frattempo arrivato. "Cosa volete sapere?" domandò, di nuovo tremebondo.

"Chi siete, cosa fate," rispose Costantino. "Il vostro lavoro."

Felice disse di avere trentadue anni, iscritto alla facoltà di Allevamento e benessere animale, specialità animali da compagnia e ovini. Attualmente fuori corso e disoccupato ma con alcune interessanti opportunità lavorative da valutare. Viveva con sua madre, la quale soffriva di pressione alta. Ecco, più o meno era tutto quello che aveva da dire sul proprio conto.

Il carabiniere gli mostrò lo schermo del tablet dove compariva la home page della pagina *Stop agli innesti contronatura nella tenuta Celata di Lauria*. "E di questa che mi potete dire?" gli domandò.

Felice Saporito si irrigidì. "E che volete che vi dico?" disse con timore crescente.

"Le minacce, Saporito," replicò Costantino facendogli capire che il tempo delle gabberìe era finito. "Quando avete scritto che c'era una pallottola con sopra il nome del barone Celata."

"Ma quelle sono cose che si dicono," provò a giustificarsi l'altro. "Non è che davvero io ho mai pensato... Voglio dire, io la pistola nemmeno ce l'ho."

"Vi piacerebbe se qualcuno scrivesse la stessa cosa su di voi?" lo incalzò il carabiniere.

"Ovviamente, no," disse l'altro, senza capire il senso della domanda. "Ma io non ho fatto niente per meritarmi... Voglio dire, non sono stato io ad avvelenare la terra. Se fai certe cose poi ti devi aspettare che qualcuno si opponga. È diritto del cittadino di..."

Il brigadiere capo Federico Costantino lo fermò con un gesto della mano. "Volete un consiglio, Saporito? Parlate poco. Parlate il meno possibile, ché più parlate e più vi mettete nei guai."

"Quali guai?" disse l'altro, spaventato. "Io non ho fatto niente, appuntato. Ho solo scritto... Guardate, appena arrivo a casa scancello tutto. Se volete chiedo pure scusa al barone."

"Al barone non potete più chiedere né scusa né per piacere," lo bloccò nuovamente Costantino. "Perché, guarda caso, qualcuno ha preso una pallottola, ci ha scritto il suo nome e gliel'ha piantata nel cuore. Ma voi li leggete ogni tanto i giornali?"

Il laureando in benessere animale sbiancò. "I giornali raccontano solo falsità," disse poi balbettando. "Io mi informo solo sulla Rete."

"Ecco, bravo. Continuate a leggere scemenze, così scrivete altre scemenze che poi magari qualcuno prende sul serio."

"Io volevo solo portare all'attenzione dell'opinione pubblica..." fece per dire Saporito mettendo su un'aria solenne.

"Ma fatemi il piacere," gli disse il carabiniere, sprezzante. Costantino a questo punto aveva già capito che il Saporito non disponeva nemmeno dell'intelligenza minima sufficiente per mettere in pratica la minaccia. Era 'nu stùllidu bisognoso di trovarsi al più presto una fatìca quotidiana così da avere meno tempo per pensare alle fesserie di cui si riempiva la testa.

Ma Felice Saporito a quel punto ci teneva a esporre le proprie ragioni. Aveva aperto quel sito per sensibilizzare i cittadini rispetto allo stupro – così lo aveva definito – che il barone Celata con i suoi scellerati esperimenti stava compiendo ai danni della natura e delle gravissime conseguenze che l'introduzione del Fico Supremo nel mercato ortofrutticolo avrebbe causato a livello globale: mutazioni delle piante, malattie indotte dai virus transgenici, carestie e scomparsa del patrimonio genetico vegetale. La pagina aveva avuto un picco di adesioni nella prima settimana arrivando a cinquantasei iscritti, dopodiché non si era più mossa. Anzi, era rapidamente scesa da cinquantasei a quarantadue, quindi a ventotto, segno che l'opinione pubblica non era ancora pronta per recepire certe istanze ambientaliste. La sensibilizzazione rispetto a tutto il discorso OGM avrebbe richiesto tempo. L'ultimo censimento diceva dodici iscritti, Saporito compreso.

"Nemmeno le forze dell'ordine si sono mai occupate del problema," disse Felice con cautela, badando a non farlo risultare oltraggio alla divisa. "Non voglio accusare nessuno, per carità. Però a volte quando ci sono di mezzo i poteri forti, il cittadino è lasciato alla mercé."

E, senza spiegare di chi fosse la mercé, ritenendo che le cose potevano mettersi brutte ma considerando che lui comunque non aveva ancora fatto colazione, azzannò la brioscia finendola in tre soli morsi. Spiegò quindi che nel corso del tempo il suo sito si era dedicato ad altre istanze. Da qualche settimana stava lavorando su certi filmati che provavano come tutti gli attentati terroristici degli ultimi vent'anni fossero in realtà delle messinscene e che le cosiddette vittime fossero o attori o manichini o entrambe le cose.

"Vi siete mai confrontato con il barone?" domandò il brigadiere capo Federico Costantino cercando di tenere a bada i sentimenti che provava per 'stu cacatàru che viveva a sbàffu della pensione materna.

L'altro ridacchiò. "Il barone non ci ha mai ricevuto," rispose raccogliendo briciole sparse sul tavolo. "Però le nostre indagini indipendenti le abbiamo fatte lo stesso. E sono saltate fuori cose interessanti. Forse potrebbero esservi utili."

"Del tipo?"

"Sono informazioni riservate, raccolte a fatica, appuntato," rispose Saporito con l'aria di chi la sa lònga.

Federico Costantino gli fece la faccia brutta. "Sentimi un po', Saporito," gli disse avvicinandogli la faccia alla sua. "Punto primo, io sono brigadiere capo. Punto secondo, hai poco da fare il fesso perché ti potrei portare seduta stante in caserma a rispondere del reato di minaccia, articolo 612 del codice penale, per il quale rischi il carcere. Mi sono spiegato?"

"Vi siete spiegato," disse Felice Saporito abbassando la cresta e alzando le mani.

Il brigadiere Costantino si era stupito lui stesso della ferocia testé dimostrata. Da dove l'aveva presa? Da quando gli era arrivata? "Parlavi di informazioni," riprese. "Sentiamo queste informazioni."

Felice Saporito abbassò la voce. "Sentite, forse quell'esperimento non avrebbe portato a nessuna estinzione, d'accordo. Però le conseguenze ci sono state. E quello lo so con certezza."

"Che tipo di conseguenze?"

"Intossicazioni. Avvelenamenti. Della gente potrebbe averci rimesso la vita. E queste non sono fesserie."

Costantino lo guardò sempre con aria scettica. "Ne sei certo?" gli domandò.

"Io i cadaveri non li ho visti, brigadiere. Però gli indizi fanno pensare a quello."

"Quali indizi? Da chi avresti sentito parlare di morti avvelenati?"

Saporito ebbe un moto di insofferenza che però riuscì a controllare quanto basta. "Da chi, da chi..." disse. "Brigadiere, le nostre indagini non funzionano come le vostre. Voi prima di muovervi volete sapere i nomi e i cognomi, i fatti..."

"Ebbe', certo, a quelli come te sono sufficienti parole al vento. Vi bastano due chiacchiere e ci costruite i romanzi. E che altro avresti saputo, sentiamo."

"Che il barone Celata ha pagato qualcuno perché non dicesse niente di quello che si stava combinando nella sua terra. E infatti nessuno ne ha più parlato. Era come se non fosse successo niente. A voi vi sembra normale?"

"Fammi capire, Saporito. Siccome di una certa cosa non si parla allora vuol dire che quella cosa è successa?" disse il brigadiere fingendosi confuso e allo stesso tempo interessato. "Niente da dire, come metodo di indagine è validissimo."

"Voi siete libero di pensarla come volete," ribatté Saporito piccato. "Ciascuno usa il metodo che gli piace di più."

"E visto che avevi in mano tutte queste informazioni come mai non le hai messe sul tuo sito?"

"Non ve lo immaginate? Ho avuto paura che se la prendevano con mia mamma malata per via della pressione."

Il brigadiere ne aveva le tasche piene di quella faccetta che so-tutto-io e che invece il resto del mondo è abitato solo da ingenui e bàbbi di minchia. Non vedeva l'ora di andarsene, ma sentiva che quello era un punto da chiarire. "Vabbe', con me puoi stare tranquillo che non me la prenderò con tua mamma," disse. "Questo nome?"

L'altro esitava. "Quale nome?" domandò.

"Facciamola corta, Sapori'," lo incalzò Federico Costantino. Si alzò in piedi. Stese la mano come se aspettasse un biglietto con sopra scritto nome e cognome. "L'uomo che sa tutto e che sarebbe stato corrotto dal barone affinché tacesse. Vedi di farmelo avere prima possibile."

"Mo' a memoria non me lo ricordo. Dovrei andare a casa a guardare nel computer," rispose l'altro, preoccupato.

"Ecco, bravo. Va' a guardare," disse il brigadiere. "Io ti aspetto qui. E facciamo che non ci metti troppo."

"Qualora nel frattempo arrivasse il giornalista Friccodeste..." fece per dire Saporito.

Federico Costantino scosse il capo, incredulo.

Il motorino non partiva. Forse aveva finito la miscela o forse erano le candele. Felice Saporito fu costretto a spingerlo a mano.

San Telesforo Jonico
Rosticceria Da Piscopo

Rosario Piscopo il giro di lavoro interessante ce l'aveva alla Marina di San Telesforo, dove aveva aperto un punto vendita che in effetti godeva di un bel giro di clientela – operai, qualche impiegato statale, qualche single e pure un paio di vedove che non avevano voglia di cucinare. Il lavoro a San Telesforo Jonico Superiore invece assomigliava più a un'assistenza anziani. I piatti pronti servivano per sfamare la terza età locale – i prezzi erano se non proprio modici quanto meno affrontabili – consentendo ai paesani di non stancarsi troppo e di non rischiare di incendiare la cucina, come era avvenuto in cinque episodi solo nell'anno passato.

La rosticceria del paese disopra faceva da cucina anche per quella disotto. Era a San Telesforo Superiore che Rosarino preparava le pietanze. Il ragazzo del negozio alla Marina si presentava intorno alle nove e mezza del mattino, caricava i vassoi sull'Ape Piaggio Calessino e si 'nda scìndiva.

Oggi come primo c'era parmiggiàna o pènni all'arrabbiata, come secondo pìpi e patàti o sazìzza e pòsa frijùta. Di contorno c'erano fùngi, altri pìpi (questi, arrustùti) e pumadòra a 'nzalàta. A richiesta, si poteva preparare un po' di pòsa cundùta a lu piattu, ma Gori rassicurò Piscopo che quello che c'era andava più che bene. Oggi pranzava sul posto, aveva tempo.

In realtà, quello che Misticò voleva capire era se mangiando fuori anziché in casa un poco di appetito gli poteva tornare.

"Macàri una fettina di carne fatta a cotoletta, marescia'?" gli propose il rosticciere.

"Va bene così, Rosarino," rispose Gori. "Davvero, non ti 'ncarricàre."

Alzò lo sguardo sul brigadiere capo Federico Costantino che gli stava seduto davanti. Era arrivato da poco, aveva fatto una tirata da Vallestretta a San Telesforo. Però si vedeva che non era stato il viaggio a metterlo di cattivo umore. Non aveva ordinato niente, diceva di non tenere fame. Aveva una faccia che pareva che tutti gli dovevano soldi e nessuno lo pagava.

"Che c'è, brigadiere?" lo esortò Gori Misticò. "Che ti piglia?"

Costantino sospirò. "Cose da niente, maresciallo. Siamo un po' in crisi," disse con il tono di chi si è fatto estorcere una confessione.

"Chi, io e te?"

"No, io e Ausilia."

La figlia dello stimatissimo e a suo tempo assolto con formula dubitativa professor Delfo Agazio Chiaromonte, nonché promessa sposa dell'attuale facente funzione di comandante presso la stazione dei carabinieri di San Telesforo Jonico, era venuta a sapere che il fidanzato aveva di nuovo conversato con quella mignotta di giornalista e aveva manifestato il proprio disappunto minacciandolo di cavargli gli occhi. Federico Costantino aveva dichiarato sotto giuramento la propria estraneità ai fatti attribuitigli e aveva chiamato come testimone a discarico il carabiniere semplice Lo Cardo Ludovico, il quale però aveva fatto scena muta davanti a giudice e giuria. L'udienza era stata tolta e aggiornata a data da definirsi. Il nuovo ordine del giorno sarebbe stato il seguente: o Federico Costantino sposava Maria Ausiliatrice Chiaromonte entro la prossima estate o lei un altro marito se lo trovava anche seduta stante.

"Farete pace," tagliò corto Gori Misticò giochicchiando un po' con le melanzane nel piatto. "Sono due anni che litigate e poi vi riconciliate."

"Speriamo."

"Che dici, andiamo al dunque e lasciamo stare per il momento le questioni di cuore?"

Il brigadiere capo Federico Costantino illustrò al maresciallo in aspettativa Gori Misticò il risultato della trasferta. Non aveva avuto cuore di contestare a Saporito Felice il reato di intimidazione per le orrende parole rivolte online al barone Vittorio Celata di Lauria, né di informarlo che il suddetto barone, obiettivo dei suoi strali ecologici, non c'entrava una mazza con l'esperimento del Fico Supremo, realizzato caso mai dal figlio in combutta con 'nu tritròlu amico suo. Saporito era davvero troppo stupido per portare a compimento una minaccia di morte e anche per farsi strumento di un progetto omicida altrui.

"Quindi hai perso una mattinata," gli disse Gori Misticò.

"Forse," rispose Costantino. "Però Saporito mi ha fatto un nome."

"Che nome?" domandò Gori riempiendosi il cucchiaio di fagioli di Carìa fritti nel lardo con aglio e salvia. Faceva di portarselo alla bocca con un movimento a scatti che sembrava quello di una pala meccanica che solleva quattro quintali di terra.

"Uno che potrebbe sapere qualcosa a proposito di gente intossicata dal fico transgenico," rispose Federico Costantino facendo segno a Rosarino Piscopo che, davvero, non aveva proprio appetito. Poi, davanti all'espressione tra il perplesso e il circospetto di Gori Misticò, spiegò il resto e infine mise un foglietto sul tavolo. Il maresciallo appoggiò il cucchiaio ancora carico di pòsa sul bordo del piatto e lesse il biglietto senza toccarlo.

"Che facciamo?" domandò dopo qualche istante Federico Costantino.

"Che vorresti fare?" rispose Gori Misticò staccandosi un mòrzo di pitta e ammogliandola nel sugo della salciccia. "Se non sbaglio eravamo rimasti d'accordo che qualsiasi cosa saltava fuori, tu chiamavi Califano e lo rendevi edotto. Ricordo male?"

"Ricordate bene," rispose Federico Costantino con un po' di delusione. "Secondo voi il signor sostituto procuratore manderà qualcuno?"

"Come no," disse Misticò. "La fata turchina in una carrozza tirata da quattro topini bianchi."

Il giovane brigadiere era confuso. "E allora che dobbiamo fare?" sussurrò. Guardò di nuovo il biglietto e sembrò avere un'idea. "Magari ci potete andare a parlare voi direttamente," disse speranzoso.

"Io? E che c'entro io? Caso mai tu. Io al massimo ti ci posso accompagnare."

"E se perdiamo solo tempo?, comandante?" provò a obiettare il giovane brigadiere, che però sentiva un calore dentro al petto. "Faccio fatica a pensare che questa sia una pista d'indagine."

"In pratica, forse sì," rispose Gori raddrizzandosi sulla sedia affinché Rosarino Piscopo potesse sparecchiare. Gli fece un cenno della testa che voleva dire che tutto era buonissimo e Piscopo, pure che era un uomo che di vita ne aveva fatta e pure un po' di galera, quasi si commosse per l'apprezzamento. "Ma in teoria, no. E visto che vuoi che ti aiuto, allora permettimi di spiegarti anche un aspetto teorico del nostro lavoro," riprese Misticò. "Perché, come sai, le indagini hanno una parte pratica ma anche una teorica. E la teoria dice che una pista è finita solo quando non puoi più andare avanti. Questa segnatela, che ti servirà per il futuro."

Federico Costantino stava per prendere davvero un appunto ma Gori lo fermò. "Sto parlando in senso figurato, brigadiere. Metti via la matita, per piacere."

"Il fatto è che questo tizio abita a Napoli," disse Costantino.

"E che ci vuole?" disse Gori. "Andiamo, vediamo se c'è trippa e poi torniamo. Ce la caviamo in giornata. In caserma ci resta il carabiniere semplice Lo Cardo e nessuno si accorge di niente. Sempreché nel frattempo non avvenga qualche altro omicidio."

"Io però con l'aereo, come sapete, avrei una certa difficoltà, maresciallo," disse Federico Costantino.

"Diciamo che tu dell'aereo ti scacazzi sotto, brigadiere."

"Preferirei tuttavia evitare."

"E quindi? Che proponi?"

"Se proprio dobbiamo andare, andiamoci in macchina. Con la vostra, se possibile, dato che io non posseggo autovetture e, come sapete, una trasferta di quella distanza sarebbe difficile da giustificare. Possiamo dividere le spese di benzina e autostrada."

"Sì, va bene, non facciamo troppe chiacchiere," disse Gori Misticò. "Usiamo la mia macchina ma guidi tu," aggiunse, senza che minimamente potesse sembrare una domanda. "Partenza alle otto e massimo a mezzogiorno dobbiamo essere a Napoli."

"Allora meglio fare le sette," disse il brigadiere capo Federico Costantino. "Che solo per arrivare all'autostrada ci vuole un'ora."

Autostrada Reggio Calabria-Salerno

La bretella stradale che da Catanzaro Lido va verso l'A3 era bloccata causa uno smottamento della tìmpa che aveva provocato lavori che avevano provocato restringimenti della carreggiata che avevano provocato un tamponamento, che aveva provocato il ribaltamento di un TIR trasportante pumadòra che aveva infine portato alla chiusura del tratto. Il tamponamento era avvenuto quella mattina, mentre lo smottamento risaliva a più di quattro anni prima ma causava effetti a lungo termine.

Per arrivare al Tirreno partendo dallo Jonio, Gori e Costantino furono pertanto costretti a fare la montagna – ovverossia scalare la statale che gira intorno al monte Cucco e al Pecoraro, per poi puntare verso il lago dell'Angìtola e incrociare l'A3 al casello di Pizzo. Così, anziché un'ora, come preventivato dal brigadiere, solo per arrivare in autostrada ce ne misero due e venti minuti.

"Con l'aereo a quest'ora stavamo mangiando un babbà in via Caracciolo," disse seccato Gori Misticò.

"Lo so, maresciallo," rispose Costantino. "Non mi mortificate. Pure Ausilia mi dice che devo fare qualcosa per questa difficoltà che ho per l'aereo."

"Te l'ho già detto, brigadiere. Tu non hai nessuna difficoltà. Tu ti cachi in mano. E sappi che tra tutte le paure quella dell'aereo è di gran lunga la più stupida."

Il brigadiere attese quasi un chilometro prima di ribattere. "A me non mi pare una paura tanto sbagliata," si decise poi a dire. "Si tratta pur sempre di un tubo di ferro che sta sospeso in aria."

Gori Misticò si voltò alla sua sinistra come se si fosse improvvisamente accorto che alla guida c'era un pagliaccio del circo già vestito per il numero. "Punto numero uno, non è ferro," disse. "Gli aerei li fanno in leghe di acciaio, che è cosa ben diversa. Punto secondo, il tùbbo, come lo chiami tu, non è affatto sospeso. Viaggia dritto come una spada a novecento chilometri all'ora, vale a dire nove volte la velocità che abbiamo adesso. E, già che ci siamo, cerca di rallentare perché qua il limite è novanta."

"E se rallentiamo a Napoli ci arriviamo domàna matìna," disse sottovoce il brigadiere.

Fece passare altri due o tre chilometri. "Posso farvi una domanda, maresciallo?" disse poi.

"No, brigadiere. Non puoi," rispose Gori leggendo un messaggio che gli era arrivato e al quale decise di non dare peso.

"Ma voi avete gente a Milano?" gli chiese lo stesso il brigadiere ammiccando. "Una conoscenza? Magari una signorina?"

Gori Misticò stavolta si limitò a far passare qualche centinaio di metri prima di rispondere. "Quand'anche fosse così, tu saresti l'ultima persona a saperlo," disse infine. "E, comunque, visto che siamo impegnati in un'indagine e giacché tu ritieni che io ti possa dare validi consigli per migliorare le tue capacità investigative, permettimi di dirti che una buona regola nel corso di una investigazione, anzi, direi una regola ottima e imprescindibile, è sempre, ma dico proprio sempre, farsi i cazzi propri. Almeno quando parli con me."

"Il fatto è che andate spesso a Milano."

"E tu dovresti andare più spesso a fare in culo," replicò Gori. "Ognuno va dove lo porta il cuore."

Federico Costantino sorrise. "Lo vedete?" disse. "È il cuore che vi porta a Milano."

"Ti posso assicurare che il cuore non c'entra proprio niente, brigadiere," rispose il maresciallo. "Parliamo di tutt'altri organi."

Organi?, pensò Federico Costantino, senza però dire niente.

Napoli
Concessionario Cacciottoli F. & Figli

L'uomo che, a sentire Felice Saporito, sarebbe stato corrotto dal barone Vittorio Celata di Lauria affinché tenesse la bocca chiusa riguardo alle intossicazioni causate da un incrocio di frutti eseguito dal figlio, si chiamava Fiore Cacciottoli e vendeva macchine agricole. Il suo rapporto con i Celata di Lauria si era limitato alla fornitura di una macchina per la cimatura delle piante infestanti e di un piccolo spandiconcimi.

"Posso sapere perché siete interessato?" domandò l'uomo al maresciallo in aspettativa Misticò.

Avevano concordato che sarebbe stato meglio se ad andare a parlare con Cacciottoli fosse stato Gori. Il sostituto procuratore Girolamo Califano, ancora ignaro del fatto che si stesse conducendo un, chiamiamolo così, supplemento di indagine tuttora in attesa di autorizzazione, avrebbe potuto obiettare, se avesse saputo, che un brigadiere si era messo a giocare all'investigatore privato. Gori Misticò in fondo era un carabiniere in aspettativa, poteva parlare con chi gli pareva e gli piaceva senza rendere conto a un magistrato, peraltro talmente cùnnu che era capace di acchiappare l'asso con la figura.

Evitando per il momento di presentare le credenziali, Misticò andò al dunque e disse che il barone Vittorio Celata di Lauria era stato trovato morto in casa sua. Sparato al cuore. Cacciottoli lo aveva saputo, aveva letto da qualche parte la notizia e ne era rimasto dispiaciuto assai. Aveva conosciuto il barone e per lui era davvero un galantuomo. "Come diciamo noi, 'n'omm' 'e cristallo," aggiunse.

"Il figlio non tanto, vero?" lo stuzzicò Gori. "È con lui che avete avuto a che fare."

L'uomo allargò le braccia. "E che volete che vi dica, caro signore? Il dottor Falco Celata mi contattò affinché fornissi un paio di macchine per una sua certa iniziativa. Ci incontrammo nella loro tenuta in Calabria. Mi presentò il suo socio, il quale sosteneva di essere un esperto agronomo ma che a me, a dire la verità, mi pareva proprio 'nu mammalùcco. Diceva di avere avuto l'idea dell'incrocio ma, a quanto avevo capito, contava poco e niente. 'E sòrdi, quelli li metteva il figlio del barone. E mi parlarono di questo loro progetto. Il super-fico."

"Il Fico Supremo," intervenne Gori. "Il fico geneticamente modificato."

Cacciottoli sorrise di nuovo. "Ma quando mai... Quei due 'ncianciarijàvano di OGM, ma quello era un semplice innesto e per di più fatto a cazzo di cane, scusatemi l'espressione."

"E poi che successe?"

"Successe che a quanto pare l'innesto non riuscì come sperato e i due soci dopo avere assaggiato il primo fico ebbero la sciolta per una notte intera. E lì cominciò il secondo tempo della sceneggiata."

"Vale a dire?"

"Vale a dire che Falco Celata cominciò ad ammaricàre che l'innesto non era venuto bene per colpa della mia incompetenza," spiegò Cacciottoli. "Secondo lui le mie macchine erano difettose e pertanto avevano compromesso l'esperimento. E si rifiutò di saldare il pagamento. Non voleva sentire ragioni. Io non sapevo come comportarmi. Vedete, qui non parliamo di un volgare caturchiàru, come si dice?, di un imbroglione. Uno che si crede furbo e che cerca di fregarti. Macché. Falco Celata era convinto al cento per cento della scemità che andava dicendo. Secondo lui la colpa che il fico era venuto una cacata era del mio decespugliatore. Vi dico, un fenomeno."

"E il barone, il padre? Quando lo avete conosciuto?" domandò Gori Misticò.

"Sentite, amico carissimo," sospirò Cacciottoli mostrando un sorriso da vigile urbano paziente ma fino a un certo punto. "Io mo' vi posso pure raccontare come e quando e in quali circostanze ho conosciuto la buonanima del barone. A un patto, però. Che alla fine di tutta questa tarantella mi spiegate che capo di cazzo andate trovando da me. E scusate nuovamente l'espressione."

"Ve lo prometto," disse Gori. E domandò di potersi sedere, giacché si sentiva un poco stanco. Il viaggio era stato lungo e lui non era più un giovanotto. Cacciottoli si accorse che l'altro era diventato pallido, aveva visto pure le occhiaie che gli si erano formate e che in pochi minuti erano diventate profonde come quelle di un morto. Gli indicò il suo ufficio. Si misero seduti, Cacciottoli offrì a Gori dell'acqua.

"Guardate, io, per mio conto, avrei anche lasciato perdere tutto," attaccò a dire l'uomo una volta assicuratosi che l'ospite si fosse ripreso. "Mi ero perfettamente reso conto che il dottor Falco, con rispetto parlando, tanto giusto con la testa non ci stava. Avevo perso dei soldi. Pazienza. Avevo comunque recuperato le macchine, le potevo rivendere come usate, non era questa grande tragedia. Fu il barone in persona a insistere, una volta saputo quanto andava combinando il figlio, affinché accettassi il risarcimento. E a voi lo posso dire, era molto più di quello che mi spettava. Ma il barone sosteneva che mi doveva ricompensare anche il tempo che avevo perso, il fastidio e il sangue cattivo."

"Non è che semplicemente non voleva che quella storia venisse divulgata?" domandò Gori.

"A me non disse niente di tutto questo," rispose l'uomo con sicurezza. "Non dava l'idea di un uomo che temeva i pettegolezzi. Mi pareva che volesse riparare un torto. Ci parlammo una sola volta, ma ebbi proprio l'impressione di un uomo che non può tollerare che un cristiano subisca un danno per causa sua. È difficile da spiegare, ma più o meno spero di essermi spiegato."

"Vi siete fatto capire benissimo," disse Gori Misticò.

"E adesso, se non vi dispiace, tocca a voi. E vi avverto: io sono bravo assai ad accorgermi quando mi si raccontano fesserie. Pertanto, vi prego di essere sincero."

Gori Misticò fu sincero. Raccontò di sé, di quella indagine condotta per il momento all'insaputa del magistrato e di quella pista che aveva voluto seguire benché fosse certo che non avrebbe portato a risultati granché utili.

Cacciottoli ci pensò su per qualche istante. “Io sarei stato corrotto per non rivelare un avvelenamento dovuto all’innesto di un fico con un altro fico?” domandò, per vedere se aveva capito bene.

Aveva capito bene.

“E, scusate, chi ve l’avrebbe cùntata ’sta fesseria?”

Gori Misticò fece il nome di Felice Saporito.

“Mai sentito,” disse Cacciottoli. “La gente tiene troppo tempo da perdere,” aggiunse, sconsolato.

“Non avete più avuto notizie da Falco Celata?” domandò Gori.

“Incredibilmente, sì,” rispose l’altro, con aria divertita. “Qualche mese fa mi chiamò come se niente fosse domandandomi se tenessi macchine per abbattere canneti. Dice che stava lavorando a un’area da bonificare.”

“Un’area? Quale area?”

“Se non ho capito male, una spiaggia deserta dove ci stanno solo paperette e canneti. Parlava di concessioni demaniali, diceva di volerci costruire non so che cosa. Mi pare un porto turistico,” rispose Cacciottoli.

“Ma siete sicuro?”

“Un’altra fesseria.”

Cacciottoli diede un’occhiata a Gori Misticò, che aveva cambiato faccia e non diceva niente. “Vi sentite meglio?” domandò.

“Mi basta mangiare qualcosa e mi riprendo,” rispose il maresciallo scuotendosi.

“Se permettete, vorrei consigliarvi un locale,” disse Cacciottoli con un sorriso. “E dite che vi ho mandato io.”

Napoli
Ristorante 'E belle figliole

"Portate prima due fette di prosciutto e un po' di pizza fritta da usare come pane, per favore."

Alla fine avevano dato retta al consiglio del concessionario. Si erano fermati a quella trattoria di Forcella dove, come gli aveva preannunciato Cacciottoli, facevano una minestra di fagioli e scarole e certe tracchiulelle che non ci si poteva certo esimere.

"Agli ordini, marescia'," rispose l'anziano cameriere, come se avesse capito subito che quei due erano carabinieri.

"Volete stare leggero," constatò il brigadiere divertito.

"Mangerò solo quelle," disse Gori. "Sempre che ce la faccio."

Costantino lo guardò come se non avesse capito.

"E per voi, appunta'?" gli domandò il cameriere.

"Linguine," rispose Federico Costantino senza stare a precisare. "E magari prima due alici impanate."

"Ecco, allora cortesemente aggiungete due alici pure per me," disse Gori che si era accorto dello sguardo del giovane carabiniere.

Gli antipasti filarono lisci. Gori Misticò si sforzò di finire quasi tutto e tra una portata e l'altra annunciò al brigadiere capo Federico Costantino che la pista OGM con relativi avvelenamenti e successivo insabbiamento per causa corruttiva era da considerarsi ufficialmente conclusa. Né lo sciroccato cospirazionista né tantomeno il rivenditore di decespugliatori c'entravano la ben nota minchia con la morte del barone.

"Siamo venuti qui per niente," constatò il brigadiere.

"Niente affatto," replicò Gori. "Te l'ho detto. Una pista va percorsa fino alla fine. Adesso sappiamo che la strada buona deve essere un'altra."

"Sì, però quando ci si accorge che la strada è sbagliata dopo bisogna tornare indietro."

"E torneremo indietro..." disse Gori Misticò. "Dopo mangiato, però."

Federico Costantino si rasserenò. "Vi vorrei raccontare un fatto personale, comandante. Sempre se permettete."

"Se mi devi parlare delle pene d'amore tue e di Maria Ausiliatrice, ti vorrei pregare di soprassedere, Costanti'," rispose Gori Misticò. "Ti assicuro che come consigliere sentimentale lascio molto a desiderare."

"No, non riguarda Ausilia," replicò il giovane carabiniere un po' esitante. "È di mio padre che vi volevo parlare."

"Tuo padre?" disse Gori perplesso. "È morto che tu eri piccolo, se non ricordo male."

"Quindici anni. Nemmeno compìti," rispose Federico. "Lavorava dalla matìna alla sera. Il lavoro per lui veniva prima di tutto. Più della famiglia, più degli amici. Però non ci aveva mai fatto mancare niente e voleva bene a me, a mio fratello e a mia mamma. Un giorno mi disse che la cosa che più gli dispiaceva era che non mi aveva insegnato ad andare in bricichètta."

Gori Misticò non rispose subito, ma non perché stesse elaborando il discorso di Federico Costantino, quanto perché la vista gli si era un po' annebbiata e aveva sentito una fitta che gli partiva dall'inguine e gli era girata fino ai reni. Attese che gli passasse da sola. "E questo ha a che vedere con che cosa?" domandò poi.

"Con il fatto che voi adesso mi state insegnando," rispose Federico Costantino.

Il maresciallo in aspettativa adesso guardava Costantino come se si fosse rimbambito tutto d'un botto. "Io ti sto insegnando ad andare in bricichètta?" disse.

"Sì. No. In un certo senso," rispose il brigadiere con un sorriso che pareva il giorno della vigilia di Natale.

Gori Misticò ringraziò con un cenno l'anziano cameriere che gli metteva davanti le tracchiulelle che pareva che nuotavano nel 'rraù e un piattino con il contorno. "Comunque, non era questa l'intenzione, brigadiere," disse poi, con un tono inspiegabilmente freddo. "L'intenzione era di mostrarti un procedimento di indagine di cui tu dovresti già essere a conoscenza. E ricordarti che dovrai passare tutto a Califano."

"Sì, certo," si affrettò a dire Costantino temendo di avere detto qualcosa di sbagliato. "Ho portato l'esempio di mio padre solo per comodità. Voi grazie a Dio avete tutta la vita davanti."

Gori Misticò, fermò la forchetta a metà strada tra piatto e bocca. Stava per assaporare un po' di patate trifolate, ma qualcosa glielo impediva.

"Che avete, comandante?" gli domandò Federico Costantino allarmato. "Non state bene?"

Gori Misticò mise giù la forchetta e fece segno al brigadiere di aspettare non si sa cosa. Intanto però si era fatto bianco che pareva avesse visto la scena più spaventosa della sua vita, lui che di scene spaventose ne aveva viste eccome. Si appoggiò una mano in mezzo alla pancia, che non si capiva se gli facesse male lo stomaco o il petto.

"Avete un colore che pare che state morendo."

"Non è niente, Costantino," rispose a fatica Gori Misticò. "Sarà la stanchezza."

Ma il brigadiere aveva capito che qualcosa non andava, e che quel qualcosa che non andava non andava per davvero. "Faccio chiamare un medico," disse.

Gori Misticò pensò che non fosse il caso di fare troppe scene e fece cenno che va bene, che lo chiamasse. Però il prima possibile.

Napoli
Ospedale Cardinale Ascalesi

Il medico era arrivato nemmeno dopo dieci minuti e dopo altri dieci era arrivata pure l'ambulanza. Dopodiché, fosse stata la fortuna, il puro caso o fors'anche il fatto che si erano accorti che si trattava di un carabiniere, ancorché in aspettativa, nel giro di poco più di un'ora lo avevano portato al pronto soccorso e subito visitato ottenendo però che rimanesse in osservazione almeno fino alle ventidue.

"Nelle condizioni in cui si trova non dovrebbe stancarsi così tanto," disse il dottore al brigadiere capo Federico Costantino con tono di rimprovero.

"Perché, in che condizioni si trova?"

Il medico alzò gli occhi dalla cartella medica che aveva consultato. "Perché, voi non lo sapete in che condizioni si trova?" gli domandò a sua volta.

Autostrada Salerno-Reggio Calabria

Fino a quasi il casello di ingresso della Salerno-Reggio Calabria non andarono sul discorso, anche perché Gori Misticò aveva sonnecchiato. Quando però arrivò il momento oltre il quale non si può più fare finta di niente, perché non solo nel salotto c'è un elefante, ma il pachiderma ha pure sganciato un quintale di merda sopra il tappeto, Gori Misticò decise di anticipare qualsiasi domanda del brigadiere.

"Questa è una cosa che sai tu e tu solo, Costantino," disse raccogliendo le poche energie che gli erano rimaste. "È chiaro?"

"Chiarissimo, comandante," rispose Federico Costantino senza staccare gli occhi da quel tratto autostradale non illuminato.

"E nessun altro la deve sapere," aggiunse il maresciallo. "Siamo intesi?"

"Siamo intesi, comandante."

"E non mi chiamare comandante."

"Allora è per questo che avete lasciato l'Arma?" domandò il giovane carabiniere.

"È per questo che ho lasciato l'Arma," rispose Gori Misticò dopo una breve pausa.

"E perché non volete farlo sapere?"

"E perché dovrei farlo sapere?"

Il brigadiere rimuginò su quella risposta che era anche una domanda e viceversa.

"Se hai qualche altra curiosità parla adesso, dopodiché non torneremo più sull'argomento."

"Dovevate dirmelo."

"Che cosa?"

"Della malattia. A me dovevate dirmelo."

"E perché a te dovevo dirtelo?"

E a quel punto Federico Costantino mise da parte qualsiasi prudenza. Era stanco pure lui, era triste, era impaurito, e tutte quelle sensazioni gli si mescolavano una con l'altra impedendogli di parlare con la distanza che la differenza di grado suggeriva. "Perché dovevate dirmelo?" disse cercando di contenere il giusto risentimento ma anche le lacrime. "Ma che specie di domande fate, maresciallo? Abbiamo lavorato insieme cinque anni. Mi avete fatto da maestro, da guida, da padre. Mi avete insegnato il possibile e io ho cercato di imparare più del possibile. Non mi sono perso una parola di quelle che mi avete detto. Avevo la possibilità di fare la scuola ufficiali e ho deciso di rimanere con voi. Ecco perché dovevate dirmelo. Che cosa diavolocàne stavate aspettando? Aspettavate di morire?"

"Abbassa la voce e sta' attento alla strada, brigadiere. Che se non era perché ti spagni dell'aereo, non mi stancavo e non mi succedeva niente."

"Adesso salta fuori che è colpa mia," disse Costantino.

"Di qualcuno deve essere colpa. Ed essendo tu inferiore di grado, allora è colpa tua. E adesso cambiamo argomento. Anzi, finiamo qui qualsiasi conversazione. Sono stanco e non vedo l'ora di mettermi a letto. Domani parliamo."

"Di che cosa?"

"Di che cosa vorresti parlare?"

"Di come state."

"E invece parleremo di quello di cui dobbiamo parlare," ribatté Gori. "Di come sto io, non è necessario dire più niente."

E così, quasi del tutto in silenzio (a parte una breve telefonata di Maria Ausiliatrice la quale voleva sapere che cosa ci facesse il brigadiere Costantino ancora in giro a quell'ora e che dalle risposte esitanti del suo promesso sposo dedusse, chissà perché, che ci dovesse essere ancora di mezzo la giornalista svergognata) arrivarono a San Telesforo che erano suonate le tre. Federico Costantino accompagnò il maresciallo sotto casa, parcheggiò l'auto, restituì le chiavi e disse che avrebbe fatto due passi a piedi fino in caserma, dove da cinque anni provvisoriamente alloggiava.

San Telesforo Jonico
Stazione dei carabinieri

Il dottor Girolamo Califano chiamò inaspettatamente due giorni dopo. Non erano nemmeno le sette e alla stazione dei carabinieri di San Telesforo Jonico a quell'ora normalmente c'era solo il piantone, carabiniere semplice Lo Cardo Ludovico. Ma quella mattina, così come anche quella precedente, il brigadiere Federico Costantino si era alzato di buonissima ora per studiarsi le carte dei due fatti violenti dei quali era stato testimone: la morte del barone Celata e il cadavere di Traca dello Spùlico di cui, tuttavia, a nessuno, se non allo stesso Federico Costantino, sembrava fottere più di tanto. Era arrivato il momento di mettere a parte il sostituto procuratore delle tracce che egli riteneva meritevoli di approfondimento, ma quello lo anticipò.

"Qui è il dottor Califano," disse il magistrato con quella voce che pareva che gli avessero messo un dito in culo all'inizio degli anni settanta e ancora non avesse trovato il modo di levarselo. "Passatemi il brigadiere Costantino Federico."

"Agli ordini, dottore," rispose il carabiniere. "Come posso esservi utile?"

"Ascoltando senza interrompere," rispose il simpaticone. "Mi risulta che vi stiate interessando, senza avere alcuna autorità né autorizzazione in merito, ai fatti inerenti alla morte di Celata di Lauria Vittorio Nembro."

Costantino cercò di intervenire. "Signor procuratore, io infatti stavo per..."

"Vi ho detto di non interrompere, perlamadòsca!" esclamò Califano. "Anzitutto, sappiate che il sopralluogo ulteriore condotto presso il luogo dell'indagine da parte del reparto di polizia da me incaricato ha portato alla luce un importantissimo, anzi, direi decisivo indizio," disse il magistrato.

La pausa di silenzio fece intendere a Costantino che adesso poteva parlare. "Quale indizio?" domandò.

"L'arma del delitto," rispose Califano con un tono di soddisfazione tipica del bulletto delle scuole elementari. "Scommetto che voi non avevate trovato una bella mazza, vero?"

"Veramente, dottore, io non ho compiuto perquisizioni," provò a spiegare il brigadiere. "Ho potuto fare solo qualche domanda ai presenti."

"E già eravate andato oltre i vostri compiti," lo interruppe l'altro, 'ncazzùsu. "Nessuno vi aveva domandato di interrogare ad alcunché. A ogni modo, le cose stanno così. E non saranno le vostre iniziative estemporanee a cambiare la linea investigativa che ho delineato."

Califano aveva chiesto al GIP di emettere un ordine di arresto nei confronti di Silene Celata, giustificato con il pericolo di fuga (la baronessa stava per partire per il Guatemala). Gli indizi a carico erano oggettivamente seri: la moglie del barone era rientrata in casa nel primo pomeriggio dopo una mattinata di lavoro presso la fondazione. All'ora probabile della morte del marito e, per sua stessa ammissione, in tutta la residenza non c'era nessun altro: suo figlio Falco era fuori per impegni di lavoro e il personale di servizio era alloggiato presso la foresteria. Non aveva parlato con nessuno né aveva sentito colpi di arma da fuoco, dato che i rispettivi appartamenti, il suo e quello del marito, si trovavano in due ali opposte del palazzo. La richiesta di Califano era stata accettata ma l'avvocato Pinuccio Menabarca del foro di Reggio Calabria aveva senza molta difficoltà ridotto il provvedimento in custodia domiciliare.

"Vi ringrazio delle comunicazioni, dottore" disse Costantino, un po' perplesso ma dalla cui voce, che volesse o no, affiorava un certo grado di irritazione ai testicoli. "Posso chiedervi la ragione per cui vi siete dato l'incomodo di passarmi queste informazioni?"

"Non mi sono dato nessun incomodo, brigadiere" rispose con indisponenza Califano. "Non fatevi più importante di quello che siete. Quello che vi sto usando è puro garbo. Non ero né sono né sarò tenuto a tenervi aggiornato sullo sviluppo di un'indagine che non vi riguarda. E tuttavia, nel caso, lo farò. Ma non ringraziatemi."

Non ti ringrazierei nemmeno se mi regalassi una carta da cento, pensò Federico Costantino, domandandosi a che cosa dovesse quel tono ostile da parte del magistrato, che cosa potesse avere fatto per meritare quella tigna che pareva che gli aveva arrubbàto il parcheggio. Ma Califano aveva già riagganciato senza nemmeno salutare.

Il brigadiere capo Federico Costantino, confuso e disorientato per quella surreale telefonata in cui Califano da una parte gli intimava di non immischiarsi in un'indagine e dall'altra gli forniva dettagli della stessa (alcuni dei quali, peraltro, già di sua conoscenza), fece una copia della documentazione sul caso del barone. Decise però che avrebbe aspettato almeno un giorno prima di andare a disturbare il maresciallo in aspettativa Gori Misticò per farsi spiegare che cosa esattamente stesse succedendo. Il suo ex comandante si doveva riprendere dalla trasferta napoletana e il giovane carabiniere tutto voleva fare tranne aggiungergli altro stress. Il maresciallo era malato, aveva bisogno di riposare e lui voleva rispettare la consegna.

Decise così di fare una passeggiata in paese alla ricerca di non sapeva nemmeno lui che cosa – tracce? Indizi? Testimonianze oculari? Idee estemporanee? O solo un poco di silenzio?

La passeggiata divenne giro di perlustrazione e infine escursione. Il brigadiere si portò fuori dall'abitato per poi spingersi nella campagna assolata e assulàta mentre in cielo nuvole basse e pesanti si addensavano e il vento di scirocco cominciava a soffiare. Un carabiniere in divisa che si aggira tra gli ulivi con una valigetta in mano può sembrare l'immagine più compiuta di quanto gli esseri umani si siano dati da fare per rendere questo mondo una barzelletta, ma Federico Costantino non era in vena di filosofie.

Non gli sfuggiva il fatto che un bel po' di cristiani alla sua età o supperggiù avevano compiuto imprese formidabili, raggiunto risultati che avevano segnato la storia dell'umanità. Gagarin a ventisette anni si era fatto sparare nello spazio, aveva fatto non si sa quanti giri intorno al pianeta ed era tornato sano e salvo a terra. Quando Michelangelo ne aveva ventidue si era fatto portare a casa un blocco di marmo di non si sa quante tonnellate e a furia di martellate ci aveva cavato fuori la Madonna e il Cristo deposto dalla croce. E Marconi quanti anni aveva quando aveva inventato il telefono o il telegrafo o quell'accidente che aveva inventato? Te lo dico subito. Venti o ventuno.

E io?, pensava Federico Costantino. Io che diavolocàne ho combinato fino a ora? Non è che si può pretendere che tutti siano dei geni, cervelloni che inventano macchine prodigiose o dipingono quadri magnifici o compongono musica immortale, ma almeno lasciare una traccia, un segno. Un'eredità anche limitata solo a chi ti ha conosciuto, il ricordo di una cosa fatta – e quando si dice fatta si intende portata avanti dall'inizio alla fine.

Il brigadiere era ancora giovane, su questo non ci piove, ma è anche vero che gli mancavano appena tre anni per arrivare ai trenta, e si sa quello che si dice quando arrivi a trent'anni: è ancora troppo presto per fare certe cose ma già troppo tardi per farne delle altre. Una cosa gli era chiara sopra tutte le altre, ed era una certezza maturata in quelle ultime giornate, dopo avere saputo quello che aveva saputo. Gli era chiaro che ciascuno è solo, come diceva una poesia imparata a scuola, e che la sera arriva prima che te ne accorgi. Perciò, concluse quel ragionamento mentale Federico Costantino, sarà il caso di muoversi.

Riempì con quisquilie e pinzillacchere il resto del pomeriggio, poi a un certo punto controllò l'orologio. Si erano fatte quasi le sei. Pensò che il giorno di riposo concesso al comandante era praticamente trascorso e così, anziché telefonare, gli si presentò direttamente a casa. Anche perché il vento si era abbassato, ma già cominciava a zaholijàre.

San Telesforo Jonico
Via Roma 16
Abitazione di Gori Misticò

"Prego, prego, entrate, signor brigadiere carissimo," lo accolse Catena con finta cortesia. Ancora non lo aveva perdonato di avere rifiutato non più tardi di due settimane prima la mano di sua figlia Filomena. "Pulizzàtevi cortesemente i piedi che ho appena passato lo zìnzolo," gli intimò. "Lo straccio," tradusse poi, vedendo l'espressione dubbiosa dell'ospite.

Federico Costantino si strofinò tre o quattro volte le suole delle scarpe sullo zerbino, fece un cenno di ringraziamento e si diresse verso il salotto, dove si trovava Gori Misticò.

"Ma però vedete di non farlo stancare troppo che il maresciallo ha avuto un poco di influenza," aggiunse la donna, minacciosa.

Lo trovò mezzo sdraiato sul divanetto. Gori fece cenno a Costantino di entrare e a Catena di andarsene e posò il libro sul tavolinetto – le ultime lettere scritte da ragazzi della Resistenza che stavano per essere portati davanti al plotone di esecuzione, cosa che gli pareva coerente con la sua attuale condizione, al punto che si domandava se avesse dovuto scrivere pure lui qualcosa a qualcuno, dato che i giorni diventavano sempre meno e sempre più brevi.

Scrivere? E a chi?, si era detto poi. E per dire cosa? E così, aveva lasciato perdere l'idea.

Si sfilò gli occhiali da lettura – acquistati al duty-free di Linate per quattro euro e novantanove centesimi, i primi occhiali della sua vita – e gli indicò la poltrona. Costantino appoggiò la valigetta sul tavolino e il libro cadde per terra. Fece per raccoglierlo ma fece cadere la valigetta. Finalmente sistemò tutto in modo che l'equilibrio tenesse. Gori Misticò non si era perso un istante della performance.

"Come vi sentite?" gli domandò alla fine il brigadiere.

"La noradrenalina alla napoletana presa per endovena è un toccasana," rispose Gori Misticò. "Ancora me n'è rimasta una 'nticchia nella circolazione e me la voglio godere tutta. E adesso che abbiamo esaurito l'argomento medico sanitario, passiamo alle cose serie."

Federico Costantino capì al volo l'antifona. "Mi ha chiamato Califano," disse.

Misticò non rispose e Costantino cercò di immaginare come il maresciallo stesse prendendo quell'informazione. Apparentemente, non pareva averlo colpito nemmeno di striscio. Il giovane carabiniere, tuttavia, non avrebbe saputo dire se era perché al maresciallo non pareva questa grande notizia, perché se ne fotteva o perché se lo aspettava.

"E che ti ha detto, il genio della magistratura?" domandò Gori dopo qualche istante.

"Mi ha detto che hanno trovato l'arma," rispose il brigadiere.

Stessa reazione. "L'arma del delitto," precisò.

"E dove l'hanno trovata?"

"Nella camera della baronessa. Nel tiretto della colonnetta," rispose Federico Costantino. "Mancava un colpo. Il calibro corrisponde. Per adesso Silene di Celata è in custodia."

Il maresciallo fece un'espressione come se finalmente l'argomento lo interessasse, anche se non moltissimo. Si raddrizzò sulla schiena, mettendosi composto. "Di che marca è l'arma?" chiese.

Costantino estrasse dalla valigetta un foglio. Lesse un appunto. "OPT," rispose.

Gori Misticò fece una faccia 'ncantàta. "OPT?" domandò.

Il brigadiere rilesse. "O, P, T," ripeté, scandendo.

"Mai sentita."

"Qui dice così," disse il giovane carabiniere. "Tra l'altro, il dottor Califano mi ha detto che lui non è tenuto a darmi particolari e io non ho alcun diritto a domandarli."

"Ha perfettamente ragione," disse Gori Misticò. "Però te li ha dati lo stesso."

"Infatti. Lasciatemi dire che mi pare una maniera un po' strana di comportarsi."

"In effetti lo è. Tu come te la spieghi, brigadiere?"

Costantino ci pensò su, poi rispose come se la buttasse lì. "Non so. Forse voleva che non lo seccassi più."

"O forse vorrebbe chiedere aiuto ma non ha il coraggio di chiederlo."

"Chiedere aiuto... a me?" disse il giovane carabiniere con un'espressione dubbiosa.

"Di che stavamo parlando?" gli domandò Gori Misticò per svegliarlo.

"Dell'arma. La pistola marca OPT."

Il maresciallo ci pensò su. "OPT..." ripeté, come cercando di ricordarsi dove l'avesse già sentita.

Poi sembrò effettivamente che qualcosa gli fosse venuto in mente. "Dimmi un po', Costantino, per caso prima di OPT c'era un altro segno?"

"Che segno?"

"Una specie di O," disse Gori. "Non è che Califano per caso ti ha mandato pure un'immagine dell'arma?"

Federico Costantino estrasse dalla valigetta il tablet, strisciò la punta dell'indice sullo schermo finché trovò quello che stava cercando. "Sì," disse, sorpreso. "In effetti prima della marca c'è proprio un segno. Una specie di O."

"Con una linea verticale che lo divide a metà," disse Gori Misticò.

"Esatto," disse il brigadiere sbalordito. "Come avete fatto..."

"Non è una O," lo interruppe Gori.

"No? Che cos'è?"

"È una lettera dell'alfabeto cirillico."

"Una lettera...?" disse il brigadiere, confuso.

"Corrisponde alla nostra F."

"La F... Viene fuori *Fopt...*"

"No," lo interruppe nuovamente Gori. "Nell'alfabeto cirillico la P corrisponde alla R."

"Alla R?"

"Costantino, vedi di svegliarti, ché mi pari un pappagallo 'nduccu," lo rimproverò Gori. "Che cosa viene fuori se la prima lettera è una F e la P invece è una R?"

"F... Fort?" rispose tentennante Federico Costantino.

"Esatto. Fort. È questa la marca dell'arma. Fort. Vuoi sapere dove viene fabbricata?"

"In Russia?" tentò il carabiniere Federico Costantino.

"No. In Ucraina," rispose Gori Misticò. "Avevi ragione tu, brigadiere. Tra la morte del barone e il morto orvicàto a Traca dello Spùlico a questo punto c'è una relazione."

"Allora è questa la pista," esclamò Federico Costantino illuminandosi. "Il barone l'ha ammazzato l'ucraino."

"Come no," disse Gori Misticò. "Prima qualcuno ha ammazzato all'ucraino e poi l'ucraino è tornato dal regno dei morti e, pure che era senza dita e senza occhi, tre giorni dopo ha ammazzato al barone."

Federico Costantino si rese conto della minchiata e arrossì come a 'nu pumadùru matùru.

"Vedi di non scappare troppo con la fantasia," riprese Gori, comprensivo. "E vedi anche di fare le cose con discrezione. Perché qui stai rischiando."

"Se è per quello, pure voi," replicò Costantino.

"No. L'unico che può farsi davvero male sei tu," lo avvertì Gori Misticò. "Perché Califano è uno spagnatàru, 'nu ciùcciu che da anni è parcheggiato a fare il sostituto procuratore. Se ottiene aiuto, senza dover affannarsi troppo, allora andrà tutto bene. Ovviamente, non te ne darà mai merito ma nemmeno avrà niente da ridire. Ma se non ha quello che si aspetta allora sono guai, perché quell'uomo oltre a essere pigro è pure meschino. E se la prenderà con te. Te lo dico per esperienza diretta."

"Datemi un consiglio, comandante," disse Federico Costantino.

"Te ne do due. Anzitutto, dici a Califano che tu sei disponibile a collaborare con l'inchiesta, ovviamente nei modi e nei termini che lui riterrà opportuni."

"E il secondo consiglio?"

"Smettila di chiamarmi comandante prima che mi incazzo per davvero."

Rimasto da solo Gori Misticò riprese libro e occhiali. L'ultima volta che si erano visti Nicola Strangio gli aveva spiegato che uno degli effetti collaterali dell'abuso di antidolorifici è la presbiopia. "Io pensavo che erano le troppe pugnette che ti facevano diventare cieco," aveva ribattuto Gori.

"Ecco, allora comincia a ridurre pure la lucidatura cinese della pannocchia," aveva risposto il medico.

Ricordatevi sempre di me, raccomandava il condannato Antonio nell'ultima lettera ai suoi genitori.

È quello che vorremmo tutti, pensò Gori Misticò mettendo via il libro. E poi invece la memoria se ne va col vento.

San Telesforo Jonico
Stazione dei carabinieri

La notizia dell'arresto domiciliare della baronessa Silene Celata di Lauria si era ovviamente diffusa, ma l'effetto che aveva generato nella popolazione di anziani di San Telesforo Jonico era stato di aggiungere astrazione ad astrazione. Il fatto che forse era stata la mugghièra stessa a sparare al marito fu commentato da taluni dicendo che era lòggico fin dal principio, indicando la differenza di età tra i coniugi quale movente decisivo del folle gesto. C'era invece chi sosteneva che ad accoppàre il barone fosse stato chìdhu 'ndùccu del figlio per evidenti questioni di eredità. Ma questa versione era stata smentita ufficialmente e personalmente dall'ingegnere Di Teodoro, il quale un matìna di sole accecante si era presentato inaspettatamente al Bar Centrale di Cozzetta Saverio offrendo caffè e granite a tutti e informando la popolazione che il dottor Falco Celata di Lauria teneva un grossissimo àlibbi, quindi che si evitasse cortesemente di fare circolare vandulijàte prive di qualsiasi fondamento onde non incappare nel reato di calunnia. Un sospettato c'era ed erano sospetti fondati.

L'unica cosa certa era che il barone, al momento, si 'nda stava dimenticato dentro a una cella frigorìfa tuttora in attesa di autopsia e che quello che era successo o non era successo e perché era successo, lui certamente lo sapeva meglio di chiunque altro ma non lo poteva più raccontare ad anima viva.

Nel frattempo, fermo immobile da tre o quattro minuti con la cornetta del telefono di servizio stretta in mano che pareva che gli avessero spento la corrente da dentro per manutenzione straordinaria, il brigadiere capo Federico Costantino cercava coraggio per telefonare al sostituto procuratore Califano a cui offrire la propria disponibilità.

Contestualmente, però, Federico Costantino si domandava se non cominciassero a esserci in giro troppi cristiani che gli spiegavano in continuazione quello che doveva o non doveva fare e come lo doveva fare e quando lo doveva fare e pure perché. A cominciare dalla sua fidanzata, Maria Ausiliatrice Chiaromonte, la quale, dopo un'ultima discussione riguardo sempre allo stesso argomento, gli aveva annunciato che non avrebbe più risposto a chiamate e messaggi finché Federico Costantino non avesse sottostato alla sua ragionevole richiesta: stabilire, dopo due anni di fidanzamento ufficiale, una data, certa e immodificabile, delle loro nozze.

Non è che il giovane carabiniere non volesse sposarsi, e non è che non volesse sposare Maria Ausiliatrice, che lui chiamava Ausilia non solo per affetto ma anche per questione di praticità. Il brigadiere capo non attribuiva altresì alcun significato a subdoli proverbi popolari come quello che sosteneva che 'cu si marìta è cuntèntu 'nu jòrnu, cu' ammazza 'u pùrcu è cuntèntu tuttu l'annu. Macché. Lui voleva prendere eccome moglie, ma, ecco, gli strani pensieri che lo tormentavano da qualche giorno non volevano andarsene. E, così, prima di tutto, desiderava capire se vi fosse, e quale eventualmente fosse, un suo qualchesivoglia ruolo nel grande disegno della vita. Gli sarebbe piaciuto domandare consiglio a suo padre, ma suo padre se n'era andato presto e così, da quando aveva sedici o diciassette anni, la domanda era rimasta senza risposta.

Quello che gli sembrava abbastanza certo, per averci adeguatamente ragionato, è che a lui l'idea della caserma, in senso lato, non gli dispiaceva. Anzi, lo rassicurava. Non importava se fosse una caserma propriamente detta – per esempio, una stazione dell'Arma dei carabinieri – o una scuola elementare o anche un seminario. Ecco, in quest'ottica l'idea di sposarsi non poteva fargli paura, dato che per taluni non esiste caserma più organizzata del matrimonio. Eppurtuttavia, egli ugualmente esitava a indicare alla sua promessa una data, ancorché approssimativa. Prima di sistemarsi, insomma, lui voleva, come si suole dire, sistemare se stesso, definire un perimetro da chiamare *il mio spazio.*

E invece ancora era costantemente obbligato ad ascoltare 'u langùru di Ausilia, subire i cazzijàti del maresciallo Misticò e, ultimamente, tenere pure conto d'u mangiasùna del dottor Califano, il quale da una parte gli mandava, seppure all'ammucciùni, gli atti dell'indagine e dall'altra lo invitava a farsi i cazzi suoi e a occuparsi di questioni sulle quali avrebbe avuto competenza – qualche furto di pecora, una faccenda di scavalcamento territoriale tra vicini di podere o magari una classicissima lite tra comari – anziché ficcare il naso, intromettersi, mettersi ammènzu a fatti troppo grossi. Se questa non è schizofrenia giudiziaria, poco ci manca.

Ma l'aspetto che certamente più lo preoccupava e lo turbava era la notizia della malattia di Gori Misticò. E, però, ecco che in questo caso era subentrato una sorta di sedativo emozionale che lo aveva, se non proprio rassicurato, almeno rasserenato un po'. Federico Costantino, in altre parole, si era voluto convincere che le cose non fossero poi così gravi come gli era parso di capire a prima battuta. Il suo comandante era malato, nessun dubbio, quel medico a Napoli era stato molto chiaro. Ma lui preferiva pensare che la situazione non fosse critica o disperata, che certamente c'erano mèdici ed esistevano medicìni in grado di risolvere la cosa. Magari ci sarebbe voluto del tempo ma il maresciallo alla fine ce l'avrebbe fatta e sarebbe tornato al suo lavoro, al suo ruolo, alla mansione che gli spettava. E lui, di nuovo al suo fianco.

Così voleva pensare il brigadiere Federico Costantino, povera anima. Di questo voleva convincersi, giacché lui la perdita di un altro padre proprio non era disposto ad affrontarla.

Finalmente si decise a comporre il numero.

Siccome il diretto non ce l'aveva, dovette passare dal centralino a un interno, da quell'interno a una segreteria, dalla segreteria a un assistente e infine all'ufficio del magistrato.

Il telefono suonava.

Sentì uno scatto.

Il giovane carabiniere tirò un respiro che per poco non lo mandava in iperventilazione.

"Dottore," disse infine. "Sono il brigadiere Costantino, stazione dei carabinieri di San Telesforo Jonico. Vi vorrei parlare, se permettete."

Il breve silenzio che si creò sapeva di tempesta. Federico Costantino ebbe l'impressione di cogliere un'imprecazione soffocata che poteva essere "'ncùlu a Mariànna", se non peggio e poi un verso gutturale come se il sostituto procuratore avesse ingoiato il telefono e poi lo avesse rigettato sulla scrivania.

"Brigadiere, mi pare che tempo da appizzàre ne avete molto," si decise a dire Califano. "E mi fa piacere assai. Piacerebbe anche a me avere la possibilità di disturbare la gente che lavora, ma disgrazziatamènte quella possibilità non ce l'ho. Che mi volevate dire di tanto importante, sentiamo."

"Dottore, io vi vorrei parlare con una certa urgenza di certi indizi in cui mi sono imbattuto," disse Federico Costantino con una risolutezza che forse dovette confondere e non poco Girolamo Califano.

Il sostituto procuratore difatti non riuscì a reagire come il brigadiere si sarebbe aspettato – riagganciando dopo avere adeguatamente insultato e minacciato quell'insolente – né ad arranciàra una risposta adeguata a quella evidente scortesia istituzionale, per non dire palese insubordinazione. Califano, insomma, non rispose subito e quella breve esitazione diede modo al carabiniere di infilarsi e dire quanto aveva da dire. Ossia, che la pistola trovata nella colonnetta della baronessa era di fabbricazione ucraina e che il morto trovato a Traca dello Spùlico era molto probabilmente ucraino pure lui. E non era tutto: a casa Celata lui aveva personalmente recuperato una moneta ucraina. 'Nzòmma, c'era qualche relazione che teneva insieme i due morti e che forse era una pista che andava seguita.

Calò un nuovo silenzio telefonico.

"Sentite un po' brigadiere," riprese Califano. Il tono adesso non era rabbioso, solo un po' irritato. Pareva perfino di cogliere una sfumatura di prudenza in quella voce da ciùcciu presuntùsu che aveva reso celebre quel magistrato in tutta la Procura e anche nei bar del circondario. "Quello che mi state dicendo è molto, molto grave. Punto primo, una pista investigativa esiste ed è quella che stanno seguendo gli investigatori da me incarricàti alla bisogna. Ed essa, come vi ho già detto, parte proprio dall'arma trovata 'nta càmmara della baronessa. Punto terzo," proseguì, senza che il brigadiere gli facesse notare il punto saltato "il fatto che abbiate trattenuto delle supposte evidenze, anziché portarle, come sarebbe stato dovere vostro, all'attenzione del magistrato competente, ossia il sottoscritto, configura una mancanza piuttosto pesante, come spero voi sappiate."

"Se parlate della moneta, dottore, io ve l'avrei portata il giorno stesso, se solo mi fosse stata concessa udienza presso il vostro ufficio," ribatté Federico Costantino senza arretrare di un millimetro dal bordo dell'abisso che gli si spalancava sotto i piedi. "Ho chiamato più volte facendo presente l'urgenza ma mi è stato detto che non avevate disponibilità di ricevermi."

"E se vi hanno detto che non avevo disponibilità di ricevervi significa che non avevo disponibilità di ricevervi," rispose il magistrato con stizza. "Con chi avete parlato?" domandò poi.

"Con il centralino," disse il brigadiere improvvisando, dato sì che lui, in realtà, non aveva parlato proprio con nessuno.

"I centralinisti non sanno un cazzo," esclamò Califano. "Voi è con me che dovete parlare. E d'ora in avanti parlerete solo con me, è chiaro? Segnatevi il numero diretto, accussì se avete qualcosa da riferire evitiamo di coinvolgere incapaci e bàbbi. Ma ricordatevi," lo ammonì. "Tutto questo io ve lo sto dicendo in via del tutto ufficiosa. Ci siamo capiti, brigadie'?"

Federico Costantino non credeva alle sue orecchie: benché Califano non glielo avesse detto chiaro e tondo, era evidente che da questo momento anche lui era coinvolto nell'indagine, anche se in maniera non centrale, magari limitata, ma pur sempre coinvolto era. C'era, insomma, un piccolo spazio anche per lui nel Grande Tutto.

Riagganciò con il cuore colmo di un'emozione nuova e tumultuosa che per poco non lo indusse a chiamare la sua fidanzata e dirle: "Ho deciso, Ausilia, ci sposiamo il prossimo mese di maggio. Il mese della Madonna."

Poi invece cambiò idea e decise di parlare prima con il maresciallo Gori Misticò, ma il numero era occupato.

Uscendo dalla caserma salutò il carabiniere semplice Lo Cardo. "Ludovico, mi devo assentare. Tenetemi aggiornato."

"Signorsì, comandante," rispose quello, confondendosi.

La cosa, a Costantino Federico, lo sorprese non poco. Ma non gli dispiacque.

Si avviò con passo lento lungo via Italia, la strada in discesa che, insieme a via Duca degli Abruzzi e a via Margherita di Savoia, conduceva inesorabilmente verso il centro pianeggiante del paese, lì dove aveva sede il Bar Centrale, la pompa di benzina, l'olmo e il palco dove ogni dodici di aprile, terminata la processione, la banda comunale si esibiva in marce, arie e ouverture per festeggiare San Telesforo, papa, martire e protettore di quella comunità.

C'era un punto, sulla sommità di via Italia, dove era possibile scorgere il mare. Lo Jonio luccicava e sembrava volergli fare una promessa che, tuttavia, Federico Costantino faticava a decifrare.

San Telesforo Jonico
Via Roma 16
Abitazione di Gori Misticò

C'erano momenti che San Telesforo non sembrava più il paese deserto che era, svuotato dai suoi giovani andati altrove a cercare fortuna e abitato ormai solo da vecchi, cani randàggi, ricordi conzùmati e circondato di boschi di castagne dove pareva che era sempre notte e terra incolta che nessuno si degnava di coltivare. Al contrario, in certe matinàte limpide la pulizia di quelle strade, la composta dignità delle facciate delle case – ciascuna dipinta di un colore diverso e dove però ogni tinta si sposava alla perfezione con le altre, sciogliendosi con il blu profondo del cielo e il verde denso e scuro delle colline – davano l'idea di un paese ideale dove vivere, un luogo progettato e costruito tenendo conto delle specifiche migliori, dei capitolati più perfetti. Quel paese attendeva solo di essere abitato, era solo questione di tempo – settimane, qualche mese al massimo.

Sarà, pensava scettico Gori Misticò quando gli capitava di percorrere da un estremo all'altro quella piazza talmente deserta che pure il tempo pareva se ne fosse andato. Sarà, ma a me questo fatto che il più delle volte qui non incontri nessuno nemmeno quando il sole non ti picchia sulla testa o acqua e vento non minacciano di portarti via, a me, dico, questo fatto mi mette tristezza.

Anche quel silenzio, proprio come i campi che circondavano l'Istituto di oncologia dove di lì a qualche giorno sarebbe tornato per una nuova seduta di chemioterapia, faceva pensare alle occasioni perdute.

San Telesforo però a Gori Misticò piaceva lo stesso, amava quel luogo dove, peraltro, nemmeno era nato. Suo padre non era di lì e sua madre, Maria Maddalena, ci si era trasferita quando Gori aveva poco più di un anno alla ricerca di un posto dove non fossero necessarie tante spiegazioni. Era una donna giovane e bella e coraggiosa, con un bambino piccolo e senza marito, costretta a fuggire, forse nottetempo, come una Maria con il bambinello, per scampare alla furia degli uomini che li volevano entrambi morti. L'unica differenza con il racconto evangelico era che qui un padre – putativo o legittimo – non c'era. Gori non aveva avuto un padre, anche se in realtà tutti abbiamo avuto un padre e una madre, anche chi non lo ha mai conosciuto o non lo ha voluto conoscere o non è stato riconosciuto.

Qualcosa di lui in effetti Gori lo ricordava. C'era un uomo che ogni tanto veniva a fare visita a casa e ogni volta gli portava qualche regalo. Lui quanto poteva avere? Tre, quattro anni. Forse era davvero suo padre, o forse invece era solo un emissario, venuto a dare il denaro necessario al sostentamento, a chiedere notizie che poi avrebbe riferito. Poi, da un certo momento in avanti, non si fece vedere più nessuno e la giovane madre e il figlio piccolo rimasero soli. Il denaro non veniva più portato, arrivava per posta. Chissà chi continuava a mandarlo.

E, comunque, altro che chiacchiere: su una vicenda del genere i compaesani avrebbero potuto scriverci romanzi, fondare un rotocalco. Ma invece Maddalena a San Telesforo ci aveva vissuto – almeno quel poco che, alla finfine, il signore nostro Dio le aveva concesso di vivere – bene, tranquilla, al sicuro. Lì Gori era cresciuto, da lì se n'era andato, lì era tornato. E da lì se ne sarebbe andato per sempre, abbandonando quel luogo e quella gente.

Si sarebbero sentiti traditi? Chi lo sa. Forse sì. O forse no. Chi vive in città semiabbandonate come San Telesforo accetta da sempre le cose come stanno, prende atto senza mai questionare. Si arrende al presente, insomma. Nel corso del tempo molti si erano approfittati di questa, chiamiamola così, indolenza. Altrettanti se ne stavano approfittando tuttora.

Le radici di Gori Misticò non stavano qui, era stato via per troppo tempo. E non stavano neppure altrove, essendosene andato anche da altre parti. A lui dispiaceva non potersi dire di nessun luogo, certo, ma, del resto, come diceva un'altra bella canzone che gli piaceva, *tutto viene dal niente e niente rimane.*

Qualcosa gli sarebbe piaciuto lasciarlo, qualcosa che permettesse di ricordare il suo nome, tale da poter dire: "Gori Misticò? E come no, certo che sappiamo chi era, le cose che ha fatto."

Aveva sistemato dentro al frigorifero gli ultimi quattro cartocci comprati alla rosticceria di Rosario Piscopo. Per pranzo aveva preso malangiàni fatti a parmiggiàna, ché quelli non se li faceva scappare mai quando Rosarino li preparava, dùi pìpi arrustùti più un po' di contorno di fave e patate. Quattro vaschette di alluminio chiuse per bene e che tali sarebbero rimaste, perché difficilmente ne avrebbe consumato il contenuto. Ogni volta si riprometteva di non buttare via il mangiare – quello era peccato pure per lui che non credeva né a peccati né alla redenzione. E ogni volta si doveva rimangiare la promessa, giacché, come gli aveva predetto Nicola Strangio, il primo effetto della terapia non è che perderai i capelli, ma l'appetito. Piano piano, finché ti sembrerà di non avere mai avuto fame in vita tua, mai necessità di nutrirti. Ma dovrai mangiare lo stesso, Gregorio. Ti dovrai sforzare. Perché altrimenti...

Anche quando stava a Milano Gori Misticò mangiava sostanzialmente cibi già preparati, ma a quel tempo il suo normale appetito e la sua salda disciplina alimentare gli impedivano di buttare via anche un solo avanzo. Raramente dal piccolo frigorifero Bosch a un'anta (modello da single) installato nel bilocale uscivano cibi destinati direttamente alla pattumiera. Misticò mangiava il giusto e sprecava poco, quasi niente. Più che un carabiniere a volte gli sembrava di essere un monaco buddista. Con tutto quello che ne conseguiva, ossia che gli interrogatori potevano considerarsi conversazioni spirituali, le confessioni diventavano preghiere, il codice penale si trasformava in un libro sacro. E i criminali con cui aveva a che fare erano suoi fratelli che avevano smarrito la retta via e che occorreva redimere.

Col cazzo, concludeva quando quegli strani pensieri cominciavano a circolargli nella testa. I criminali non sono fratelli miei, non li voglio fratelli così. Il suo lavoro consisteva nel dargli la caccia, trovarli, stanarli e portarseli via. Più che un monaco, lui caso mai era un predatore. Un predatore della legge.

Ma pure i predatori soccombono. Per mancanza di prede, perché sono invecchiati o per l'arrivo di predatori più giovani, più affamati e determinati. Nel suo caso era stata l'indagine interna innescata da strani articoli di giornale in cui la sua identità veniva svelata buttando nel cesso un anno e più di lavoro come infiltrato. Si era fatto passare per emissario della 'ndrangheta, uno in grado di procurare le armi di cui un gruppo di terroristi, sbalestrati ma pericolosi, abbisognava per compiere un'azione. Gori doveva raccogliere i dettagli. Ma poi si era imbattuto casualmente proprio in una dei componenti di quella banda. La ragazza era venuta a Milano per incontrare il suo uomo. La sparatoria, lui che rimane ferito e la ragazza uccisa. E poi l'indagine interna, i superiori che questionano sulla sua condotta, che lo accusano di avere fatto fuoco senza prima sincerarsi di non rischiare di colpire civili. E quei dannati articoli di giornale.

Successivamente gli presentavano la finta possibilità di scelta: sospendere l'attività operativa *sine die* e nel frattempo occuparsi di pinzillacchere burocratiche oppure cambiare aria. Tra le destinazioni disponibili c'era proprio San Telesforo Jonico, la cui stazione versava in uno stato di pressoché totale abbandono. Ne aveva parlato con Julia e lei lo aveva implorato di rimanere a Milano. Discussioni, qualche parola di troppo. Insomma, su questo punto non si erano trovati ed era andata a finire come sappiamo.

Tempo sei settimane, era tornato in Calabria. E dopo un altro poco di tempo era arrivata l'altra bella notizia. Il cancro. E quello sì che spostava gli equilibri, le convinzioni, le certezze. Anzi, se proprio la vogliamo buttare in filosofia, Gori Misticò si era fatto la convinzione che il cancro funzionasse un po' come l'alcool che, dicono, tira fuori la verità da dentro di te, mostrando al mondo di che reale pasta ciascuno è fatto. Ecco, la malattia, più che da rivelatore fa da amplificatore. Aumenta, espande il tuo sé più intimo, lo ispessisce, lo consolida. Se sei caritatevole ti fa diventare santo; se sei collerico ti rende intollerante; se sei paziente ti trasforma in un babbeo.

Nel suo caso, il cancro gli aveva detto: "Davvero, Grego'? Tu persegui i reati? Metti in galera i colpevoli? E, spiegami un po', ma spiegamelo bene: quale sarebbe il senso?"

Gori Misticò era diventato un ex predatore che manco capiva più il senso della caccia. Faceva sogni strani – incontrava se stesso e non si riconosceva, citofonava a casa sua e gli rispondeva uno sconosciuto. Cose così, che non è che ci vuole Freud per spiegarle.

Si sentiva sparire, ogni giorno esisteva sempre di meno. Certe volte la vita è strana, altre volte ingiusta, spesso è indecifrabile. Perché proprio a me?, si domandava. O, per meglio dire, perché anche a me? Nel suo caso, la vita era stata vendicativa. Ma di che cosa si dovesse vendicare, quello lo sapeva solo la Madonna Madre della Consolazione e Confortatrice degli Afflitti.

E adesso, eccolo qui, l'ex maresciallo Gori Misticò, impegnato a estrarre vaschette di cibo scaduto (che nemmeno si ricordava né voleva sapere che cosa contenessero) e ad appoggiarle sul tavolo della cucina, lasciando che dell'incombenza di buttare tutto si occupasse Catena, giacché, così facendo, gli pareva che il senso di colpa si alleviasse un poco.

Poi sentì il rumore lontano di quella che poteva essere o una ruspa o un escavatore e si preparò per uscire.

San Telesforo Marina
Spiaggetta del Pàparo

Dopo una mezz'ora che se ne stava seduto sulla sabbia, il viavai delle ruspe gli aveva davvero sfrangiato i coglioni. Era da quando era arrivato che non si erano fermate mai, un rombo continuo, una puzza di nafta che ammazzava i mùschi.

L'escavatore stava tornando verso la provinciale. Gori Misticò fece un segno all'autista affinché si fermasse. Niente.

Chiamò. Macché. Fischiò, cacciò un urlo e finalmente le luci degli stop si illuminarono.

Con la mano fece segno al manovratore di aspettare. Quello rispose agitando su e giù la mano chiusa a carciofo, un gesto che a tutte le latitudini del mondo significa una cosa sola: "E mo' tu che cazzo vuoi?"

"Aspetta, guaglio'," disse Misticò combattendo contro i violenti capogiri. "Una parola."

Il ragazzo subito si mise paura. "Ajalamadòsca. Scusate, maresciallo," disse. "Se avrei capito che eravate voi mi fermavo subito."

Lo aveva riconosciuto. Un paio di anni prima, quando era ancora nel pieno delle funzioni, Misticò lo aveva stangato come a un capretto. Guida senza patente, eccesso di velocità, sorpasso vietato più altre bagattelle tipo luci non funzionanti e mancanza di cinture di sicurezza. Il verbale che gli aveva elevato pareva un'enciclopedia. Ma da quella volta il ragazzo aveva messo la testa a posto e, grazie anche alla serie di scoppulùni che suo padre gli aveva assolettàto, aveva preso a rigare dritto, tant'è che mo' guidava l'escavatore in canottiera, malgrado la friscanzàna. Il minorenne scapestrato si era trasformato in lavoratore beneducato e lìggio.

"Basta che ti sei fermato," disse Gori Misticò cercando di non dare a vedere che rischiava di perdere i sensi.

"Vi avevate bisogno di qualcosa? Volete un passaggio?"

"Ma quale passaggio!" Il maresciallo riprendeva fiato, lentamente. "Dimmi un po'," disse poi. "Ma tu e i compagni tuoi esattamente a che cosa state lavorando qua alla spiaggetta?"

Il ragazzo si irrigidì e Gori capì che si era messo paura, per qualche ragione sua.

"Non ti preoccupare," lo rassicurò Gori Misticò. "Te lo sto chiedendo per curiosità. Vedo che tu e gli altri andate avanti e indietro ma non ho capito a quale scopo."

"A dire 'u Vangelo, manch'io ci capiscivi nenta, marescia'," rispose il ragazzo allentando quanto basta la tensione. "Ogni matìna 'u patrùni mi dice di prendere l'escavatore dalla rimessa, di venire prima qua alla spiaggia, poi di salire fino a Celata, alla collina dei Tre Crùci, e poi di tornare indietro. Pure agli altri miei compagni ci dice la stessa comanda. Ogni giorno, 'a stessa serenata. A mmìa 'on mi nda fhùtta nènta, abbàsta ca mi pàgano."

"E chi ve la dà, questa comanda?"

"Il padrone. Il dottor Gassone."

"Cono Gassone? Il costruttore?"

"Eh. Quello."

"E da quando è diventato dottore?"

"Eh, lui così vuole essere chiamato."

"E al dottor Gassone che ci viene in tasca a farvi andare sopra e sotto dalla spiaggia alla collina di Tre Croci senza scopo?" domandò Gori.

"E io chi 'nda sàcciu, marescia'," rispose il ragazzo che già ce ne aveva le palle piene. "Io faccio quello che mi comandano e mi faccio i cazzi miei."

"Tu non mi pari 'nu bàbbu, guaglio'," lo incoraggiò il carabiniere in aspettativa. "Qualcosa avrai capito."

Non potendo fare altro, il giovane si appicciò una sigaretta. "E qualcosa avrai capito..." ripeté un po' scontroso. "Io avrei capito che qualcuno ha fretta di cominciare a scavare per fare il porto dei turisti, ma per il momento non possono fare 'nu cazzu. E allora ci fanno girare per fare impressione."

Gori Misticò aggrottò la fronte. "Porto dei turisti?"

Il ragazzo indicò la spiaggia con un gesto ampio che comprendeva tutta la mezzaluna. "Qui viene 'u pòrtu pe i bbàrchi di lusso," rispose. "Però no mo'," precisò. "Nel futuro prossimo."

"E a chi dovreste fare impressione?" gli chiese Misticò.

"A quelli che devono dare i permessi per scavare," rispose il giovane. "E macàri pure ai padroni stessi del terreno che non si decidono a vendere la terra."

"Quindi vuoi dire che dovete fare pressione, non impressione."

"Pressione, impressione..." disse il ragazzo, scocciato. "Non lo so esattamente, marescia'. Se lo saprei ve lo dicevo."

"In pratica, vi fanno andare avanti e indietro..."

"... con la speranza che quelli che si devono decidere si decidono," completò il giovane. "Ma però fino a mo' non hanno combinato niente. E una volta il dottor Gassone parlava con uno e quello ci diceva che dovevano sbrigarsi a cominciare i lavori che ai rossi gli stavano salendo i cazzi."

"I rossi? E chi sarebbero 'sti rossi?"

"I communìsti, marescia'," disse il ragazzo con palese insofferenza.

"Guaglio', vedi di starti calmo," lo ammonì Gori. "Dimmi chi era questo che parlava con il tuo padrone e diceva che i russi si stanno innervosendo."

Il ragazzo gli fece il nome.

Gori tacque un istante e poi annuì.

"Il figlio della buonanima," precisò il giovane. "U canuscìti? 'Nu cùnnu ca màncu li càni," aggiunse. "Però i sòrdi li mette lui. È lui che sta pagando a lu patrùni mio."

Gori Misticò annuì una seconda volta e poi gli fece un cenno che se ne poteva andare.

Aveva sentito abbastanza e capito quanto serviva, cioè che qualcuno aveva intenzione di venire a fare minchiate alla spiaggetta del Pàparo. Se questo era il caso, allora era con Gori Misticò che se la dovevano vedere. E, fintanto che lui sarebbe rimasto vivo, non lo avrebbe consentito manco all'imperatore. Figurarsi al figlio scemo di un barone morto.

San Telesforo Jonico
Municipio, e successivamente di nuovo alla spiaggetta del Pàparo

Le ultime elezioni amministrative del Comune di San Telesforo Jonico comprendenti anche le frazioni di San Telesforo Marina, Magliadicane, Torre Cannella e Pietranera avevano visto la vittoria della lista Uniti per il Rinnovamento e la Rinascita Santelesforese con 511 voti pari all'85,88 per cento degli aventi diritto. Il sindaco eletto, dottor Gianantonio Passacantando, era stato riconfermato per la terza volta consecutiva primo cittadino. Ciò malgrado il fatto che Passacantando avesse condotto la campagna elettorale implorando la cittadinanza di non eleggerlo, giacché la mansione di medico condotto già gli gravava abbastanza, senza doverci aggiungere il carico da undici del ruolo di sindaco. Era arrivato a organizzare un autocontrocomizio in cui spiegava ai cittadini le buone ragioni per cui non lo dovevano votare ma ricevendo in cambio ovazioni. Tra il primo e il secondo mandato aveva tentato addirittura di dichiararsi ineleggibile spostandosi intenzionalmente la residenza da San Telesforo a uno dei comuni limitrofi. Ma quando mai. Un altro plebbiscìto.

Non c'era stato niente da fare, il dottore era stato costretto ad accettare candidatura, elezione e proclamazione. Per la terza volta di fila. Per sua fortuna, a norma di legge, sarebbe stata pure l'ultima. Chi non aveva votato Passacantando e la lista URRST era perché o non era proprio andato a votare o aveva sbagliato nome. I candidati avversari, Mario Corasaniti, detto 'u Filòsofu, Peppa Caldazzo, noto come 'u Sapùtu, e Ciccio De Septis, chiamato 'u Rinàtu, avevano ottenuto rispettivamente uno, uno e zero voti. Caldazzo aveva dichiarato di avere telefonato personalmente al vincitore per concedergli la vittoria e augurargli buon lavoro a nome di tutti, assicurando una opposizione intransiggènta ma purdunque costruttiva. Caldazzo, però, dato il modesto consenso ottenuto, non avrebbe fatto parte neppure del consiglio comunale, sicché l'opposizione l'avrebbe esercitata o da casa o, più probabilmente, dal tavolino del bar.

Gori Misticò chiese all'usciere del municipio di poter parlare con il sindaco, ma quello gli rispose che il sindaco in quel momento non c'era, essendo impegnato con i pazienti. Non sapeva dirgli quando sarebbe tornato, dato che non c'era in programma alcuna riunione né di giunta né di consiglio, nessuna delibera in votazione, nessun provvedimento in scadenza di qui a diverse settimane.

"Chi c'è presente?" domandò allora Misticò. "Ho necessità di chiedere alcune informazioni."

"In merito a che cosa?" gli domandò l'usciere.

"In merito a fatti che non vi riguardano," replicò secco il maresciallo.

L'altro si intimidì. Non è che volesse fare l'arrogante cacadùbbi, la sua era una semplice domanda per capire come potere aiutare. "Ci sarebbe Cotone Amerigo, maresciallo," disse con un filo di voce. "Il tènnico comunale."

"Me lo chiamate, per cortesia?"

Cotone Amerigo arrivò dopo due minuti correndo, ancora non si era sistemato i càzi, dentro i quali stava 'mbuttàndosi la camicia. Teneva stretto un giornalino tra fianco e ascella. "Ero in bagno. Scusate, comandante," disse, già preoccupato.

“Scusatemi voi se mi sono presentato senza domandarvi regolare appuntamento,” rispose Misticò, senza dare a intendere se parlava sul serio o se stava prendendo per il culo.

Cotone gli indicò uno stanzino dove avrebbero potuto parlare. Il tecnico comunale di San Telesforo era uno dei rari sotto-sessantenni del paese. Non era migrato dato che il lavoro, lui, ce l’aveva e l’unica eventualità di perderlo era che il Comune di San Telesforo venisse colpito da un asteroide o che sprofondasse nelle viscere della terra. Altrimenti, lui qui stava e qui sarebbe rimasto.

“In che cosa posso servirvi?” disse al maresciallo indicandogli una poltroncina a rotelle. “Gradite un bicchiere d’acqua? Un caffè?”

Gori Misticò rimase in piedi. “Non voglio abusare del vostro tempo preziosissimo,” replicò. Sì, a questo punto era chiaro che stava pigliando per il culo. “Volevo domandarvi qualche informazione circa un progetto edilizio.”

“Quale progetto edilizio?” domandò il giovane la cui perplessità sembrava sarebbe presto sfociata in annebbiamento della vista.

“La spiaggetta del Pàparo,” ribatté brusco Gori. “Che minchia ci vorrebbe fare il figlio del defunto barone Celata? Me lo sapete cortesemente dire?”

“Le spiagge sono demanio comunale, maresciallo,” disse Cotone mettendo su un’aria saccente che a Misticò fece girare qualche organo interno. “È vero, il dottor Celata ha ottenuto la concessione, ma non è che ci si può fare proprio quello che vuole.”

“Quello lo so meglio di voi,” ribatté il maresciallo nuovamente bellicoso. “E tuttavia mi risulta che quel babbo di ciombèrga ci abbia messo sopra gli occhi.”

Cotone Amerigo spanticò. Bevve il suo bicchiere d’acqua d’un fiato, un po’ per far passare la tensione e un po’ per guadagnare qualche secondo. Si asciugò le labbra con il dorso della mano. Mostrò un sorriso conciliante. “Per il momento il progetto è solo di abbattere il canneto e bonificare,” rispose finalmente. “Quindi allo stato attuale...”

“Un porto turistico,” lo interruppe Gori Misticò. “Un attracco per barche di lusso. E ci sarebbero di mezzo i russi. Eccolo qui lo stato attuale.”

“Di russi non so niente. Si tratta solo di un’idea di massima,” cercò di difendersi l’altro. “Non sappiamo neppure se sarà possibile realizzarlo. Tutti lo speriamo, certo. Il Pàparo del resto è zona degradata.”

“Degradata il cazzo,” esclamò il maresciallo. “Badate a quello che dite. Questo abbattimento è già stato autorizzato? Le oche se ne andrebbero via, ci avete pensato?”

“Sì... No... Non ancora,” balbettò l’altro. “C’è solo una bozza. È tutto quello che ho visto. Come vi ho detto è prerogativa del sindaco...”

Quando Gori Misticò ripassò davanti all’usciere, quello finse che gli fosse caduto qualcosa per terra così da avere la scusa di ficcarsi sotto la scrivania.

Decise di tornare alla spiaggetta del Pàparo con l’intenzione di presidiarla, proteggerla, impedire che l’ottusità degli uomini devastasse il luogo nel quale trovavano posto le migliori memorie della sua vita.

Ecco quello che avrebbe lasciato a chi gli sarebbe sopravvissuto, ecco quello che avrebbe permesso a tutti di ricordare il suo nome, ecco cosa avrebbero detto quando lui non ci sarebbe più stato: Gori Misticò? E come no, certo che sappiamo chi era, avrebbero detto. Sappiamo quello che ha fatto. Ha salvato la spiaggetta del Pàparo, dove uno scemo ci voleva fare il porto per le barche di lusso. È merito suo se le pàpare sono tornate. È merito suo se la memoria non è andata perduta. Questa mezzaluna di sabbia si ricorda di lui. Si ricorderà sempre.

Il cellulare gli squillò.

Guardò il display del telefono e, benché non fosse registrato in rubrica, riconobbe lo stesso il numero. E mmo' che vuole 'stu stùpidu?, disse tra sé, anche se già lo sapeva perfettamente. "Buongiorno, dottore," rispose fingendosi contento. "A che debbo l'onore?"

"Se non vi spiace, maresciallo, andiamo al dunque senza tante chiacchiere, che io tempo da perdere non ne ho," disse Girolamo Califano, sostituto procuratore presso il tribunale di Catanzaro. "Ci state voi dietro allo zelo del vostro carabiniere."

"Come dite, prego?"

"Questo brigadiere che mi sta addosso come a 'na cozza sopra allo scoglio. Lo state mandando voi, maresciallo Misticò."

Non erano domande né richieste di chiarimenti: erano semplici dati di fatto e davvero non valeva la pena per Gori di fare 'u 'ncantàtu che non sa di che cosa si sta parlando.

"Tutto quello che ho fatto è stato consigliare al brigadiere Federico Costantino di mettervi a parte di alcune ipotesi investigative sulle quali si era imbattuto, signor magistrato," rispose badando che tutto quel sussiego risultasse quello che effettivamente era, ossia una generosa presa di giro. "Spero vivamente che abbia seguito il mio consiglio e vi abbia chiamato."

"Mi ha chiamato, mi ha chiamato," disse Califano. "A quanto pare è destino che io e voi dobbiamo ancora incrociare le rispettive strade."

"Come sapete, io sono in aspettativa," disse Gori Misticò. "L'incrocio, come voi lo definite, è del tutto casuale."

"Casuale il cazzo," replicò Califano. "Ho detto al suo pupillo che ascolterò cos'ha da dire per una mera premura istituzionale. Niente più che questo."

E, a questo punto, a Gori Misticò gli girarono assai. "Punto primo, il brigadiere Federico Costantino non è il mio pupillo," disse secco "ma un carabiniere molto preparato che svolge il proprio dovere con grande scrupolo e attenzione."

"C'è anche un punto secondo?" disse Califano sempre con quel tono da stronzo malcacàto.

"Eccome se c'è, signor magistrato," ribatté Gori Misticò. "E visto che vi piace venire al dunque senza tante chiacchiere, permettetemi di fare lo stesso. Se voi avete piacere che il sottoscritto collabori insieme a voi e con gli investigatori che avete incaricato, potete dirlo chiaramente anziché fare giochetti. Non sarebbe la prima volta, anche se con tutta probabilità sarà l'ultima."

"Che cosa intendete dire?" ribatté Califano facendo l'indignato. "Sappiate che un sostituto procuratore non fa giochetti," aggiunse. "E altresì non ritengo di avere bisogno dell'aiuto di un brigadiere di una stazione dimenticata da Dio e dagli uomini."

"Benissimo. In questo caso il dovere vostro voi lo conoscete bene e non c'è bisogno che ve lo ricordi nessuno, tanto meno io," disse Gori. "Ordinerete al brigadiere Costantino che eviti di ficcare il naso e lui ubbidirà senza esitazione."

A esitare invece fu proprio il Califano. "E voi?" disse dopo qualche secondo.

"Io?" disse Misticò fingendo di non capire. "Che c'entro io? Io sono in aspettativa, non mi occupo di indagini. Sapete dove mi trovo in questo momento mentre voi buttate sangue nel vostro ufficio? In spiaggia. Regolatevi un po'."

"A me questa questione dell'aspettativa mi pare sospetta e non ho mai capito le raggiòni," disse Califano con tono sospettoso. Attese poi ancora qualche secondo onde vedere se il maresciallo Misticò avesse putacaso intenzione di spiegargliele, ma Misticò muto era e muto rimaneva. "E vabbuòno," riprese. Adesso aveva cambiato tono, passando dalla modalità minchiatòsta alla blandizie. "Avrete i vostri buoni motivi. Io però ritengo che, aspettativa o non aspettativa, un vostro punto di vista, ancorché ufficioso, riguardo al decesso del barone Celata di Lauria potrebbe essere di aiuto alla soluzione di questo complicato caso. O mi sbaglio?"

"Non capisco," replicò Gori Misticò giocando come al gatto con il topo, quando il gatto sa che 'u sùrice a furia di ingozzarsi di formaggio si è completamente stupidito. "Mi avete appena detto di non avere bisogno di aiuto."

"Non ho parlato di aiuto, perdio!" sbottò il magistrato di nuovo 'ncazzàto. "Ho parlato di un vostro punto di vista. Siete disposto a darmelo o volete continuare a fare 'u spucchiùsu che si mette di traverso?"

"Per quel poco che ho sentito dire, il vostro ufficio, che voi coordinate con il proverbiale acume che tutti vi si riconosce, sta già seguendo una promettente pista d'indagine."

Califano ci mise un buon dieci secondi per elaborare tutto quel papocchio di frase. "Avete detto bene," rispose poi serio. "E vi ringrazio della stima che mi dimostrate, che mi pare di avere guadagnato in tanti anni di servizio."

Ma quanto puoi essere cùnno?, si domandò mentalmente Gori Misticò. Califano abboccava meglio di una sàrda, bastava solo mettergli l'esca giusta.

"Che mi rispondete?" gli domandò Califano, ormai giunto a miti consigli.

"Vi rispondo che se volete il mio punto di vista, sarò felice di darvelo, come mio dovere," rispose Gori Misticò. "Ma nel mio punto di vista sarà compreso anche quello del brigadiere Costantino. Se preferite, solo tramite un incarico a voce, ma pur sempre un incarico che provenga da voi."

Califano non rispose, il che equivaleva a una risposta. "Come certamente sapete abbiamo l'arma," disse Califano. "Ma anche un possibile movente," aggiunse.

"Un movente? Che movente?"

"Come vi informerà il brigadiere, al quale, come vostro desiderio invierò per conoscenza il resto degli atti dell'inchiesta, il barone aveva intenzione di divorziare dalla consorte, e voi potete immaginare quali conseguenze, anzitutto di mera natura economica, avrebbero potuto verificarsi, dato l'ingente patrimonio dei Celata."

"E quindi la baronessa rimane indagata."

"Indagatissima," confermò Califano tutto contento. "Tant'è che la baronessa è tuttora in custodia cautelare. Posso spingermi ad affermare che una soluzione potrebbe essere prossima."

"D'accordo," rispose Gori Misticò che cominciava ad averne abbastanza. "E allora a che capodicazzo vi serve il mio punto di vista?"

"'U stùbbu," sospirò il magistrato. Tutta la spocchia se n'era andata come la schiuma di questo mare.

"Come dite?" fece Gori Misticò.

"'U stùbbu, 'u stùbbu," ripeté Califano a voce stizzita. "Quel cazzo di tampone di paraffina, o come si chiama adesso. Il tècchinico della scientifica ha fatto l'esame sulle mani e sugli abiti della baronessa."

"Dottore, lo stub fatto oltre le ventiquattro ore vale quanto il prelievo di sangue da una cucùzza."

"Lo so, lo so. Vi pare che non lo so? Eppurtuttavia, andava fatto lo stesso, perché non si sa mai."

"Come preferite. E qual è stato l'esito?"

"Negativo. Ve lo leggo, così non c'è rischio di fraintendimenti. Nessuna traccia di sostanze univoche, vale a dire piombo, antimonio o bario. E nessuna traccia di particelle indicative, ossia calcio e siliciuri. Avete capito?"

Insomma, anche se la pistola era stata trovata in camera sua, la baronessa non aveva sparato. Quindi, qualcuno ce l'aveva messa in quel tiretto.

"E non è tutto," riprese Califano. "Quel fenomeno del loro figlio unico aveva recentemente presentato istanza di interdizione nei confronti del padre allo scopo di mettere le mani sulla gestione del patrimonio di famiglia. L'istanza sarebbe stata sicurissimamente rigettata, però..."

"Però pure quello potrebbe essere un movente," completò Gori Misticò. "E che movente."

Potrebbe. Il problema, però, era sempre lo stesso, ossia che Falco teneva un alibi. L'ipotesi che potesse assentarsi dall'albergo dove si trovava, sparare al padre e tornare indietro era praticamente impossibile.

"Maresciallo, io 'ccà sto uscendo pazzo," disse Califano. "Credete che non ci provi a fare il mio lavoro? Ma qui della morte del barone Celata non gliene fotte a nessuno. Tutta la Procura è impegnata a trovare quelli che 'mpendìrunu a Calogero Pirucchia detto Marrànciu davanti al palazzo. Che voi capite che si tratta di uno sgarbo a tutto il corpo della magistratura. Pertanto, a indagare sul fatto di Celata mi hanno messo due poliziotti che pàrono uno cchiù bàbbu dell'altro," sospirò, "quelli brancolano, maresciallo. È da un po', sapete, che non mi affidano un caso del genere. Un caso che, non lo nascondo, potrebbe comportare per me uno scatto di carriera... e chissà che il vostro brigadiere..."

Gori Misticò si mise seduto sulla sabbia, a pochi metri dalla risacca. Si sentiva combattuto tra la grande soddisfazione di lasciare che Califano se ne andasse alla deriva, date tutte le incazzature che in quegli anni aveva dovuto soffrire per causa di 'sto fenomeno al confronto del quale 'u Rinàtu, 'u Filòsofu e perfino 'u Sapùtu facevano la figura dei premi Nobbèl. Il solo fatto che un campione della cunnàggine come Califano avesse a un certo punto vinto un concorso in magistratura era una delle prove che, come Gori Misticò sapeva molto bene, a regnare sopra l'universo non era né la bellezza e nemmeno l'ordine ma la minchioneria. Se Dio ha creato il mondo non lo ha creato per bontà, ma perché voleva farsi due risate.

"E allora, maresciallo?" fece Califano. "Che mi dite?"

Gori Misticò prese un sasso piatto e fece per lanciarlo sulla superficie del mare. Se fa più di tre salti guarisco, disse tra sé.

Ne contò due.

"Vi richiamo," si limitò a rispondere. Quindi, si rialzò e se ne tornò verso casa.

San Telesforo Jonico
Via Roma 16
Abitazione di Gori Misticò

Dunque, a San Telesforo Jonico la vita circolava come prima, come sempre, come se niente fosse né fosse mai stato. La gente camminava, si incrociava, si salutava, si allontanava, entrava nel tale negozio o alla posta, oppure si sedeva sopra a 'nu scalùna in attesa di qualcuno oppure in cerca dell'ispirazione per una poesia come quella, celeberrima, dedicata alla rondine di mare:

O rindinèddha chi pàssi lu màri
ferma quantu ti dìcu du palòri
quantu ti scìppu na pìnna di ll'ali
na lìttara 'nci fazzu a lu me amòri.
Tutta di sàngu la vogghiu vagnàri
e pe' siggìllu 'nci mettu lu còri.
Sta' accorta rindinèddha 'nt'annegàri.
Tu perdi lu siggìllu, e jeu lu còri.

Il ritmo del paese nell'ultimo secolo non era praticamente mai cambiato, quell'andatura di calesse che non ti affatica né ti condiziona, un tempo sospeso che non ti chiede niente e niente ti darà in cambio. Si facevano chiacchiere aspettando chissà che, ci si salutava e ci si ignorava.

Il paese stava sempre aggrappato alla collina. Viste da lontano le case parevano abbracciarsi una con l'altra, come temessero di cadere in mare. Si tenevano strette e vicine, tanto da far pensare a una sola casa, un'abitazione comune costruita per una sola, grande famiglia. E quando per strada non trovavi nessuno, perché si stava ancora pranzando o tutti si erano curcàti dopo aver pranzato, pareva di stare dentro un set di uno sceneggiato o di un'opera, e che da un momento all'altro avresti visto donne correre e urlare che avevano ammazzato a cumpare Turiddu.

Tutto scorreva e però ogni tanto qualcuno si domandava chi fosse quel tale forestiero che passava a bordo di una macchina con targa mai vista, o come facesse di nome quell'altro che lo vedevi a bordo di un'altra automobile con i vetri scuri, ma mezzi abbassati. Stava succedendo qualcosa?, ci si domandava. Stava cambiando qualcosa? Era già cambiato? Valeva la pena di preoccuparsi e di farsi domande o era meglio lasciare tutto com'era?

Era un mondo morente, fatto di strade deserte, di rumori mai sentiti e che nessuno sapeva spiegare. Di tanto in tanto spuntava un croce bianca sul ciglio della strada o in mezzo all'erba, come una pianta spontanea uscita tra la cicoria amara, e solo pochi ricordavano il perché.

A Gori Misticò pareva di averlo già lasciato, questo mondo, di essersene già andato, e si domandava se avrebbe fatto in tempo a salutare, non diciamo tutti, ma almeno quelli che meritavano un commiato.

Il brigadiere capo Federico Costantino camminava con passo svelto verso via Roma, salutando chi lo salutava e ignorando chi lo ignorava. A guardarlo dall'alto – mettiamo: da una piccola telecamera montata su un drone – pareva che la camminata disegnasse una scia bianca, come quella di un piccolo aeroplano diretto verso uno scalo sicuro. In tasca recava un messaggio importante.

Suonò. Catena lo incrociò mentre se ne stava uscendo – le ore sue le aveva finite. Lo salutò appena, stavolta non per rancore o malanimo ma per via di un certo disturbo di pancia che la tormentava da qualche giorno e che la donna aveva attribuito a cibo guasto, che purtuttavia proprio non le veniva in mente dove e quando aveva potuto consumarlo.

Gori Misticò lo aspettava, già sapeva di che cosa c'era da discutere. Prese il foglio che il brigadiere capo gli passò confidenzialmente e che a sua volta gli era stato passato per mera premura istituzionale da Girolamo Califano, si infilò gli occhiali e cominciò a leggere fin dalla prima riga, l'intestazione che diceva PROCURA DELLA REPUBBLICA DI CATANZARO.

Era un verbale di deposizione. La dichiarante aveva detto di chiamarsi Jessica Jolie, ma poi, siccome all'anagrafe risultava altro, aveva dovuto precisare che in realtà di nome faceva Melis Pietrina, anni ventiquattro, nata a Carbonia, provincia del Sud della Sardegna, celibe, professione attrice. Anche il colore dei capelli era artificiale: lei era castana naturale ma si era dovuta fare bionda per ragioni professionali. Nel verbale di dichiarazione spontanea resa in assenza di difensore la Melis affermava quanto segue:

> Dichiaro di avere avuto una relazione intima con il barone Vittorio Nembro Celata di Lauria. Detta relazione data da oltre un anno.

Lo aveva affermato con fare sicuro, supportando con nomi, date e circostanze. Per sicurezza si era portata qualche appunto scritto che teneva nella borzètta, ma non era stato necessario consultarli.

"Quando il signor magistrato mi ha chiamato per annunciarmi che stava per mandarmi la copia di questo verbale ho finalmente capito come stanno le cose. Credo avrebbe piacere di un vostro parere, comandante," disse Federico Costantino. "Ma forse ha un poco di ritrosia a chiedervelo direttamente."

"Altro che" disse Gori Misticò. "Il dottor Califano è una persona timida, oltre che gentile e di intelligenza brillante."

"Non credo abbia piacere sia trattenuto in arresto qualcuno che non c'entra niente" provò a dire Costantino. "Può sempre ammettere di essersi sbagliato."

"Califano è geneticamente negato per ammettere di avere sbagliato, brigadiere," rispose Gori Misticò. "Lui vede solo quello che vuole vedere e continua a vederlo pure quando lo vede solo lui. Dovrebbe fare il sostituto procuratore a Loch Ness, immagino le inchieste che metterebbe in pista."

Detto solo per completezza di informazione, aggiungiamo che il dottor Girolamo Califano, magistrato presso la Procura di Catanzaro, soffriva di un disturbo oculistico, noto come esotropia, che gli aveva divaricato i globi oculari – il destro guardava verso destra e il sinistro verso sinistra. Per questo genere di imperfezione, da quelle parti si dice che chi ne è affetto con un occhio cura la gatta affinché non si muova e con l'altro controlla la padella dove si friggono i peperoni.

"A domanda, la Melis risponde," continuò a leggere Gori. "'Il barone Celata mi aveva ventilato l'ipotesi di regolarizzare la nostra relazione presentando domanda di divorzio presso l'attuale consorte, baronessa Silene Celata di Lauria.'"

Secondo la dichiarazione spontanea, la ragazza aveva visto il barone una settimana prima della sua tragica scomparsa. Approfittando dell'assenza della signora baronessa in viaggio all'estero, avevano trascorso due giorni nel palazzo dei Celata di Lauria dal quale non erano mai usciti.

"E il movente è bello che servito," concluse Gori Misticò.

"E il dottor Califano ci ha creduto," aggiunse Costantino. "Perfino io capisco che è un depistaggio orchestrato da chissà chi."

Il maresciallo sollevò uno sguardo sul giovane carabiniere. "Il compito di Califano non è credere o non credere," disse restituendogli il foglio. "Il suo compito è aggiungere agli atti un documento così che nessuno possa contestargli di non avere preso in considerazione le variabili. In altre parole, che nessuno gli cachi il cazzo da qui a quando sarà riuscito a chiudere la pratica senza troppi intoppi. Con buona pace della Astrea."

"La Strea?" domandò perplesso Costantino pensando alla sigla di una municipalizzata.

"La dèa della giustizia, brigadiere," spiegò Gori.

Costantino annuì, come se avesse capito. "Io a dire la verità stamattina, prima di venire qui, ho fatto qualche verifica, come mi avevate ordinato," disse poi, timidamente.

"Io non ti ho ordinato, Costantino," lo corresse Gori. "Io non ordino più niente a nessuno, tanto meno a te. Ti ho dato un consiglio che mi auguro sia servito a qualcosa."

Il brigadiere si fece coraggio. "Sono tornato a palazzo Celata," riprese. "Ho parlato di nuovo con il personale. Il giardiniere, i domestici."

"E siamo sicuri che l'assassino non è il maggiordomo?"

"Su quello andrei tranquillo, comandante," rispose Federico Costantino senza capire se Gori Misticò parlasse sul serio o se, viceversa, stesse cugghiunijàndu. "Lasciando perdere la logistica, mi domando quale potrebbe essere il movente."

"Hai ragione," concordò Gori Misticò. "Ormai i maggiordomi sono tutti innocenti."

Decenni di polizieschi da quattro soldi avevano assicurato all'intera categoria dei domestici un salvacondotto pressoché eterno. Un maggiordomo avrebbe potuto fare una strage e pure che lo avessero trovato con il mitra ancora fumante in mano, nessuno si sarebbe sognato di indagarlo.

Perfino i fumetti che Gori Misticò tanto amava non contemplavano più l'eventualità. Il domestico gay di Paperon de' Paperoni, Battista, per dirne una, non avrebbe fatto male a una mosca. Parlando più in generale, il maggiordomo non era più colpevole perché gli assassini non sono quasi mai estranei, ma molto spesso, quasi sempre, parenti prossimi.

"Che hai saputo?" riprese Gori Misticò.

La prima cosa che i membri del personale di palazzo Celata avevano raccontato al brigadiere era che da quando l'anno scorso Falco era tornato dall'America quella casa non aveva avuto più pace. Prima potevano passare giornate intere, settimane senza che né il barone né la baronessa si facessero vivi. Lei sempre in giro e lui perennemente chiuso nel suo studio. Un lavoro strano, il loro: prendersi cura di un palazzo isolato, tenere in ordine un parco che nessuno visitava, pulire cucine che non venivano mai utilizzate, stanze che raramente qualcuno avrebbe attraversato. Spolverare mobili e suppellettili, raddrizzare quadri e lucidare sculture, spazzolare tappeti e pulire vetri. A quale scopo? Apparentemente nessuno. Infatti il personale cambiava in continuazione, una rotazione continua.

"La padrona di casa licenziava tutti?" domandò il maresciallo.

"No, quando mai," rispose Federico Costantino. "La baronessa non ha mai mandato via nessuno. Almeno, fino a oggi. Anche quando qualcuno se lo meritava perché magari, riferisco quello che mi è stato detto, faceva sparire l'argenteria. È che lavorare in un ambiente come quello è frustrante."

Il fatto è che quella non era più una casa, forse non lo era mai davvero stata. E Vittorio e Silene non erano più marito e moglie, ammesso che lo fossero mai stati. Diversi per età ed estrazione – lei non voleva neppure essere chiamata baronessa, anche perché non lo era di nascita – e anche per interessi. Falco? Il figlio non li aveva affatto uniti. Sembrava figlio solo a lei. Del resto, se assomigliava a qualcuno, assomigliava solamente alla signora. Del barone, manco la punta del naso – forse le chiacchiere che si facevano riguardo a chi fosse davvero figlio potevano pure essere vere, chi lo sa.

"Perché dopo il ritorno di Falco non c'è stata più pace?" domandò Gori Misticò.

"Tratta tutti come servi," rispose Federico Costantino. "E ultimamente c'è un andirivieni di gente, persone mai viste, che entrano dal lato dove sta il figlio senza farsi annunciare, senza dire chi sono o che vanno cercando. L'unico che conoscevano era Di Teodoro, che veniva spesse volte in visita."

"Ferdinando Di Teodoro?"

"L'ingegnere. Lo conoscete?"

"Quello è ingegnere come io sono ballerina classica," replicò Gori. "'Nu rumbulàru che non ha mai lavorato un giorno, e pure tiene la villa alla marina. Che altro?" gli domandò poi. "Cosa intendevi quando hai detto che fino a oggi nessuno è stato licenziato?"

"Sono tutti preoccupati," rispose Federico Costantino. "La baronessa ha annunciato che probabilmente sarà costretta a lasciare libero tutto il personale. Ha detto che possono rimanere nella foresteria quanto vorranno e che salderà tutte le competenze, ma casa Celata presto potrebbe chiudere, dato quello che è successo."

"E secondo loro cos'è successo?" chiese Gori Misticò.

"Non ne hanno idea. L'unica cosa è che una sera, abbastanza tardi, si era presentato l'avvocato della signora baronessa insieme ad altre due persone mai viste che lo avevano aspettato al di fuori."

"L'avvocato?"

"Menabarca, si chiama. Lo conoscete?"

"Forse ci siamo incontrati una volta al tribunale di Catanzaro," rispose Gori. "Va' avanti. Che andava trovando l'avvocato si è saputo?"

"Questo non me l'hanno saputo dire o forse non hanno voluto dirmelo. Immagino che il dottor Califano sia a conoscenza del fatto."

"E sicuramente se lo sarà pure scordato. E di questa presunta amante che dicono? Glielo hai chiesto?"

"A loro non risulta nessuna amante," rispose il giovane carabiniere. "Figuriamoci. Il barone, buonanima, passavano giornate intere che non usciva dalla stanza nemmeno per prendersi da mangiare, malinconico com'era." Aggiunse poi, ancora un po' stupito, che Califano gli aveva lasciato intendere che poteva in via del tutto non ufficiale indagare sulla veridicità della dichiarazione della Melis.

"Molto bene," commentò Gori mostrandosi soddisfatto. "È un attestato di fiducia, brigadiere. Devi essere contento."

"Comandante, non sono tanto presuntuoso e nemmeno vròccolo da non capire come stanno le cose. L'aiuto che il magistrato va cercando è solo il vostro," disse Costantino mostrando un sorriso un po' amaro. "Di quello che penso io, non mi pare molto interessato."

"Come sia," disse Gori sbrigativamente. "Noi non lo vogliamo deludere. Pertanto..."

"Pertanto?" disse Costantino vedendo che Gori Misticò non si decideva a concludere la frase.

"Pertanto occorre che, come ti è stato comandato, rintracci la ragazza per capire se sta dicendo la verità o sta cuntàndu fesserie."

"E che ci dovrei chiedere, comandante?"

Il maresciallo esitò. Già, che cosa avrebbe potuto Federico Costantino chiedere alla ragazza per capire se dicesse la verità? Quale poteva essere l'indizio in grado di capire se i due avessero davvero condiviso momenti intimi?

Il giorno prima Misticò era passato da Gong Sho per comunicarle che stava meglio, che i dolori erano passati e l'incazzatura pure. Aveva chiesto di Shin, era da un pezzo che non la vedeva.

L'anziana cinese gli aveva di nuovo negato il massaggio romantico adducendo la stessa scusa dell'altra volta, ossia che il malesciàlo doveva conservare le energie per combattere il male che gli minava il corpo. Spurgare lumache era severamente vietato.

Gori, però, voleva solo vedere Shin, scambiare due parole. Spurgare? Ma quale spurgare? Nelle condizioni in cui si trovava avrebbe fatto fatica anche solo a iniziare. Continuare e finire erano fuori discussione.

Shin non lavorava più lì, gli aveva detto la donna.

"E dove è andata?" aveva chiesto Gori stupito. "È tornata in Cina?"

"Shin adèso putàna," gli aveva spiegato Gong Sho con delusa indignazione. "Mie lagàze no putàne. Lagàze solo masàgi. Lòlo fàle masàgio, lolo suona tuo flauto ma tu nò mete tua pica di giada in lolo vàle gentile."

Al Relax Beauty non era ammessa penetrazione ma solo l'uso delle mani e, talvolta, in determinate circostanze, le labbra. Shin aveva invece trovato un impiego presso un locale notturno dove era riuscita a ottenere un salario più alto pro capite, purché fosse disposta a superare le limitazioni taoiste poste da Gong Sho.

Gori ci era rimasto male, un'altra perdita da aggiungere alla lista.

Senza Shin non aveva più senso neppure tornare al Relax Beauty. Lui conosceva alla perfezione le mani di Shin, le avrebbe riconosciute anche bendato. E Shin conosceva alla perfezione il corpo di lui, specie la sua picca di giada. Avrebbe potuto disegnarla, volendo.

E fu proprio ripensando a quella suggestione erotico-artistica che gli venne in mente quello che Federico Costantino avrebbe potuto chiedere alla ragazza.

"Ti potresti fare dire come ce l'aveva," disse.

Il brigadiere capo lo guardò come se all'improvviso gli avesse chiesto quanto faceva trecentoquarantasette diviso otto. "Come ce l'aveva chi?" domandò.

"Il barone."

"Come ce l'aveva il barone che cosa?"

"Costanti', ma tu quagghiàsti o ti sei rimbambito? La ragazza ti deve dire com'era l'uccello del barone. Lungo, corto, grosso, magro, circonciso o cappellato. È chiaro, mo'?"

"Dite davvero?"

"Ti sembra che sto chiecchiarijàndu?"

Federico Costantino allargò un poco le braccia, a significare che se quello era l'ordine lui lo avrebbe eseguito, quantunque non ne comprendesse il significato.

E allora Gori glielo spiegò a punto e virgola. "Se la ragazza non ha esitazioni e ti dice ce l'aveva così e colì, allora tu sai che effettivamente glielo ha visto e allora potrebbe anche essere che la coglionata dell'amante e del divorzio sia vera," disse con calma. "Ma se quella non capisce la domanda, esita, ci gira intorno o puramente finge di non avere capito oppure addirittura ti dice che non ha intenzione di rispondere, il sospetto che sia stata istruita da qualcuno per andare dal magistrato a raccontare una storiella prende corpo. Adesso mi sono spiegato?"

"Vi siete spiegato," rispose il brigadiere capo, ancorché ancora un po' esitante. "La devo convocare in stazione?"

"Nossignore," rispose Gori Misticò. "Tu non ti devi nemmeno qualificare come carabiniere, altrimenti quella non ti dice niente di utile. Devi avvicinarla senza farla sospettare."

"E va bene. Ma come faccio a rintracciarla?" domandò il brigadiere.

Gori Misticò gli indicò il foglio del verbale che Costantino ancora teneva tra le mani. "Là sopra tieni non uno ma due nomi," disse. "Pensi che ti possano abbastàre o ne abbisogni di un terzo?"

San Telesforo Jonico
Chiesa di San Telesforo papa e martire

A San Telesforo Jonico di gatti se ne vedevano pochi, stavano sempre ammucciàti e al fresco, mentre i cani randagi vagavano per le strade indisturbati. Ai cani nessuno dava fastidio, i vecchi paesani non li disturbavano. C'era stato in effetti un tempo, quando il paese era ancora abitato, che ai bambini, che si contavano a decine, gli piaceva di arringàre a quelle povere bestie. Tirare sassate ai cani era lo sport preferito locale, insieme a mùsca cèca, pìzzu-pàna-sozìzzu, spaccamattùni e il popolarissimo gioco della sìnga.

Spariti i bambini, emigrati i giovani e rimasti solo vecchi, i cani randagi non si erano moltiplicati, come sarebbe stato normale, forse perfino logico, aspettarsi. Avevano rinunciato a riprodursi e si erano 'mbecchiàti pure loro, forse alcuni erano addirittura migràti per cercare migliore fortuna randagia. Sta di fatto che quei pochi rimasti non se la passavano tanto male, se si esclude la noia di certe giornate che, pure per loro, pareva non finissero mai e, allo stesso tempo, la paradossale sensazione che invece i giorni si susseguissero veloci, uno dietro l'altro e uno uguale all'altro, quasi che il tempo fosse un treno senza macchinista lanciato su un binario privo di segnali, attraverso stazioni deserte, diretto verso una meta astratta, immaginaria, forse inesistente.

Mangiare, mangiavano – c'era sempre qualcuno che gli lanciava qualcosa, un osso o 'nu tòzzulu 'e pàna. Ma pètrati non gliene arrivavano più, se non per scherzo e comunque nessuno dei vecchi aveva la forza necessaria. Perfino Triqquàrti, un bastardo pezzato di taglia media così chiamato in quanto privo della zampa anteriore destra, aveva modo di campare dignitosamente. Stava in un gruppo di altri cinque o sei amici suoi, pure loro in qualche modo sciancàti dalla vita.

Quando Gori Misticò gli passò vicino, a pochi passi dalla chiesa, Triqquàrti alzò il muso e il maresciallo gli regalò una carezza.

Il cane sciancato, tutto contento, si rimise faticosamente ma agilmente in piedi e zzoppicàndo raggiunse i suoi simili.

Era una giornata come le altre, per la povera bestia cionca. Anche oggi avrebbe fatto quello che aveva da fare, senza protestare, senza recriminare. Triqquàrti era più che un cane senza 'na gamba: era un modello per tutti. Un insegnamento. Un esempio.

Appena entravi nella chiesetta di San Telesforo pareva che ti lasciavi alle spalle tutti i guai del mondo, tristezze e ingiustizie, delusioni e amarezze. Non era necessario credere in Dio per varcare quel portone, e se uno preferiva invece credere, si fa per dire, alla Madonna anziché ai Santi, oppure a Gesucrìsto invece che allo Spirito Santo, nessuno ti veniva a sindacare. Men che meno don Marco Vavassori, il giovane prete bergamasco che la curia aveva mandato a occuparsi di una parrocchia calabrese in via di estinzione, frequentata, nei periodi in cui il senso religioso toccava i suoi vertici, da una ventina di vecchi, metà dei quali erano entrati per starsene al fresco quando era estate o per farsi una dormita quando era inverno. Ma don

Marco non si era mai demoralizzato, giacché, secondo lui, a dire messa al Vaticano erano buoni tutti. La parrocchia era la sua trincea, San Telesforo un avamposto, l'altare trecentesco in pietra di Lazzaro la sua plancia di comando.

Oltre alla possente statua del santo patrono – di cui nei secoli non si è tramandato granché a parte il fatto che, secondo alcuni, istituì il digiuno quaresimale, introdusse la messa notturna di Natale e il canto *Gloria in excelsis Deo* – che durante la processione del dodici aprile veniva portata a braccia dai parrocchiani lungo i saliscendi del paese, la chiesa esibiva anche una statua di Maria con il Bambinello nonché un'urna contenente una reliquia di san Bartolomeo di Sìmeri – forse una cartilagine del naso o del menisco.

Don Marco sembrò sorpreso dalla presenza di Gori Misticò, che era entrato per sedersi da qualche parte a pensare senza essere disturbato.

L'aveva trovato intento a scrutare con attenzione uno dei mosaici raffiguranti la tradizionale via crucis, in particolare la ottava stazione, quella in cui Gesù consola le donne di Gerusalemme.

"Figlie di Gerusalemme, non piangete su di me, ma piangete su voi stesse e sui vostri figli," cominciò a recitare il prete. "Verranno giorni nei quali si dirà: 'Beate le sterili, i grembi che non hanno generato e i seni che non hanno allattato.'"

"Dice davvero così?" domandò Gori un po' stupito.

"Più o meno," rispose don Marco. "Poi va avanti ancora ma tutta non me la ricordo a memoria."

"Mi pare una profezia abbastanza spaventosa."

"Il linguaggio del Vangelo a volte è in effetti piuttosto crudo."

Il maresciallo volse lo sguardo di nuovo a una delle immagini, quella in cui Nostro Signore viene condannato a morte sulla base di semplici indizi e denunce anonime.

“Allora, come vanno le cose?” disse il prete vedendo che il maresciallo stentava a iniziare la conversazione. “Si trova bene da civile? Ha nostalgia per la divisa?”

Gori fece una specie di sorriso. “Arriva un momento in cui bisogna fare i conti,” rispose. “E anche se non li vuoi fare, il foglietto con sopra la somma arriva per tutti.”

Don Marco annuì, come se avesse capito di che cosa si parlasse. “Il conto ci sembra sempre troppo caro, non è così?” disse. “Ma non bisogna dimenticarsi di quello che abbiamo mangiato e ringraziare per il cibo avuto.”

“Anche se era cibo guasto?” domandò Gori.

Sentì una fitta alla tempia destra. Annotò mentalmente di riferirlo al dottor Nicola Strangio. Poteva essere niente, poteva essere un effetto collaterale dei farmaci, poteva essere un avvisaglia di non lo sapeva nemmeno lui che cosa.

“Possa farvi una domanda, don Marco?” fece poi. “Ma a voi davvero non viene mai nemmeno un dubbio?”

“Su che cosa?” domandò a sua volta il prete.

Gori mosse le mani come se l’altro avesse capito ma facesse il finto tonto. “Ci credete davvero che esiste chissà chi e chissà cosa? Avete la certezza assoluta che dopo che siamo morti succeda dell’altro?”

“E lei?” replicò il giovane sacerdote, che pareva divertito. “Lei ha l’assoluta certezza che invece no?”

Gori Misticò non seppe cosa rispondere.

“Ecco. La vediamo esattamente allo stesso modo.”

“A volte però mi capita di pensare,” disse Gori.

“A che cosa?”

“Un po’ a tutto. Alle persone che non ci sono più, a quelle che non ci sono mai state.”

“Ai nostri cari?” domandò il prete. “A chi ci ha voluto bene?”

“Non solo,” rispose Gori. “Anche quelli a cui abbiamo fatto del male.”

"Teme che nell'aldilà si vogliano vendicare?"

"No, macché. Voi mi dovete scusare la franchezza, ma io a questo aldilà non ci credo proprio. Per me, tutto quello che c'era da fare è nell'aldiqua. Dopo non c'è niente."

"Però lei pensa ancora alle persone che non ci sono più," obiettò il prete. "Ne prolunga la memoria. Le mantiene vive, seppure nel ricordo."

"I morti sono morti," ribatté Gori Misticò. "Noi possiamo tenerle a mente quanto vogliamo, ma i morti restano morti."

"Che cosa cercava qui, maresciallo?" gli domandò don Marco con quei sorrisi di cui solo i preti, ma non tutti, sono capaci.

Non glielo aveva chiesto come il padrone di casa si rivolge all'intruso. Avrebbe potuto farlo, datosìa che Gori Misticò in quella chiesa c'era entrato sì e no tre volte in tutto. Non era nemmeno stato battezzato lì, essendo nato altrove (ma siamo sicuri che fosse stato battezzato da qualche parte? Possibile che nemmeno il prete si fosse accorto che il suo cognome era sbagliato?). Né ci si era comunicato, cresimato o sposato. Il funerale di sua madre. Ecco, doveva essere stata quella l'ultima volta.

"Non lo so di preciso," rispose il maresciallo alzandosi dalla panca. "Qualsiasi cosa stessi cercando..." Si fermò. "Mi pare ormai tardi per tutto," riprese. "Qualsiasi cosa uno pensa di fare, ti accorgi che dovevi farla prima."

Ormai era davanti al portone. Guardò l'acquasantiera. Non si era segnato prima di entrare – che equivale a chiedere permesso – pertanto non gli sembrava il caso di segnarsi all'uscita, che è come dire grazie e arrivederci.

"Vuole che le dica che non è mai tardi? Che c'è sempre tempo finché abbiamo tempo?" disse il prete, che lo aveva accompagnato. "Invece è come dice lei. A volte è davvero troppo tardi e le cose che non abbiamo fatto non possono tornare indietro, le parole dette non possiamo rimangiarcele, e quelle che non abbiamo detto non potremo più dirle."

"Quindi è tutto un imbroglio," disse Gori Misticò.

"Forse," rispose don Marco. "Una truffa architettata, come dice lei, da chissà chi per chissà quale scopo. Forse solo divertirsi alle nostre spalle. La vita a volte sembra proprio una interminabile lista di errori. Però..."

"Però?" lo incoraggiò Gori.

"Però poi basta fare una sola cosa giusta, nel momento in cui possiamo farla," disse il prete.

Gori Misticò non pareva granché convinto.

"La aspetto alla processione," disse allora don Marco.

Dalla sua espressione si capiva che Misticò non aveva idea di quale processione si parlasse.

"La festa del santo patrono," spiegò il prete. "L'ha dimenticata anche lei?"

"Salvo altri impegni, cercherò di esserci," rispose il maresciallo.

"Non saremo in tanti," aggiunse don Marco, come scusandosi. "In paese non è rimasto nemmeno nessuno a suonare nella banda."

Gori però era già uscito e non colse quell'ultima frase. Riuscì però a scorgere Falco Celata di Lauria che si dirigeva a passo marziale verso l'ingresso della chiesa, come se si stesse recando a reclamare il pontificato.

San Telesforo Jonico
Stazione dei carabinieri

Il brigadiere capo Federico Costantino era riuscito a trovare la pagina web di Jessica Jolie sulla quale, oltre a una decina di foto della ragazza che lasciavano poco spazio ai malintesi e l'informazione che la titolare svolgeva le professioni di accompagnatrice privata e motivatrice di coppia, c'era anche un numero telefonico per contatti, informazioni e appuntamenti.

Chiamò, gli rispose un uomo che ascoltò la richiesta e, non senza un certo sospetto, gli diede un altro numero al quale rispose una voce di donna che lo dirottò verso un terzo numero. Qui, finalmente, il brigadiere riuscì a parlare con Jessica Jolie in persona, la quale, dandogli subito del tu, gli domandò quale fosse la mansione per la quale veniva richiesta la prestazione: accompagnatrice per cene barra meeting barra convention o motivatrice di coppia?

Benché non sapesse nemmeno lontanamente che cosa facesse una motivatrice di coppia, Federico Costantino rispose che la seconda gli sembrava la mansione che faceva al caso suo.

La ragazza lo informò allora che in quel periodo lei lavorava presso il Mister Mystery Private Club di Gambiàse Lido. Potevano incontrarsi lì, disse, così era più semplice. Insieme alla signora. E avrebbero potuto conoscersi e organizzare.

"La signora?" disse Federico Costantino.

"Tua moglie," disse Jessica.

"Veramente io non sarei ancora sposato," disse il brigadiere.

"Sta' tranquillo," replicò la ragazza. "All'ingresso non viene richiesto il certificato di matrimonio."

Concordarono giorno e ora, dopodiché l'accompagnatrice-motivatrice lo salutò allegando "un bacio da condividere", così si era raccomandata, " insieme alla tua metà".

San Telesforo Jonico
Rosticceria Da Piscopo

"C'è un qualchesìa che non va, maresciallo?" gli domandò Piscopo preoccupato.

"Tutto a posto, Rosario," lo rassicurò Gori. "È tutto buonissimo."

"Eh, sarà, ma però non avìti toccàtu màncu i pìpi chìni," insistette l'oste.

"Erano buonissimi, Rosari', solo che..."

Il maresciallo in aspettativa Gori Misticò si fermò, non se la sentiva di confessare a Rosario Piscopo come stavano davvero le cose, ossia che lui sapeva perfettamente che non solo i pìpi chìni, ma tutto il resto del menu del giorno – 'a pasta cu 'a cràpa, i proppìtti, 'a trippa cu i patàti e pure i frìttuli – erano sicurissimamente squisiti, ma che lui oggi, oltre a non sentire fame, non sentiva più nemmeno i sapori. E non per modo di dire. Sperava fosse un fatto transitorio, perché se mo' saltava fuori che, a causa di malattia e terapia, oltre a non potersi più farsi fare il massaggio romantico, non poteva gustarsi più nemmeno il mangiare tanto valeva farla finita all'istante.

"Maresciallo, permettetemi di portarvi una specialità che senza dubbio stuzzica 'u pitìttu pure a un morto, con rispetto parlando," disse Piscopo mostrandogli un sorriso complice.

"Rosari', lassa stàra," fece per dire Gori, ma l'altro gli mise una mano sul polso e gli fece segno rispettosamente di tacere.

"'Assàti fàra ammìa."

Scomparve nel retrobottega dal quale rispuntò dopo qualche minuto recando con sé un tegame basso ed evidentemente molto caldo. "Era assai che non li facevo," disse Rosario Piscopo eccitato come un bambino alla vigilia di Natale. "E manco mi ricordavo più la ricetta. Poi mi vinna 'ammènta di domandarlo a mia sorella Antonietta e allora mi ci sono provato."

Rosarino appoggiò il tegame sul tavolo dopo avere sistemato un rotondo di sughero isolante, quindi lo scoperchiò.

L'intenso profumo che si sprigionò avvolse Gori Misticò e lo trasportò a un tempo che non era questo, un luogo che non era questo, un uomo che non era lui.

Rivide per un istante rapidissimo e abbagliante visi perduti, udì voci dimenticate.

Si sentì chiamare da lontano – *Gorùzzu, torna a casa.*

Arrivo, mamma', rispondeva il bambino.

Giocare per strada. Un pallone mezzo sciancàto. Cani randagi. Sole a picco.

Una faccia conosciuta.

Tu come ti chiami?

Non mi riconosci?

Non mi ricordo.

Altri giochi. Un copertone di camion. Una folla di bambini come lui.

Che nome mi rappresenta Gregorio?

Mia mamma mi chiama Gori.

E tuo padre dov'è?

Un anno, due anni. Poi cinque. Dieci. Con la velocità di una stella cometa.

"Òva cu i ciculìdhi," annunciò Piscopo con un sussurro, come se presentasse la pietanza del re.

"Veramente?" domandò Gori. "E dove ti sei procurati i ciculìdhi? Manco sapevo che qualcuno li faceva ancora. Sono cose che non mangia più nessuno."

"Lasciate stare i particolari. Mangiate e poi mi dite."

Gori Misticò non poteva giurare che quello che sentiva fosse effettivamente il sapore di quel piatto o solo la memoria di quel sapore; sta di fatto che quella pietanza tanto semplice e antica gli tolse via un po' della malinconia che gli si stava di nuovo addensando nella mente e nel cuore.

"Sono buonissimi, Rosarino," disse quasi commosso.
"Ve l'ho detto, vi dovete fidare," replicò Piscopo. "E non vi preoccupate, maresciallo, ca tuttu s'aggiusta."

La madeleine calabra durò quello che durò, poi Gori Misticò uscì dalla rosticceria e compose il numero che il dottor Nicola Strangio gli aveva dato in caso di emergenze. Non si trattava di un'emergenza nel senso generale del termine, eppurtuttavia gli pareva che quello che aveva da dire necessitasse di una linea preposta. "Ti disturbo?" gli domandò.
"Certo che mi disturbi," rispose il medico. "Perché, avevi dei dubbi?"
"Ho deciso di interrompere," disse Gori Misticò senza girarci intorno. "Non voglio più andare avanti."
Sentì Strangio respirare profondo. "Che cosa vuoi interrompere?" domandò poi. "Di sparare cazzate non credo che tu sia capace. Quindi, immagino che tu ti riferisca alla terapia. È così?"
"Esattamente."
"Mi aspettavo che prima o poi ti veniva in mente 'na bella penzàta come questa, Gregorio," replicò Strangio con tono asciutto, quello dello sbirro che con amarezza constata l'indisponibilità dell'indiziato a collaborare. "Anzi, a dire la verità pensavo che te ne uscivi ben prima. A ogni modo, conoscendo quanto sei stupido, non mi sorprendo né ho intenzione di chiedertene ragione, perché tanto più che altre scemenze non mi diresti. Ragion per cui, senti quello che ti sto per dire, cazzùna: di qui alla fine del mese ti voglio in ospedale per continuare il ciclo, e se vedo che non sei arrivato ti giuro, quantèvvèralamadònna, che vengo nella tua bellissima Calabria e ti riporto qui a càci 'ntro cùlu. E mo' vedi di lasciarmi fottere ché oggi la dose quotidiana di cazzate l'ho già avuta."

Al funerale di Michele l'unico con gli occhi asciutti era Nicola. Gori ci mise qualche tempo prima di decifrare quell'atteggiamento che gli era parso freddo e distante. Fu quando, trascorsi alcuni anni durante i quali lui e Nicola si erano persi di vista, ritrovò l'amico che, nel frattempo diventato medico, lavorava presso il pronto soccorso di un ospedale di Firenze, città dove Gori frequentava la scuola per sottufficiali. C'era stata un'esplosione in una palazzina. Una fuga di gas. Due piani venuti giù come una casa di sabbia. Lo aveva visto prendersi cura delle persone coinvolte, gente che urlava di dolore e paura. Lo aveva guardato mentre suturava e immobilizzava, fermava emorragie e riattivava il battito del cuore. Senza mai perdere la calma, facendo quello che andava fatto, non più di quello ma nemmeno meno di quello.

Fu lì che Gori comprese la ragione di quell'assenza di lacrime mentre seguivano la cassa dell'amico morto a sedici anni, e capì che il dolore è un mostro liquido e mutaforma, che prende l'aspetto del contenitore che abita ma che non cambia mai la sua natura terribile e devastante, la cui sola qualità, se ce n'è davvero una, è di tirare fuori l'intima natura di ciascuno, le qualità insospettate – se ne ce ne sono – o i limiti più profondi.

Gori Misticò sapeva a che cosa stava pensando Nicola Strangio, riusciva a percepirne la reale e acuta preoccupazione, sapeva che era in pena per lui e sapeva anche che quella fantomatica minaccia era tutto fuorché astratta: Nicola era davvero capace di raggiungerlo e costringerlo a seguirlo in ospedale.

Federico Costantino lo chiamò dal telefono dell'ufficio per relazionare dell'avvenuto contatto con Jessica Jolie, al secolo Melis Pietrina. Avrebbe dovuto incontrare l'accompagnatrice-motivatrice quello stesso sabato, presso il Mister Mystery di Gambiàse Lido. Altre possibilità purtroppo non ce n'erano, giacché la professionista di terapia di coppia era spesso in viaggio.

"Molto bene, brigadiere," disse Gori Misticò distrattamente. "Ottimo lavoro."

Costantino non si decideva a riagganciare, segno che c'era dell'altro in sospeso.

"Che c'è?" domandò il maresciallo. "Ti 'mbrigàsti ancora con Ausilia? Te l'ho già detto, Costantino, non sono la persona giusta per stare a sentire patemi d'amore."

"No, non è questo," disse il giovane carabiniere.

"E allora qual è il problema?"

"Il problema è il locale," disse Federico Costantino con cautela, come se avesse paura di toccare l'argomento.

"Vale a dire?"

"Il tipo di locale dove dovrei incontrare la teste e accertarmi della sua attendibilità."

"Perché, che tipo di locale è?"

"È un locale, maresciallo..." disse il brigadiere con vaghezza.

"Ho capito che è un locale, Costantino. Vorrei sapere che tipo di locale è. Un bar, un ristorante, una ferramenta."

"Io pensavo che era un bar. E invece è una specie di discoteca," rispose l'altro con riluttanza. "Dove però non si va per ballare."

Gori Misticò esalò un respiro lungo e scrollò la testa. "Senti, Costantino, non voglio incazzarmi a quest'ora, che c'è ancora mezza giornata davanti. Però vorrei che ti spiegassi prima che viene notte."

"Cercate di capire, maresciallo," disse il brigadiere abbassando la voce per non farsi sentire dal carabiniere semplice Lo Cardo Ludovico che aveva allungato il collo per capire l'argomento. "È un posto per uomini e donne. Per mariti e mogli. Un locale privato."

"Un locale per scambisti? È questo?"

"Esattamente."

"E hai paura a dire la parola?"

Federico Costantino, in effetti, dall'altro capo del telefono si era fatto rosso in volto. "Che cosa devo fare, maresciallo?"

"E che cosa vorresti fare? Vai nel locale in incognito, ti spacci per cliente, trovi la ragazza e ci parli."

"Ma veramente gli devo fare quella domanda su... come si dice... sui genitali del barone?"

"Era solo un'idea, brigadiere," rispose Gori Misticò con pazienza via via in fase di esaurimento. "Se non ti senti di affrontare l'argomento trova tu un altro modo. Califano vuole sapere se la ragazza sta dicendo la verità, e in quel caso il movente passionale potrebbe davvero delinearsi, oppure se qualcuno le ha detto di andare a raccontare la storiella dell'amante, e allora sarebbe un altro scenario. Prima ci parli e prima lo sapremo."

"No, è impossibile, maresciallo," disse il brigadiere risoluto.

"È perché è impossibile?"

"Perché da soli in quel locale non fanno entrare a nessuno. Bisogna andarci con la moglie."

"E tu vacci con tua moglie."

"Ma io ancora sono schietto."

"Intendevo dire la zzìta tua."

Il brigadiere approfittò del fatto che Gori Misticò non potesse vederlo per mettere su l'espressione incredula di chi ha appena sentito una scandalosa fregnaccia. "E secondo voi io posso portare Ausilia in un posto come a quello?"

"Non puoi? E allora trovati qualcun altro," replicò Gori. "Un'amica, una conoscente."

"Eh, sì, come no. Voi penzàte come la prendesse Ausilia sapendo che sono andato insieme a un'altra femmina in un locale dove a certi mariti gli piace guardare la moglie che va con gli altri uomini."

Gori Misticò ne aveva abbastanza. "Senti un po', Costanti'," disse sbrigativo. "Tu mi chiedi che cosa devi fare, io ti dico che cosa secondo me dovresti fare e tu mi rispondi che non lo vuoi fare. Quando la finisci di fare 'u cacadùbbi mi richiami, d'accordo?"

Mise giù e poi rimase a fissare il display del cellulare fermo sulla voce della rubrica che diceva NICOLA senza decidere il da farsi.

Comune di San Telesforo Jonico
Località Tre Croci, detta anche Celata
Palazzo Lauria

Al dodicesimo giorno di arresto domiciliare, dall'ala del palazzo dove si trovava segregata, la baronessa Silene Celata di Lauria aveva appena finito di dare incarico a Pinuccio Menabarca del Foro di Reggio Calabria – l'unica persona autorizzata a incontrare – di rispondere alla richiesta di chiarimenti da parte del sostituto procuratore Girolamo Califano del tribunale di Catanzaro in merito alla presunta relazione tra il coniuge scomparso, Vittorio Celata di Lauria, e la signorina Melis Pietrina.

"Può tranquillamente dire al signor magistrato che è la prima volta che ne sento parlare," disse la baronessa senza alzare gli occhi da certe carte che stava firmando e che affollavano l'ampio tavolo di legno. Le sue parole riempivano l'enorme spazio della biblioteca riverberando una vaga eco.

"Nel senso che ne eravate all'oscuro?" domandò l'uomo, fermo in piedi al centro del tappeto persiano, sulla perpendicolare del lampadario Murano a trentasei luci. Quello spazio lo faceva sembrare fuori posto, ospite indesiderato ma autorizzato a rimanere, intruso dotato di lasciapassare. "Fareste la figura dell'ingenua e questo non vi aiuterebbe."

"Nel senso che è una stupidaggine," replicò donna Silene. Alzò gli occhi. "Mio marito non aveva alcuna relazione. Precisi al magistrato che non ho idea di chi abbia messo in giro questa fandonia," concluse.

"Signora, questa non è una fandonia," disse l'uomo scandendo le singole parole. "Questo tecnicamente si chiama depistaggio. Qualcuno ha istruito la ragazza affinché andasse dal sostituto procuratore a raccontare questa storia."

"E perché qualcuno si sarebbe dovuto inventare una sciocchezza del genere?"

"Per aggravare la vostra posizione," rispose Menabarca, incredulo che la baronessa non capisse – o fingesse di non capire. La negazione della realtà era arrivata al punto da non farle vedere l'ovvio? "Per fabbricare un movente contro di voi, dopo avere nascosto in camera vostra l'arma del delitto."

"Converrà che come movente è alquanto poco credibile," ribatté donna Silene tentando un sorriso distaccato. "Se davvero qualcuno si è preso l'incomodo, ne trarrà ben poco beneficio."

"Intanto è riuscito a instillare il dubbio nel magistrato, che dovrà tenerne conto," replicò Menabarca. "Signora, qualcuno vi sta mettendo pressione," concluse, come se cercasse di farle aprire gli occhi. "E voi sapete a chi mi riferisco."

"Se lei pensa che mio figlio possa arrivare a tanto è decisamente fuori strada, avvocato," rispose la baronessa. "Falco non possiede tanta malizia."

"I fatti dicono il contrario," disse con tono asciutto Menabarca. "E la situazione potrebbe essere ben più grave. La mia idea è che vostro figlio si stia facendo manovrare da qualcuno assai più furbo di lui e ben più determinato. Qualcuno che vuole costringervi a fare ciò che vostro marito non accettava di fare. E non è avventato pensare che lo stesso pupàro che sta facendo fesso vostro figlio sia colui il quale beneficerà dell'operazione. Di Teodoro, baronessa, mira alla vostra terra e farà di tutto per impossessarsene. E tutta questa messinscena potrebbe travolgere tutti. Il sottoscritto, voi e anche vostro figlio. Vi esorto a non prendere alla leggera quanto sta accadendo."

Menabarca si fermò. Alzò lo sguardo, si guardò intorno, quasi fosse la prima volta che vedeva quella stanza. "La situazione sta per esplodere, signora," riprese tornando a guardare Silene. "Vostro figlio non se ne rende conto, vivendo nel suo mondo immaginario. Ma noi sì. E dobbiamo fare qualcosa."

"E che cosa?" domandò Silene insospettendosi.

"Convincerlo a costituirsi," rispose prontamente l'avvocato.

"Mio figlio non è accusato di niente," replicò subito Silene. "Non è neppure sospettato."

"Potrebbe ammettere un fatto accidentale," riprese Menabarca come se non avesse neppure sentito. "Un evento colposo. Lo potrei difendere io personalmente, se voi siete d'accordo."

"Mio figlio non è accusato di niente," ripeté Silene scandendo le parole. "E se ci comportassimo come lei suggerisce dovremmo giustificare la presenza di quell'arma, dire a chi apparteneva. Salterebbe fuori quell'uomo, mi chiederebbero la ragione per cui si trovava in casa mia, che cosa volesse da me. Scoprirebbero che si tratta di quel morto. Anche lei sarebbe coinvolto. Ci ha pensato?"

"Io proprio non vi capisco, Silene," disse Menabarca che sembrava stesse per perdere il controllo. Sudava, era molto affannato. "Che cosa pensate di fare? Aspettare che tutti si dimentichino che vostro marito è stato ucciso? Pensate che il magistrato si stancherà di indagare, che tutto verrà insabbiato? Non accadrà niente di tutto questo, statene sicura. Prima o poi scoperchieranno la pentola e saranno dolori per tutti. Scopriranno tutto. Mi capisci, Silene? Tutto. Se invece Falco racconta quello che ha combinato, un motivo per giustificare la pistola lo troveremo. È la soluzione migliore, quella che provocherà meno danni collaterali."

"E mio figlio andrà in prigione," esclamò Silene zittendolo. Si era alzata e parlava da dietro quella immensa scrivania come un giudice accusatore, un tribuno del popolo, come chi urla la propria ingiusta condanna. "Ti sembra qualcosa che io sia disposta ad accettare, Pinuccio? Ci conosciamo da più di trent'anni, ho accettato la tua presenza per ragioni che solo io e te sappiamo. Ho tollerato le tue azioni di cui conoscevo e conosco ogni particolare, so che hai approfittato del tuo ruolo nella fondazione per intascarti denaro che non ti spettava. Ho sopportato la tua doppiezza, il tuo disinteresse rispetto a quello che mi sono sforzata di fare per tutta la mia vita. L'ho fatto fino a ora perché ne ero costretta. Ma non credere che ti guarderò impassibile mentre cerchi di rovinare la vita di mio figlio. L'animale più pericoloso in natura è la madre, avvocato Menabarca. Non te lo dimenticare mai."

Si fermò. Aveva il respiro pesante e le mani chiuse a pugno. Si sentiva esausta, quella conversazione le aveva tolto ogni residua energia.

Menabarca si alzò preparandosi ad andare. "Prima o poi scopriranno quello che è successo, Silene," si limitò a dire. "E andremo tutti a fondo, me e te compresi. E anche quel fenomeno di tuo figlio. Ma se credi che io starò a guardare calmo e tranquillo mentre tu cerchi di rovinare la mia vita, allora vuol dire che trent'anni non ti sono bastati per capire chi è davvero Pinuccio Menabarca."

Silene Celata tacque. Non era più una ragazza ma la sua mente era rimasta lucida come quando era giovane. Aveva preso decisioni ben più complesse di quella e non le ci era mai voluto troppo tempo per scegliere quale fosse la cosa migliore da fare.

Si rimise seduta al suo tavolo di lavoro. "Riguardo alla testimonianza di quella ragazza, ti prego di rispondere al magistrato come ti ho suggerito," disse, abbassando di nuovo lo sguardo su altri documenti da firmare. "Dopodiché credo che la cosa migliore sia che tu non segua più questa vicenda dal punto di vista legale."

L'uomo rimase sorpreso. Si asciugò con la manica la fronte sudata. Ma poi assorbì il colpo e si fece vagamente minaccioso. "Davvero?" disse. "Sei certa che questa sia la decisione migliore per te?"

"Il tuo ruolo nella fondazione continuerà fino a prossima decisione," continuò Silene Celata. "Ma il rapporto tra legale e cliente, come sai meglio di me, è basato sulla fiducia reciproca."

"E tu non hai più fiducia in me?"

"Tu hai ragione, questa questione potrebbe danneggiarti e ciò mi addolorerebbe molto," disse Silene senza rispondere direttamente. "Ecco perché è meglio anche per te che le nostre strade si dividano."

Silene si accorse che lo sguardo dell'uomo si era fatto sospettoso. "Ti do la mia parola che da me non avrai mai nulla da temere, Giuseppe," aggiunse con tono fermo. "Le confidenze che ci hanno unito in questi anni, le complicità..."

"I segreti," la interruppe l'uomo.

"Sì, anche quelli," rispose Silene. "Resteranno tra noi. Fidati di me."

L'uomo uscì, questa volta senza salutare.

L'avvocato Pinuccio Menabarca svolse l'ultimo compito professionale affidatogli dalla baronessa di Lauria, dopodiché, terminato di parlare con Califano al quale aveva riferito che il barone Vittorio Celata non aveva alcuna relazione extraconiugale, ritenne che fosse indispensabile stendere sotto di sé una rete di sicurezza.

Non si sentiva al sicuro, giacché oggettivamente non lo era. Alle rassicurazioni di donna Silene poteva anche credere, ma quel grandissimo cornuto del figlio era una mina vagante, capace di qualsiasi cosa. E dove non sarebbe arrivato lui, potevano arrivare i pupàri che lo manovravano. Brutta gente, a cominciare da quel poco di buono dell'ingegner Di Teodoro. Pertanto, era urgente iniziare una manovra di contenimento del danno.

Estrasse il telefono dalla tasca interna della giacca, mosse alcuni tasti in modo da nascondere il proprio numero. Chiamò. Chiese del comandante. Una voce assonnata gli fornì un altro numero. Lo compose.

Occupato.

San Telesforo Jonico
Strade

Girolamo Califano ormai non si dava più disturbo di fingere che Gori Misticò non fosse coinvolto in quella indagine che lo stava letteralmente cacciàndo pazzo. Era venuto a conoscenza di un articolo scritto da un giornalista inglese o tedesco o francese – chiunque fosse, uno che non si faceva i cazzi suoi – che su un sito straniero aveva tirato fuori la storia del barone morto sparato, con la scusa che la moglie era una filantropa di fama internazionale. Mo' a voi vi pare giusto, ragionava tra sé Califano, che la stampa nazionale giustamente non ficca il naso in certe cose e gli stranieri invece si mettono a parlare di questioni che non li riguardano?

Per il momento, è vero, l'attenzione del corpo inquirente era ancora concentrata sull'esecuzione del capocosca Marrànciu; ma era un attimo che il procuratore in persona lo convocasse per chiedergli ragione di quell'inchiesta che minacciava di avvitarsi su se stessa come un aliante andato in stallo. E magari assegnasse il caso a qualcuno più giovane. Addio per sempre a ogni sogno di carriera.

Califano chiamava Misticò a intervalli regolari, come il marito sospettoso che vuole sincerarsi dei movimenti di una moglie troppo vivace.

L'ultima telefonata lo raggiunse appena fuori dalla rosticceria di Rosarino Piscopo. Gori si mandò da solo a fare in culo per averlo acceso, a quel cazzo di cellulare.

Rimase a sentire l'ennesima lamentela del sostituto procuratore, la cui sonata era sempre la stessa: il tampone negativo, l'alibi, il movente, l'amante e un assassino che pareva non potere ragionevolmente esistere. Il maresciallo tentò nuovamente di convincere Califano a considerare il terzo incomodo, oltre alla baronessa e al figlio, ossia l'ucraino trovato orvicàtu a Tràca dello Spùlico, ma ogni volta che lo nominava, al magistrato gli veniva il ballo di san Vito.

"Basta con 'ste fantasie, maresciallo," strillò con la voce che saliva di frequenza fino a sfiorare il registro del soprano. "Basta cu 'stu càzzu 'e ucraino che nessuno sa da dove veniva né perché è stato fatto fuori. È inutile fare con più quel che si può fare col meno. Restiamo sul semplice. Tra l'altro, di questo fatto se ne sta occupando il collega Papasòdaro, pertanto non è mia competenza."

"Dottore, la pistola è di fabbricazione ucraina e il morto è verosimilmente ucraino," disse Gori Misticò con tono paziente. Cercava di fare ragionare 'stu turddùna che invece non ne voleva sapere. "Può essere una coincidenza?"

"E perché non può essere una coincidenza?" replicò il magistrato. "Che avete voi contro le coincidenze? Le coincidenze avvengono a ogni minuto. Sapete chi ho incontrato per strada l'altro giorno? Un vecchio compagno di scuola che non vedevo da anni."

"Scusate, ma mo' questo che cazzo c'entra?"

"Maresciallo Misticò, ve lo domando un'altra volta: voi mi dovete dire se volete collaborare o mettervi di traverso," disse Califano come se fosse l'ultima offerta.

Io non vorrei mettermi né di traverso né perpendicolare, pensava Gori Misticò. Io me ne potrei sbattere la minchia di te e del barone. Non sono più carabiniere, ho un cancro e non so quanto ho ancora da vivere. Tu, invece, scoppi di salute e l'unica cosa che ti preoccupa è avanzare di grado. E dopo che io ti avrò risolto il caso e sarò dentro una cassa di legno, tu, come hai sempre fatto, racconterai agli amici tuoi di quanto sei stato abile e astuto. E non una parola su di me. Quindi, magistrato strabico e ottuso, continuava a pensare Gori, mi spieghi perché cazzo dovrei aiutarti?

"Considerate che il vostro pupillo, o come lo volete definire, potrebbe uscirne molto bene," disse Califano, ora con il tono suadente della prostituta navigata.

Gori tacque per qualche secondo. "Dite davvero?" domandò.

"Dico davvero," rispose il magistrato. "Una promozione sarebbe d'uopo."

"Ho la vostra parola?" lo incalzò Gori. "Anzi, no," aggiunse subito dopo, "scusate, ma della vostra parola non so proprio che farmene. Mi dovete dare un impegno ufficiale, anzi scritto, che il lavoro del brigadiere Federico Costantino sarà adeguatamente riconosciuto."

"State tranquillo, lo vedrete coi vostri occhi," lo rassicurò Califano. "Di qui a un anno il brigadiere..."

"Un impegno scritto," lo interruppe Gori Misticò deciso. "E non di qui a un anno. Arrivo da voi tra un'ora e me lo mettete nero su bianco."

Non attese nemmeno che Califano rispondesse e, siccome gli girava la testa, dovette sedersi su un guard-rail.

Il telefono gli squillò di nuovo.

Questa è una giornata in cui rotture di palle non ne volevo avere, pensava Gori Misticò, e invece ecco che le rotture arrivano lo stesso, in continuazione e perdipiù inaspettate, peggio dei pollini di primavera, dei temporali e degli stronzi di cane per strada.

Guardò il display. NUMERO SCONOSCIUTO. La consegna che si era sempre dato era di rispondere solo se il chiamante era noto. E non sempre. Anzi, il più delle volte era il caso di ignorare la telefonata pure se conoscevi chi ti chiamava, perché tanto più che seccature non erano. Invece, rispose.

"Maresciallo Misticò," disse una voce sconosciuta. "Ho qualcosa da dirti."

"Davvero? E posso anzitutto cortesemente sapere con chi sto parlando?" disse Gori con cazzìmma già crescente. "E già che ci troviamo sull'argomento, ti è possibile altresì gentilmente comunicarmi come hai fatto ad avere questo numero?"

"Il barone l'ha ammazzato Falco Celata. E pure la pistola in camera della baronessa ce l'ha messa lui," disse la voce. "Quel mascalzone vuole inguaiare sua madre."

"Davvero?" domandò Gori Misticò fingendo di non crederci. "E a quale scopo, tutto 'stu tiàtru?"

"Ionian Coast." rispose la voce. "C'è di mezzo un tale di Di Teodoro. Vai a vedere di che cosa si tratta e capirai."

E mise giù senza che Misticò potesse dirgli grazie, arrivederci o vaffanculo.

Che giornata di merda, sussurrò tra sé Gori. Il solo pensare che aveva finora vissuto – bene o male, in allegria o in pena – circa sedicimila giorni e che quelli che gli rimanevano gli toccasse di passarli in mezzo ai burdèlli d'altri faceva venire voglia di jastimàra pure a uno come lui che, benché ateo, non lo aveva mai fatto.

Ma la cosa che davvero gli dava più fastidio era mettersi in macchina e guidare fino a Catanzaro. A quella cazzo di ora. Su quella cazzo di strada. Con quel cazzo di traffico.

San Telesforo Jonico
Via Roma 16
Abitazione di Gori Misticò

Avvicinandosi alla porta lo incuriosì un rumore, una specie di lieve rombo che partiva, durava qualche secondo e poi smetteva. E poi ripartiva e poi rismetteva. Il rombo copriva quello che pareva un chiacchiericcio televisivo, che poi tornava udibile quando il rombo cessava per poi sparire quando ripartiva il rombo.

Era chiaro che a mettere insieme quel contrappunto non poteva che essere Catena, datosìa che oggi era giovedì.

Rombo.

Televisione.

Rombo.

Televisione.

Rombo.

Aprì la porta.

Il rombo cessò e dopo qualche secondo pure la televisione. Ma solo l'audio, ché invece il video era rimasto. Trasmettevano un litigio tra due scosciate, moderato da una più scosciata di loro e apparentemente senza mutande la quale con grandi gesti esortava a tenere i toni bassi per via del decoro.

"Siete tornato in anticipo," constatò Catena ancora con il telecomando in mano. Aveva una quasi impercettibile notarella di fastidio nella voce.

"Ti avevo mandato un fax ma deve essersi finita la carta," rispose Misticò andando verso la camera.

"Come dicìti, maresciallo?"

"Che prendo una cosa e me ne esco. Scusa se ti ho disturbato, Cate'," disse Gori a voce alta per farsi sentire dalla camera da letto.

"Questa è casa vostra," concesse Catena, non senza una certa condiscendenza. Si sentiva che un poco le dispiaceva.

“La proprietà è un furto, si diceva una volta,” rispose Gori Misticò andando in cucina per bere un goccio d’acqua che gli mandasse giù l’antidolorifico. “Riprenditi a guardare la televisione,” le disse, “prima che ti perdi qualche frammento del dibattito.”

Poi sulla porta si fermò come ricordandosi qualcosa e si voltò.

Guardò Catena.

La donna comprese la domanda silenziosa.

“Quando passo l’aspirapòlvara mi spàgno sempre che arriva qualcuno e che senza che io lo sento mi aggrède ai spalli,” spiegò con un poco di vergogna. “Per questo che controllo sempre. Non so perché mi è venuta questa malatìa.”

“Statti tranquilla, Catena,” la rassicurò Gori. “Ognuno tiene le proprie paure.”

Miche’, sono un uomo incoerente, pensava Misticò salendo sulla 500 che negli ultimi dodici mesi, esclusa la trasferta napoletana, aveva percorso manco duemila chilometri (cosa che se Gori si accattàva ’nu ciucciu era la stessa cosa. Anzi, meglio, ché un ciuccio manco lo devi assicurare. Basta che gli dai pàgghia e fieno ricogghjùtu e la bestia è cuntènta). Sono un uomo incoerente e ipocrita, amico mio. Dico che non me ne fotte più di niente, parlo, parlo che sembra che da un momento all’altro mi butto da un ponte e poi, invece di buttarmi per davvero, mi intossico di pastiglie di oppio al solo scopo di poter tirare avanti.

Infatti. Chi ti capisce è bravo, gli rispose Michele. *Ne riparliamo appena ci rivediamo.*

Tra poco, allora.

Quando sarà. Certo, non ci vorrà tanto.

Gori avviò l’automobile preparandosi a trascorrere in quello spazio angusto la prossima ora, sempre che non ci fosse traffico.

Catanzaro
Sede della Procura della Repubblica

Traffico non ce n'era, ma Gori Misticò ci impiegò lo stesso un'ora e mezza per arrivare da San Telesforo alla sede della Procura di Catanzaro. Si era dovuto fermare presso una stazione di servizio della Statale 106 perché gli occhi non gli sopportavano più la luce e il biancore del cielo si era fatto abbagliante. Anche fotofobia e mosche volanti facevano parte del pacchetto effetti collaterali della chemio che Nicola Strangio gli aveva anticipato. "Appena senti che la vista ti cala, ti fermi e aspetti che ti passa," aveva spiegato. "Questione di minuti."

I minuti erano stati almeno venti, però alla fine la vista gli era tornata normale e Gori fu così in grado di coprire i trenta chilometri mancanti al palazzo della Procura.

Si strinsero la mano senza troppe cerimonie. Era da tempo che magistrato e maresciallo non si vedevano di persona, e Gori si domandò se Califano si sarebbe accorto di qualcosa del suo stato di salute – negli ultimi giorni aveva perso ulteriore peso, non tanto da far pensare a una malattia, ma un po' troppo per uno che semplicemente si era messo a dieta. Lo strabismo di Califano, invece, era decisamente peggiorato: mo' pareva un giocatore di biliardo che con un occhio controlla le biglie e con l'altro segna i punti. Gori cercò di non metterlo in imbarazzo e si ripromise di fissargli, per tutto il corso della conversazione, il labbro superiore, dandogli così l'impressione che lo stava guardando negli occhi.

"Avanti, sentiamo," disse Califano mettendosi seduto dietro una scrivania sulla quale pencolavano torri di carte inevase, come monumenti all'imputato ignoto.

Sarà stato per il colletto della camicia slacciato, il nodo della cravatta malfatto, l'odore di stantìo e di occasioni perdute che aleggiava in quello stanzino di dieci metri quadri scarsi, sta di fatto che a Gori Misticò il magistrato ispirò per la prima volta in vita sua un sentimento di sincera pena. Ebbe la sensazione, anzi, la certezza, che quell'esortazione – *Sentiamo* – apparentemente arrogante fosse in realtà una richiesta di aiuto. Quell'ultima inchiesta lo poteva segnare, gli poteva sporcare la reputazione. Ma, più di ogni altra cosa, poteva incidere sull'assegno mensile. Andava risolta, in un modo o nell'altro.

Califano gli indicò un punto che poteva essere la sedia dove sedersi o la porticina del bagno dove andare a pisciare.

Gori si sistemò ben bene il culo. "La baronessa non ha sparato, dottore," esordì. "E la pistola nella camera di donna Silene ce l'ha messa il figlio. Lo sapete voi e da stamattina lo so anch'io."

Lo ragguagliò sulla telefonata anonima, precisando che non aveva idea di chi lo avesse chiamato né quali fossero le reali intenzioni dello sconosciuto. Quello che sembrava certo era che fosse uno che sapeva com'erano andate le cose.

"E perché mai avrebbero chiamato voi anziché me?" domandò sospettoso Califano.

"Non saprei," rispose Gori. "Forse era qualcuno che pensava fossi tuttora in servizio effettivo."

"Spero che non vi venga in mente di chiedermi di controllare utenze telefoniche, ché la mia vita è già un disastro così," lo avvisò Califano.

"Non vi ho chiesto niente né ho intenzione di farlo," lo rassicurò freddamente Gori Misticò.

"Magari qualcuno sa che vi state occupando della questione," riprese il sostituto procuratore con cattiveria repressa, simile a quella del bambino che sa chi è stato a rubargli il pallone ma non può fare il nome perché sa di averlo rubato a sua volta. "Forse l'impegno alla discrezione che doveva essere reciproco voi non lo state osservando."

"Non ho parlato con nessuno, signor magistrato," rispose

Gori. "Se non con il mio ex sottoposto il cui contributo mi pare di capire voi stiate apprezzando."

Le parole e il tono di Gori Misticò convinsero Califano che aveva poco da fare 'u spucchiùsu. Gli investigatori che aveva messo in campo non erano in grado di dargli le risposte che cercava. Almeno non nei tempi che aveva richiesto, che erano alquanto ristretti.

"A proposito del brigadiere Costantino..." fece per dire Gori, ma Califano lo stoppò.

"Be', ecco... Ho controllato il regolamento, maresciallo," disse con tono fintamente contrito. "Purtroppo non posso impegnarmi per iscritto. Un sostituto procuratore non fa raccomandazioni né segnalazioni per promozioni o avanzamenti di carriera. Però vi ho dato la mia parola che il brigadiere sarà lodato come merita e la manterrò. Lo stesso vale per la vostra Arma. Più di così non posso fare. E adesso torniamo ai fatti, se non vi spiace."

Gli fece segno di aspettare a parlare. Andò a chiudere la porta dell'ufficio, poi accostò pure le ante della finestra che dava su un cortiletto interno dove cani e gatti vivevano in pace spartendosi equamente l'immondizia trovata nei bidoni. Si rimise seduto. "È vero, la baronessa quasi certamente non ha sparato," dovette ammettere. Sembrò per un istante pensare a qualcosa da aggiungere, poi cambiò idea e si alzò. "Ma ugualmente la pistola stava nella càmmara sua, non nella mia e nemmeno nella vostra. Voi dite che potrebbe avercela messa il figlio, ma io sicurezze non ne ho. E il movente passionale potrebbe essere confermato."

"Potrebbe," disse Gori rimanendo fermo nella stessa posizione. "Oppure potrebbe che no. Vediamo cosa dice Costantino."

"Comunque, siamo al punto di partenza. Il figlio tiene l'alibi," disse Califano, e si vedeva che gli dispiaceva.

Benché nessuno lo avesse convocato, l'ingegnere Ferdinando Di Teodoro era stato il primo a correre in Procura e confermare la circostanza. Al termine della deposizione, Califano aveva dovuto aparìre la finestra per fare uscire la nuvola di dopobarba che aleggiava nella stanza.

"Di Teodoro, eh?" domandò Gori Misticò. "E lui che ci azzeccherebbe secondo voi?"

"A me me lo chiedete?" replicò Califano. "Si sa che la gente gli piace di immischiarsi nei fatti altrui."

Di Teodoro aveva dichiarato che c'erano almeno venti persone pronte a testimoniare che Falco Celata di Lauria era stato impegnato in una riunione di lavoro presso l'albergo Santa Leonarda di Capo Colonna fino a tarda notte. La tortura di stare a sentire venti cristiani che gli avrebbero sostanzialmente detto la stessa cosa, Califano non aveva alcuna intenzione di affrontarla. Falco Celata stava davvero in quell'albergo? Sissignore. Avrebbe teoricamente potuto andare, sparare e tornare? Sì, ma, perlappunto, solo teoricamente. E, comunque, pure su di lui lo stub aveva dato esito negativo, benché con risultati meno certi, quindi non stiamo qui a perdere tempo per niente.

Califano alzò occhi, supplice, verso Gori. Il maresciallo distolse lo sguardo e finse di controllarsi se non gli si fosse slacciata una scarpa (indossava mocassini).

"Quindi?"

"Quindi lo sapete," disse Gori Misticò risoluto. "Ci sarebbe l'ucraino."

"E 'ncùlu cu 'stu ucraino!" sbottò Califano. "Quanto cazzo di volte ve lo debbo dire? L'ucraino non c'entra, l'ucraino non mi riguarda, l'ucraino non me ne fotte."

"La pistola era molto probabilmente sua," insistette Misticò paziente. "In Italia le Fort non le usa nessuno. Sono armi utilizzate dalla polizia ucraina. Potreste fare una ricerca per vedere se per caso un poliziotto ucraino risulta scomparso senza spiegazione."

"Nossignore," ribatté il magistrato. "Non ci penso nemmeno. Sapete quanto mi ci vorrebbe? Mesi. Un anno. E poi, la pistola poteva essere di chiunque," aggiunse mettendo su un tono da bulletto. "Le pistole non hanno la targa di chi è il padrone della medesima."

"In casa Celata il brigadiere Costantino ha trovato una moneta ucraina," aggiunse Gori mostrando la sopportazione di un Buddha sotto ansiolitici.

"Una moneta non dimostra un bel niente. E comunque, l'ucraino, sempre ammesso che fosse ucraino, era già morto e il barone era ancora vivo."

Questo era vero, pensava Gori, però chiunque avesse sparato, aveva usato l'arma che poteva essere dell'ucraino. "Avete per caso sentito parlare di Ionian Coast?" disse improvvisamente.

Califano gli mostrò la stessa espressione dubbiosa che potrebbe esibire una cràpa davanti a un dipinto della scuola raffaellita. "Ionio Cost?" disse. "Non mi risulta. Di che si tratta?"

"Potrebbe essere un progetto edilizio. Anzi, con tutta probabilità lo è. Una speculazione. Ci stanno di mezzo pure i russi."

Quell'ultima parola fece cambiare completamente l'espressione del viso di Califano. "Russi..." ripeté, come per vedere come suonava. "Avete detto russi?"

Si alzò deciso. "Eh già, potrebbe essere così," disse seguendo un improvviso filo di pensieri che doveva averlo colpito molto a giudicare dalla bocca tenuta semiaperta come una vongola verace. "Ma certo! Le barche a vela che i trafficanti usano per trasportare i migranti." Si rivolse a Gori Misticò con un viso nuovamente illuminato a festa. "Sapete di che nazionalità sono quei trafficanti, maresciallo? Non lo sapete? E allora ve lo dico io. Sono russi. Esattamente. Me ne ha parlato il collega Tamburo che segue l'inchiesta." Gori pareva incantato, come se si trovasse davanti alla statua del più grande babbeo della storia a cavallo. "Russia, Ucraina..." riprese Califano anticipando l'obiezione e muovendo le mani quasi stesse soppesando gli immaginari coglioni di un toro gigante. "Cambia poco."

"E quindi la vostra nuova ipotesi quale sarebbe?" disse Gori Misticò domandandosi se la sua fosse reale curiosità o pura perversione intellettuale.

Sentendosi già un po' provato per tutto quel ragionamento, Califano si dovette rimettere seduto. "La mia nuova ipotesi investigativa, ovviamente da valutare e comprovare, anche perché la sto componendo in tempo reale mentre vi sto parlando, è la seguente: i Celata potrebbero, e sottolineo potrebbero, essere stati coinvolti, forse loro malgrado, nel racket migratorio. L'uccisione del barone potrebbe essere pertanto la conseguenza di una minaccia o forse un regolamento di conti fra trafficanti russi."

Gori stava zitto e immobile, atteggiamento che Califano ritenne fosse ammirato stupore. "Dovreste essere contento, maresciallo," riprese il magistrato tutto soddisfatto. "Siete stato voi stesso al tempo dell'inchiesta sul traffico di munizioni a convincermi che in alcuni casi è d'uopo allargare il campo per comprendere meglio la dinamica dei fatti."

Gori Misticò continuava a non dire niente ma adesso Califano aveva capito la reale natura di quel silenzio e si rese conto da solo che stava cuntàndu una catasta di cazzate che ci si poteva riempire una mezza cava di tufo. La pista del traffico di migranti in barca a vela, insomma, com'era nata, già si era volatilizzata nell'aria.

"Sì, però non è che qualsiasi ipotesi io faccio la dobbiamo jettàra a màra," aggiunse con una frustrazione che a momenti lo faceva scoppiare a piangere. "Qualcuno l'avrà pure ammazzato a 'stu cùnnu 'e bbarùni."

Perché non era come alla televisione?, si domandava il magistrato. Quando il poliziotto o chi per lui guarda una fotografia sul computer poi ingrandisce l'immagine e si accorge che sulle lenti degli occhiali è riflessa la faccia dell'assassino? Perché non fabbricavano pure in Calabria quelle macchine màggiche americane che tu ci infili un capello e ti viene fuori un foglietto con sopra stampato nome e indirizzo del colpevole? Perché la vita doveva essere tanto difficile, a pochi mesi dalla pensione?

Gori si alzò. Ne aveva abbastanza e in quello stanzino sembrava che anziché ossigeno si respirasse olio tiepido. Arrivò alla porta, ma Califano mise una mano sulla maniglia, come se non volesse farlo uscire. “Maresciallo, voglio dirvi una cosa, una cosa che non ho mai detto a nessuno,” sussurrò.

Gori Misticò temette il peggio.

“Quando percorro un ponte in automobile,” riprese il sostituto procuratore “accelero più che posso, perché ho paura che la strada collassi proprio mentre io passo. Che vorrà dire?”

Gori non rispose, si limitò a scuotere lievemente la testa e a indicare la porta affinché Califano si decidesse a liberarlo, dopodiché se ne uscì senza dire nient’altro.

TERZA PARTE

San Telesforo Jonico
Casa Chiaromonte

La prima cosa che il brigadiere capo Federico Costantino disse alla fidanzata Maria Ausiliatrice Chiaromonte è che assolutamente non doveva farsi idee sbagliate, giacché quello che le stava domandando era aiuto lavorativo e nient'altro. Aggiunse che di questa cosa che stava per domandarle, e che ancora non le aveva domandato, non doveva parlarne assolutissimamente con nessuno. "Nemmeno con màmmata e papà tuo," disse. "Soprattutto con tuo padre," precisò.

Le spiegò che per tutto il tempo che sarebbero rimasti dentro quel locale dove le voleva domandare di accompagnarlo per motivi di lavoro, e che ancora non aveva detto né dov'era né che locale fosse, lui sarebbe rimasto insieme a lei, sempre al suo fianco, non l'avrebbe mai lasciata andare né avrebbe permesso che lei si allontanasse.

Quando finì di parlare, il brigadiere capo si sentiva stanco come se avesse scarricàto due camion di mattoni. "È lavoro, Ausilia. Capito? Solo lavoro," concluse. "Ma è una cosa importante. È per un'indagine."

"Che indagine?" gli domandò ostile la ragazza.

“Per conto… del maresciallo Misticò e del sostituto procuratore,” rispose Costantino.

“Eh, certo,” ribatté la ragazza con tono puntùto. “Quando ti comandano quelli, tu esegui. Quando, viceversa, ti chiedo una cosa io ti vai ad ammucciàra.”

“Ma, scusa, Ausilia, ragioniamo,” rispose Federico Costantino. “Si tratta di ambiti differenti, non mescolàbbili.”

Il brigadiere sentiva che quella conversazione rischiava di prendere pieghe note e rischiose nonché arenarsi su secche da dove sarebbe stato difficile disincagliarsi. Senza considerare che di là, in soggiorno, davanti alla televisione, il professor Delfo Agazio Chiaromonte e signora stavano con tutta certezza commentando la vicenda dei due eterni promessi sposi.

Costantino sapeva anche che il giudizio che il capofamiglia dava riguardo a quel possibile matrimonio era sempre lo stesso: la sua Maria Ausiliatrice meritava ben altro che un mezzo carabiniere. Nel corso degli anni, da quando la ragazza si era fatta maggiorenne, alla sua porta se n’erano presentati una processione di pretendenti di livello ben più elevato – ’u fhìgghju del notaio Antongiulio Bellone, il capitano Momuzzo dell’intendenza di finanza, recentemente rimasto vedovo, senza considerare Beppe Piscina, presentatore di Jonic TV, uno che le fìmmine se lo mangiavano con gli occhi. Altro che ’stu calamindùna ’mpilàtu, ’stu mànicu ’e scùpa, ’stu ’ndiànu cazzùna lucano che sua figlia due anni prima si era scelta in base a chissà quale oscura valutazione.

Maria Ausiliatrice Chiaromonte era la Perla di San Telesforo. E il suo Sandokan era Federico Costantino. Ma le similitudini con i due personaggi dei celeberrimi romanzi per ragazzi si fermavano giusto alla questione dell’amore contrastato – e di questo genere di storie forse ne sono state scritte fin troppe. Ausilia non era bionda come Marianna né aveva occhi cinerini: era scura di chioma e di sguardo, un po’ più formosa di come ci ricordiamo la fidanzata della Tigre della Malesia ed era cazzuta assai, specie considerando che razza di personaggio si era ritrovata come padre. A una prima occhiata si poteva ipotizzare che le scelte della ragazza fossero state fatte proprio in contrasto rispetto a quanto le indicava il professore: lui diceva che per lei era meglio una scuola professionale e lei aveva scelto il liceo scientifico; suo padre rilanciava proponendo la triennale di Lettere (ché, conoscendo il rettore, qualche esame si poteva arranciàre e un lavoro alle poste lui glielo trovava dall'oggi al domani), e lei si era iscritta a Medicina. A Napoli, per mettere la giusta distanza. Tornava quando poteva, tra un esame e l'altro.

Per non parlare della politica giacché in quel territorio la battaglia padre-figlia era stata epocale. A ogni tornata elettorale, amministrativa, politica o europea che fosse, Delfo Agazio Chiaromonte arrivava a casa e volantinava ai familiari i santini degli amici suoi e degli amici degli amici. E, puntualmente, i fogli patinati con sopra la faccia sorridente dell'ultimo cuntacàzzi che prometteva cambiamento e rinnovamento per la Calabria finivano nell'immondizia. Nel cestino della carta, a essere precisi, giacché Ausilia teneva pure una coscienza ecologica che però a suo padre arrivava come l'ennesima minchiata che i suoi amici comunisti le avevano messo in testa. Detto tra parentesi, Ausilia tutto era fuori che comunista; ma di mettere la preferenza a certe facce da insufficienza di prove non ci pensava proprio.

No, i contrasti con suo padre non erano per partito preso, per desiderio di contrapposizione, per fare la bastian contraria: Maria Ausiliatrice Chiaromonte aveva le idee sue e stop. Non era una testa calda né, come si diceva, una bambocciona. Le mancava un solo esame e finora meno di trenta non aveva mai preso, nemmeno a farlo apposta. Non fumava, mai assunto droghe, beveva una birretta ogni quindici giorni e si voleva sposare entro l'estate dell'anno che veniva, subito dopo la laurea. E le idee le aveva chiare pure per il poidòpo: si sarebbe iscritta alla scuola di specializzazione in Anestesia, rianimazione e terapia intensiva e del dolore, e avrebbe avuto tre figli.

Quindi, il problema, almeno per il padre, era solo uno: il futuro marito che la figlia si era scelta.

Non fosse stato per la divisa (per la quale Delfo Agazio, malgrado tutto, conservava il rispetto dovuto, lo stesso rispetto che la cittadinanza tributava a suo bisnonno, Colòsimo Chiaromonte, il quale le mai lodate a sufficienza leggi fascistissime posero come podestà di San Telesforo Jonico dal 1940 a tutto il 1944), il professore avrebbe saputo cosa dire a quella specie di brigadiere che un paio di anni prima la sua unicogenita Ausilia gli aveva portato in casa.

"Tu a ffìgghjamma hai m'a guàrddi cu' cannocchiàla!"

Così gli avrebbe detto, se solo il suo impulso non fosse stato frenato da una parte dall'ossequio alle istituzioni (lo stesso ossequio che aveva portato il bisnonno a passare da regio podestà a sindaco repubblicano, carica che si sarebbe poi tramandata di Chiaromonte in Chiaromonte fino all'*annus horribilis* 1992, quando la candidatura di Delfo Agazio era stata annullata da un provvedimento della magistratura per minchiate di tipo corruttivo) e dall'altra dal fatto che Maria Ausiliatrice gli aveva intimato che se avesse detto ancora mezza parola contro Federico sarebbe stato lui a doversi dotare di binocolo con il quale rivedere la figlia.

"È andata così, Adele mia," aveva una sera sospirato rassegnato il professor Chiaromonte domandando alla sua signora compartecipazione emotiva.

"Vìdi mu' ti stai ccìttu e non immischiarti in fatti che non ti riguardano, piritàru," gli aveva invece risposto la moglie senza distogliere lo sguardo dallo schermo televisivo dove scorreva la complessa vicenda di una famiglia sudamericana dilaniata da complotti e reciproci tradimenti.

"Vedi, da solo, in quel locale, io non ci posso entrare," spiegava Federico Costantino con cautela, pesando parole, sillabe e pure le virgole.

"E perché non ci puoi entrare?" domandò Ausilia, il cui tono del fidanzato l'aveva insospettita. "Perché ti devo accompagnare per forza?"

"Perché in questo locale agli uomini soli non ce li fanno entrare," rispose il brigadiere. "E nemmeno alle donne da sole," si affrettò ad aggiungere. "Si va solo uomo e donna. Marito e moglie."

La ragazza gli mostrò un sorriso perfido. "Eh, ma purtroppo io e te non siamo sposati, Federico mio," disse fingendosi rammaricata. "Ancora, manco una data abbiamo concordato. Lo vedi? Ti conveniva avermi già fatto almeno la proposta."

Il giovane carabiniere fu abile nel togliersi dall'angolo dialettico nel quale lei lo stava stringendo. "Infatti, ma dovremo comportarci come se lo fossimo," disse.

Poi la guardò con sguardo tenero e al tempo stesso sicuro, lo stesso sguardo che Aladino mostra a Giàsmin per convincerla a saltare in groppa al tappeto volante. "Ti fidi di me, Ausilia?" le disse prendendole la mano.

"Manco per niente," rispose lei sfilando via la propria dalla sua. "Dimmi dove mi vuoi portare e facciamola finita con 'sta commedia."

Quando il brigadiere capo Federico Costantino si fece coraggio e disse alla sua fidanzata dove era necessario che lo accompagnasse, onde proseguire l'indagine affidatagli in via confidenziale ma purtuttavia sostanziale dal sostituto procuratore Califano e dal maresciallo Misticò, lei dapprima lo guardò incredula, poi si allontanò di un passo, prese la mira e gli mollò 'nu scoffulùna che il brigadiere ebbe l'impressione di prenderne uno dalla fidanzata e un altro di pari intensità dal muro.

"Litigano," commentò la signora Chiaromonte sentendo rumori.

"Speriamo ca 'u mmàzza," aggiunse il professore.

"Dopo tu mi devi sposare," disse Ausilia puntandogli contro l'indice. Aveva un tono asciutto, fermo: l'offerta non era negoziabile. "È chiaro, brigadiere Federico Costantino? Io accetto questa umiliazione dopodiché tu fai il dovere tuo e mi prometti, anzi, no, mi giuri che di qui a quindici mesi io e te siamo marito e moglie."

Federico Costantino si massaggiava la gota e intanto faceva cenno di sì, il che per Ausilia fu sufficiente.

Gambiàse Lido
Mister Mystery Private Club

Ausilia stava abbrancata al braccio di Federico Costantino come una patella allo scoglio, non si allontanava mai più di mezza spanna dal fianco del fidanzato.

All'ingresso le era parso che li guardassero con una certa diffidenza, si vedeva che non erano frequentatori abituali. Tuttavia, nomi e credenziali presentati erano a posto, erano una coppia, forse perfino sposati, e si presentavano bene. Lei, soprattutto. Avendo saputo che il tema era Black & Red – uomini in nero e donne in rosso – Ausilia indossava l'unico capo di quel colore che possedeva, una specie di abito-sottoveste che metteva in risalto le sue grandi qualità esteriori, del tutto comparabili a quelle intime.

Vagavano per l'ampio locale in penombra, illuminato discretamente da luci nei toni del giallo. Un po' discoteca con la musica bassa, un po' ristorante senza camerieri, un po' nave da crociera senza rombo sotterraneo. Divani circolari di pelle nera sparpagliati qui e lì, un bancone con sgabelli fissati al pavimento, un palco di riflettori spenti, qualche stampa alle pareti – paesaggi marini e donne poco vestite. Un viavai di gente sorridente, beneducata. Qualcuno li guardava mettendosi una mano sul cuore. Un posto elegante, ma odore diffuso di macchina chiusa e disinfettante.

La prima visione scioccante fu quella di un cubo di plexiglas sul quale un uomo era tenuto al guinzaglio da una donna vestita di lingerie lucida color porpora. Benché fosse evidente che si trattasse semplicemente di una specie di attrazione del locale, Ausilia si strinse ancora di più al suo brigadiere e passarono via. Si fecero guidare da un suono ritmico verso una sala adibita a dancefloor. Qui, alcuni uomini ronzavano intorno alle ballerine mentre tre o quattro donne stavano sdraiate sui divanetti bassi, avvinghiate ad altri uomini.

"Siete vanilla?" domandò loro un tale ben vestito ma eccessivamente profumato.

"Come, prego?" replicò Federico Costantino.

"Vanilla," ripeté quello. Poi, vedendo che non ci si capiva, spiegò meglio. "Siete una coppia aperta o state per vostro conto?"

"Stiamo proprio per conto nostro," rispose Ausilia per entrambi.

"È la prima volta," disse Federico Costantino tentando un sorriso che esortava comprensione.

L'uomo si presentò. Si chiamava Gennaro Senese, titolare del club privé ed era suo gradito compito accogliere le nuove coppie, la cui presenza gli veniva segnalata dall'efficiente ufficio ricevimento e ospitalità. "Non vi preoccupate," riprese, con una cordialità che contribuì ad allentare un poco la tensione in Ausilia. Parlava con un accento napoletano dei quartieri alti e non sbagliava un tempo verbale. "La prima volta ci si intimidisce. Però già la seconda ci si ambienta."

Ausilia stava per ribattere che lei non aveva nessuna intenzione di ambientarsi e che non ci sarebbe stata una seconda volta, ma Federico Costantino riuscì a fermarla.

"Questo è un posto pulito," spiegò Senese. "La maleducazione sta tutta fuori. E anche la volgarità e la mancanza di rispetto. Qui, se una signora dice no, vuol dire no. Come avete visto, non ci sono neppure alcolici. Gli ubriaconi non li vogliamo. Solo coppie pulite e perbene. Qualsiasi *sexual intercourse* avviene in sale separate, mai nella lounge o negli spazi comuni. Avete già visto la sauna? C'è anche la piscina interna riscaldata."

Federico Costantino e Ausilia ringraziarono e si allontanarono, evitando di guardare la donna matura e non in perfetta forma fisica che si appartava verso una stanza insieme a un giovanotto e un altro uomo che poteva essere o il padre del giovanotto o il marito della signora, sperando che non fosse entrambe le cose.

Un ospite che doveva avere ascoltato la loro precedente conversazione li avvicinò sconsigliando vivamente la piscina per via della possibilità di trovare filamenti maschili galleggianti nell'acqua riscaldata. Doveva essere straniero. Forse tedesco, o magari russo.

Lo straniero indicò una porta la cui targa diceva HARD ROOM. "Immagino che sia la vostra prima visita al club," disse con galanteria rivolgendosi solo alla fidanzata di Federico Costantino. "Magari è un po' presto."

"Infatti," rispose il brigadiere in incognito. "È un po' presto. Con permesso."

Svicolarono con un movimento sinuoso e sincrono. Là dentro c'era di tutto, una fauna composita, a tratti contraddittoria e tuttavia mai minacciosa: uomini e donne, alti e bassi, snelli e sovrappeso. Età dai quaranta ai sessanta e oltre. Loro due erano di gran lunga i più giovani e per questo tutti li guardavano. Pochi abiti, il necessario, alcune signore con ampie parti del corpo scoperte. L'aspetto più bizzarro erano le conversazioni che si captavano qui e lì: si partiva ovviamente dalle preferenze sessuali e dalle rispettive fantasie di marito e moglie, ma molti inaspettatamente cominciavano a parlare dei figli e frequenti erano anche gli argomenti lavorativi – le tasse, la crisi, la clientela, le consegne, i fornitori. Due uomini discutevano di appalti pubblici. Portavano entrambi una specie di collare di pelle con gli spunzoni e tenevano un bicchiere di champagne in mano. Nessuno alzava la voce, tutti chiedevano permesso e per favore.

Federico Costantino e Ausilia ebbero la possibilità di farsi una non richiesta cultura riguardo a questo genere di esercizio commerciale: vennero a sapere della differenza tra *soft room* e *hard room*, tra *soft swap* e *full swap* e di tutte le variazioni di incrocio – due M e una F, due F e un M, due F e altrettanti M e addirittura tre o più M e una sola F.

Poi il carabiniere vide una ragazza bionda molto bella e molto appariscente, anche perché era l'unica vestita di bianco. Gli faceva un cenno. Le stava accanto Gennaro Senese, il titolare, il quale indicava verso Federico Costantino e promessa sposa, invitando la ragazza a raggiungerli.

"Eccola," disse il brigadiere.

"Chi è quella zoccola?" si lasciò scappare Ausilia.

"Adesso mi devi seguire, Ausilia," rispose lui. "In tutti i sensi." Ma dovette dare un leggero ma deciso strappo alla mano della ragazza per convincerla a muoversi.

Occuparono tre sgabelli davanti al bar. Jessica Jolie indicò a Federico quello centrale, come ad anticipare una possibile combinazione. Ausilia guardava altrove, incapace di trattenere la tensione, ma la bionda accompagnatrice-motivatrice si era già trovata tante di quelle volte davanti a questo scenario – l'uomo che ha voglia di sperimentare e la donna che gli fa resistenza – che non ci faceva caso. Lei era una professionista del settore, sapeva come mettere a proprio agio le coppie senza mai rinunciare all'ammiccamento, al doppio senso, all'allusione. Aveva inoltre una buona grammatica e un'ottima sintassi.

"Ti piace stare nel mezzo o preferisci metterti dalla mia parte, Toni? Posso chiamarti Toni, giusto?"

Il brigadiere fece segno di sì. Aveva fatto nuovamente ricorso all'anagramma Antonio Friccodeste che già aveva funzionato.

"Magari all'inizio preferisci stare in disparte," aggiunse Jessica guardando prima lei, poi lui e poi di nuovo lei. "Ti piace guardare?"

"Di dove sei, Jessica?" le domandò a sua volta Costantino. "Non sei calabrese, si capisce dall'accento. Sei del nord? Di Roma?"

"Sono sarda," rispose la ragazza mantenendo il sorriso ma irrigidendosi un po'. Non era stata tanto la domanda, quanto il tono con cui le era stata posta. "È importante per te?"

"La Sardegna è una regione magnifica," replicò il brigadiere. "Un terra antica. Come del resto anche la nostra bella Calabria."

"Proprio così," disse Jessica.

"In Sardegna hai qualcuno? Genitori, fratelli, sorelle."

"Mi pare una domanda un po' personale," replicò la ragazza, non capendo dove quella conversazione fosse diretta.

"È solo per conoscerci meglio," rispose Federico Costantino mostrandole un sorriso amichevole, innocuo.

Jessica Jolie fece un sospiro. "Mia madre non c'è più," rispose poi. "Io ero bambina, la ricordo a stento."

"Mi dispiace. E tuo padre?"

"Non lo sento da un pezzo."

"Sa qualcosa di te?"

"Vale a dire?"

"Il tuo lavoro, la tua vita," disse Costantino con apparente noncuranza. La ragazza non rispondeva. "Magari un giorno di questi lo richiami," aggiunse il brigadiere, come se le stesse dando un buon suggerimento.

"Magari un giorno lo farò," rispose Jessica. "Dunque, che cosa vi piace fare?" domandò cambiando argomento e posizione sullo sgabello. Si sentiva improvvisamente scomoda. "C'è un'area della vostra intesa che potrebbe essere migliorata?"

"Sì. Le promesse mancate," intervenne Ausilia come se le fosse scappato.

Federico la guardò interrogativo, mentre Jessica sorrise ad Ausilia. "Ti capisco bene, Mary," disse la escort. "Gli uomini sono così. Per ottenere quello che vogliono sono disposti a promettere qualsiasi cosa. Peccato che poi non mantengono quasi mai."

"Proprio così," disse Ausilia rivolgendo un sorriso beffardo a Federico Costantino, il quale cercava disperatamente di capire le intenzioni della fidanzata.

"Cosa ti ha promesso il tuo Toni?" disse Jessica facendo scorrere la punta dell'indice sull'avambraccio della ragazza.

"Di sposarmi," rispose Ausilia. "Ma non si decide mai."

"Ci sposeremo l'anno prossimo," intervenne Federico Costantino rivolgendosi a Jessica. "L'ho promesso e lo farò."

"Così siete ancora fidanzati. È fantastico," disse la motivatrice con un trasporto che sembrava del tutto sincero. "Ho grande ammirazione per i giovani che anche prima del grande passo non si negano esperienze extra. Nel mio lavoro incontro soprattutto coppie un po' in là con gli anni, com'è naturale. Si sa, dopo tanto tempo la routine può stancare."

"E in quei casi arrivi tu," intervenne Federico Costantino. "Motivatrice vuole dire questo."

"Vuole dire tante cose," spiegò Jessica Jolie. "A volte significa motivare lui, a volte motivare lei, a volte motivare entrambi. Occuparsi di lui mentre lei guarda oppure il contrario. E a un certo punto mettersi tutti insieme. Sapete quando capisco di avere fatto un buon lavoro? Quando lui e lei si dimenticano di me, mi mettono da parte, e ricominciano a giocare tra di loro."

"E tu non ti senti esclusa?" le domandò Ausilia. Di nuovo, il tono della fidanzata – pareva stranamente interessata – indusse una vaga perplessità in Federico Costantino.

"Ti dirò, Mary, a volte non mi dispiace affatto," rispose lei. "Come vi dicevo, non sempre ho a che fare con un ragazzo alto come il tuo futuro marito e con una ragazza sexy come te." Dicendo ciò, sfiorò con un dito prima le labbra di Federico e poi quelle di Ausilia per poi assaporarsi la falange. "Credo che potremo divertirci, sempre che lo vogliate. Parlatene con Genny."

"Gennaro?"

"Sì, lui. Il titolare. Ci sono un po' di carte da compilare, questionari. Burocrazia. Poi bisogna anche coordinare le agende."

"Sei molto impegnata in questo periodo?" le domandò Federico Costantino.

"In effetti non mi fermo mai," rispose la ragazza. "Considera che non lavoro solo in questo locale. Poi c'è il sito. Sono appena tornata da Ibiza."

"Ibiza?"

"Genny ha uno swinger club anche lì. Ci sono stata un mese e mezzo. Lì è un delirio, non ti fermi mai, lavori ogni sera, altro che qui. Giovedì prossimo ci ritorno."

"E sei tornata quando, esattamente?" domandò ancora il carabiniere.

Jessica intuì che qualcosa non le quadrava, anche perché Mary si era allontanata, come se la faccenda non la riguardasse più. Anzi, come se non l'avesse mai davvero riguardata.

"Perché ti interessa saperlo?"

"Perché se sei tornata da qualche giorno, ipotizziamo quattro, cinque giorni, e sei rimasta a Ibiza un mese e mezzo, ben difficilmente potevi essere a palazzo Celata insieme al barone Vittorio di Lauria di cui saresti l'amante e il quale ti avrebbe promesso di divorziare dalla moglie per sposare te," disse Federico Costantino d'un fiato, complimentandosi con se stesso per la concisione, la precisione, la freddezza con cui aveva contestato la circostanza.

"Lei sarebbe?" domandò Jessica Jolie che, a questo punto, era ridiventata a tutti gli effetti Melis Pietrina.

Il brigadiere capo si presentò e si qualificò, ma senza fare scene né sventolando tesserini. "È possibile, signorina Melis, che il sostituto procuratore la convochi affinché lei possa confermare o ritrattare le dichiarazioni spontanee da lei recentemente rese," aggiunse. "Resta inteso che verranno fatte verifiche e lei potrebbe rischiare che le venga contestato il reato di falsa dichiarazione a pubblico ministero, articolo 371-bis del codice penale, reclusione fino a quattro anni."

Maria Ausiliatrice Chiaromonte aveva assistito da poco lontano e il cuore le batteva nel petto per l'orgoglio che in quel momento provava: non aveva mai visto il suo promesso sposo tanto deciso e determinato. Sentì di amarlo come mai prima d'ora e poco valeva se quel sentimento avesse raggiunto il suo apice in un luogo come quello, dove uomini tristi e donne a volte umiliate tentano di ritrovare un'intesa perduta. Non lo avrebbe mai raccontato ai loro figli. O forse sì, glielo avrebbe detto, perché non è giusto avere paura di dire cosa si è disposti a fare per amore.

In quel momento, proprio mentre Ausilia, dentro l'auto che le aveva comprato il padre e che finora non aveva mai utilizzato, si dava interamente al suo fidanzato, promettendogli intimamente una intera vita da trascorrere insieme, il maresciallo in aspettativa Gori Misticò aveva un nuovo collasso e crollava sul pavimento dopo avere sbattuto con violenza la testa sullo spigolo del comò.

Un istante prima di perdere i sensi aveva pensato: "Allora è così che me ne vado."

Ma non c'era rammarico né amarezza. Forse solo un pizzico di delusione. Era un prenderne atto e accettare le cose come stavano. Non avrebbe potuto far niente per la mezzaluna di sabbia. Nessuno si sarebbe ricordato di lui. Pazienza. È quello che capita quasi a tutti.

San Telesforo Jonico
Via Roma 16
Abitazione di Gori Misticò

Il semplice ma evidente dato di fatto era che Federico Costantino aveva salvato la vita a Gori Misticò. Dopo l'inaspettato e travolgente amore consumato nel parcheggio del Mister Mystery – giacché una visita a un locale di scambisti un certo appetito, vuoi o non vuoi, te lo mette – il brigadiere capo aveva telefonato più volte al suo comandante per relazionare l'incontro con la presunta amante di Vittorio Celata di Lauria. Gli avrebbe detto che non era stato necessario scendere nei particolari – la questione di come il barone aveva o non aveva l'uccello non era stata minimamente sollevata. Ma quello che la ragazza aveva ammesso era tuttavia sufficiente per stabilire che qualcuno l'aveva imbeccata ad andare da Califano e raccontare la storiella dell'amante. Chi fosse stato e quali le ragioni, era ancora tutto da vedere.

Questo avrebbe voluto dire Federico Costantino al maresciallo, ma aveva ottenuto solo una sequenza di segnali che gli davano libero senza che nessuno rispondesse.

"È successo qualcosa, Ausilia," aveva detto il brigadiere ricomponendosi. Già ci era passato per quell'esperienza, aveva già vissuto quello scenario – *Papà non risponde. La porta è chiusa dal di dentro.* Era certo che si trattasse di qualcosa di brutto.

"Che cos'è successo?" aveva domandato Ausilia.

"Il comandante," aveva risposto Federico Costantino mettendo in moto.

Aveva percorso i sessantacinque chilometri che lo separavano da casa di Gori Misticò anziché in un'ora e un quarto, come gli suggeriva il navigatore, in soli quaranta minuti. Nel frattempo aveva chiamato il 118 e una volta arrivato al pronto soccorso medici e paramedici gli avevano detto che lo avevano ripreso per i capelli.

Questa volta Federico ce l'aveva fatta. Lo aveva salvato, stavolta ci era riuscito.

Gori Misticò aveva trascorso una nottata in un ospedale che manco si era reso conto esattamente dove fosse ma che, al confronto, certi ospedali di zone di guerra che ogni tanto si vedono alla televisione sembrano cliniche svizzere. Era stata una lunga notte di febbre alta, di una specie di delirio che gli faceva vedere tra i malati, tra tutta quella sofferenza, facce che gli pareva di conoscere, di avere già visto, tra cui sua madre, un uomo che le stava accanto ma che lui non conosceva e, più in disparte, Petronilla Ascari, detta Gigliola, sul cui giovane viso scendeva un rivolo di sangue.

Chiamò Michele. Miche', amico mio, disse. Ma che per caso sono già morto? Possiamo eventualmente vederci, mi puoi spiegare cosa devo fare? Sono appena arrivato, non conosco il regolamento né la procedura.

Michele però non gli aveva risposto.

Poi, alle sette matinàte, contro l'ovvio parere del medico, aveva firmato il foglio di uscita e si era fatto riportare a casa da un gentile infermiere che passava da San Telesforo.

E il giorno dopo Nicola Strangio era già arrivato in Calabria.

"T'a vidìsti brutta, Gregorio," disse il medico consultando il foglio di degenza. "Brutta assài."

Gori Misticò capì che il medico parlava sul serio perché lo aveva chiamato con il suo nome completo. Pure da ragazzi, quando si voleva fare capire che si stava facendo sul serio, evitavano i nomignoli.

Nicola, mo' 'a finìsci 'u fai 'u cùnnu pecchì' mi stàju 'ncazzàndu.

Tu, Gregorio, si' sèmpa 'u sòlitu stùpidu.

Michele, ma quandu 'a spìcci 'u dici fessària?

"Un po' di notti fa me lo sono sognato," disse Gori Misticò.

"A chi ti sei sognato?"

"A Michele."

Nicola Strangio non replicò.

"Eravamo noi tre," riprese Gori. "Solo che io e te eravamo come siamo adesso, mentre Michele sembrava che aveva ancora sedici anni."

"Grazie a la sazìzza," disse il medico. "Michele avrà sempre sedici anni." Scrollò la testa, come se fosse rassegnato ad avere come amico un cretino totale. "Da sveglio dici scemenze e quando dormi fai sogni della minchia. E questi non sono effetti collaterali. Questo sei proprio tu che sei stupido."

"Ogni tanto ci parlo," sussurrò Gori, ma Nicola adesso faceva finta di non avere sentito. Stava pensando che, suo malgrado, era altamente probabile che sarebbe sopravvissuto a entrambi gli amici, e che di lì a qualche tempo – poco o tanto, non sapeva dire – sarebbe rimasto ancora più solo di quanto già non fosse. E questa cosa non gli piaceva affatto né sapeva dire, almeno al momento, come l'avrebbe presa

"Il dottore gradisce il caffè?" disse Catena Ciullo vedova Mastranzo distogliendolo dai pensieri.

In via del tutto eccezionale, Gori Misticò aveva concesso a Catena di mettergli a posto il letto, più che altro per levarsela dalle zìzzole ed evitare che ficcasse il naso intanto che lui e Nicola discutevano in soggiorno del suo stato di salute. La donna, però, non poteva accettare con tanta arrendevolezza di essere stata emarginata 'nta càmmara. L'improvviso svenimento del maresciallo era quanto mai sospetto, e di là si svolgeva una importantissima riunione segreta che verteva su argomenti a lei ignoti e quindi meritevoli di una smicciàta. Inoltre, il dottor Nicola Strangio le risultava essere spartùtu dalla moglie e, pertanto, candidabile alla mano di Filomena sua, a divorzio eventualmente concluso.

"Senti un po', ce ne andiamo alla spiaggia?" propose Gori Misticò alzandosi dalla poltrona troppo repentinamente, tanto che un rùmbo di sangue gli salì alla testa.

"Alla spiaggia?" disse Strangio come se l'altro si fosse ammattito. "Quale spiaggia?"

"Al Pàparo. Non dirmi che t'a scordàsti."

"Con questa friscanzana vuoi andare al mare?"

Gori non replicò, raccattò i fogli delle analisi che stavano sparpagliati sul tavolinetto e le infilò nella cartelletta. "Avanti, Nico'," esortò all'amico. "Il resto me lo racconti dopo. Così facciamo lavorare Catena in pace."

"Ma a me non mi disturbate affatto," provò a obiettare la donna senza ricevere risposta.

Gori transitò dal frigorifero, arraffò una confezione da sei di Brasilena e fece segno a Strangio di seguirlo.

"Guido io," disse il medico strappandogli di mano le chiavi dell'auto. "Tu non sei in condizione."

Catena lo chiamò. Gori si voltò e la donna gli indicò la testa. Il taglio che si era rimediato sullo spigolo del comò aveva ripreso a sanguinargli, la benda che gli copriva l'occipite destro si era inzuppata di rosso.

"Vi vado a prendere 'na garza pulita, maresciallo," disse la donna. "Quanto che faccio un salto alla farmacia, che qui sono finiti."

"Non vi preoccupate, donna Catena," la fermò Nicola. "In caso di necessità, chiamiamo un dottore."

Catena Ciullo si appoggiò una mano sul petto. Nessuno l'aveva mai chiamata *donna.* Che signore che era, 'stu mèdicu. Quanto le sarebbe piaciuto averlo come genero.

San Telesforo Marina
Spiaggetta del Pàparo

"Come ti pare?" gli domandò Gori Misticò descrivendo con lo sguardo una panoramica.

"Tutto uguale," disse Strangio senza particolare enfasi, sorseggiando la gazzosa al caffè il cui gusto non è che lo facesse impazzire. "O quasi," aggiunse.

Se ne stavano seduti uno su una tovaglia di spugna e uno sull'altra. Entrambi si erano cacciàte le scarpe e strusciavano le piante dei piedi sulla sabbia, una cosa che provoca per motivi misteriosi uno strano piacere.

"Si sono messi in testa di metterci un porto turistico." disse Gori mettendosi una mano sulla fronte per vedere meglio la sagoma all'orizzonte che non si capiva se fosse un peschereccio, una balena affiorante o magari una barca a vela della mafia russa che trasportava un nuovo carico di migranti.

"Dove?" fece Nicola, perplesso. "Qui? Un porto? E a chi gli è venuta in mente questa bella penzàta?"

"A quanto ho saputo, al figlio di Celata."

"Il barone?"

"Lui."

"Quello che gli hanno sparato?"

"Constato con piacere che segui la cronaca della tua terra natale," disse Gori Misticò mostrandogli un sorrisetto da coglione.

"Statti tranquillo, ché le notizie locali arrivano pure in altitàlia," rispose il medico. "Hai già scoperto chi è stato?"

Gori fece la faccia dell'innocente ingiustamente accusato. "Io?" disse. "E quando mai? Te lo sei dimenticato che sono in aspettativa?"

"Tu sei in aspettativa di prenderti un vaffanculo, Misticò," rispose Nicola con calma. "Ti credi che sono diventato cùnnu tutto in una volta?"

"Che vai cercando? Io non c'entro, ti dico," insistette Gori. "C'è già chi se ne occupa."

"E chi? Babbo Natale?"

"Nossignore. Il brigadiere capo Costantino, che ha assunto il comando della stazione."

"Il tuo figlioccio. Quell'animalònga che hai allevato a pane e schiaffoni."

"Quando erano necessari, pure due càci 'ntro cùlu, se è per quello. Comunque, dice che potrebbe essere stata la moglie."

Nicola strinse un po' gli occhi, come a non fare scappare un pensiero. "Silene Celata?" domandò.

"Te la ricordi?"

"Vagamente," disse Strangio. "L'avrò vista una volta o due, quando eravamo ragazzi. Però so chi è, è una persona nota. Ha una fondazione, ha fatto un sacco di cose in giro per il mondo. Ha dato soldi pure al mio istituto."

"Eppure, è l'unica sospettata."

"Mi pare strano. Non dico impossibile ma altamente improbabile."

"Anche a me," concordò Gori. "Gli indizi del resto sono privi di consistenza."

Nicola si voltò per guardarlo, sprezzante. "E tu che ne sai? Hai detto che non te ne stai occupando."

"Mi sono imbattuto in certe carte," cercò di difendersi Misticò.

Nicola Strangio raccolse un rametto e disegnò un ghirigoro sulla sabbia. "Era stato in cura all'istituto," disse poi. Una frase detta a mezza voce, come controvoglia.

"Chi?"

"Il barone Lauria. Credo che sia stato in seguito a questo che la fondazione aveva dato una somma piuttosto generosa."

"Ed era guarito?"

"Sì, ma aveva avuto conseguenze."

"Di che genere?"

"Questi non sono affari che ti riguardano, maresciallo."

"E allora perché cazzo sei uscito con l'argomento?" rispose Gori Misticò. "Se hai qualcosa da dire, dillo. Altrimenti, attàppati 'a gàrgia, visto che, tanto, più che di cancri non sai parlare."

"Infertilità," disse Nicola Strangio dopo istanti di silenzio.

Gori masticò quella parola, come per vedere che sapore avesse. "Vale a dire?" domandò poi.

Strangio lo guardò di nuovo, ma questa volta con fastidio. "Ti devo fare un disegno?" disse poi. "Non lo capisci da solo cosa vale a dire?"

"Quindi, il figlio..." fece per dire Gori.

"Quindi, il figlio questo paio di palle," replicò secco il medico. "Esiste la fecondazione assistita, genio. Ne hai sentito parlare? Crioconservazione del seme. Al limite, l'eterologa."

"È quello che sto dicendo. In quel caso, il figlio..."

"Ti spiace se cambiamo argomento?" lo interruppe nuovamente Strangio. "Uno non può dire mezza parola che subito parti con l'indagine. Io ti ho detto solo che Celata è stato in terapia all'istituto. Il resto sono tue deduzioni gratuite. È chiaro?"

Nicola studiò il ghirigoro di sabbia, poi alzò la testa e guardò verso lo stagno delle pàpare. "Le femmine senza reggipetto si mettevano là," disse indicando un punto con il rametto. "Tu dici che si accorgevano che le guardavamo?"

"La spiaggia era di tutti," rispose Gori sorridendo. "Magari gli piaceva di essere guardate." Ma poi si intristì di nuovo. I ricordi belli finiscono presto proprio perché sono ricordi di felicità perduta. La spiaggia, l'estate, la gioventù, gli amici. Tutto passa e arrivederci.

"Valeva la pena che venivi fin qui, Nico'?" riprese. "Tanto a fine mese ci vedevamo comunque."

Prese altre due gazzose, una per lui e una per l'amico, cominciando a stapparne una. Nicola gli fece un cenno della mano.

“Non ti piace più la Brasilena?” domandò Gori.

“Veramente a me mi faceva schifo già quando avevamo quindici anni.”

“Però la prima te la sei bevuta.”

“L’ho fatto per pura cortesia.”

Gori ne mandò giù mezza bottiglietta con un solo sorso. “Io non berrei altro,” disse pulendosi le labbra con il dorso della mano.

“Questione di gusti,” replicò il medico. “Anche ai gatti gli piace leccarsi il buco del culo.”

Gori Misticò finì la sua e ponderò di bere pure l’altra ma poi desistette. “Mi dicevi quello che c’era da fare e io lo facevo,” disse poi, riprendendo il discorso.

Nicola Strangio, appena saputo quanto successo a Gori, aveva preso il primo volo disponibile, ma siccome il primo aereo per Lamezia decollava dopo le nove e mezza, aveva preso quello per Reggio Calabria, che partiva due ore prima, e poi in taxi fino a San Telesforo. Fosse stato necessario avrebbe noleggiato un aereo privato, ma all’amico, per non dargli soddisfazione, aveva detto che era stato un viaggio tranquillissimo, veloce e per di più economico.

“Va bene che non ti fidi dei tuoi colleghi calabresi,” aggiunse Gori. “Però…”

“Dei miei colleghi calabresi mi fido al cento per cento,” lo interruppe il medico. “È di te che non mi fido. Ti avevo detto di riposarti ma, sai come si dice, parlare con te è come zappare nell’acqua e seminare al vento.”

“E non puoi manco pretendere che me ne se sto a letto ad aspettare la morte, su,” ribatté Misticò un po’ seccato.

“Ma nemmeno che ti metti a fare l’investigatore. Credi che non l’ho saputo della trasferta napoletana, del collasso e di tutto il resto?”

Gori Misticò prese una pietra piatta, fece per lanciarla ma

poi la rimise giù. "Vabbe', che mi volevi dire, che ti sei voluto scomodare personalmente?" domandò.

"Sono venuto a dirti che se vuoi a questo punto, e per come sta evolvendo il quadro, possiamo davvero interrompere la terapia," disse Nicola Strangio serio.

Gori lo guardava sospettoso.

"Però dobbiamo tentare l'intervento," aggiunse il medico. "Non abbiamo niente da perdere."

"Ma nemmeno niente da guadagnare," completò Gori.

"Per guadagnare, qualcosa si guadagna sempre."

"Quanto?"

"Ecco. Questa è l'unica domanda che non devi fare," disse Strangio.

"E invece questa è l'unica risposta che mi interessa," ribatté Misticò.

La chemioterapia aveva bloccato il tumore, e anche quelle due ombre ai polmoni che a Strangio non piacevano manco un poco si erano ridotte. L'ultima TAC era stata molto chiara in quel senso.

"E allora perché vorresti aprirmi?" domandò Gori Misticò.

"Perché il cancro non è sparito," rispose Nicola. "È possibile, anzi probabile, che altre metastasi si ripresenteranno prima o poi. Più facile prima che poi. E se succede, siamo nei guai."

"Quindi mi stai dicendo che la chemio non è servita," dedusse Gori.

"È servita eccome," lo corresse Nicola. "Ma non ha risolto, né verosimilmente risolverà. L'intervento invece ci offre un margine più ampio."

"Ampio quanto?" domandò Misticò.

Strangio non rispose.

"Qualche mese?" riprese allora Gori. "Un anno? Facciamo un anno, Nicola. Siamo ottimisti. Fanno trecentosessantacinque giorni, giusto? Cinquecentomila minuti o poco più. Ti sembrano assai? Da quando siamo arrivati qui, una ventina se ne sono già andati."

"Anche un anno di vita è un anno di vita," disse Nicola con tono dolente, malgrado volesse dire un fatto positivo.

"Da passare come?" lo incalzò Gori. "Su un letto? Attaccato a tubi e tubetti?"

Strangio fece perno sul culo e si voltò di novanta gradi alla sua sinistra affinché Gori lo guardasse in faccia e lui si facesse guardare in faccia da Gori. "Gregorio, la situazione è seria," gli disse. "Tu sai che come tuo medico e soprattutto come tuo amico, io cazzi di mare non te ne racconto. Il male è brutto, questo non te l'ho mai nascosto fino dal primo momento. Sai anche che gli esami non sono buoni e per di più peggiorano. Leggermente, ma peggiorano. Hai avuto due collassi in poche settimane, un po' perché non ti riguardi e un po' perché la chemio ti ha indebolito."

"Dove vuoi arrivare?" disse Misticò.

"Se metti tutto insieme, il quadro non è incoraggiante," rispose Nicola Strangio. "Per questo ti dico che l'intervento è il caso di tentarlo. Non sarà 'na passijàta, te lo dico subito, bisogna mettere mano in più posti. Ma è la cosa migliore che possiamo fare."

Gori Misticò voltò la testa verso l'orizzonte. Pur non riuscendola a scorgere, intuì la curvatura terrestre ed ebbe una sensazione a suo modo buffa di stare seduto sulla superficie di un colossale palloncino gonfiato. Colossale almeno dal suo punto di vista, giacché bastava allargare un poco il campo per accorgersi di come stavano davvero le cose. Quella sera, pochi minuti prima di svenire, si stava guardando un altro dei documentari che gli piacevano. Si intitolava *Dimensioni universali*. Diceva che da qualche parte nello spazio c'era una stella talmente grande, ma talmente grande che un aereo di linea, viaggiando a novecento chilometri all'ora, ci avrebbe messo mille e duecento anni per farci un giro completo. La Terra? Una giornata e l'hai vista tutta. Dice che Dio avrebbe fatto l'uomo a sua immagine e somiglianza. Se è così, possiamo stabilire con certezza che, se Dio esiste, è abbastanza corto di gamba.

"Non mi devi rispondere subito," riprese Nicola Strangio distogliendolo da quel giro di pensieri contorti. "Non è una decisione che va presa su due piedi."

"C'è rischio?" domandò il maresciallo.

"Che cazzo di domande," ribatté il medico. "Il rischio c'è sempre. Pure per l'appendicite ti fanno firmare il foglio."

"C'è rischio che non mi sveglio?"

Stavolta fu Nicola a voltare lo sguardo.

"Neanche tu mi devi rispondere subito," disse Gori Misticò.

"Il cuore potrebbe non reggere," disse Strangio.

Era un peschereccio. Oggi niente sbarchi. Se ne parlava domani, caso mai.

"L'altro giorno sono entrato in chiesa," riprese il maresciallo.

"In chiesa?" domandò Nicola. "E mo', questa?"

"Non so esattamente perché," riprese Gori. "Non è che volessi pregare, manco mi ricordo l'ultima volta che l'ho fatto."

"E allora cosa volevi fare?"

"Non lo so. Però si stava bene, c'era pace, silenzio. Il prete è nuovo, arrivato da poco. Mi pare di Brescia, o da quelle parti. È giovane, simpatico."

"E che ci volevi domandare al parroco?" disse Nicola, stranamente ostile. "Se c'è un limite di età per andare in paradiso? Quello te lo posso dire io e con dati alla mano più certi pure del papa in persona. No, non c'è alcun limite. Dio se li raccatta a tutti, da zero a novantanove anni e anche oltre. Dipende come ci gira il sentimento. E sospetto pure che il paradiso non esista. Soddisfatto?"

Gori si tirò su la cerniera del giubbotto. Era stata una bella giornata, soleggiata, ma eravamo pur sempre ancora al mese di marzo e a quell'ora il fresco si faceva sentire.

"Io certe volte penso di essere già morto," disse Gori Misticò. "Quella pallottola mi ha mancato il cuore di cinque centimetri."

"No. Di tre," lo corresse Nicola Strangio mostrando altrettante dita della mano destra. "Dato che te l'ho cacciàta io dal petto, me la ricordo bene."

"Forse è stato in quel momento che ho deciso che era meglio se rimanevo solo," riprese Gori. "Niente legami, niente figli."

Fece una pausa.

"Ti ricordi Julia?" domandò poi. "Ho saputo che si è sposata. È diventata mamma."

"Lei voleva sposare te," disse Nicola senza rimprovero, come constatando un fatto evidente. "Quindi non credere che le hai fatto un favore."

Strangio si alzò, scotolò la tovaglietta e recuperò le Brasilene superstiti. "Jamunìnda, forza," disse. "Oppure l'aereo me lo perdo."

"Mi fa piacere se ti fermi qualche giorno," disse Gori Misticò sperando che l'amico gli dicesse di sì. "Dormi sul divano."

"Ci sentiamo presto," disse invece Strangio. "Abbiamo tante cose di cui parlare."

Dal peschereccio qualcuno salutava. Ma siccome non erano certi che stessero salutando loro, non risposero.

Gambiàse Lido
Mister Mystery Private Club
Ufficio di Gennaro Senese

Jessica Jolie lo aveva detto a Genny fin dal principio che era un'idea stupida. Lo scopo iniziale poteva essere pure condivisibile, perfino nobile. A patto che fosse vero... A quanto le avevano detto, c'era da aiutare questa povera donna vessata e umiliata per tutta la vita che finalmente si era decisa a chiedere il divorzio ma che il marito minacciava di lasciare in mezzo a una strada. Ecco che se però risultava che lui aveva un'amante, allora la faccenda cambiava, e il marito-padrone doveva scendere a patti. Gennaro Senese le aveva assicurato che sarebbe stata una faccenda veloce e senza rischio alcuno. Vai da questo magistrato strabico e gli racconti che da un anno o giù di lì vai a letto con il barone Vittorio Celata. Un'oretta o poco più in tutto, tra andare, fare la deposizione e tornare.

Il giorno dopo Jessy sarebbe ripartita per Ibiza e nessuno le avrebbe più chiesto niente di niente. Il tutto, per un compenso più che generoso, l'equivalente di dieci serate come accompagnatrice e senza nemmeno obbligo di sbocchinare anziani. Più, una bella scorta di bamba per un mese almeno. Insomma, che cosa vuoi di più, bellezza?

Poi però un pezzo di verità era venuta a galla. Ma quale atto di giustizia? Era tutto un imbroglio e a lei veniva chiesto di diventarne complice. Così, aveva detto che non se la sentiva, ma Genny aveva insistito, non si poteva deludere quella gente. Non ti dimenticare che Di Teodoro è il vero padrone del locale, l'imprenditore occulto, quello che mette i soldi. E lui può lasciarci tutti col culo per terra oggi stesso. È lui che mi ha chiesto la cortesia, le aveva detto Senese. Lo sai che io qui sono solo il gestore. È lui a comandare, e i suoi amici russi. Non possiamo dire di no.

E allora lei aveva accettato, era andata dal magistrato, aveva recitato la parte.

Peccato che poi, proprio durante la deposizione, aveva scoperto l'altro pezzo di verità, ossia che il vecchio era morto. Ammazzato. Era stato il magistrato strabico a informarla del fatto. E c'era voluto tutto il suo talento di ex attrice per non rivelare la sorpresa, lo sgomento.

"Non lo sapevate, signorina?" le aveva domandato Califano.
"Certo che lo sapevo," aveva risposto Jessica mentre la coca le faceva battere il cuore come un rullante.

Infine, era pure arrivato quel carabiniere che si era finto cliente del privé il quale la informava che il magistrato strabico la riconvocava per, come aveva detto?, verificare talune tempistiche. Ma che in casino l'avevano cacciata? Qui si parlava di un omicidio, non di corna.

"Te l'ho già spiegato, Jessica," disse Gennaro Senese, titolare fittizio sia del Mister Mystery sia dello Swing-in-Island, locale gemello di Ibiza. "L'ingegnere Di Teodoro mi ha assicurato che puoi stare non tranquilla, ma tranquillissima. Non tieni nessun obbligo di presentarti, non sei indagata e manco testimone. Hai dichiarato spontaneamente delle cose e il magistrato vorrebbe che gliele rispiegassi. Però l'ingegnere dice che se non ci vai è meglio. Ecco, tu evita di andarci e siamo tutti felici e contenti."

Altro che felice e contenta. Jessica era agitata, agitatissima, prossima a una crisi di panico. Fumava una sigaretta via l'altra e pure che ancora non era nemmeno mezzogiorno si era già fatta due strisce. "Ma tu ti credi che io sono scema, Gennaro?" replicò. "Credi che sono come quelle zoccole russe che manco sanno leggere e si bevono qualsiasi stronzata gli racconti? Io non so che cosa avete in mente, né perché avete deciso di incastrarmi. Però senti cosa ti dico: io a farmi mettere in mezzo non ci sto proprio. Avete capito male e a Jessica Jolie non la conoscete."

L'ufficio di Senese era imbottito e insonorizzato, quello che succedeva lì, lì rimaneva. Pertanto, l'uomo non era minimamente preoccupato che Jessica alzasse la voce. Poteva urlare quanto voleva, anche perché a quell'ora il locale era vuoto e le pulizie prima di un'ora non arrivavano.

"Nessuno ti vuole incastrare e nemmeno metterti in mezzo, Jessy," disse Senese alzandosi dalla poltrona che si era fatto fare appositamente, uguale precisa a quella di Al Pacino in *Scarface*. "Se ti ho chiesto di usarmi questa cortesia è proprio perché a differenza delle tue colleghe russe tu non sei una scema e sai leggere, scrivere e parlare. Serviva una persona capace e affidabile, qualcuno che sapesse come comportarsi e io ho pensato a te, che sei la migliore di tutti."

"A me non mi fai fessa, Gennarino," ribatté la ragazza, a cui la cocaina toglieva ogni inibizione, le metteva coraggio, la faceva sentire invulnerabile. "E sai che ti dico? Che io da quel cazzo di magistrato ci vado, eccome. E gli racconto tutto. Chi mi ha detto di dire, cosa mi ha detto di dire e anche perché."

"Sai anche il perché?" disse Senese con un tono che virava verso il disprezzo. "E quale sarebbe questo perché? Spiegami."

"Sarebbe che quel vecchio l'ha fatto fuori uno dei vostri per questione di soldi e voi mo' volete inguaiare la moglie facendolo passare per delitto di gelosia. Ti è piaciuta la spiegazione o l'hai trovata troppo difficile da capire?"

L'uomo inscenò una risata finta che non lo avrebbero preso nemmeno al provino delle comparse. "Minchia, sei assai meglio di quella vecchia che fa le indagini alla televisione. Come cazzo si chiama?" La guardò con aria altezzosa. "Non è che forse ti sei convinta di essere troppo intelligente, Pietrina?" disse. Poi si rifece serio, scuro. Adesso non fingeva, e la faccia metteva paura. "Ricordati che sei solo una mignotta, non ti fare più grossa di quella che sei."

Jessica si avvicinò alla scrivania e si sporse verso Gennaro Senese. A tutte la poteva raccontare, ma non a lei.

"Se io sono solo una mignotta tu sei solo un pappone," gli disse. "E i papponi l'unica cosa che capiscono sono i soldi. Pertanto, ecco come stanno le cose: quello che mi avete dato per raccontare la storiella dell'amante lo moltiplicate per dieci, in contanti ed entro stasera, e siamo davvero amici come prima. Altrimenti la sottoscritta mignotta fa quello che deve fare."

“Jessica, sta’ attenta a quello che dici e a quello che fai,” la ammonì l’uomo.

Non la stava minacciando, il suo era un consiglio sincero.

“Te lo chiedo per piacere,” aggiunse, con tono implorante. “Quella è gente brutta.”

“In contanti entro stasera,” ripeté Jessica prima di uscire.

Gennaro Senese sapeva che quella poteva essere l’ultima volta che la vedeva. Però un conto erano i sentimenti e un conto gli affari. Prese il cellulare e fece scorrere la rubrica fino al nome che cercava. “Ingegnere,” disse. “Qui teniamo un problema.”

Jessica si accorse dopo nemmeno un’ora che Gennaro aveva ragione: si stava mettendo contro gente brutta, brutta assai. E lei, che i brutti ambienti li frequentava da quando aveva quindici anni, sapeva che le conseguenze potevano essere serie. Molto serie. Impensabili. L’effetto euforico della cocaina era passato, ma le era rimasto ancora in corpo un po’ di coraggio. Quello bastante per comporre un numero che non chiamava da, quanto?, un anno. Almeno. Chissà, forse era stato proprio quel carabiniere a suggerirle l’idea.

C’era una segreteria telefonica. Forse lì dove chiamava non c’era campo o forse il telefono era spento.

“Papà, sono io,” lasciò detto. Si scusò per non avere chiamato negli ultimi mesi, si augurò che stesse bene e poi gli raccontò il resto. Dove si trovava, cos’era successo, cosa poteva succederle. Lasciò dei nomi, dei riferimenti. “Ti richiamo domani. Al massimo dopodomani,” aggiunse. “Ma se non mi senti vuol dire che mi è successo qualcosa. Qualcosa di brutto.”

Salutò e interruppe la telefonata.

Il cuore rallentava il battito. Perché lo aveva chiamato? Che cosa si aspettava che facesse? Che venisse a salvarla, a portarla via?

No. Lo aveva chiamato perché non sapeva chi altri chiamare, a chi raccontare la paura che le stava riempiendo il cuore, annebbiando la testa, che le scorreva nel sangue. Non aveva mai avuto paura di niente, Jessica, neppure quando si chiamava ancora Pietrina. E adesso non sapeva neppure cosa si deve fare quando si ha paura. Si deve scappare o stare fermi? Parlare o tacere? Mostrarsi o nascondersi?

Castrobello Marina
Ristorante sul mare Da Turi

Da dove si trovava in quel momento, per nessuna ragione Ferdinando Di Teodoro se ne sarebbe mai voluto andare: quel posto, quell'ora, quello stato d'animo rasentavano la perfezione assoluta, l'armonia celeste. Se il paradiso esiste, pensava l'ingegnere – e, quanto è vera la Madonna, esiste – esso sarà certamente simile alla terrazza a mare del ristorante Da Turi di Castrobello Marina, all'ora di pranzo, sotto un cielo azzurro e davanti al mare blu, circondati dalle colline verdescuro, che il cuore dell'uomo si spaùra davanti a tanta bellezza, tanta semplicità, tanta compiutezza. Ovviamente, in quel paradiso ci doveva essere pure pronta una frittura di calamari, gamberi, moscardini, sàrde, sùrici, vòpe, fragàgghja, orgicèdhu e sàvuri quale quella che Di Teodoro stava gustando, propedeutica a un primo di pesce che pure san Pietro in persona avrebbe apprezzato.

E invece arrivava sempre qualcuno a intromettersi dentro questa perfezione divina e cominciare a cacàra 'u càzzu alla gente che lavora. Stavolta era Senese. Chìddu magnàcciu napulitànu con cui aveva avuto la brillante idea di mettersi in società.

"Gennarino, che piacere sentirti," disse Di Teodoro con un'euforia talmente falsa che pareva l'avessero fabbricata in Cina e consegnata quella mattina stessa. "Che mi cùnti di bello? Come vanno i nostri affari? *Ad libbìdum* o *ad malòra*?"

L'ingegnere ascoltò quello che l'altro aveva da cuntàre, poi fece un cenno al figlio piccolo di Turi che accorse lesto come un uccellino attratto dalla briciola di pane. "Senti 'nu pocu, guaglio'," gli disse. "Dicci a pàtrutta che disgrazziatamènte non posso fermarmi a causa d'impegno improvviso. La calamarata se può la stoppa e digli che mi scuso tanto."

"Non v'incarricàte, 'ngegne'," disse rispettosamente il ragazzino. "La frittura di antipasto l'avete gradita?"

"L'ho gradita, l'ho gradita," disse Di Teodoro dandogli una carezza sulla testa e una carta da dieci. "Questa te la sparti con tuo fratello, vabbuo'?"

"Non mancherò," rispose il giovane, pensando: "Mi spartu 'u cazzu, cu' fràtamma."

L'idea di mettersi in macchina, guidare, riunire, illustrare, parlare, ascoltare e commissionare il da farsi era per l'ingegnere Ferdinando Di Teodoro una soverchia rottura di coglioni. Se almeno avesse potuto affrontarla a stomaco più pieno l'avrebbe accettata meglio. Invece gli toccava di mettersi a spiegare certe faccende quasi a digiuno.

La responsabilità comunque era sua, solo sua. Questo se lo doveva ammettere. Era stata sua l'idea di fabbricare un movente dato che, a suo modo di vedere, la pistola da sola non abbastàva. Falco Celata aveva seguito alla lettera le istruzioni. "Signor barone, ormai quello che è fatto è fatto," gli aveva detto. "'Assàmu stàra i chjànti, ché quelle sono cose per i fhìmmini e vediamo il da farsi. Mo' voi fatemi la cortesia di prendere l'arma e di riporla dove vi sto per indicare."

Insomma, la storia dell'amante era stata una bella pensata, se solo i carabinieri non ci avessero ficcato il naso e soprattutto se quella zoccola non si fosse messa a minacciare che qua e che là facendo tornare la situazione 'è càpu a ddùdici. Arriva un problema, pensi alla soluzione e la soluzione porta a un altro problema. E così via. E che cazzo. Mai che si può stare un poco tranquilli e godersi la vita.

Le peggio cose accadono per fesserie, per caso, per minchiate sopraggiunte, per sbagli imprevisti, pensava Di Teodoro. Per stupidità. Gli venne in mente un documentario visto in televisione tempo prima, uno di quei programmi storici che gli piacevano tanto: diceva che la Prima guerra mondiale era sì scoppiata, com'è noto, a causa di uno sciroccato che aveva sparato all'imperatore e alla moglie mentre viaggiavano in macchina. Ma, e qui sta l'imbroglio, non è che lo sciroccato avesse inseguito la macchina dell'imperatore e sparato in seguito a un piano precisamente studiato e preparato. Macché. Se l'era trovato davanti solo perché l'autista dell'imperatore aveva sbagliato strada.

E non è tutto: lo sciroccato si trovava in quel preciso punto non perché fosse sicuro che l'imperatore sarebbe passato di lì. Ma quando mai. Aveva sentito un buco allo stomaco e si era fermato a mangiare un panino. A un certo punto gli si para davanti l'imperatore e siccome lo sciroccato oltre che fame aveva pure i coglioni girati, spara a lui e all'imperatrice. Risultato: gli Imperi Centrali si incazzano e scoppia la guerra. Insomma: se 'u cazzùna dell'autista 'mbroccàva 'a stràta ggiùsta e allo sciroccato non gli veniva fame, quindici milioni di cristiani non morivano. Quindici milioni. Ci siamo capiti? Una delle più grandi tragedie dell'umanità è stata causata da un panino e da una svolta sbagliata.

Adesso la situazione, *mutates mutandes*, era più o meno la stessa e a farne le spese sarebbe stata una mignotta, pensava Di Teodoro. Stavolta almeno non sarà neppure per caso, ma perché la mignotta se l'è andata a cercare.

Ecco la verità, le cose brutte avvengono in continuazione, continuava a ragionare l'ingegnere mettendosi seduto alla scrivania. Non ci possiamo fare niente, è la vita che funziona sbagliata. Il caso, il destino. La coglioneria degli uomini. Tutti cerchiamo di cavarcela, e dobbiamo fare quello che dobbiamo fare per riuscirci. Io non sono tanto diverso dal resto dei cristiani, pensava. Pure io, quello che cerco di fare è solo di arrivare alla fine della giornata.

E, tuttavia sapeva, se ne rendeva conto, che ciò che stava per fare rappresentava per lui un cambiamento di paradigma. Finora aveva fatto cose brutte, l'ingegnere. Aveva arrubbàtu, come no. Aveva pure corrotto e minacciato. Ma dare mandato di ammazzare a un essere umano, per di più una donna, quello non pensava che ci sarebbe arrivato mai. Eppure, si stupì di quanto fosse facile, di come facesse parte delle possibilità a sua disposizione. Si meravigliò, ma poi nemmeno tanto, di come la mano non gli tremasse mentre componeva quel numero, di quanto sicura fosse la voce nel momento in cui segnava il destino altrui. Se quello era il peccato originale, non era difficile compierlo. Ecco perché quell'atto era stato rappresentato da un gesto semplice come cogliere e mangiare una mela: era la cosa più facile del mondo.

"Digli all'amico tuo che c'è un certo probblèma da risolvere," disse al telefono. "Venite qui tutt'e due che vi spiego il da farsi."

Per il momento, avrebbero pensato alla signorina. Ma presto o tardi – meglio presto che tardi – c'era da sistemare pure quel brigadiere con la faccia da fesso che stava ficcando il naso. E, prima ancora di quel papàtolo, occorreva occuparsi del maresciallo pensionato. Era da quando era tornato in Calabria che Gori Misticò gli stava sul pilòro: prima, Di Teodoro aveva potuto condurre gli affari suoi in relativa tranquillità. Poi, o poco o tanto, la guàllara quel carabiniere gliela aveva rotta più volte. Era certissimo che, scava scava, prima o poi gli si sarebbe presentato alla porta con un bel paio di manette e quel sorriso della minchia stampato sulla faccia. Un buco in testa e anche per lui la pacchia era finita.

Nuovamente, si stupì di quanto fosse facile anche solo pensare a certe cose. Tirò un cazzotto sul piano della scrivania soffocando una bestemmia. Non vedeva l'ora di terminare tutta 'sta commedia, di mandare a cacàre Falco Celata e tutta la razza sua per il bordèllo che gli aveva cagionato negli ultimi sei mesi.

San Telesforo Jonico
Davanti alla chiesa

In quel frattempo, ignaro della ferocia che andava coagulandosi in quel piccolo punto del mondo e che, come una chiazza di petrolio fuoriuscita da una nave in avaria, stava per infettare tutto e tutti, Gori Misticò aveva salutato Nicola Strangio mentre saliva sul taxi per l'aeroporto. Gli dispiaceva che l'amico se ne fosse andato, gli pareva che quello alla spiaggetta del Pàparo fosse stato il perfetto addio. Ma si erano dati un altro appuntamento di lì a qualche settimana, e quello sì che avrebbe potuto essere l'ultimo.

Che bella giornata, constatò mentalmente Gori Misticò. Guardava quel cielo così azzurro, così profondo e intenso che pareva due cieli sovrapposti uno sopra l'altro. Quanto è bello e sconclusionato il mondo, pensava, quanto è struggente e disperata questa terra, quanto generosi e volubili sono gli uomini che la vivono, quanto frivoli e divertenti i loro discorsi che vogliono dire tutto e non vogliono dire niente, parole che si perdono nel vento mescolandosi ai semi e agli insetti, alla polvere e alla luce del sole.

Don Marco fece capolino dal portone della chiesa e gli rivolse un saluto. Gori si scosse e rispose con un altro cenno. Gli voleva chiedere se per caso aveva tempo per scambiare altre due chiacchiere. Gli era venuta in mente una certa faccenda e voleva capirci qualcosa.

"Certamente, maresciallo," disse il prete invitandolo ad avvicinarsi. "Allora, ha trovato qualche risposta ai suoi dubbi?" gli domandò dopo avergli stretto la mano.

"E voi?" domandò a sua volta Gori.

"Se si riferisce alla processione, purtroppo i dubbi stanno lasciando spazio alle certezze," disse il giovane sacerdote. "Ma sono certezze che a loro volta non lasciano spazio alla speranza."

Gori cercò di ricordarsi se per caso l'altra volta don Marco avesse fatto cenno a qualche processione ma non gli veniva in mente niente. Anche quello poteva essere un effetto collaterale: la perdita della memoria a breve termine. Che, poi, a pensarci bene, scordarsi le cose non è che sia un fatto totalmente negativo.

"Mi dispiacerebbe molto essere ricordato come il parroco sotto cui la festa del patrono non si è potuta svolgere per mancanza di uomini di buona volontà disposti a sostenere la statua del santo," spiegò don Marco. "In fondo, l'unica cosa che davvero conta è il ricordo che lasceremo, non crede?"

Gori Misticò fece segno di sì, ma senza dare a vedere di essere convinto. Alle sue spalle si erano riuniti Triqquàrti e gli altri cani, in paziente attesa di qualcosa da mangiare, pareva.

Don Marco gli fece segno di entrare, ché avrebbero potuto parlare più agevolmente. Nemmeno stavolta Gori si segnò, ma il parroco non ebbe niente da obiettare.

"Per non parlare della banda," disse il prete riprendendo il discorso.

"Quale banda?" fece Gori.

"La banda del paese," rispose il prete. "I musicisti. Anche di quelli purtroppo non ne è rimasto nemmeno uno e temo che oltre alla processione anche il tradizionale concerto non si potrà tenere."

"Se posso fare qualcosa, sono a disposizione," disse Gori Misticò, non trovando nient'altro di meglio da replicare.

Don Marco parve divertito. "E che cosa vorreste fare?" gli domandò. "Intimare alla popolazione di presentarsi in canonica? Precettare gli anziani e costringerli a imparare la marcia dell'*Aida* in due settimane?"

Gori non replicò, ma almeno aveva capito qual era 'u discùrzu.

"E lei, maresciallo?" riprese il prete. "Almeno lei ci sarà? L'altra volta mi parlava di altri possibili impegni."

"In effetti," riuscì a dire il maresciallo Misticò. "Credo che in quei giorni avrò un impegno abbastanza inderogabile."

"Be', se si dovesse liberare," disse il prete.

"Difficile," rispose Gori Misticò. "Ma chi lo sa." Fece una pausa e cambiò atteggiamento. "Sentite, reverendo, l'altro giorno ho visto entrare in chiesa il figlio del barone Lauria," disse.

Don Marco strinse le labbra. "Allora è di questo che mi voleva parlare."

"Una pura curiosità," disse il maresciallo come per difendersi.

"Sì, Falco Celata è venuto a parlarmi."

Misticò annuì, aspettando il resto, qualora ci fosse.

"Voleva discutere di una certa questione," riprese difatti don Marco.

"Non volevo essere indiscreto," disse Gori. "Specie se si tratta di questioni personali o religiose..."

"Nessuna questione religiosa," lo interruppe don Marco con improvvisa severità. "Non si è confessato e pertanto non ho rivelazioni da farle. Non avrei potuto dirle niente nemmeno qualora ciò fosse accaduto. Non sono un carabiniere, sono solo un prete."

"No, non si tratta di quello," si affrettò a dire Gori. "Volevo solo chiedervi che impressione vi aveva fatto, ecco. Considerando tutto."

Don Marco capì quello che Misticò non aveva detto. "Non credo di potere esprimere giudizi su una persona che in pratica non conosco," rispose alleggerendo un po' l'inquietudine. "Credo fosse la seconda o la terza volta che lo incontravo e la prima in assoluto che gli parlavo. Lui stesso ha tenuto a precisare di non credere in Dio ma solo nella ragione umana."

"Detto da lui è una consolazione," commentò Gori Misticò. "Non volevo mettervi in imbarazzo, don Marco," aggiunse. "Del resto, credo sappiate quello che è accaduto alla famiglia Celata e anche le ipotesi che girano."

"Era venuto per il funerale di suo padre," disse il giovane prete con un po' di riluttanza. "Ma con procedure che mi sono parse alquanto bizzarre."

"In che senso?" domandò Gori. Poi si ricordò di un particolare non di poco conto: la salma del barone Vittorio Celata di Lauria si trovava ancora in attesa di autopsia. "E che aveva in mente, un funerale in contumacia?"

Don Marco non gli rispose e il maresciallo in aspettativa si scusò. Gli disse che era una semplice curiosità, un vizio del mestiere di quando ancora era maresciallo. Don Marco gli fece cenno di non preoccuparsi e gli rinnovò l'invito a processioni, bande e tutto il resto. Gori Misticò annuì distrattamente, ringraziò, salutò e uscì sotto lo sguardo del Cristo in croce, che si faceva sempre fatica a capire che cosa stesse davvero pensando.

Crotone
Foce del fiume Esaro, non lontano dal Centro primo soccorso e accoglienza per rifugiati e richiedenti asilo

Seduto su un blocco di cemento grezzo che gli aveva grattato i polpacci, mentre il sole gli si alzava davanti con l'intenzione nemmeno troppo nascosta di ridurre il pianeta Terra a uno stronzo spaziale affumicato, Ahmed guardava il mare e, pensando che oltre quell'orizzonte ci fosse casa sua, i genitori, i suoi fratelli e le sorelle lasciati per cercare lavoro e fortuna in Europa, giurò a se stesso che un giorno sarebbe tornato. Era questa la ragione che lo aveva spinto quella mattina a fuggire dal centro. In realtà, Ahmed stava guardando verso est mentre il suo paese stava a sud-ovest, sulla costa atlantica dell'Africa. Ma per lui faceva lo stesso.

Ancora gli riviveva nella mente il viaggio infinito che era stato costretto ad affrontare per arrivare fino a qui, la fame e la sete, la fatica disumana e il caldo insopportabile, le botte, le frustate, le umiliazioni continue. La paura che non lo lasciava mai, giorno e notte. E poi la traversata su una barca sfondata, il mare nero e il cielo dello stesso colore, che non sapevi dove finisse uno e cominciasse l'altro, il rischio costante di cadere in acqua e morire annegato o mangiato dai pesci. Finché, ecco la terraferma, la speranza che qualcuno li avrebbe soccorsi e sfamati, il sollievo che i mercanti fossero ormai lontani, che d'ora in avanti non avrebbe avuto più paura per la propria vita.

Ma poi invece aveva visto quella mano e quel pezzo di gamba affiorare dalla sabbia e aveva capito che uno spirito maligno, un demone lo aveva seguito per tutto il viaggio e che d'ora in poi lo avrebbe perseguitato per il resto dei suoi giorni. A niente erano valse le rassicurazioni dei suoi compagni di viaggio e dei bianchi che li avevano soccorsi e ospitati. Non ci sono di mezzo spiriti maligni, Ahmed, gli dicevano. Sono stati uomini, come me, come te. Gli uomini si uccidono come cani e poi danno la colpa ai fantasmi.

Ma Ahmed non ci aveva creduto, per lui adesso non solo il suo corpo, ma anche la sua anima erano in pericolo. Solo una cosa avrebbe potuto salvarlo: imbattersi in un altro spirito, un'entità benigna disposta a sacrificarsi per lui proteggendolo dal demone impersonificato dal morto seppellito nella sabbia. Solo l'intervento di un *atoro* poteva cambiare il corso delle cose. Così gli avevano spiegato gli anziani del suo villaggio la notte precedente alla sua partenza.

Mise le mani ai lati del viso per vedere meglio quella cosa che galleggiava sul pelo dell'acqua. Il sole benché appena sorto era già abbagliante, i riflessi sul mare gli davano la vertigine.

Non sapendo nemmeno lui perché lo stesse facendo, si avvicinò. Sulle prime pensò fosse un tronco, poi un grosso pesce.

Arrivò sul bagnasciuga, si bagnò le scarpe, poi i piedi e poi ancora i calzoni militari lunghi una spanna più del necessario e larghi almeno due taglie di troppo. Da quando era arrivato aveva recuperato peso, messo su qualche chilo, ma li aveva dovuti lo stesso legare con uno spago altrimenti gli calavano.

Un pezzo di una barca, pensò. Oppure un sacco nero.

Si fece coraggio, avanzò nell'acqua che dopo nemmeno dieci passi già gli arrivava alla vita, e riuscì ad allungare una mano e toccare.

Il corpo si ribaltò su se stesso e Ahmed non riuscì a controllare l'urlo che gli era salito dal petto. La paura lo aveva paralizzato, ma solo per un attimo. Capì subito che non c'era nulla di cui avere paura, anzi, quella era la fine di ogni sua paura, l'inizio della pace. Quello era l'*atoro* che stava aspettando, l'angelo che si era sacrificato e aveva donato la sua vita affinché lui potesse proseguire la sua. Lo spirito benigno inviatogli dai suoi antenati era arrivato fin qui percorrendo il mare infinito e adesso gli si manifestava davanti ai suoi occhi sottoforma di giovane e bellissima ragazza bianca morta per annegamento.

In realtà, se Ahmed avesse potuto indagare più a fondo, avrebbe potuto verificare che la causa della morte non era annegamento bensì un colpo d'arma da fuoco alla nuca, e che quella non era la manifestazione fisica di uno spirito benigno venuto a salvarlo, ma il corpo di Pietrina Melis, in arte Jessica Jolie, uccisa durante la notte dai due sicari ingaggiati da Ferdinando Di Teodoro, i quali prima le avevano spiegato che non c'era altro che potessero fare, poi, alle suppliche della ragazza di valutare soluzioni alternative – lei poteva partire quella sera stessa, sparire senza lasciare traccia, non avrebbe detto mai niente a nessuno – avevano finto di ascoltarla e valutare la contro-proposta, poi la avevano fatta bere, si erano fatti fare due pompini, le avevano dato da fumare eroina e infine l'avevano ammazzata senza farla soffrire. Avevano caricato il cadavere a bordo di una barca, navigato fino in mare aperto e lo avevano gettato zavorrato in acqua. La zavorra però si era sganciata e il corpo era riemerso, finché la corrente lo aveva portato a riva.

Ahmed sapeva come bisogna comportarsi in questi casi. I vecchi del villaggio glielo avevano spiegato: occorre dare degna sepoltura alla manifestazione corporea dello spirito buono, in un luogo sicuro, al riparo dagli animali e dalla presenza di altri uomini, alla cui vista l'apparizione potrebbe adirarsi e trasformarsi anch'essa in demone. La buca dovrà essere profonda, nessuno la dovrà trovare, solo così il soffio benigno potrà diffondersi.

Ci mise quattro ore per trovare il luogo giusto, scavare, trasportare il corpo, ricoprirlo di terra, sistemare erba e foglie in modo da nasconderne le tracce. Alla fine rinunciò all'idea di tornare al suo paese, tornò al Centro primo soccorso e accoglienza per rifugiati e richiedenti asilo di Crotone, certo che d'ora in avanti avrebbe finalmente trovato la fortuna che stava inseguendo.

Periferia di Catanzaro
Casa d'aste Hennessy, Field & Stencil

Funerali come quelli non se n'erano visti mai, né a San Telesforo Jonico né in tutta la Calabria e forse nemmeno altrove: non c'era il morto, basti dire questo. La salma del barone Vittorio Celata di Lauria si trovava ancora presso il servizio di medicina legale di Crotone in attesa di autopsia, che non si era potuta finora svolgere in quanto il medico titolare era appena andato in pensione e sostituti non se ne trovavano.

Nel frattempo, però, Falco, divenuto orfano ma non ancora titolare delle proprietà di famiglia, aveva insistito affinché una cerimonia funebre venisse comunque svolta, così da consentire a chi volesse onorare il ricordo del padre di poterlo fare senza aspettare i comodi della magistratura. Quando, poi, la salma fosse stata restituita, ci sarebbe stata eventualmente una seconda funzione – privata, religiosa e ridotta – dopodiché la cremazione in ossequio alle volontà dell'estinto, peraltro mai dichiarate ufficialmente.

Quell'incompetente di don Marco si era rifiutato di officiare il funerale in *absentia corporis* dicendogli che la chiesa era un luogo sacro e le funzioni funebri una faccenda seria. Si trovasse un altro spazio – un magazzino, una discoteca o quello che gli pareva – e ingaggiasse un disc-jockey o magari un battitore d'asta disposto a prendere parte a quella pagliacciata.

A Falco Celata era sembrato un ottimo consiglio. Aveva affittato uno spazio abitualmente usato per la vendita all'incanto di dipinti e suppellettili dove aveva fatto montare un catafalco facente funzione di altare ligneo illuminato da fari multicolore e, a lato, una gigantografia raffigurante il barone Vittorio Celata di Lauria immortalato in un'espressione che faceva pensare al viso di un uomo che sta trattenendo da settimane una potente scorreggia. A officiare la funzione laica serale era stato chiamato il fascinoso

Beppe Piscina di Jonic TV, il quale era alla sua prima esperienza funeraria – aveva presentato rassegne musicali e di poesia, sagre di bovini e pollame e, ovviamente, feste di matrimoni e battesimo – ma mai esequie. Tuttavia, la sua professionalità e il possente cachet richiesto e ottenuto gli avrebbero consentito di superare brillantemente la prova, facendogli ponderare la possibilità di cercare altri ingaggi di quel genere.

E, in effetti, la sua, chiamiamola così, omelia laica fu un capolavoro di equilibrismo: il bravo Beppe riuscì a fare capire che il barone era stato ammazzato senza mai dirlo esplicitamente, insistette sul concetto della memoria che vale ben più della presenza fisica nonché sul fatto che, dopo morti, quello che conta, parliamoci chiaro, è l'anima, non il corpo – così da sorvolare sull'assenza di una effettiva salma.

Fece quindi partire la musica che aveva preparato – un Bach remixato – e chiamò all'altare chiunque desiderasse portare la propria testimonianza, ricordando la figura del nobile scomparso.

Ma, come capita alla fine di certe presentazioni librarie, quando si invita il pubblico a fare domande allo scrittore, calarono istanti di doloroso e imbarazzato silenzio. Nessuno aveva intenzione di salire sul palco e parlare.

Prese così la parola proprio Falco Celata di Lauria, il quale aveva organizzato quello scempio sacrilego non certo per celebrare la figura del genitore, al quale lo legava lo stesso affetto che una mucca nutre per una zecca ematofaga. Il suo unico scopo era rassicurare i presenti che, nonostante le apparenze, il progetto Ionian Coast proseguiva e sarebbe stato realizzato, eccome. Il passaggio di proprietà delle terre da padre a figlio era questione di giorni, dato che sua madre stava per essere rinviata a giudizio. I lavori sarebbero incominciati secondo programma, ancorché aggiornato. Il primo albergo sarebbe sorto entro la fine dell'anno, e da lì l'accelerazione edilizia sarebbe stata bruciante.

La platea si divideva equamente in tre gruppi: c'era chi sapeva perfettamente che si trattava di minchiate (l'ingegnere Di Teodoro, più profumato e tiroideo del solito); chi cominciava a sospettare di essere stato preso per il culo, anche se non aveva ancora capito da chi (i soci finanziatori russi); e chi se ne sbatteva il cazzo e non vedeva l'ora che questa pagliacciata finisse, ossia il costruttore Cono Gassone, che era arrivato fin qui con l'unico scopo di sventolare in faccia a Falco Celata l'ultima fattura da saldare per affitto mezzi e gasolio.

Completo beige, camicia blu e occhiali a specchio, Falco si sistemò davanti agli invitati raccontando alcuni aneddoti su lui e suo padre inventati di sana pianta dalla sua mente instabile (uno era palesemente un plagio della celebre scena del *Re Leone* quando la scimmia Rafiki alza al cielo il piccolo Simba sulla rupe). Terminate le fanfaluche tornò a sedersi sulle poltroncine appositamente noleggiate. Il buffet iniziò di lì a pochi minuti e a tratti ricordava un branco di iene che si dividono la carcassa di un bufalo ancora agonizzante.

Il maresciallo in aspettativa Gori Misticò aveva chiesto a Federico Costantino di presenziare in alta uniforme alla cerimonia, in rappresentanza delle istituzioni locali e, con la scusa, scattare di soppiatto foto ai presenti. Incarico che il giovane carabiniere svolse con grande discrezione e ammirevole efficienza.

Uscì però dalla sala d'aste senza potere assistere al *redde rationem* tra i russi, Di Teodoro e Falco Celata, riunitisi nell'ufficetto alle spalle del bando d'asta. Le pance ormai sazie potevano fare pensare a una conversazione pacata e costruttiva. Invece, le comunicazioni di Di Teodoro – il quale annunciava ai soci che il progetto di Ionian Coast, a onta di quanto appena affermato da Falco Celata di Lauria, era da considerarsi sospeso a data da destinarsi, presumibilmente a mai, a causa dei troppi contrattempi e delle complicazioni anche in ambito giudiziario – scatenarono gli animi. C'era chi gridava all'imbroglio, chi minacciava azioni legali, chi voleva tornàti indietro i sòrdi e chi, più sbrigativamente, mise la mano alla pistola. A quel punto il tirapiedi dell'ingegnere fece altrettanto e il russo capì che non era il caso di mettersi a sparare dopo la celebrazione di un funerale, ancorché singolare come quello.

Falco Celata venne strattonato e si prese pure due schiaffoni. Riuscì a liberarsi e si avventò contro Di Teodoro chiedendogli ragione di quell'annuncio non concordato e, per quanto lo riguardava, del tutto privo di fondamento.

"Sentite un po', barone," gli replicò l'ingegnere rivolgendogli per la prima volta lo sguardo che Falco Celata si meritava. Mo' ne aveva davvero le palle piene di questo babbeo senza arte né parte, questo scemunìtu tutto chiacchiere e boria, 'stu ciaramedhàru buono a niente. Non vedeva l'ora di buttarsi tutta questa storia alle spalle e tornare ai suoi affari, meno presuntuosi ma più concreti. Due soldi li aveva incassati, anche se sulla coscienza gli pesava un omicidio. No, a pensarci bene sulla coscienza non gli pesava proprio un bel niente, né niente gli sarebbe pesato. "Le cose sono andate come sono andate," disse. "Occorre prenderne atto. Non tutti i progetti vengono realizzati."

"L'unico che può prendere queste decisioni sono io, geometra," disse Falco come il principe che si rivolge al vassallo. "Cercate di stare al posto vostro."

Di Teodoro lo fissò per pochi secondi che però sembrarono una menz'ùra. "Dassàtimi 'n pàcia, babbeo," gli disse poi mostrandogli una faccia che Falco non aveva mai visto, che poi era la vera faccia di quell'uomo tanto 'mprofhumàto da fare scappare mùschi e zanzàri.

Non gli disse altro, Di Teodoro, giacché il suo problema adesso non era Falco Celata. "Vammi a chiamare i russi," ordinò al tirapiedi. "Dicci che ci devo parlare. Gli spiego come sono andate le cose e pure con chi se la devono prendere. E che non mi rompessero più le palle. Sono in macchina che li aspetto."

Raccomandò al suo uomo di tenere pronta l'arma, che con quella gente non si sapeva mai. Era arrivata l'ora di mettere a posto le cose, una volta e per tutte. Che li minacciassero, gli facessero capire di stare alla larga dalle loro questioni. Prima il brigadiere e poi il maresciallo, o viceversa. O contemporaneamente. Per lui era lo stesso. *Dos ut des*, come dicevano i latini.

San Telesforo Jonico
Piazzetta

Tra le rùghe, le stràte e i vinèdhi di San Telesforo di volpi non se ne vedevano tante, solo gatti e i cani randagi amici di Triqquàrti. Ma appena uscivi fuori dal paese lasciandoti alle spalle le luci, oltrepassato il muro bianco del camposanto, oltre la curva detta 'A Destìna, la campagna di notte si faceva buia pesta. Allora, specie viaggiando in macchina, incrociare gli occhi luminescenti dell'animale predatore abbagliato dai fari era frequente. Erano apparizioni che lasciavano dentro un senso di magico e misterioso, come avere incontrato uno spirito del bosco o forse un cristiano che in una notte di luna piena si era trasformato in bestia selvatica.

Gli occhi della volpe ti fissavano per qualche istante, scrutavano, valutavano, avvisavano ed eventualmente ti minacciavano di non fare un altro passo dentro quello scùro, giacché lì si entrava solo se si era disposti ad accettare le regole. Una volta lì dentro le regole erano altre, quelle degli uomini te le potevi attaccare al collo e farti una golièra. Dentro la boscaglia nera si mangiava o si era mangiati, altre leggi non ce ne stavano, non venivano accettate.

Ed era quasi inverosimile che, una volta fattosi giorno, quella stessa boscaglia perdesse qualsiasi aspetto minaccioso e tornasse a essere florida vegetazione, erba, frasche, olivàre e piante da frutto. Durante il giorno lì nessuno ti poteva fare del male. Sì, in teoria ti potevi ancora imbattere in un qualche brigànta che gli si era fermato l'orologio ai tempi del papa re e, fucile a trombone in mano, ti intimava di consegnargli il sacchettino con le monete. Ma era improbabile, i malàndrini erano stati tutti catturati o ammazzati dai gendarmi. Dovevi tutt'al più fare attenzione a qualche sèrppa nascosta tra l'erba – che poi, per essere del tutto al sicuro, ti bastava pestare i piedi mentre camminavi o dotarti di un bastone da agitare sul terreno per farle scappare, giacché i serpenti temono l'uomo più di quanto l'uomo dovrebbe ragionevolmente temere i serpenti.

E quindi sì, dicevamo, in paese di volpi non se ne vedevano, ma di cani ce n'erano molti, e spesso si rischiava di pestare un qualche stronzo mollato da uno degli amici di Triqquàrti, se non da Triqquàrti medesimo. In quel caso, il malcapitato con la suola bella farcita di merda fumante avrebbe voluto correre in comune a sacramentare affinché tutti i randagi venissero deportati e gassati. Oppure, più sbrigativamente, gli veniva in mente di procurarsi uno schioppo e spararagli nel culo a uno a uno. Ma erano momenti che passavano, come tutto il resto. E poi, bastava solo fare attenzione a dove si mettevano i piedi.

Don Marco schivò in effetti uno stronzo nero che pareva una soppressata scura sul quale se ne stava appoggiato un altro, più piccolo, assomigliante a una ciambellina con cosparsi piccole praline di merda più chiara. Un'opera d'arte moderna, sembrava.

Il giovane sacerdote, in tenuta sportiva, aveva iniziato la quotidiana ruotine di corsa che partiva dalla chiesa e che scalando la salita di Aqquafrìdda lo portava alla Crùcia do Sperdùtu, il punto più alto del territorio comunale, dal quale poi sarebbe ridisceso lungo Stratalònga verso il ponte cosiddetto da Pètra Lìsscia, dove un tempo le donne andavano a fare 'a vucàta, per poi risalire di nuovo sulla provinciale verso il paese e quindi di nuovo in canonica.

I Tre Fenomeni di San Telesforo Jonico, vale a dire Corasaniti Mario, detto 'u Filòsofu per via delle sue letture classiche, Caldazzo Peppa, detto 'u Sapùtu a causa della sua competenza tecnica, e De Septis Ciccio, detto 'u Rinàtu in seguito alla riscoperta del senso religioso, si trovavano già a quell'ora mattutina ai rispettivi posti di combattimento, ossia seduti al tavolinetto esterno del Bar Centrale, occupati nelle loro mansioni lavorative quotidiane: osservare il volo della mosche, fare la critica ai passanti e imbastire polemiche intorno a qualche indispensabile cazzo di mare.

"Don Marco illustrissimo," disse uno vedendo arrivare il sacerdote.

"Buongiorno e salute," aggiunse l'altro.

"Sia lodato," concluse il terzo, senza specificare l'oggetto della lode.

Il prete rallentò il passo e zampettando sul posto rivolse un cenno di saluto ai suoi parrocchiani, i quali quella mattina, forse alla ricerca di un qualche interessante oggetto di conversazione spirituale, o ai quali semplicemente gli andava di scassare la minchia al prossimo, lo invitarono a unirsi a loro.

"Ci vediamo al ritorno," cercò di dire don Marco.

"E che sarà mai," lo incóraggiò 'u Filòsofu.

"La matìna non bisogna correre ché fa male," sentenziò 'u Sapùtu.

"Come dice nostro Signore nella paràbbola del podista," completò, misteriosamente 'ù Rinàtu.

Don Marco sospirò, fermò la corsa e si avvicinò al tavolino.

"Come va la preparazione dei festeggiamenti?" gli chiese subito Corasaniti.

"Cosa stiamo organizzando per questo corpusdòmani?" intervenne Caldazzo.

"Non è il Corpus Domini," corresse don Marco. "È la processione del patrono."

"Li dovete scusare," disse De Septis indicando i compagni di tavolino. "I miei colleghi, a mia differenza, non sono molto afferràti di questioni religgiòsi."

"In effetti sono un po' preoccupato," disse il prete con tono un poco dolente. "Mancano poche settimane e faccio fatica a trovare qualcuno disposto a portare la statua del santo."

"Io vi verrei incontro, ma pultròppo la spalla," disse 'u Filòsofu massaggiandosi la borsa subdeltoidea destra. "Un incidente di caccia nell'ormai lontano millenovecentonovantaquattro, anno dei cèlebbri mondiali di calcio americani."

"A me la schiena non mi lascia pace," aggiunse 'u Sapùtu. "Date le mie competenze in campo medico ho spiegato perfino persègno a tanti dottori il da farsi, terapie e interventi, ma nessuno mi ha voluto dare retta."

"Io posso certamente garantire il mio modesto contributo al trasporto della santità come dovere di ogni buon cristiano," disse 'u Rinàtu. "Ma solo fino alla salita di via Duca dell'Abbrùzzo, ché dopo i bracci non mi possono reggere."

"Non importa," disse don Marco preparandosi a riprendere la corsa. "In qualche modo faremo. Ci affidiamo alla Provvidenza."

"Eh, ma in questo periodo l'INPS fa quello che può," commentò amaramente Corasaniti.

"Quella è la previdenza, non la provvidenza," lo rimproverò Caldazzo.

"La provvidenza è l'ultima a morire," dichiarò ufficialmente De Septis.

"Sentite, ma non è che per caso voi sapete suonare?" domandò all'improvviso il giovane sacerdote.

Vedendo che la domanda li aveva colti impreparati don Marco

spiegò che la processione rischiava in effetti di non potere essere effettuata, mancando chi potesse sorreggere il pesante baldacchino di San Telesforo. Però (ed era un pensiero che gli si era palesato in quell'esatto momento) si poteva lenire la mancanza del tradizionale corteo sacro con un programma musicale appositamente preparato. È vero, da tempo la banda comunale di San Telesforo era stata smantellata per mancanza di musicanti, ma gli strumenti – ottoni, legni e percussioni – quelli erano rimasti. Stavano in sagrestia. Bastava ripulirli, controllare ance e tasti e in teoria erano ancora in grado di eseguire un'ouverture del *Barbiere*, un'aria dell'*Aida*, un *Rondò alla Turca*. Ci volevano solo i professori d'orchestra. Ne sarebbero bastati tre.

Purtroppo, anche in quel caso le risposte furono deludenti. Corasaniti si dedicava da tempo ormai solo allo studio dei classici, di cui non aveva letto manco mezza riga negli ultimi quattro anni, Caldazzo era orientato alle scienze, delle quali non sapeva sostanzialmente una minchia, mentre De Septis dedicava le sue serate alla rilettura della Bibbia, ancorché in edizione ridotta.

"Il santelesforese è più umanista che musicista," disse il primo.

"La musica è più un discorso per l'africàni," aggiunse il secondo.

"Ma in quel caso trattasi più di rìttimo di tamburi che di strumenti a fiato," concluse il terzo, accompagnando la raffinata analisi con disinvolti movimenti delle mani che andarono a mimare prima un bongo e poi uno zufolo.

Don Marco parve per un istante assorto in un pensiero difficile da decifrare, un'idea proveniente dallo spazio profondo. Poi, senza aggiungere altro, salutò, voltò i tacchi e tornò verso la canonica.

"E la corsa non la fate quest'oggi, reverendo?" gli chiesero.

"Mi sono ricordato che devo prima andare in un posto," rispose il don evitando il minaccioso stronzo che gli sbarrava di nuovo il passo.

Milano
Istituto di oncologia

Voli diretti non ce n'erano, tutti pieni. Il primo disponibile era per il pomeriggio del giorno dopo e così Gori Misticò dovette prendere il Lamezia-Roma delle sette e dieci, quindi affrontare una sosta di tre ore a Fiumicino per poi finalmente imbarcarsi su un aereo che però non atterrava a Linate ma a Malpensa, il che voleva dire altre due ore buone di treni e metropolitane. Una delle due tratte dell'andata era stato costretto a prenderla in business, essendo l'economy piena zeppa. Fu il viaggio più lungo, faticoso e costoso della sua vicenda ospedaliera. Aveva volato con la compagnia di bandiera che per portarlo dalla Calabria alla Lombardia aveva chiesto e ottenuto metà della sua ultima busta paga. Come se non bastasse, il tratto da Roma a Milano l'aveva fatto seduto accanto a un parlamentare di un partito postfascista simpatico quanto una verruca sui coglioni che russò come una zampogna dal decollo all'atterraggio e durante una turbolenza fece partire un pìrito che per poco non faceva calare le maschere a ossigeno.

Era stato costretto da quell'odissea dal ricatto di Strangio, il quale gli aveva detto che se voleva altri antidolorifici si doveva presentare in ospedale e chiederglieli personalmente. E Gori non aveva potuto fare altro che sottostare, dato che – benché i dolori non fossero intollerabili – ormai si trovava in un particolare stato diagnosticatogli per telefono dallo stesso Nicola.

"Si chiama *craving*, coglione," gli aveva detto, spiegandogli di che si trattasse. Desiderio della sostanza a prescindere dalla presenza del sintomo. Effetti collaterali: insonnia, ansia, difficoltà a camminare più altre fesserie a livello neurologico. "Complimenti vivissimi per il risultato ottenuto, maresciallo," aveva aggiunto. "Adesso sono cazzi tuoi."

Quello dell'amico, tuttavia, non era puntiglio né ritorsione e nemmeno dispetto gratuito. Gori aveva a questo punto bisogno di una posologia a scalare che avrebbe dovuto osservare alla virgola se non voleva andare incontro a cazzi ancora più grossi. E, già che c'era, avrebbe dovuto ascoltare anche tutto quello che Nicola Strangio aveva da dirgli riguardo all'intervento che gli aveva proposto. Anzi, calorosamente consigliato.

Il maresciallo in aspettativa uscì dal breve ma intenso incontro con Nicola Strangio con le ossa rotte e l'anima a brandelli. Aveva, sì, ottenuto quello che in fondo voleva – un blister da dodici pastiglie che gli dovevano durare fino a fine mese – ma anche la certezza di avere aggiunto un nuovo capitolo alla propria vicenda umana: senzapadre, quasi ammazzato, omicida, ex carabiniere, privo di compagna e figli, malato di cancro, tecnicamente drogato. Per non parlare poi dell'operazione, ché solo quella era un capitolo a parte.

"Siamo intorno al cinquanta per cento, Gregorio," gli aveva detto Nicola Strangio. "Cinquanta di probabilità di successo."

"E cinquanta che ti rimango sotto i ferri," aveva aggiunto Gori Misticò giusto per completezza di informazione.

"Ti sto riferendo le statistiche. E le statistiche sono solo numeri che si basano su dati generali. Nel tuo caso siamo ben oltre quel numero."

"Vale a dire?" domandò Gori. "Quanto oltre? Cinquantacinque? Settanta? Novantanove?"

"Perché mi rompi i coglioni, maresciallo?" aveva detto Strangio, esasperato. "Che cazzo vuoi che ti dica? Che al cento per cento ce la farai? O che al cento per cento invece no? Sono numeri, Gori, te l'ho già detto. Vogliono dire tutto e non vogliono dire niente."

Aprì un cassetto e ne estrasse una confezione di pastiglie di color rosso vivo. Con il pollice ne cacciò fuori dieci, le allineò sulla scrivania. Gliele indicò.

Misticò rimaneva in attesa di capire dove andasse a parare quel teatrino.

"Se ti dicessi che di queste dieci pastiglie una contiene cianuro e ti chiedessi di ingoiarne una, che cosa mi risponderesti?"

"Col cazzo," rispose Misticò calmo. "Ecco cosa ti risponderei."

"La probabilità che mandi giù veleno sarebbe una su dieci," disse Strangio facendo finta di non avere sentito. "Il dieci per cento. Mi segui fino a qui o sei troppo stupido per fare il conto?"

"Vai avanti, professore," gli disse Gori minaccioso. "E vedi di muoverti che ho un aereo costoso da prendere."

Nicola Strangio pizzicò una delle pastigliette e la sollevò mostrandola a Gori come se gli presentasse l'agnello di Dio che toglie i peccati del mondo. "Ma quando io ne tiro su una, la *possibilità* che questa sia quella avvelenata è sempre una su due."

Gori Misticò ci pensò su qualche secondo. "E questo che minchia vorrebbe dire?" domandò.

"Che delle statistiche me ne sbatto," rispose Strangio cercando di trattenere le emozioni che lo stavano per travolgere. "Vuol dire che ti opero io e quanto è vera la Madonna della cornamusa ti svegli. E se non ti svegli da solo ti sveglio io a schiaffoni. Io da solo al mondo non ci voglio stare. Ci siamo capiti, Gregorio Misticò?"

Poi lo invitò ad andarsene perché piuttosto di farsi vedere piangere ingoiava tutte e dieci quelle pastiglie rosse che, detto solo per la cronaca, erano un potente lassativo.

La strada di ritorno per l'aeroporto di Malpensa era lunga, ma ormai Gori Misticò aveva già speso un patrimonio per l'aereo, quindi tanto valeva andare in rovina completa chiamando un taxi. Si mise in fila. Per un istante gli passò per la mente la questione ereditaria: niente niente, doveva fare testamento e indicare a chi andava la casa di San Telesforo e i quattro soldi che gli rimanevano sul conto corrente? E a chi doveva lasciarli? Non avendo parenti, doveva scegliere qualcun altro? Costantino? Catena?

"Permette una parola?" gli disse l'uomo che gli stava alle spalle interrompendogli i pensieri.

Ecco, pensò Gori Misticò. Questo sicurissimamente è uno scassaguàllara che vuole prendersi il mio tassì con la scusa che ha un'urgenza improrogabile, vale a dire arrivare a casa in tempo per vedersi l'inizio della partita. Non esisteva un articolo del codice penale che facesse al caso suo? Chessò, articolo 777, millantata causa di forza maggiore. Multa da cento a centomila euro a seconda della millanteria. Si stava preparando un rifiuto fermo e non necessariamente cortese, ma l'uomo gli sorrise. Avevano più o meno la stessa età ma erano entrati nell'istituto non per le stesse ragioni e non ne uscivano con le stesse aspettative.

Gori si domandò chi potesse essere. Un malato, come si è detto, non sembrava proprio. Troppo in salute. Parente di un malato, nemmeno. Troppo rilassato. Gli venne in mente che potesse essere uno delle tasse oppure un inviato di Dio o del demonio. Effetto della dipendenza da oppiacei: annebbiamento del giudizio razionale.

Senza girarci troppo intorno l'uomo si presentò e gli spiegò di che cosa si occupava. Transazioni dirette mobiliari e immobiliari. Gli propose l'acquisto in blocco e per contanti di tutti i suoi beni. Disse che per chi esce da quel posto e nelle condizioni in cui Gori sembrava trovarsi, quella poteva essere un'occasione da prendere al volo. Un affare. Avrebbe potuto lasciare qualche soldo a chi gli sarebbe sopravvissuto – un figlio, un fratello. Magari saldare qualche vecchio debito. Oppure avere in tasca un po' di contanti da spararsi in eroina e mignotte prima di sputare l'anima al padreterno. Lui e l'azienda che rappresentava ritiravano tutto – automobili, case, oro, anche titoli di Stato. Al cinquanta per cento ma cash.

Sul volo di ritorno, guardando le nuvole della sera che sul Tirreno si rincorrevano rimanendo immobili, Gori Misticò si domandava se tutto ciò stesse accadendo davvero o se non fosse anche questo uno scherzo della percezione, una suggestione indotta nel suo cervello dalle troppe medicine, dalla troppa paura, dalla troppa tristezza: stava davvero volando? Stava davvero morendo?

E a quel tizio, quello incontrato fuori dall'Istituto di oncologia, quel farrabbùtto che gli aveva proposto di comprare tutti i suoi beni alla metà del valore approfittando della sua disperazione, Gori Misticò aveva davvero assestato un cazzotto al mento facendolo stramazzare a terra proprio nel momento in cui il suo taxi arrivava o lo aveva solo sognato?

Sperava che fosse davvero accaduto, perché era stata una scena magnifica. *Instant karma*, *poetic justice* o come accidenti si chiama. Poi si addormentò.

San Telesforo Jonico
Casa Chiaromonte

Il professor Delfo Agazio si doveva rassegnare: la sua Maria Ausiliatrice, luce dei suoi occhi, unigenita e principessa, avrebbe sposato entro l'estate dell'anno venturo quel balòcco del brigadiere capo Federico Costantino. E lui non se ne dava pace, benché figlia e moglie, con toni diversi e con parole diverse, lo avevano più volte esortato a non ficcare il naso ché quelli non erano affari suoi.

"Che tu vuoi o non vuoi, quel ragazzo ce l'avrai dentro casa," gli aveva intimato la signora Costanza. "Pertanto, abituati all'idea."

"Peccato che, come immagino, ogni tanto càca," aveva risposto il marito. "Altrimenti lo potevo usare come soprammobile."

Chiaromonte poteva scegliere: o dare la propria benedizione (che, peraltro, nessuno gli aveva chiesto né attendeva) oppure surmunijàra langùri – purché a bassa voce; anzi, meglio, a mente – riguardo al fatto che lui a quel matrimonio era e sarebbe stato per sempre contrario.

Scelse una terza opzione, pensata lì per lì, e telefonò al futuro genero.

Il telefono era staccato. Chiaromonte si augurò un incidente con esito tragico, ma sapeva di non essere così fortunato.

San Telesforo Jonico
Rosticceria Da Piscopo

Rosarino Piscopo non aveva avuto niente da obiettare quando il maresciallo Misticò gli aveva chiesto di usare il suo locale come ufficio momentaneo. Il fatto è che a casa ci stava Catena che puliva e, contravvenendo agli ordini, si era portata pure dietro la figlia Filomena allo scopo presumibile di forzare la mano a Gori in merito al loro possibile fidanzamento. Per evitare di incazzarsi, dato che ogni giorno che passava si sentiva un po' più debole del giorno prima, Gori aveva pensato di convocare il brigadiere in rosticceria. Fino alle undici non c'era rischio che si presentasse nessuno e Rosarino aveva daffare in cucina. Nessuno li avrebbe disturbati.

Il maresciallo in aspettativa scelse il tavolo centrale, quello meglio illuminato dal neon. Il brigadiere Costantino aveva scaricato sul tablet una ventina degli scatti fatti al non-funerale del barone Celata, così che le facce fossero più chiaramente riconoscibili.

"Questo è Cono Gassone," disse Gori Misticò. "E quest'altro si chiama Mimmo Calatafamo." Puntava l'indice su un uomo dall'enorme cranio glabro. "Costruttore e sub-appaltatore." Indicò poi quello che gli stava seduto accanto, che pareva un attore di fiction, quelli che interpretano il ruolo del bello figlio di puttana. "Antonino Ficara Lopez," disse. "Broker. Lavora a Londra."

"Gli altri tre sono stranieri," disse Federico Costantino indicando un tizio con un taglio di capelli che pareva un marine nazista, uno che non aveva mai tolto gli occhiali scuri e un terzo che sarà stato alto un metro e sessanta e che poteva essere chiunque – un impiegato ministeriale o un assassino seriale di anziane.

"Stranieri di dove?" domandò Gori Misticò.

"Russi," rispose il brigadiere.

"Come fai a esserne certo?"

"Parlavano russo."

"Perché, tu mo' sei capace di distinguere il russo dal polacco?" disse il maresciallo. "O dal bulgaro o dal cecoslovacco?"

"Vi dico che erano russi, comandante," replicò senza protervia Federico Costantino. "Fidatevi."

"Io mi fido abbàsta che mi dici come fai a essere tanto sicuro."

"Perché gliel'ho chiesto."

"A chi l'hai chiesto?"

"A loro. Ai russi"

"E cosa gli hai chiesto?"

"Gli ho chiesto di dov'erano. Siccome però loro non rispondevano per via della lingua, Ferdinando Di Teodoro mi ha detto che erano russi. Imprenditori russi, ha precisato."

Gori guardò di nuovo quelle facce. "Allora sono questi i famosi communìsti venuti a investire in Calabria," disse a mezza voce. "Non hanno la faccia tanto sveglia. Se li sono scelti giusti."

"Li ha coinvolti Falco Celata?" ipotizzò Federico Costantino.

Gori ridacchiò. "Quello non sa nemmeno cosa c'è dentro l'insalata russa. E Gassone la Russia manco sa indicarla sulla cartina. Questa è certamente opera di quell'altro." Puntò il dito su Di Teodoro. Poi alzò lo sguardo sul suo discepolo. "Sai a chi appartiene davvero il locale dove sei andato con la tua Ausilia?"

Federico Costantino spalancò due occhi tànti.

"Ed ecco trovato un altro collegamento," aggiunse Misticò con un mezzo sorriso. "La finta amante a questo punto l'ha mandata lui da Califano. Ti ha chiesto perché eri interessato alla nazionalità degli amici suoi?"

"Sissignore," rispose prontamente il giovane carabiniere. "Gli ho detto che era per una mia curiosità personale."

Gori Misticò apprezzò. "Bravo, brigadiere," disse. "Ti stai facendo crescere una bella fhacciatòsta. Ti servirà. Solo che adesso Di Teodoro sa ufficialmente che stiamo ficcando il naso nei cazzi loro. E questo significa un certo margine di rischio."

"Sì, però, diavolocàne..." fece per dire Federico Costantino.

"Però cosa?"

"È che vi devo essere sincero, comandante. Io di questa storia ancora non ci ho capito tanto. Mi pare una grande confusione. L'ucraino morto ammazzato, la pistola nascosta..."

"Dai tempo al tempo, Costanti'," disse Gori Misticò. "Finora hai lavorato bene. Devi essere contento di te."

"Sì, ma io posso fare da qui a qui," insistette Federico Costantino delimitando uno spazio immaginario tra le mani. "A me mi pare un gran rompicapo."

"E in effetti è una cosa del genere. Solo che qualcuno si è ammucciàto una tessera. Ma noi la troveremo."

Gori si accorse che non lo aveva convinto. "D'accordo, facciamo un po' di ordine," riprese allora, incoraggiante. "Vediamo che cosa sappiamo fino a ora. Partiamo dall'inizio. Dimmi il primo fatto di questa storia."

Anche se Gori Misticò non voleva confessarselo, quella situazione un poco cominciava a piacergli, si sentiva come il padre che insegna al figlio ad andare in bicicletta, o a nuotare, o a sparare ai cinghiali. E lui voleva che Costantino imparasse più veloce che poteva, giacché non sapeva per quanto ancora avrebbe potuto insegnargli, quante altre cose spiegargli.

"Direi che il primo fatto è che il barone Celata muore sparato da un colpo al cuore," esordì Costantino.

"Molto bene. Possibili colpevoli?"

"Molto probabilmente il figlio, oppure la moglie."

"Perfetto. Ed ecco il secondo fatto. L'arma viene trovata in camera della baronessa," disse Gori come se fosse un test, uno di quei quiz polizieschi che trovi sui giornaletti di enigmistica, dove alla fine smascheri il colpevole perché era mancino o aveva un gemello.

"Sì, ma come mi avete detto, quella ce l'ha messa Falco," replicò il brigadiere. "E infatti l'esame esclude che la signora baronessa abbia premuto il grilletto."

"Esatto. E c'è pure un particolare interessante," intervenne Gori. "Ossia che la pistola è di fabbricazione ucraina. E il bossolo conferma che a sparare sia stata proprio quella Fort calibro 9x18."

"Anche il morto di Tràca dello Spùlico è ucraino," aggiunse Costantino, un po' concitato.

"Ma lui non può essere stato, perché era già morto ammazzato e orvicàto."

"Ma molto probabilmente prima di morire ha fatto visita ai Celata."

"Giusto," approvò Gori. "Ora, qual è il terzo fatto importante?"

Federico Costantino adesso si sentì prendere da una specie di attacco di ansia. Leggero, ma sufficiente per ammutìrlo. Aveva paura di rispondere minchiate. "Il terzo fatto è un altro depistaggio," disse facendosi coraggio. "Una ragazza viene ingaggiata affinché si spacci per l'amante del barone. La ragazza lavora in un locale di proprietà di Di Teodoro Ferdinando."

"Amico di Falco Celata al punto da andare a scagiornarlo in Procura ancora prima che qualcuno gli chiedesse qualcosa," completò il maresciallo. "E questo ci fa capire almeno due cose," aggiunse, cominciando a sentirsi stanco ma tenendo duro. "Anzitutto, che l'ufficio del dottor Girolamo Califano, in quanto a riservatezza, pare un colabbròdo. E secondariamente, che dietro a tutta questa vicenda c'è una regia esterna. Vale a dire qualcuno che ha detto fin dall'inizio a Falco Celata che cosa fare e che cosa non fare. E non è azzardato pensare che costui sia proprio lo stimatissimo ingegner Di Teodoro. Dimentichiamo qualcosa?"

"Mi pare di no," disse il giovane carabiniere, che teneva d'occhio il maresciallo temendo che stesse per avere una nuova crisi.

"E invece dimentichiamo il fatto più importante," disse Misticò facendogli segno che stava bene, ce la poteva fare. "Dimentichiamo il fatto che potrebbe tenere insieme tutta 'sta bella commedia. Il possibile movente."

"Vale a dire?"

"Vale a dire le ruspe e i bulldozer che da settimane girano dalla collina alla spiaggia e viceversa come se dovessero sbancare terreno ma che finora non hanno scavato màncu 'nu grùpu," disse Gori con voce fattasi incerta.

"In effetti," commentò Costantino. "Tutto quadra. Qualcuno vuole costruire, però il barone si oppone e allora Falco Celata lo fa fuori e poi accusa la madre. Così se li toglie dai piedi entrambi."

"Peccato che Falco ha un alibi."

"E quindi?" disse il brigadiere, un poco deluso.

"E quindi rimane una domanda a cui non sembra esserci risposta. Il fatto inspiegabile che forse tiene davvero insieme tutta questa storia."

Altra leggerissima ansia in arrivo che però stavolta Costantino riuscì a controllare, anche se non trovò niente da rispondere.

"Vale a dire, che cazzo voleva l'ucraino dai Celata," disse Gori Misticò.

Costantino annuì.

"Quello è il pezzo del mosaico che si stanno ammucciàndu, brigadiere," continuò Gori Misticò. "È quello il peccato originale. E abbiamo dieci giorni per scoprirlo."

"Dieci giorni?!" disse il brigadiere. "E perché, maresciallo? Che succede tra dieci giorni?"

"Potrebbero passare il caso a un altro sostituto. E poi tra dieci giorni... andrò a Milano," rispose Gori Misticò. "Devo essere operato. E a quanto pare è un'operazione difficile."

Costantino aprì la bocca come per fare una domanda, poi la richiuse e deglutì. "Volete dire che potreste..." riuscì a dire.

"Voglio dire quello che ti ho detto," replicò brusco Gori. "Abbiamo dieci giorni per toglierci la soddisfazione di capire che è successo e che cosa sta succedendo. Altrimenti, il lavoro lo finirai da solo."

"Io senza di voi non finisco proprio niente" disse risoluto Federico Costantino.

"Ecco, bravo," disse Misticò. "Un'altra frase melodrammatica come questa e i vaffanculi che negli ultimi giorni ti ho risparmiato te li do tutti insieme e con gli interessi."

"Ditemi quello che devo fare," disse il brigadiere capo cercando di tenere a freno la paura.

"Per il momento te ne stai tranquillo e cominci a preparare lo sposalizio con la zzìta tua, prima che cambi di nuovo idea," rispose Gori. "E datosìa che dei dieci giorni uno già se ne sta andando, andrò a parlare con una certa persona."

"Con chi?"

"Con quello che faceva girare le macchine per muovere la terra ma che da qualche giorno ha smesso di spaventare le pàpare della spiaggetta e si tiene i macchinari in garage. Voglio andargli a chiedere se per caso gli è finita la benzina."

"Cono Gassone," disse Federico Costantino come se fosse il risultato giusto di un conto.

"Lui. Lo chiameremo il gatto," disse il maresciallo. "E poi ci occuperemo pure della nobile volpe."

E mo' chi càzzu c'entrano i gùrpi?, pensò Rosarino Piscopo facendo capolino dalla cucina. In paese, volpi non ce ne stanno.

Strada Statale 106, km 175,5
Rimessa automezzi Gassone

Cono Gassone aveva fatto qualche soldo e un po' di fortuna locale. E, come tutti quelli che avevano raggiunto un certo benessere in età non più giovanissima e si erano dovuti guadagnare con fatica ogni centimetro di spazio vitale lottando anche contro la crudele natura che non li aveva certo omaggiati – il suo aspetto ricordava quei bidoncini di alluminio che un tempo si usavano per trasportare il latte: panciuti e con un'imboccatura stretta, aspetto che gli aveva fatto guadagnare da piccolo il nomignolo di Testa 'e fhormìcula – riteneva di essere una specie di domineddìo capace di tutto e in grado di sbrogliare qualsiasi matassa. Compresa quella politica, tant'è che alle ultime elezioni provinciali si era candidato in una auto-lista chiamata IERI E OGGI GASSONE PER VOI, i cui manifesti erano stati deturpati da una mano vigliacca e communìsta che sotto il suo faccione minaccioso e il logo del partito aveva scritto E DOMÀNA 'U CÀZZU PE' MÀMMATA. Aveva ottenuto sedici preferenze, quasi tutte comprate.

Gori Misticò gli si presentò all'autorimessa senza chiedere appuntamento né permesso. Si avvicinò con cadenza marziale rimbombando i passi, gli si parò davanti facendo in modo che i trenta centimetri di differenza si vedessero tutti e andò al dunque senza tante chiacchiere, giacché il tempo era poco, particolarmente per lui.

"Cono Gassone dovere di rispondervi alle vostre domande non ne ha," disse l'ometto badando che fosse chiaro che lui non era intimidito manco per il cazzo. "Anche pecchì a quanto ci risulta vi siete licenziato dall'Arma de' carabiniàri."

"Né io ti sto obbligando a farlo, dotto'," replicò Gori Misticò con freddezza. "Come si dice, domandare è lecito e rispondere è cortesia."

"E allora significa che Cono Gassone non è un uomo cortese," ribatté il costruttore voltando le spalle e fingendo di andare da qualche parte (poteva essere il suo ufficio, ma lui l'ufficio non lo teneva: per sbrogliare carte e incombenze burocratiche usava il sedile di una ruspa e le cosiddette riunioni le teneva nel locale cesso).

Gori Misticò voltò uno sguardo panoramico intorno alla gigantesca rimessa dove erano parcheggiate le macchine della ditta. Erano tutte ferme. "Non devi più fare pressione per costruire il porto turistico alla spiaggetta del Pàparo, Tasso'?" domandò il maresciallo, come se stesse cugghiunijàndu.

"Prego?"

"La mia impressione è che ti pigghiàru po' culo," riprese il maresciallo, divertito. Gli si riavvicinò, stavolta a passi lenti. "Ti dicono costruiamo di qua, costruiamo di là, però intanto loro si intascano milioni e a ttìa ti restano i moghicùzzi. Certo, lamentare non ti puoi certo lamentare. Quanto ti sei intascato con il vai e vieni delle tue ruspe?"

"Cono Gassone non si occupa di vai e vieni, maresciallo," rispose l'uomo ostile. "Cono Gassone è uno stimato costruttore."

"Potresti dire a Cono Gassone appena lo vedi se mi usa la cortesia di finirla di parlare di sé in terza persona, ché 'sta litanìa mi sta gonfiando le palle?" ribatté Gori Misticò con ostilità maggiore e meglio definita. "E già che ci sei, informalo pure che esiste un preciso articolo del codice della strada che vieta la circolazione dei macchinari industriali se non per lo svolgimento di lavori adeguatamente certificati. Mentre invece le tue ruspe e i tuoi bulldozer per una misàta hanno scassato la minchia a pedoni, automobilisti e uccelli migratori."

"Se ci sarà da pagare una multa, verrà pagata. Cono Gassone ha sempre pagato quello che c'era da pagare."

Mo', è vero che Gori Misticò era un uomo debole e malato, ma è vero altresì che quando si parla di pugnijàra non sempre è la complessione o la forma fisica a stabilire chi l'avrà vinta, bensì il livello dell'incazzatura, che poi si traduce in determinazione a tirare cazzotti. Gassone al metro e sessanta faticava ad arrivare, e purtuttavia possedeva mani tozze e callose larghe come pale della pizza, e se voleva mettere paura, metteva paura pure a un gigante.

Ma Gori Misticò, in questo preciso momento della sua parabola esistenziale, aveva ben più numerosi ed efficaci motivi di incazzatura. Punto primo, non gli sfuggiva il fatto che gente come Cono Gassone (e non solo lui, pure il cosiddetto ingegnere Di Teodoro) gli sarebbe sopravvissuta.

A lui era venuto il cancro e questi mariòli stavano uno meglio dell'altro, mangiavano e bevevano e fumavano senza manco paura del colesterolo. Punto secondo, quando lui già sarebbe stato sotto tre metri di terra oppure ridotto a cìnnara (ancora non aveva dato disposizioni al riguardo, forse avrebbe dovuto farlo) questi avrebbero continuato a fare festa, a corrompere, a rrobbàra, a fare i cazzi loro. E, magari, sempre dopo che Misticò era già cadavere, si sarebbero impossessati della spiaggetta del Pàparo per farci qualche bella minchiata – porto turistico, lido con la discoteca o magari un altro locale costiero per scambisti.

Dice: Scusa, maresciallo, ma a te che te ne fotte di quello che fa o non fa questo e quell'altro una volta che tu sei morto? Non eri tu quello che aveva deciso di sbattersene le palle di tutto, giacché, schiattato tu, il resto del mondo poteva andare a fare in culo?

È proprio questa la ragione, si rispose mentalmente Gori Misticò. Proprio perché ne ho ancora per poco, allora intanto che ci sono ancora gli voglio rendere la vita difficile, a 'sti vastàsi. Voglio che quando si ricordano di me pensano a uno che, pure che il cancro se lo stava mangiando, gli ha fatto sputare sangue lo stesso. Perché se a raccontare la storia tua devono essere i sopravvissuti, almeno che non si inventino troppe chiacchiere. Che raccontino la verità. Chi era Gori Misticò, che uomo è stato, che cosa è stato capace di fare.

Il pensiero che, o presto o tardi, sarebbero morti anche i Gassone e i Di Teodoro non gli bastava più, non lo consolava più. Sulla sua spiaggetta, là dove lui, Nicola e Michele avevano trascorso il tempo migliore delle loro vite non ci doveva mettere le mani nessuno, nemmeno dopo che lui non ci sarebbe stato più a vegliare. Non glielo avrebbe permesso, per nessunissima ragione.

"Senti un po', faccia 'e càzzu," gli disse prendendolo dal colletto e sbattendolo contro la fiancata di una minipala meccanica. "Tu dalla spiaggia ci devi stare lontano. Quello non è posto tuo, ci siamo spiegati? Un'altra ruspa che mandi e quant'è vero alla Madonna caccio in galera a te e agli amici tuoi."

Cono Gassone fu sorpreso da quell'azione, ma anzitutto se n'era spaventato. Aveva visto negli occhi di Gori Misticò una determinazione a fare qualsiasi cosa, una luce maligna di quelle che a lui stesso gli capitava di dovere mostrare tanto tempo fa, quando aveva iniziato l'attività èdile e spesse volte ci stava bisogno di andare a convincere gente a fare o a non fare certe cose. Era la faccia che lui mostrava quando aveva trent'anni e gli sembrava che tutto gli era dovuto, che tutti si dovevano scansare al suo passaggio.

Ecco, la faccia del maresciallo Misticò era la stessa, con l'aggiunta di quegli occhi che ti dicono: "Io non tengo proprio niente da perdere. E mo' fatti il conto se ti conviene metterti contro di me."

"Maresciallo, calmatevi," gli disse facendogli segno di lasciarlo andare. "I lavori alla spiaggia sono sospendùti, almeno per quanto concerne a Cono Gassone."

Gori non acconsentì subito, prima dovette aspettare che la poltiglia nera fatta di sangue e bile che dal fegato gli era salita alla testa si diluisse quel poco che bastava.

"Vi garantisco che coi 'mbrùgghi di quel rumbulàru profhumàtu di Di Teodoro io non ho niente a che vedere," riprese Gassone sistemandosi il colletto. "A me solo mi hanno domandato di mettere a disposizione i màcchini e di farli girare a vuoto, cosa che ho puntualmente fatto, previo pagamento anticipato della prestazione, ca a mmìa la nàffata non è che me la regalassero."

"Che significa che ti hanno detto di fare girare a vuoto i mezzi? Non ti sei fatto domande?" domandò Gori Misticò disgustato. "Non ti interessava sapere che c'era sotto?"

"E come no. Mi sono fatto domande e mi sono pure fatto le risposte," disse Gassone. "Maresciallo illustre, Di Teodoro e Celata avevano un proggètto che però erano unicamente affari loro. Sentìvi parràra di tante cose, porto turistico, abbèrghi, chìssu e chiddhàtru… Ci dètteru pure un nome. Jonio Cost, Jonia Cost… Sàcciu, io… Volevano fare a Lasvegàs."

"Las Vegas?" disse il maresciallo, confuso. "E che c'entra mo' Las Vegas? Non dovevano farci un porto?"

"Eh, il porto turistico pe' pincipriàre," disse Cono Gassone mettendosi seduto sopra a una gomma di camion posata in orizzontale. "Ma però poi dopo ci viene il resto."

"Quale resto?"

"Eh, tutto il resto che diceva che dice che volevano costruire. Alberghi di lusso, casi di gioco. 'U cìrcu e, con rispetto parlando, pure i puttàni. Volevano fare pure 'u svìnculu, quando non c'è nemmeno l'autostràta. Si erano messi 'nta tèsta ca 'a Calàbbria diventa all'America. Solo che i sòrdi ce li mettevano i russi."

"E tutta 'sta fantasia gli è venuta in mente a Falco Celata?"

"A lui per primo. E poi Di Teodoro gli ha dato retta," rispose Gassone. "Ma Cono Gassone lo sapeva che erano tutti cazzi 'e màra. La terra non può sopportare certi càrrichi di cemento. Era 'na truffa, insomma. Ma a me che me ne fotte? A mmìa m'abbastàva ca mi pagàvanu. Poi, quando il signor dottor barone figlio mi ha smesso di pagarmi, io ci ho detto che i màcchini restavano in magazzino e buonasera ai suonatori."

"E Di Teodoro non ti ha detto niente? Non ha protestato, ché gli bloccavi i lavori?"

Cono Gassone fece per ridacchiare, ma poi ebbe paura che Misticò si incazzasse di nuovo e allora represse il ghigno. "Scusate, maresciallo mio, ma forse pure voi siete stato un poco equivocato," disse. "Al progetto di Falco Celata ci crede solo Falco Celata. Di Teodoro e i suoi tengono altri programmi dall'inizio."

"Che programmi?" domandò Gori.

Gassone mostrò uno sguardo che esortava comprensione. "Maresciallo, io non posso dirvi quello che non so. Di sicuro, la terra dei Celata è assai e fa gola a tanta gente. Il barone padre era disinteressato, datosìa che ci basta l'ògghju suo, che poi nemmeno sarebbe suo dopo che ce l'ha vindùtu a l'americani. La signora baronessa è sempre in viaggio per le cose sue di beneficenza. Ci rimane chìddu vròcculu del figlio, che più che cazzàti non gli vengono in mente."

"Insomma, quello che vuoi dire è che, sistemati barone e baronessa, la terra dei Celata sarebbe stata a disposizione di Di Teodoro."

"Non tutta," lo corresse Gassone. "A Di Teodoro ce ne bastava un pezzo, per farci qualche cosarella sua. Però non è che poteva andare da Falco Celata e dirgli: 'Dammi 'a terra d'a famìgghia tua.' Mi spiego? Ci voleva un po' di saperci fare, se mi capite. E Di Teodoro ci sa fare. Sa convincere. 'Nu cuntacàzzi come ce ne stanno pochi. Se si metterebbe in politica lo fanno presidente."

"Inzòmma, Di Teodoro asseconda Falco, gli dice che la Las Vegas calabra s'ha da fare, e lui ci casca cu' tutti 'i scarpi," riassunse Gori Misticò.

"Solo che prima doveva convincere a papà suo, sennò Di Teodoro la terra dei Celata la vedeva col binocolo. Ma forse Falco Celata alla fine la maniera di convincere a papà suo l'ha trovata," concluse Gassone.

"E dei russi che mi puoi dire?" gli domandò Gori. "Li conosci?"

"Che vi devo dire, maresciallo. Quella è brutta gente," rispose Cono Gassone ricomponendosi. "No, Cono Gassone non li conosce e manco se ne fotte di conoscerli. Cono Gassone coi communìsti non ci vuole avere a che fare. Saranno probblèmi di Di Teodoro. Sapete come si dice? Fòra do cùlu mio, dùva pìgghia, pìgghia."

Quando Gori Misticò uscì dall'autorimessa gli sembrò che nell'ultima mezz'ora avesse respirato catrame. Ma non è che l'aria fuori fosse tanto meglio.

Riprese l'auto e si diresse verso l'entroterra, giacché voglia di percorrere la statale non ne aveva. Non si accorse della macchina a noleggio che lo seguiva. A bordo erano in due: uno, quello che guidava, aveva un taglio di capelli che pareva un marine nazista; l'altro, seduto accanto, con gli occhiali scuri. Quest'ultimo teneva tra le mani la foto in primo piano di un carabiniere dall'espressione seria, quasi accigliata. Cappello con fiamma color oro e sulla spallina della giacca tre binari argentati.

San Telesforo Jonico
Casa Chiaromonte

Se quella convocazione gli fosse arrivata qualche settimana prima, al brigadiere capo Federico Costantino sarebbero venuti i pilòrcci per la preoccupazione. Avrebbe cominciato a domandarsi perché mai il professor Chiaromonte volesse vederlo, che avesse da dirci o da chiederci.

Ma il fatto è che nelle ultime settimane erano accadute cose, ne erano accadute tante e altre ne stavano accadendo, e in quasi tutte le cose che erano accadute e che stavano accadendo Federico Costantino ci aveva messo qualcosa di suo dimostrando di saperci fare, di sapere stare al mondo.

Fintanto che il comandante Misticò era rimasto al comando della stazione di San Telesforo Jonico, il compito del brigadiere era stato sostanzialmente quello di guardare e imparare, standosi più mùtu che poteva. Ma poi il comandante si era messo in aspettativa e tutta la barràcca – se così può definirsi una caserma dei carabinieri – era passata sulle sue spalle. L'unico aiuto sul quale potesse eventualmente contare era quello del carabiniere semplice Lo Cardo Ludovico il quale, tuttavia, un po' per il fisico da lanciatore di coriandoli, un po' per un'attitudine contemplativa che lo rendeva più adatto alla pittura interna di pareti che al mantenimento dell'ordine pubblico, più di un certo tanto non poteva fare.

Eppure, malgrado le sue stesse fosche previsioni, le paure e le ansie, trascorso un primo periodo di disorientamento, fors'anche di leggera confusione, punteggiata qua e là da attimi di sconforto e da un diffuso senso di inadeguatezza, Federico Costantino era riuscito poco a poco a definire un perimetro di azione, un campo entro il quale esercitare le proprie competenze, che peraltro non erano poche – insomma, aveva studiato e continuava a studiare, non era affatto 'nu bàbbu e ogni giorno che passava sentiva che aveva complessivamente meno paura di tutto.

Ovviamente non si aspettava che di lì a poco si sarebbe trovato davanti nientemeno che a due morti violente, probabilmente connesse una all'altra, e a un progetto speculativo-immobiliare. Ma anche in questo caso se la stava cavando discretamente – il maresciallo Gori Misticò aveva apprezzato il suo lavoro e il sostituto procuratore Girolamo Califano gli aveva addirittura domandato una consulenza su tutta quella complicata inchiesta. Certo, se il maresciallo non si fosse ammalato tutto ciò non sarebbe mai potuto accadere, e a Federico Costantino non sfuggivano le implicazioni di tale ragionamento. Il suo obiettivo, però, non era quello di prendere il posto del suo comandante, perché questo avrebbe disegnato uno scenario che lui nemmeno voleva nominare; il brigadiere voleva che il suo comandante guarisse, che tornasse in servizio effettivo, e lui magari diventarne il braccio destro, l'assistente diretto, il discepolo.

L'erede.

Ecco perché la convocazione del professor Delfo Agazio Chiaromonte non lo aveva messo in apprensione. Era curioso, quello sì, di conoscerne il motivo, ma era certo che qualsiasi cosa gli fosse stata detta o chiesta da quell'uomo con il quale Costantino aveva invano sperato di costruire un rapporto, se così possiamo dire, di padre-figlio, lui non avrebbe battuto ciglio, non sarebbe rimasto sorpreso.

E si sbagliava.

Chiaromonte non gli disse né buongiorno né gli chiese come stava, non gli offrì né da bere né da sedersi. Aprì la porta e rimase qualche secondo a fissarlo come fosse quel ruppaguàllara del vicino di casa arrivato a protestare per l'ennesima volta che il cane non lo faceva dormire. Gli fece segno di seguirlo nel suo studio, chiuse la porta, girò intorno alla scrivania (Federico Costantino, intanto, sempre in piedi, in divisa e berretto tenuto tra spalla e fianco), digitò una combinazione di cifre e aprì un tiretto blindato da cui estrasse una cartelletta con la copertina blu scura. Si riavvicinò al carabiniere e gliela porse. "Eccuccà," si limitò a dire.

Il carabiniere non si mosse, guardò prima il fascicolo poi rialzò lo sguardo. "Di che si tratta, professore?" disse.

"Volevi la mia benedizione," rispose Chiaromonte con un tono indecifrabile. "Eccotela."

Federico Costantino si decise a prendere il dossier, con gesti prudenti, come se dentro ci potesse essere una serpe o una bomba. Ancora però non lo apriva.

"Tu sei napoletano, giusto?" gli domandò il professore.

"Lucano," rispose Costantino.

"Ah, già. E sei cresciuto senza padre, se non sbaglio. Una brutta tragedia," aggiunse con un certo distacco. "Certi gesti nessuno sa perché vengono compiuti."

"Mio padre è morto di infarto," disse Costantino guardandolo male.

"Davvero?" fece il padrone di casa, fingendo contrizione. "Avevo avuto altre informazioni. Mi fa piacere. Ma pure l'infarto è una cosa bruttissima."

"Di che stiamo parlando, signor Chiaromonte?" disse il brigadiere con tono ancora più asciutto. "Di che mi volevate parlare?"

"Te l'ho detto, Costantino," rispose l'altro senza più tante cerimonie. "Parliamo di fiducia. Tu a quanto pare presto farai parte della mia famiglia."

"No," lo interruppe il giovane. "Quello sarebbe un onore eccessivo per me. La vostra famiglia è la vostra famiglia. Quello che succederà, piacendo a Dio, è che io e vostra figlia Ausilia l'anno prossimo formeremo una famiglia nostra."

"E allora vuol dire che la tua famiglia e la mia famiglia saranno collegate," lo interruppe a sua volta Chiaromonte. "Mo' vài guarddàndu 'u pìlu 'ntra l'òvu?"

Federico Costantino si decise ad aprire la cartelletta e scoprì che conteneva una quantità di documenti per decifrare i quali ci sarebbe voluto assai tempo e altrettanta fatica. Atti notarili, scritture private, estratti conto bancari…

"Tempo fa mi volevano ficcare in galera," riprese il professore con rabbia repressa. "Non ci sono riusciti, però sono stato costretto ad abbandonare la carriera politica, interrompendo una tradizione di quasi cento anni della famiglia Chiaromonte. Communìsti e maggistràti rossi, li avevo tutti contro. Ma non avevano le prove, solo chiacchiere e 'mbìdia." Alzò il mento, a indicare la cartelletta blu scura che Federico Costantino teneva in mano. "Le prove stanno lì," disse. "Tutte," precisò. "Forse pure di più. Adesso sta a te."

Si avviò verso la porta dell'ufficio facendogli intendere che la breve convocazione era già finita. "Dopo che ti sei sposato a mia figlia, io è come se ti venissi padre," disse facendola figurare come fosse una minaccia per entrambi. "Specie per una persona cresciuta senza, questa è una cosa importante. Io ti sto dando fiducia. Voglio vedere come la ripagherai."

"Che cosa vi aspettate che faccia?" gli domandò Federico Costantino.

"Mi aspetto che fai la cosa giusta," rispose Chiaromonte quasi affettuoso. "E, sai com'è, le cose giuste che un cristiano può fare non possono essere due. Una è giusta e l'altra è sbagliata."

Lo avvicinò a sé e gli diede due baci sulle guance, che però Federico Costantino non ricambiò.

Fu tentato di chiamare il maresciallo Misticò e all'inizio in effetti resistette alla tentazione, poi cedette ed estrasse il cellulare.

L'utente chiamato è impegnato in un'altra conversazione, gli disse una voce femminile molto professionale.

Meglio così, comandante, pensò Federico Costantino. Che

in questo momento nemmeno manch'ìo so che cosa vi dovrei dire.

Mentre rimontava sull'auto di servizio si accorse che qualcuno guardava nella sua direzione. Un tizio grosso e tarchiato, che poteva essere un impiegato ministeriale o un assassino seriale di anziane. Federico Costantino lo riconobbe e per qualche secondo rimase a fissarlo. L'altro non si muoveva neppure lui, mezzo nascosto dietro un angolo di strada. Quasi senza accorgersene, il brigadiere si avvicinò la mano sinistra al fianco destro e con un singolo, breve movimento fece scattare il bottone a pressione della fibbia che teneva ferma l'arma nella fondina. Mise quindi la mano destra sul calcio della pistola scivolando l'indice verso il grilletto e al tempo stesso appoggiando il pollice sulla leva della sicura e facendola scattare verso l'alto.

L'Ape Piaggio modello Calessino del garzone di Rosarino Piscopo transitò proprio in quell'istante e si fermò davanti al brigadiere. Il ragazzo temeva di avere fatto una qualche infrazione e, prima che sorgessero equivoci di qualche genere, preferì agire preventivamente.

"Ho fatto quàcche ccòsa, brigadiere?" gli domandò.

Federico Costantino ci mise qualche secondo per elaborare la domanda. Teneva ancora la mano sulla pistola e lo sguardo fisso in direzione dell'uomo tarchiato che, a questo punto ne era certo, stava per spararlgli. In realtà, la visuale gli era bloccata proprio dal treruòte motorizzato e non poteva dire che l'altro si trovasse ancora lì.

"Non hai fatto niente," gli rispose senza guardarlo. "Vai pure tranquillo."

Il ragazzo fece una faccia perplessa, forse lo mandò mentalmente a fare in culo, riaccese l'Ape e se ne andò per i fatti suoi. Quando il campo fu di nuovo sgombro, l'uomo tarchiato e armato non c'era più e Federico Costantino non riuscì a non pensare che nessuno ci garantisce che mo' ci siamo ma che tra un momento potremmo non esserci più. Una sensazione di sollievo, gratitudine e fragilità gli percorse tutto il corpo, partendo dalle caviglie e arrivando fino alla cima dei capelli.

San Telesforo Jonico
Campagna

Gori Misticò parcheggiò la macchina sul ciglio della strada asfaltata che tagliava in discesa la campagna di San Telesforo Jonico, la zona chiamata Ccajùsu, stando al disotto dell'abitato, verso il mare. L'altra campagna, quella in alto, veniva detta Ccassùpa. Coltivazioni e alberi erano differenti: sopra trovavi nucàri e castagnàri, mentre in basso erano file di olivàri e alberi da frutto, oltre agli orti e alle gabbie per i conigli.

Sentiva necessità di camminare e respirare, giacché uscito da quel garage gli pareva di essersi sporcato mani, faccia, vestiti e anche l'anima. La pochezza di quell'ometto, le sue mire meschine, lo avevano lasciato sgomento. La campagna aveva il potere di calmarlo, di rimettere le giuste distanze. Quella natura gli recava sempre lo stesso messaggio: "Ma tu, ma voialtri, ma chi cazzo vi credete di essere? Ma lo sapete da quanti secoli io, albero di olivo, sto piantato in questa terra? Riuscite a immaginarvi quante estati, quanti inverni, quanti raccolti? Io ho visto a tuo nonno, e al trisnonno di tuo nonno. Io ero già qui, e sarò qui quando di voi tutti manco il naso riusciranno più a trovare. Quando a voi vi avranno mangiato vermi e mùschi, io darò ancora frutti. Pertanto, vedete di non farvi più grossi di quello che siete, ché io manco vi calcolo."

A Gori Misticò gli pareva di sentirli parlare, alle olivàre, e quello gli era bastato per calmarsi un po'. E poi il telefono gli squillò di nuovo.

Stavolta rispose anche se il display diceva ancora NUMERO SCONOSCIUTO.

"Ci risentiamo," disse fingendosi allegro. "Mi sei mancato. Vediamo un po' che minchia hai da dirmi, stavolta."

"Mi pare che le indicazioni che ti ho dato l'altra volta sono rimaste lettera morta," gli disse la voce dello sconosciuto. "Falco Celata è ancora a piede libero. Non è stato neppure interrogato. Non ti è venuta nessuna curiosità? Possibile?"

"No, le curiosità ce l'ho, non è che non ce l'ho," rispose Gori. "Ma sono sempre le stesse. Vale a dire, punto primo, chi cazzo sei, e punto secondo, chi cazzo ti ha dato questo numero."

L'altro fece una pausa. "Che cosa stai aspettando?" domandò poi. "Che ammazzi pure a sua madre? Lo sai di che cosa è capace, quel grandissimo cornuto?"

"Il cornuto ha un alibi, golaprofonda," ribatté Gori Misticò. "Perché non cominci a dirmi tu perché ce l'hai tanto con Falco Celata e che hai a che spartirci?"

Una nuova pausa, un po' più lunga, come a riordinare le idee. "La baronessa non c'entra niente eppure la state tenendo ancora agli arresti domiciliari."

"Io non sto tenendo arrestato nessuno," ribatté il maresciallo. "Non mi occupo di indagini e se tu ti rivolgi a me è segno di quanto sei stupido. Se hai qualcosa da raccontare, vai a parlare con chi di dovere, senza venire a ballarmi il tango sull'unghia incarnita. Mi sono spiegato o è un concetto troppo difficile?"

"Io ti sto dicendo le cose come sono successe, maresciallo," rispose l'altro dopo una lunga pausa, quasi che stesse elaborando la cosa giusta da dire. "Tutta questa storia è colpa di Falco Celata. È lui che dovete andare a prendere. Dovete chiuderlo a chiave. Il resto, veditela tu. Non ho intenzione di fare il tuo lavoro."

“E chi mi dice che invece a sparare non sei stato tu e stai cercando di vendere fumo? Anzi, sai che ti dico? Che mo’ faccio in modo di capire chi cazzo sei e vengo a farti una visita, visto che mi sei tanto affezionato.”

La conversazione si era interrotta. Gori rivolgeva uno sguardo sprezzante al display, come credendo che l’altro lo stesse guardando.

Dall’altra parte della cella telefonica, anche l’avvocato Pinuccio Menabarca del foro di Reggio Calabria fissava il display del suo telefono domandandosi se avesse fatto bene a fare quello che aveva fatto e se, soprattutto, ciò avrebbe in effetti contribuito a creargli la rete di sicurezza che la sua cliente, baronessa Silene Celata di Lauria, gli aveva negato. Alle due domande rispose no e no. Forse era il caso di pensare a una *exit strategy* ultimativa, risolutiva, definitiva.

Oltre la curva della Destìna partiva uno sterrato in discesa che, a sapere bene dove e quando girare, ti portava direttamente alla spiaggetta del Pàparo. Era quello il sentiero che Gori, Michele e Nicola prendevano per arrivare alla marina. Ci si metteva di meno a scendere di lì, anche se, prima della svolta, bisognava fare un po’ di attenzione a macchine o treruòte di passaggio. E poi c’era un punto (ma dovevi saperlo trovare) dove la mezzaluna la vedevi pressoché nella sua interezza, che pareva una cartolina. Ed era qui che facevano sosta, non tanto per incantarsi davanti alla magnificenza della natura, del cielo, del verde, del blu profondo del mare che, verso l’orizzonte, certe matinàte lanciava creste di spuma bianca come se sotto la superficie si inseguissero delfini impazziti di gioia. Macché. Da quel punto elevato era possibile guardare indisturbati le donne che pigliavano il sole a mìnne scoperte, senza che nessuno venisse a reclamare. Uno spettacolo dentro lo spettacolo.

Gori Misticò ansimava. La strada se la ricordava molto meno dissestata, e la discesa assai meno ripida. Lui, Michele e Nicola la facevano senza fatica e indossando espadrillas di corda. Mo' com'è che pure con le scarpe con la suola gli facevano male le piante dei piedi? Ritenne che, molto probabilmente, un terremoto o una qualche frana potesse avere modificato il percorso, peggiorandolo. Ma poi rimise insieme il sentimento e capì che da quando l'aveva fatta l'ultima volta erano passati più di trent'anni, e, pertanto, terremoti e frane caso mai avevano devastato lui stesso.

Che, poi, non era esattamente così. L'ultima volta che aveva percorso il sentiero non era stato con Michele e Nicola, ma con Shin.

Quella giornata di mare, lui e lei che pareva avessero entrambi quindici anni, che si capivano solo a gesti e con le poche parole condivise. Lui le aveva addirittura colto le more – fhamùmara, le aveva detto che si chiamavano (tanto, per lei era lo stesso) – come in quelle canzoni un po' sciocche, quei film di adolescenti che non bisognava mai ammettere di avere visto e apprezzato, altrimenti gli amici ti pigliavano per il culo – ma che invece piacevano a tutti (e anche le canzoni sciocche, come no). Avevano fatto il bagno anche se non si erano portati il costume e si erano asciugati al sole, senza dirsi niente. In quel momento lui non era più carabiniere, non era malato, non era più solo. Ma dopo quella giornata non era successo niente di particolare, tutto era ripreso come sempre e lui e Shin erano tornati a essere cliente e massaggiatrice. A Gori poteva andare anche bene, se solo avesse avuto la certezza che lei, come lui, non avesse dimenticato tutto. Ma non ci poteva giurare.

Una sgommata alle sue spalle lo distrasse dai ricordi che tendevano a sovrapporsi, fondendo piani temporali e personaggi. Erano in due in auto: uno aveva un taglio di capelli che pareva un marine nazista e l'altro indossava occhiali scuri. Gli parve di vedere che uno dei due era armato, ma aveva il sole in faccia, non era certo di avere visto giusto e, tuttavia, non era il caso di andare a domandare chiarimenti.

Riuscì a sentire soltanto che gli latravano contro qualcosa, in russo, mentre la macchina arrivava a rotta di collo giù per lo sterrato alzando una nube di polvere.

Gori si tuffò di lato, un riflesso involontario, e la mente gli tornò subito a quella mattina quando, all'altezza del chiosco dei fiori di via Procaccini angolo via Lomazzo, si era trovato davanti Petronilla Ascari detta Gigliola accompagnata da Adalberto Nittis, detto Lucido. Sulle prime Gigliola non lo aveva riconosciuto o, forse, era stato un momentaneo corto circuito dovuto al fatto di imbattersi in quello che fino a due giorni prima lei credeva fosse l'emissario della 'ndrangheta, mentre adesso lo ritrovava in divisa da carabiniere. Nel frattempo che la mente della ragazza elaborava quelle contraddittorie informazioni, Lucido le urlava: *È uno sbirro, sparagli!* E mentre lui, come suo costume, se la dava a gambe, Gigliola estraeva la pistola.

Gori Misticò si era gettato sull'asfalto milanese rotolando su un fianco e contemporaneamente sparando. Aveva preso Nittis sul gluteo e Gigliola allo zigomo. La ragazza, un paio di secondi prima, aveva a sua volta colpito Gori al petto, ritenendo per un istante di averlo raggiunto al cuore. È possibile che fosse morta pensando di avere portato a casa comunque un risultato.

Prese a rotolare lungo il fianco della tìmpa come un sacco dei mundìzzi gettato dabbasso. La gravità fece il suo lavoro facendolo rotolare veloce, sempre più veloce tra rovi, pirùni e ficundiàni. Le spine gli si infilavano sulle mani e sulla faccia, rischiando di accecarlo. Rotolava e sbatteva su sassi sporgenti e rami caduti.

Poi finalmente la discesa si arrestò bruscamente addosso al tronco di una pumàra contro cui andò a sbattere in piena fronte. Il colpo gli riaprì il taglio sull'occipite procurandogliene un altro, ben più profondo, sul sopracciglio.

Rinvenne dopo un tempo che non avrebbe saputo quantificare. Era dolorante, mezzo intontito e insanguinato. Rimase in attesa che il pericolo fosse cessato, e poi cercò soccorso.

Federico Costantino arrivò dopo nemmeno dieci minuti. Benché le indicazioni fossero state sommarie, aveva capito il punto dove si trovava il suo comandante. Lo aiutò a risalire la scarpata e disse al maresciallo che forse a lui qualcuno aveva cercato di minacciarlo. Lo aveva visto bene, era uno dei tre russi con cui aveva parlato al funerale finto del barone. Però poi per fortuna se n'era andato.

"Ecco, forse a me gli altri due invece mi hanno fatto cascare dalla tìmpa," commentò Gori Misticò constatando che pure l'orecchio gli sanguinava. Poi si appoggiò alla spalla del brigadiere come un soldato ferito al suo compagno.

San Telesforo Jonico
Via Roma 16
Abitazione di Gori Misticò

Federico Costantino voleva vederci chiaro, ma Gori Misticò gli disse che, per quanto lo riguardava, non se ne parlava proprio. Non aveva voglia e soprattutto tempo anche solo di mettersi a ragionare su chi potesse avercela con lui o con Costantino. Era stanco della pazzia del mondo, aveva solo voglia di dormire. Il brigadiere disse che se il comandante gli dava il permesso sarebbe andato seduta stante ad arrestare Falco Celata, essendo convinto che dietro quelle intimidazioni ci fosse lui, ma, di nuovo, il maresciallo invitò caldamente a non sparare cazzate perché la testa gli faceva male. Falco Celata era 'nu pòvuru cùnnu, avrebbe avuto bisogno di aiuto pure per ingaggiare una mignotta, figuriamoci degli scagnozzi per minacciare due carabinieri.

"E se ci riprovano?" domandò Federico Costantino.

Gori Misticò non gli rispose, dato che la faccenda era fin troppo ovvia. "Stamattina ho sentito Califano," disse invece. "Volevo aspettare a dirtelo, ma già che sei qui tanto vale che lo sai."

Il brigadiere si irrigidì, aveva già capito che non erano buone notizie.

"L'inchiesta passerà a Papasòdaro," riprese il maresciallo. "La polizia continuerà a prendere le indagini sotto gamba, Califano sarà messo da parte. E il tuo aiuto non sarà più richiesto."

"Come sarebbe?" riuscì a dire Costantino. "Diavolocàne, un cristiano muore sparato, un altro lo ammazzano, lo mutilano e lo seppelliscono e nessuno si interessa a sapere chi può essere stato?"

Il giovane si stava sempre più indignando, ma Gori Misticò con un gesto gli fece capire che non era il caso. "Brigadiere, stammi a sentire ché ti sto dando un'altra lezione di vita. Vedi di non prendere le cose sul personale sennò non ne esci vivo. Ci siamo capiti?"

"Sì, ma la giustizia..." fece per dire il carabiniere.

"La giustizia lasciala al padreterno," lo interruppe il maresciallo. "Tu cerca di fare del tuo meglio e già hai fatto qualcosa. E, se possibile, evita di farti sparare."

Lo mandò quindi a comprare bende e garze e disinfettante e con quelle si curò le ferite. Il taglio alla fronte era brutto, il resto erano graffi, qualche ecchimosi, un ematoma. Catena non c'era, pertanto le operazioni si erano svolte al riparo da orecchie indiscrete. Ringraziò Federico Costantino e gli disse che voleva riposarsi. L'indomani mattina avrebbero deciso il da farsi.

Prima di addormentarsi aveva fatto in tempo a leggere una mezza storia a fumetti. C'erano Paperino e i nipotini, e Gori Misticò si era nuovamente domandato perché quel pàparo non si decidesse una buona volta ad adottarli e a dargli possibilmente il suo cognome, giacché, pure che erano figli della sorella, lui da sempre fungeva da padre effettivo a tutti a tre. Perché non lo faceva? Che mistero c'era sotto? Che cosa stava aspettando? Era una questione di eredità? E che aveva da lasciargli in eredità, la lista dei dèbbiti? Per non parlare del padre dei paperottoli, il quale prima gli dà quei cazzo di nomi – Qui, Quo e Qua: ma si può essere tanto bàbbi da chiamare i figli in quella maniera? – e poi li abbandona senza farsi più vedere, tale che nessuno neppure sa che faccia avesse. L'aveva fatta perfino peggio di suo padre, Antonio Palarmìti, che almeno una buonissima ragione per non riconoscerlo ce l'aveva, eccome.

Aveva appena chiuso gli occhi quando il bussare alla porta lo scosse.

"Vi disturbo, comandante?" disse l'ingegnere, in realtà geometra, Di Teodoro Ferdinando.

L'ingresso della casa si era già riempito di vapori di dopobarba.

L'uomo non aveva manifestato alcuna sorpresa vedendo Gori Misticò tutto bendato, incerottato e sanguinante, da cui il maresciallo dedusse che l'inaspettata e non annunciata visita di questo piccolo rettile in giacca di terital doveva avere a che fare proprio con quanto accaduto quella mattina. Di Teodoro lo aveva oltretutto anche chiamato *comandante*, che forse non voleva dire niente o forse voleva dire che quella era una visita ufficiale. Diplomatica.

"A che debbo l'onore?" chiese freddamente Gori Misticò facendo segno all'ospite di entrare.

Si conoscevano, geometra e maresciallo. Si erano talvolta incrociati, senza tuttavia che mai Misticò riuscisse a trovare le parole giuste, gli argomenti necessari a ficcarlo in galera e buttare via la chiave. Ma era da parecchio tempo che non si vedevano di persona, anche perché Di Teodoro viveva e impatocchiava a Catanzaro. Era una mezza calza, un intrallazzatore di terz'ordine, 'nu rumbulàru, come lo aveva correttamente definito Cono Gassone. Un imbroglione profumato. Ma Gori sapeva che passare la linea che divide il farabutto dal criminale è un attimo. Pertanto, entrò veloce in camera da letto, prese la pistola, se la infilò nella cintura dei pantaloni e si spostò in cucina.

"Visita di cortesia," rispose l'ospite guardandosi intorno con espressione ammirata che pareva che stava guardando gli affreschi di Giotto. Si cavò il cappello mostrando un sorriso da esattore delle tasse. "Come si suol dire, *similes similabimus curabimut*."

"Vale a dire?" fece Misticò.

"L'uomo dia conforto al suo simile infermo," spiegò Di Teodoro.

"E a voi chi ve l'ha detto che ero infermo?" gli domandò Gori Misticò pescando dal freezer qualche cubetto di ghiaccio che avvolse dentro a 'nu maccatùra e si appoggiò sul gomito destro. Quello sì che gli faceva male, la botta era stata bella forte. Tornò in soggiorno e guardò Di Teodoro con un'aria che non potevi dire se fosse incuriosita o sospettosa. "Avete tirato a indovinare o vi ha avvertito qualcuno?"

"Voi mi permetterete di essere franco, sincero e diretto," disse il geometra, messosi seduto in pizzo a una sedia con la parte finale del culo e sporgendosi verso Gori Misticò che si era sistemato sul divano.

"Siete sicuro che ne siete capace?" gli domandò il padrone di casa.

Di Teodoro fece una pausa, a raccogliere i pensieri e trovare le parole giuste. "San Telesforo è sempre stato un paese tranquillo," esordì. "Gente pacifica, senza tanti grilli per la testa. Ultimamente, però…" E fece un'altra pausa, come se gli dispiacesse di dire quello che stava per dire.

Gori Misticò gli venne in aiuto. "Ultimamente, però, hanno trovato due morti ammazzati, poi è saltato fuori che voi e gli amici vostri volevate costruire Las Vegas, anche se si trattava solo di fanfalùchi, e per finire recentemente un maresciallo dei carabinieri, benché non possa dichiararlo con certezza, è stato fatto oggetto di un possibile investimento. Caro geometra, la tranquillità di San Telesforo è un ricordo lontano. Adesso qui pare la Chicago degli anni belli."

"Nessuno voleva arrivare a questo punto," disse Di Teodoro con teatrale amarezza. "Noi per primi."

"Noi chi?" sbottò Gori Misticò facendo rovesciare i cubetti di ghiaccio sul pavimento. Si era raddrizzato e avvicinato a quell'ometto subdolo e malvagio. "Chi sarebbero questi noi? E a quale punto non volevate arrivare?"

Di Teodoro mantenne la calma. "Vi possiamo assicurare che se qualcuno ha avuto cattive intenzioni nei vostri confronti non avrà più modo di infastidirvi," disse con un sorriso osceno, quello dei pervertiti che cercano complicità reciproche. "Chiunque sia stato, ce ne siamo presi cura."

E quello era vero: dopo che il suggerimento di prendersela con Misticò e Costantino aveva preso la piega che aveva preso, e prima che qualcuno si facesse male per davvero, Di Teodoro aveva convinto i russi ad accettare una somma e a tornarsene in Siberia perché qui non ci stava più biada per cavalli e la festa era finita. Affinché fosse chiaro che l'offerta non era negoziabile, si era fatto aiutare nella spiegazione dalle stesse persone che si erano occupate di Jessica Jolie.

Non era stato necessario arrivare agli estremi rimedi, i communìsti avevano capito che non era il caso di scassare troppo la minchia, avevano incassato il risarcimento e la sera stessa erano sull'aereo.

Gori lo guardò incredulo. "Certo ca 'nd'avìti coràggiu," constatò. "Venite in casa mia per darmi a intendere che sapete benissimo chi ha cercato di prendermi a pistolettate e che lo avete neutralizzato. Vi aspettate che vi dico grazie?"

"Mi aspetto che anche voi diate il vostro contributo affinché San Telesforo ritrovi la tranquillità perduta," replicò Di Teodoro. "Che si possa tornare a come si stava prima. Dimenticando le controversie."

"Voi siete tra quelli che hanno creato tutto 'stu burdèllu e mo' venite a lamentarvi con me?"

"Nessuno si sta lamentando, ma..."

"Stàtivi ccìttu, per cortesia," lo bloccò il maresciallo. "Volevate convincere un giovanotto a intestarvi la terra dei Celata dicendogli che qui ci venivano alberghi di lusso e casinò e che magari lui diventava sindaco di San Vegas Jonico. Avete coperto un omicidio, depistato le indagini, fabbricato testimoni falsi. E tutto per dare retta a un mentecatto con le manie di grandezza."

"Queste non sono che accuse senza prove. Quello che posso dirvi è che il progetto all'inizio era molto più limitato, più fattibile," disse Di Teodoro, mostrandosi giustamente afflitto. "Le fantasie del dottor Falco Celata erano solo sue. Noi volevamo solo far fruttare un poco della terra incolta e lasciata a ervàzza e pirùni. Se volete, possiamo definirlo un banale e innocente equivoco."

"Un equivoco che finora ha fatto due morti," disse Gori Misticò rifacendosi serio. "Uno sparato a casa sua da non si sa chi e un altro seppellito nella sabbia. Senza contare 'a mènza rìcchja che ci stava lasciando il sottoscritto. Meno male che l'equivoco era innocente, sennò facevate una strage."

"Noi di morti seppelliti nella sabbia non ne sappiamo niente, maresciallo," replicò deciso il geometra. "E del resto nemmeno con la scomparsa del barone buonanima abbiamo niente a che vedere. Quella è una faccenda che esula assolutissimamente, è una questione privata, familiare. E, per quanto ci riguarda, ancora tutta da chiarire. Nessuno sa com'è andata davvero."

Gori Misticò andò a prendersi dell'altro ghiaccio perché non aveva intenzione di sprecare il penultimo oppioide per un semplice ematoma. "Io un'ipotesi ce l'avrei," disse dalla cucina. "Vediamo se vi convince."

Tornò in salotto ma rimase in piedi, alle spalle della sedia dove stava appeso Di Teodoro. "Mettiamo che a sparare al barone è stato il figlio, proprio per via del vostro famoso progetto. Il movente è solido, altro che la presunta amante che avete mandato dal magistrato a cuntàre storielle. Morto il barone e con la baronessa in galera, voi e gli amici vostri avreste avuto strada libera per fottere come si deve quel babbeo di Falco, che magari nel frattempo era pure finito in galera."

"Nel momento della morte del barone Falco Celata si trovava lontano, e voi lo sapete. Falco Celata non ha ammazzato nessuno."

"Davvero? Va bene, facciamo che vi credo. Allora potrebbe essere stato uno dei vostri."

"E chi sarebbe costui?" gli domandò Di Teodoro.

"L'ucraino, certamente no," rispose Gori. "Ma qualche altro vostro inviato speciale magari sì."

"L'ucraino?" domandò l'ingegnere. "Quale ucraino?"

"Non fate il finto fesso, professo'," ribatté Misticò minaccioso. "Non vi pare che tutto questo delinei un bel quadro probatorio? Tutto si spiega. A voi non pare?"

Di Teodoro si sistemò sulla sedia. "Vi ripeto la domanda, comandante," disse con voce calma, paziente. Credibile. "Chi accidente sarebbe questo ucraino?"

I tanti anni trascorsi come agente infiltrato avevano insegnato a Gori Misticò quasi tutti i segreti della mistificazione, della dissimulazione, della falsità. Conosceva i tic facciali, le occhiate, le mossette che chi sta mentendo fatica a controllare. Li conosceva perché lui stesso doveva usarli per risultare attendibile. Pertanto, non avrebbe potuto metterci la mano sul fuoco, ma la reazione di Ferdinando Di Teodoro sembrava genuina: quello non sapeva davvero niente di ucraini morti e sepolti. Avvertì la fastidiosa sensazione che per tutto questo tempo non avesse capito niente di quello che gli succedeva sotto il naso. Come un marito ingenuo o una moglie distratta, come lo spettatore di un numero di un prestigiatore.

"È vero, la terra dei Celata è tanta ed è incolta," riprese Di Teodoro. "Gli ulivi sono coltivati dagli americani, i macchinari sono americani e i tecnici sono americani. Pure la manodopera se la scelgono loro. Il resto della terra del barone non la cura nessuno e questo è un peccato mortale davanti a Dio, specie in una regione che fa scappare all'estero i suoi figli in cerca di pane. Mo', è pure possibile che errori ne siano stati fatti. Ci siete andato di mezzo voi stesso e questo non fa piacere a nessuno. Però vi prego di considerare la realtà, ossia che il barone buonanima non si è mai occupato della sua terra, non l'ha mai fatta fruttare, e lo stesso dicasi per la signora baronessa alla quale vanno le nostre più sentite condoglianze. Quanto al figlio, sono certo che pure voi vi siete reso conto che non è capace manco di attaccarsi le scarpe se non c'è chi gli spiega come si fa il nodo. Insomma, tanto pane a chi denti non ne ha."

"E voi e gli amici vostri, che le zanne ce le avete e pure affilate, che cosa volevate fare con la terra dei Celata?" disse Gori.

"E chi lo sa," rispose l'altro. "Qualche buona idea ci veniva di sicuro. Basta essere persone di buona volontà."

"Come no. Magari volevate scavarci una bella buca e riempirla di fusti di materiale tossico," disse Gori Misticò facendolo passare come un suggerimento gratuito. "Pure quella sarebbe stata un'idea per fare tornare i figli della Calabria emigrati all'estero."

Per qualche istante Di Teodoro non disse niente, si limitava a guardare Gori Misticò come se volesse dire qualcosa ma non potesse farlo, come se volesse finalmente dirgli una verità. Che anche da quelle parti una nuova forma di ferocia aveva sostituito le vecchie consuetudini del sottomondo. Che le vecchie regole non valevano più e che quelle nuove erano tuttora in corso di definizione. Che anche in un piccolo paese ammazzare e fare ammazzare era diventato più semplice e rapido. Che qualcuno aveva bussato alle porte della nostre case – o, per meglio dire, aveva graffiato il legno con lunghe unghie aguzze e bordate di nero – e noi lo avevamo fatto entrare.

Non disse niente.

"La spiaggetta del Pàparo," disse Gori raggiungendo Di Teodoro alla porta e mettendoglisi davanti come se non volesse farlo uscire. "Che succede lì?"

Di Teodoro dovette ragionarci qualche istante per fare mente locale. "Il porto turistico?" domandò poi, incerto. "Anche quella era un'idea di Falco Celata. La concessione del demanio l'ha ottenuta. In teoria potrebbe pure costruirci. Ma chi lo sa. Difficile capire che ci passa per la testa. Per mio conto, qualsiasi progetto e collaborazione la ritengo estinta. Per il resto, non vi saprei dire. Parlateci voi, provate a vedere se riuscite a farlo ragionare."

"Celata vuole abbattere il canneto, bonificare, fare scappare di nuovo le oche," riprese Gori Misticò. "E io non lo permetterò." E nell'esatto momento in cui pronunciava quella frase ne comprendeva l'assurdità, nonché il fatto che Di Teodoro forse in quel momento lo aveva preso per pazzo.

"Rimettetevi in fretta, maresciallo," si limitò a dire il geometra prima di andarsene. "Noi qui siamo tutti sulla stessa barca."

Ed è per quello che stiamo tutti andando a fondo, pensò Gori Misticò chiudendo la porta alla notte.

Crotone

Centro primo soccorso e accoglienza per rifugiati e richiedenti asilo

"Io non so se questa cosa la posso fare, eminenza," disse il povero Galati Angelo Domenico del centro di accoglienza di Crotone. "Non è che questo è un ufficio di collocamento."

"E infatti io non le sto chiedendo di fornirmi mano d'opera, amico mio," rispose don Marco con quei sorrisi che solo certi preti – i preti come dovrebbero essere i preti – sanno fare. "Non si tratta di lavoro."

"E di che cosa si tratta?" domandò Galati. "Io, a dire il Vangelo di Dio, ancora non ho capito che cosa mi state domandando, reverendo."

Don Marco non fece caso che nel giro di pochi secondi la carica ecclesiastica gli fosse stata così drammaticamente abbassata. Del resto, l'idea di diventare cardinale a lui non solo non lo attraeva ma, anzi, lo disturbava. "Vorrei chiedere ai vostri ospiti se c'è qualcuno disposto a partecipare a una ricorrenza religiosa che si è svolta ininterrottamente negli ultimi centocinquant'anni, compresi gli anni delle guerre, e che per la prima volta rischia di non potere essere celebrata per mancanza di, come posso dire?, seguaci. Nel senso proprio del termine."

Galati si grattò la testa con una matita che probabilmente gli lasciò segni neri sul cuoio capelluto, per fortuna invisibili. "Ma questi non sono cattolici," disse, come se cercasse di spiegarsela a se stesso. "Sono di altre religioni. Qualcuno crede addirittura agli spiriti. Che ne sanno dei nostri tradizioni? 'U sàntu, 'a processiòna... Reverendo, questi non sanno nemmeno di che cazzo parliamo, scusate la parola."

"E infatti mi sono riferito a quanti fossero disposti," insistette don Marco. "Non le chiedo di obbligare nessuno, anche perché certe cose non si fanno perché ci si è costretti né perché si viene pagati."

"Ma siete sicuro che al paese vostro non si trova davvero nessuno?" tentò Galati con le residue forze che gli rimanevano.

"A San Telesforo siamo rimasti in pochi e quasi solo anziani. I giovani non sono interessati alla processione del santo e, detto tra noi, non mi sento di biasimarli. Il baldacchino è pesante e senza un minimo di corteo, la gioia del rito scompare e rimane solo la tristezza, la malinconia di un tempo perduto."

"Sì, capisco," disse Galati a cui, in realtà, quell'ultimo passaggio era sfuggito. "Io con i miei ci posso anche parlare, posso chiedere se c'è qualcuno interessato. Ma non aspettatevi niente."

"Scommetto che tra gli ospiti c'è anche qualche musicista," aggiunse don Marco.

Ma guarda a cchìssu, pensava Galati facendo segno al prete di seguirlo. Ma un poco di tranquillità quando cazzo sarà che ce la posso avere pure io?

"Voi mi accompagnerete, vero, caro amico?" gli disse il prete.

Galati annuì, rassegnato. Ancora non sapeva che, a volte, il caso agisce anche per fare cose buone, non solo traggèdie.

San Telesforo Jonico
Stazione dei carabinieri

Falco Celata di Lauria era stato convocato in caserma da Federico Costantino, ma l'idea era stata di Gori Misticò, il quale a sua volta aveva seguito il consiglio di Di Teodoro, prova ulteriore di come in fondo le idee umane siano il risultato di processi condivisi. Non era stato facile rintracciarlo, dato che il giovane barone non abitava più a palazzo. Si era trasferito in una villa sul mare, affittata in attesa che la situazione generale si facesse più chiara. Il giovane carabiniere aveva fatto attenzione a non dargli a intendere che si trattasse di un interrogatorio o una cosa di quel genere. Non erano necessari avvocati, insomma, né la presenza di terzi. Sarebbe stata una chiacchierata informale per la quale non era richiesta verbalizzazione, tant'è che pure il carabiniere semplice Lo Cardo Ludovico era stato mandato in perlustrazione, senza esigenza che gli fosse precisato che cosa dovesse perlustrare.

"Fatti un bel giro ampio, Lo Cardo," aveva detto Federico Costantino al piantone, un poco stordito. "Controlla il paese, spìngiti in campagna, batti la tìmpa e il bosco. Ispeziona, esplora e poi mi riferisci. Va', forza. Ci vediamo non prima di due ore."

Era da un anno che Gori Misticò non entrava nella stazione che aveva comandato per quasi cinque. Da quando aveva presentato e ottenuto domanda di congedo non ci aveva più messo piede ma aveva trovato le sue cose come le aveva lasciate, un po' come quando la madre di una giovane ragazza morta tiene la stanza della figlia in perfetto ordine, fingendo che quello che è successo non sia mai successo. "Quando tornate, voglio che non vi incazzate se vedete una matita fuori posto," gli aveva detto Federico Costantino, senza che Gori trovasse la cosa giusta da rispondere.

"Voi certamente conoscete il maresciallo comandante Misticò," disse il brigadiere a Falco, indicando Gori, appena palesatosi nell'ufficio.

"Voi siete il comandante?" domandò dubbioso Falco Celata, con il suo abituale tono di chi sente ovunque puzza di peto fresco. No, non lo conosceva. Non ricordava di averlo mai visto.

"Esattamente," disse Costantino anticipando la risposta di Gori. "Il maresciallo Misticò dirige questa caserma da diverso tempo."

"E come mai siete in borghese?" domandò nuovamente Celata a cui in realtà quello che faceva effetto erano gli occhi di Misticò, scuri e infossati, cerchiati di un nero che pareva disegnato con la matita, e quella garza sulla fronte rossa di sangue fresco che faceva pensare a una rissa di strada appena conclusa.

"Ve l'ho detto che è una cosa non ufficiale," rispose Costantino con una specie di sorriso conciliante.

"Va bene, va bene," concesse l'ultimo dei Celata di Lauria. "Che cosa dovevate dirmi? Di che cosa dobbiamo parlare?"

"Di tante cose," disse Gori Misticò mettendosi seduto accanto a Falco. "Cominciamo con Ionian Coast, che ne dite? Un progetto importante. Grande."

"Dite pure colossale," lo corresse orgogliosamente Falco accavallando una gamba sull'altra. "Sta per cominciare una nuova era non solo per la Calabria, ma per tutto il Sud. Per l'intero paese."

"Non ho dubbi," disse Misticò fingendosi d'accordo. "Sempre che riusciate a finirlo. Anzi, a cominciarlo."

Falco Celata si irrigidì, come se le vertebre gli si fossero saldate una all'altra. "Che state dicendo?" domandò. "Il progetto esiste, i finanziamenti anche e i soci non vedono l'ora di iniziare i lavori."

"Davvero? E perché ancora non li avete iniziati?" lo incalzò il maresciallo. "Che aspettate? Se è tutto pronto come dite, forza con queste ruspe. Gassone freme."

"Ci sono ancora dei problemi burocratici," rispose Falco. "Autorizzazioni, permessi."

"Diciamo piuttosto che vostro padre non aveva intenzione dal principio di costruire alberghi e casinò, e dato che la terra era sua, voi non potete scavare nemmeno una buca con la paletta di plastica."

"Mio padre, purtroppo, è scomparso, come sapete," ribatté Falco con una freddezza che a Costantino fece effetto. "Ormai lui non può più autorizzare o negare niente."

"Però vostra madre sì," intervenne il brigadiere capo.

"Mia madre si trova in una posizione delicata dal punto di vista giudiziario," rispose Falco mostrando a Federico Costantino uno sguardo che, se solo il giovane carabiniere avesse potuto, lo avrebbe arrestato all'istante. "La sua posizione non è ancora stata chiarita."

"Tra poco lo sarà," intervenne Gori Misticò.

Falco ci mise qualche secondo prima di rispondere. "Ne siete certo?" disse poi.

"Certissimo," rispose Gori. "Anzi, credo che ci sia già una nuova pista investigativa in corso. Non vi hanno detto niente?"

Falco domandò se si potesse avere dell'acqua.

Maresciallo e brigadiere si scambiarono uno sguardo.

"Anche del rubinetto," concesse Celata che in quel momento pareva aver perduto un poco della protervia.

Federico Costantino guardò di nuovo il maresciallo. "Andate pure, brigadiere," disse Misticò con finta ufficialità. "Io e il signor barone ci diciamo due cose che è meglio che restino tra noi."

Costantino ubbidì, si alzò e uscì dalla stanza.

Gori avvicinò la sua sedia a quella di Falco. "Statemi a sentire, signor barone," disse. "Vi devo chiamare davvero barone?" domandò poi, ma non attese risposta. "Ionian Coast era una fesseria," continuò. "Lo era da principio, lo è in particolare adesso che il vostro socio Di Teodoro vi ha abbandonato."

"Che state dicendo?" fece per dire Celata. "Chi se se ne sarebbe andato? Chi vi racconta queste sciocchezze?"

"Statevi zitto e ascoltate," lo interruppe a sua volta Misticò. "Il famoso ingegnere voleva solo spillarvi soldi e mettere le mani sopra un poco della terra di vostro padre. Tutto qui."

"Davvero?" replicò Falco. "E mi avete convocato in una caserma dei carabinieri per raccontarmi questa storiella? Se siete tanto certo che Ionian Coast non si farà, di che temete?"

Gori Misticò abbassò ulteriormente la voce, di modo che la stessa risultasse un sibilo, come quello del serpente quando ti avvisa di non muovere un altro passo altrimenti sarà costretto a prendere provvedimenti. "Tenete giù le mani dai posti che non vi appartengono," gli disse. "Se avete voglia di bonificare qualcosa, bonificatevi 'a medùdha. Ci siamo intesi, baroncino?"

"Prego?"

"Il cervello," tradusse Gori toccandogli la fronte con la punta dell'indice. "È quello che avete qua dentro che è degradato. Domani mattina restituite gentilmente la concessione demaniale, e dimenticatevi di spiagge e canneti, se volete vivere tranquillo."

"Mi state minacciando?"

"Secondo voi vi sto invitando a prendere un tè?"

Federico Costantino intanto era tornato, stava in piedi sulla soglia, un bicchiere d'acqua in mano. Nessuno si era accorto della sua presenza e lui non fiatava.

Falco Celata fece per alzarsi, ma Gori Misticò gli appoggiò una mano sulla spalla facendogli capire che la riunione ancora non era finita. "Fatemi capire che ci siamo capiti," gli disse. "E cerchiamo di non pendulijàra troppo, che il tempo stringe."

"Vi vorrei pregare di cambiare tono," disse minaccioso Falco.

"E io vi vorrei pregare di non fare troppo 'u cciapparrùsu, perché non siete nelle condizioni," ribatté Gori Misticò. Gli si era messo davanti, a due dita dalla faccia, con quegli occhi cerchiati, la pelle del viso che gli si era fatta secca, giacché nelle ultime diciotto ore non si era praticamente idratato. "Ancora non ve ne siete reso conto che potreste finire nei guai. Forse non ve ne renderete mai conto, dato che vivete nel vostro pianeta immaginario. Vostra madre non ha sparato a nessuno."

"Intendete dire che il colpevole sarei io?"

"Purtroppo non ci sono prove sufficienti per affermarlo," disse Misticò.

Falco Celata riusciva senza sforzo a sostenere lo sguardo di Gori. Se possibile, lo surclassava per avversione. "Mia madre non potrà opporsi. La terra diventerà mia," gli disse in un soffio. "E ne farò quello che riterrò meglio. Se non sarà Ionian Coast sarà qualche altra cosa. Ne ho abbastanza di chi mi dice cosa posso o non posso fare. D'ora in avanti si farà come dico io. E anche quella spiaggia verrà bonificata, che vi piaccia o no. Dopodiché ci costruirò quell'accidente che vorrò. Un porto, una spiaggia attrezzata, una discoteca o una discarica. La legge me lo consente. Mi avete capito, voi? E adesso vedete di lasciarmi andare prima che vi denunci tutti per calunnia," disse Falco con voce sicura.

"Accomodatevi pure. Siete nel posto giusto," replicò Misticò. "L'accusa in realtà dovrebbe essere diffamazione, articolo 595 del codice penale. La calunnia è tutt'altra faccenda e tutt'altro articolo. Il 368, per la precisione."

"E perché avete voluto precisarlo?" gli domandò Celata con quella faccia da bottigliate sul setto nasale.

"Per sottolineare che anche di materia giuridica non capite un cazzo, come di tutto il resto."

Falco si alzò come il giudice supremo in procinto di emettere la sentenza. Aveva ritrovato compostezza, convinzione e arroganza. E anche cattiveria, giacché si può essere stupidi perché si è stupidi, ma a volte si è stupidi perché si è cattivi. "Se mia madre è innocente, perché non si sta difendendo?" domandò con l'espressione di chi sa che, comunque, la farà franca.

"È vostra madre," rispose Gori Misticò. "Vi sta difendendo. Una madre difende i suoi figli a costo della propria vita. I padri a volte non lo fanno, ma le madri sì."

"Non sapete di che cosa parlate."

"È probabile. E tuttavia la dovreste ringraziare, anziché cercare di mandarla in galera."

"Ciascuno fa quello che ritiene giusto," fu la replica di Falco Celata. "Se mia madre, come voi dite, vuole sacrificarsi per me, sarò felice di accettare il suo sacrificio."

Federico Costantino gli si avvicinò. Gli si mise davanti, ancora con il bicchiere d'acqua in mano. "Vergognatevi," gli disse poi.

San Telesforo Jonico
Rosticceria Da Piscopo

Dei dieci giorni che Gori Misticò si era dato, cinque se n'erano già scappati. Il tempo stava per finire e tutto sembrava sempre più lontano e confuso, come una sagoma di qualcosa che naviga all'orizzonte e tu non sai dire se è una nave o un miraggio, finché non vedi più niente e allora capisci che non eri nemmeno sulla riva del mare e che ti sei sognato tutto.

"Oggi 'sti vrasciòla sono speciali, Rosarino," disse a Piscopo, il quale non capì che Gori stava mentendo e sorrise come se gli avessero detto che lo avevano assolto con formula piena.

"Grazie, maresciallo," disse il brav'uomo. "Ultimamente mi aveva sembrato che non vi piaceva più la mia cucina."

"Ma quando mai," lo rassicurò Misticò. "Sai com'è, l'appetito è come l'amore, i troppi penzièri te lo guastano."

"Allora vi preparo 'nu crostìnu cu a' sardella conzàta e cipùghi 'e Tropea," disse Piscopo che non stava più nei panni dalla gioia.

"Sarei già a posto così," disse Gori, ma l'altro gli fece segno che non ammetteva ragioni.

"Offerto dalla casa," precisò l'oste. "Il crostino lo dovete assaggiare assolutissimamente."

Gori acconsentì. Forse quel crostino gli avrebbe almeno fatto recuperare un po' di energie. La conversazione con Falco Celata era stata assai dispendiosa.

"A me mi pare che stiamo girando in tondo, comandante," disse la voce del brigadiere Costantino. "Il tempo passa e noi siamo al punto di partenza."

"Sei preoccupato?" gli domandò Misticò tenendo con una mano il telefono all'orecchio non ferito, e con l'altra mano pucciando distrattamente un mòrzo di pane dentro il piatto. "Credi che o salta fuori il colpevole entro quattro giorni oppure tu da solo non ce la farai? È così?"

"Non mi fate più capace di quello che sono," disse Costantino, il quale, come se tutto ciò non bastasse, mentre parlava con Gori Misticò aveva sulla scrivania una cartelletta blu aperta e documenti sparsi che provavano come Delfo Agazio Chiaromonte, suo futuro suocero, avesse corrotto e fatto corrompere, pagato e incassato, rubato ed evaso. E il brigadiere anche in quel caso non sapeva cosa fare: denunciare il padre della promessa sposa o fingere che tutto questo non fosse mai successo? Fare quello che era giusto o quello che gli conveniva?

"Io ho più dubbi che certezze," si lasciò scappare.

Quello è un problema di tutti, stava per rispondere Gori Misticò, quando si accorse delle gocce rosso vivo al centro del piatto. Pensò al peggio, che stesse sanguinando dal naso o dalla bocca. Invece era il taglio alla fronte che si era riaperto.

"È 'na brutta ferita, maresciallo," constatò Rosario Piscopo. "C'è urgènta bisogno che ve la cùsano."

Gori prese i tovaglioli che l'oste gli dava e si tamponò. Quello era troppo sangue anche per uno che di lì a qualche giorno si sarebbe trovato sdraiato su una lettiga, con la pancia squarciata da un coltello piccolo e affilatissimo.

"Costantino, ti spiacerebbe raggiungermi e darmi un passaggio a un pronto soccorso, cortesemente?" disse Gori riagganciando senza aspettare risposta.

Cinque minuti e Federico Costantino arrivò con la Fiat Punto di servizio.

Catanzaro
Ospedale civile Renato Dulbecco

Il viaggio fu breve e rapido, oltre che silenzioso. Né Gori Misticò né Federico Costantino parlavano, anche se per ragioni diverse. Il maresciallo era semplicemente esausto. Il brigadiere, invece, temeva che, dicendo qualcosa, qualsiasi cosa, avrebbe dovuto contestualmente ammettere che il fallimento era prossimo, che la fine di tutto si avvicinava. Si sentiva come un bagnante sulla spiaggia che vede arrivare in lontananza l'onda che tutto coprirà e sa che ormai è perfino inutile tentare di fuggire. E allora tanto vale rimanere qui a godersi lo spettacolo.

Quattro giorni ancora e Gori Misticò sarebbe partito per un viaggio a quanto pare lungo e senza ritorno assicurato.

Il taglio era davvero brutto, ma il copioso sanguinamento in realtà era causato dal fatto che fronte e sopracciglia sono punti molto irrorati. Certo, uno non è che può perdere sangue come un maiale sgozzato e pensare che tanto non gli succederà niente perché il sopracciglio non è un organo vitale. Se il sangue non quàgghja da solo, i punti sono indispensabili.

La dottoressa Catricalà gliene mise per sicurezza quattro, pure che ne bastavano tre. Non conosceva il maresciallo Gori Misticò né era stata mai a San Telesforo Jonico. O magari sì, una volta ci era pure capitata, forse alla festa di un santo. Lavorava dalla mattina alla sera, stare al pronto soccorso di un ospedale non è che consentisse chissà quale vita sociale. Si accorse però che, oltre al taglio sulla fronte, quel paziente qualche altro problema di salute doveva averlo.

"Sono in cura all'Istituto di Milano," disse Gori. "Tra qualche giorno è previsto l'intervento."

La dottoressa si limitò ad annuire e a mostrare un vago sorriso che poteva volere dire tante cose – *Auguri*, oppure: *Addio.*

"È un pronto soccorso bellissimo," disse il maresciallo guardandosi intorno e ricordando l'ospedale nel quale aveva trascorso una notte di delirio. "Complimenti," aggiunse tutto cerimonioso, come a volersi scusare per avere ammesso a una dottoressa compaesana che lui aveva deciso di andare a farsi curare in altitàlia, benché da un medico calabrese emigrato in Padania. "Uno pensa che gli ospedali in Calabria chissà in che condizioni si trovano," disse. "Invece qui è tutto nuovo, pulito. C'è tanta luce."

"Per fortuna c'è chi si ricorda della sanità pubblica," disse la dottoressa Catricalà finendo di redigere il foglio di uscita. "Ma se aspettassimo i finanziamenti regionali staremmo freschi."

"Un benefattore privato?" domandò Gori.

"Qualcosa di più che un semplice benefattore," rispose il medico. "Qui siamo nei dintorni della santità."

"Nientemeno che un santo," disse Misticò mostrando ammirazione.

"Una santa," lo corresse la dottoressa. "Un essere umano meraviglioso. La ammiro moltissimo."

All'entrata del pronto soccorso una targa ringraziava Silene Celata di Lauria e la sua fondazione che avevano permesso l'ammodernamento dell'intero padiglione. Una donazione di un milione di euro risalente all'anno 2015.

"Facciamoci un giro a Crotone, Costanti'," disse Gori Misticò al brigadiere capo che lo aveva pazientemente aspettato in saletta. "Andiamo a ringraziare pure noi la baronessa della sua generosità."

Catanzaro
Banca Popolare delle Calabrie
Agenzia centrale

Si insospettì subito, ossia già quando l'impiegato dietro il vetro, dopo aver sditeggiato tasti su tasti, controllò qualcosa sullo schermo, risditeggiò, ricontrollò e poi gli chiese di aspettare un attimo. Il giovane bancario si alzò e si diresse verso una delle porte chiuse che delimitavano gli uffici dei vari direttori e vicedirettori.

La tasca gli vibrò. Guardò lo schermo per qualche secondo, indeciso se rifiutare la chiamata o semplicemente lasciare vibrare. Non fece in tempo a decidere giacché il direttore dell'agenzia con ampi segni lo invitava a raggiungerlo nel suo ufficio. Di lì a tre o al massimo quattro minuti l'avvocato Pinuccio Menabarca del Foro di Reggio Calabria era reso edotto di come stavano le cose, di quello che era successo e che stava succedendo.

"Che cosa significa ritiro della delega?" domandò il legale.

"Significa quello che significa, dottore," rispose il direttore come scusandosi. "Lei non ha più accesso al conto della fondazione."

Menabarca poteva pure mettersi a fare burdèllu e chiedere ragioni, e dire che qua e che là, e che lui era questo ed era quell'altro, che in quanto responsabile finanziario della Fondazione Vittorio e Silene Celata lui poteva prelevare quel cazzo che voleva quando cazzo gli piaceva.

Ma era pure avvocato, e un avvocato sa che, alla fine, una volta prese le decisioni, le cose stanno come stanno e non come vorremmo che stessero. Donna Silene gli aveva bloccato l'accesso ai conti e lui poteva sbraitare quanto voleva ché tanto il direttore non è che si sarebbe impressionato e gli avrebbe detto: "Scusatemi tanto, dottore, accomodatevi pure, rieccovi le deleghe che ingiustamente vi erano state tolte e ritirate la cifra che desiderate."

"Sono certo che avrete la possibilità di chiarire la situazione con la signora baronessa," disse l'uomo alzandosi e allacciandosi l'ultimo bottone della giacchetta, segnale che stava a significare qualcosa come: "Sentimi, bello, io tengo un sacco di lavoro da fare e delle grane tue me ne fotte poco e niente, per cui vedi di liberarmi l'ufficio."

Tentò di chiamare Silene Celata, ma a palazzo non rispondeva nessuno e alla fondazione la centralinista aveva la consegna di prendere giusto un messaggio dopodiché riagganciava.

Nel frattempo, tra un tentativo e l'altro di mettersi in contatto con qualcuno, il telefono gli vibrava. E lui ogni volta premeva il tasto rosso con sopra scritto rifiuto. Una volta, e due e tre e alla fine si erano stancati.

Si mise in auto ma scoprì che nemmeno lui sapeva più dove andare, almeno al momento. Ebbe la sensazione di essere seguito ma la attribuì allo stato di tensione in cui si trovava e che lo faceva sentire solo e indifeso, come uno del Ku Klux Klan scaricato nel mezzo di una piantagione di cotone, un automobilista rimasto di notte senza benzina, una sardina lontana dal branco e sperduta in un mare infestato da tonni. Non sapeva cosa aspettarsi: una convocazione in tribunale? Un carabiniere con un mandato d'arresto?

Non era una sensazione: qualcuno lo stava seguendo per davvero. Se girava a destra, l'auto dietro di lui girava a destra; se rallentava, pure l'altro rallentava, se prendeva velocità, lo tallonava.

Il telefono vibrava. Lui lo lasciò vibrare, anche se sapeva non essere una grande idea. Ma pure rispondere non è che sarebbe stato meglio.

Perse l'orientamento, non riusciva più a capire dove si trovava. Guardava lo schermo del navigatore che gli restituiva linee e cerchi incomprensibili, nomi mai sentiti prima. Gettava lo sguardo fuori dal finestrino destro e poi dal sinistro, e dal parabrezza verso l'alto, come se qualcosa o qualcuno stesse facendo capolino dal tetto dell'auto.

Il telefono continuava a vibrare.

Accese la radio per sbaglio.

Musica suonata con la batteria.

Tentò di spegnere e invece alzò il volume.

La macchina lo seguiva, sempre dietro.

Le strade, sempre più deserte e ignote.

"Dove cazzo sono finito," disse tra sé. "Dove minchia sono."

Il rumore di un motore fuori giri. L'auto che lo seguiva lo affiancò, rallentando in modo da adeguare la velocità alla sua. L'uomo seduto al sedile del passeggero gli fece un cenno che poteva essere un saluto ma anche una domanda tipo: "Ma dove cazzo stai andando, avvoca'?"

O forse era un avvertimento. Anzi, no, peggio. Una minaccia. Lo stava minacciando. Gli stava dicendo di fermarsi altrimenti gli avrebbe sparato.

Menabarca sudava. E intanto la radio suonava a tutto volume, il telefono continuava a vibrare.

L'auto frenò.

Gli si mise davanti e gli sbarrò il passo. Non poteva più andare né avanti né indietro perché indietro c'era un muro e intorno erbaccia e magazzini deserti.

Scese per primo il passeggero, poi quello alla guida.

"Avvoca', ma voi lo sapete che è maledocazziòne a non rispondere al telefono?" gli domandò il primo, che poi era quello che comandava.

"E pure a chiudere 'u telèfunu in faccia è da scostumàti cornuti," aggiunse l'altro, che con tutta evidenza era il tirapiedi.

"Vi avrei risposto appena sceso dall'auto," disse Menabarca, sudato e affaticato come se se la fosse fatta tutta a piedi.

"Vi stiamo chiamando da prima ancora che entravate alla banca," disse il capo. "E noi proprio di quello che dobbiamo discutere."

"Di che cosa?" domandò l'avvocato allentandosi il nodo della cravatta.

Il tirapiedi si strofinò i polpastrelli di indice e pollice della mano destra. "I sòrdi, avvoca'," disse. "Quando cazzo ci hai intenzione di darceli? 'U jòrnu d'o cùnnu 'e màmmata?"

Gli fece segno di entrare in macchina, sul sedile del passeggero. Il capo si sistemò su quello dietro.

"Dove andiamo?" domandò Menabarca.

"In ufficio," gli rispose uno dei due.

Crotone
Fondazione Vittorio e Silene Celata di Lauria

Le foto di Silene Celata erano appese dappertutto ed erano state scattate ovunque: Africa, America centrale e meridionale, isole del Pacifico. Messe una accanto all'altra formavano uno straordinario racconto di dedizione e coraggio, altruismo e solidarietà. Per oltre tre decenni l'impegno umanitario aveva portato la baronessa Celata di Lauria in zone dove la guerra infuriava da anni e aree del mondo dove non pioveva da mesi. Nell'Eritrea devastata dalla fame e nel Sud-est asiatico distrutto dallo tsunami, nell'Honduras raso al suolo dal terremoto e tra la popolazione subsahariana decimata dalla malaria.

"Questa donna è una santa," constatò Federico Costantino ammirato, incantato da tanta abnegazione alla causa umana.

"Sì, l'ho sentito dire," rispose Misticò.

Alla signorina della reception Gori aveva detto una mezza verità, ossia che era appena stato curato in un pronto soccorso finanziato da donna Silene ed era curioso di saperne di più sulle attività della fondazione.

La giovane e gentile ragazza gli consegnò una brochure dove era illustrata la cronistoria dell'organismo creato nel 1980 dalla non ancora trentenne baronessa, la cui attività era stata da quel momento semplicemente instancabile. L'unica, breve, pausa che si era concessa era stata in seguito alla sua maternità, periodo durante il quale aveva sospeso i viaggi.

"Ha trascorso la gravidanza in Svizzera, vero?" domandò Gori Misticò.

"Questo non ve lo so dire," rispose la ragazza, perplessa. Poi sorrise. "Non ero ancora nata." Controllò l'opuscolo per vedere se le date quadravano. "Sì, ecco era appena tornata da Černobyl'," disse poi. Durante il breve periodo di assenza, i collaboratori della fondazione ne avevano continuato l'attività umanitaria.

"Ovviamente, gli anni passano per tutti," disse la ragazza. Poi se ne pentì e cambiò espressione. "Non dite che l'ho detto," si raccomandò.

"E a chi dovremmo dirlo?" la rassicurò Gori Misticò.

Andando verso l'uscita Gori guardava la brochure della fondazione. Si soffermò sulle uniche due foto che ritraevano Silene Celata al tempo della più grave catastrofe nucleare della storia recente. Nella prima si trovava insieme a un gruppo di persone non lontano dalle macerie del reattore esploso. Indossava una tuta protettiva bianca che la avvolgeva dalla testa ai piedi e un respiratore. Nell'altra si trovava in un ambiente evidentemente protetto dalle radiazioni – forse un ristorante o la lobby di un piccolo albergo – ed era vestita informalmente. Un paio di jeans e una semplice maglietta bianca attillata con un colletto a V. Aveva trentacinque anni ed era una donna bellissima, avrebbe potuto gareggiare per fascino insieme a qualsiasi diva del cinema.

"Sai dov'è Černobyl', brigadiere?" domandò Gori Misticò senza riuscire a staccare gli occhi da quelle immagini.

"In Russia?" tentò il giovane carabiniere.

"No," disse Gori salendo in auto. "In Ucraina. Forse abbiamo trovato il peccato originale," aggiunse poi.

La prima parte del viaggio di ritorno da Crotone a San Telesforo fu silenziosa. Poi a un certo punto – quando la Statale 106 disegna un'ampia curva verso est facendo comparire all'improvviso il mare come il tenore che entra sul palcoscenico a cantare *Vincerò!* – il telefono di Gori Misticò squillò. Un numero c'era, ma non era abbinato a nessun nome in rubrica. Normalmente manco si sarebbe sognato di rispondere, ma ormai di normale era rimasto ben poco.

"Maresciallo," disse una voce alterata da quella che poteva essere paura o estrema fatica. "Maresciallo Misticò, ho bisogno di aiuto."

"Chi parla?" domandò Gori Misticò. A prima vista poteva sembrare una richiesta di informazione singola, ma in realtà era doppia. Vale a dire che Misticò non voleva solo sapere chi fosse costui che lo chiamava, ma quale fosse il suo nome. Aveva riconosciuto la voce, era dello sconosciuto che lo aveva chiamato nei giorni passati invitandolo ad arrestare Falco Celata.

"Menabarca," rispose l'uomo con un filo di voce, come se si stesse rapidamente avvicinando all'ultimo refolo di vita. "Sono l'avvocato Menabarca."

Gori Misticò si voltò verso Costantino. "Accosta," gli ordinò.

In alcuni tratti la 106 è filosoficamente priva di piazzole di sosta e perfino di corsia di emergenza. Il meglio che Federico Costantino riuscì a fare fu mettersi con due ruote dentro la strada e due fuori. Le quattro frecce accese, nessuno avrebbe avuto l'impudenza di suonare a una macchina dei carabinieri.

Gori attese qualche secondo prima di riprendere la conversazione telefonica. "Così siete voi la voce misteriosa," disse quindi, divertito. "E va bene, un mistero di meno."

"Ho bisogno di aiuto, maresciallo," replicò l'uomo. Era paura, non fatica. "Mi trovo in pericolo."

"Prima mi devi dire che cosa volevano dire tutte quelle chiacchiere," gli intimò Gori Misticò. "E poi vediamo se ho, punto primo, la possibilità e, punto secondo, la voglia di venirti a salvare."

"La mia unica intenzione era di aiutarvi nella ricerca della verità," rispose Menabarca allo stremo delle forze.

"Un avvocato che cerca la verità è come un leone vegetariano," rispose Gori Misticò. "Una specie che in natura non esiste."

Ciò detto la comunicazione si interruppe bruscamente, ma non era stato Misticò a interromperla. Fissava il display del telefono con un'espressione perplessa. Federico Costantino l'avrebbe definita 'ncantàta, ma non si sarebbe mai permesso.

"Tutto bene, comandante?" fu l'unica cosa che il giovane carabiniere riuscì a dire.

Gori Misticò annuì. "Torniamo, brigadiere," disse con lo sguardo perso chissà dove. "Abbiamo un sacco di lavoro da fare."

"Dove vi porto?"

Gori Misticò ci pensò su qualche secondo, come quando si valuta che tipo di pizza scegliere – marinara, quattro stagioni, mozzarella semplice o doppia. "Cominciamo con l'andare in chiesa," disse poi.

"In chiesa?" domandò Federico Costantino. "Vi volete confessare?" aggiunse con un sorriso, come se avesse detto la battuta più sagace dell'anno.

"Vedi di muoverti prima che ti faccio una contravvenzione per sosta pericolosa," ribatté Gori Misticò facendogli segno di andare.

Un furgone Fiat Ducato Minibus correva in direzione opposta. Il veicolo era stato messo a disposizione dal Centro primo soccorso e accoglienza per rifugiati e richiedenti asilo di Crotone alla parrocchia di San Telesforo Jonico. Alla guida c'era

Galati Angelo Domenico. Viaggiava da solo. Di lì a un'ora o poco più avrebbe compiuto il percorso inverso trasportando altri sedici migranti dal centro alla chiesa. Era il secondo viaggio della giornata ma non sarebbe stato l'ultimo.

Luogo non specificato

La gabbìna in campagna era sempre quella e neanche l'odore era cambiato. L'unica novità era che l'ospite adesso non era legato a una sedia. Stava seduto, quello sì, ma era libero di alzarsi quando avesse voluto. Non lo faceva, segno che forse stava seduto comodo.

"Siamo assai dilùsi, avvocato," disse il capo. "Assaissimo dilùsi."

"E pure 'ncazzàti," aggiunse il tirapiedi. "'Ncazzàti brutti."

"Sai che era 'a cabbèdha, avvocato?" intervenne il capo facendo un cenno con la mano al compare affinché si stesse calmo. Gli lanciò anche uno sguardo minaccioso. "Mio padre era 'spèrto di olìvi," riprese, rivolgendosi di nuovo a Menabarca. "Faceva un mestiere che si chiamava 'u stimatùra. Andava a vedere le olivàre e diceva quante olìvi avrebbe fruttato il tale albero, quante ne avrebbe fruttati il tal'altro albero e così via. Sai perché lo faceva? Perché le olive venivano vendute. Bada bene, non le olivàre, ma le olive future. Ci siamo?"

"Il compenso che vi devo ve lo salderò quanto prima," fece per dire Menabarca. "Non è necessario che..."

L'altro però fece un segno pure a lui che voleva dire che non voleva essere interrotto. "Il padrone dell'olivo e l'acquirente delle olive che l'albero poteva fruttare facevano un contratto verbale secondo la previsione fatta dallo stimatùra."

"Che poi era papà tuo," intervenne il tirapiedi per mostrare che aveva capito, ma guadagnandosi un'altra guardàta brutta.

"L'acquirente si impegnava a raccogliere le olive," riprese il capo. "Quelle che raccoglieva di più della previsione erano sue. Ma se la pianta fruttava di meno, allora doveva pagare la differenza al patrone dell'olivàra. Ci siamo? 'A cabbèdha era il nome di quel tipo di contratto verbale, che da un certo poi non si è più fatto. E sai perché non si è più fatto, avvocato? Perché era rischioso per tutti. Alla fine, uno dei due ci perdeva troppo. A volte si rovinavano famiglie. E davano la colpa prima a uno e poi all'altro, alle olivàre, al tempo sìccu o piovoso. E anche allo stimatùra. Mio padre, difatti, venne sparato da uno che era rimasto rovinato per via della sua previsione sbagliata."

"Posso avere un po' d'acqua?" disse Menabarca. "Non mi sento molto bene."

"Ecco perché noi persòni civìli non facciamo cabbèdha, ma accordi onesti e vantaggiosi per tutti," continuò l'uomo senza badargli. "Io faccio un servizio per te e tu mi paghi quel servizio. Siamo d'accordo fino a qui?"

"Avete perfettamente ragione," disse Menabarca, che respirava a bocca aperta. "Il fatto è che..."

"E se ho perfettamente raggiòne mi dici perché cazzo quello che ci dovevi pagare per averti ammazzato allo zingaro ancora non l'hai pagato?" urlò il capo.

"Tu si' 'nu grandissimo fhìgghiu di grandissima puttana che ti dovrei sparare nella testa," aggiunse il tirapiedi appoggiandogli la canna della pistola sulla fronte.

"La baronessa..." balbettò Menabarca che aveva lasciato andare dell'orina. "Ha chiuso il conto... Dovete avere pazienza qualche giorno..."

"Pazienza ce ne ho avuta fin troppo assai," lo interruppe il capo. "Micuzzu ha ragione. Ti dovrei sparare e basta. Ma siccome i morti non possono pagare più a nessuno non ti sparo. Però tu questa chiacchierijàta te la devi ricordare per un pezzo."

Fece un cenno al tirapiedi, che a questo punto possiamo rivelare si chiamasse Micuzzu, il quale assestò un cazzotto in mezzo alla faccia di Menabarca che gli fece scattare la testa all'indietro come quei giocattoli a molla.

Gliene stava per assestare un altro, ma l'avvocato era rimasto con la testa reclinata all'indietro e non si muoveva più.

Il capo, il cui nome ci è ignoto, si avvicinò all'uomo seduto, gli mise l'orecchio vicino alla bocca, poi gli appoggiò due dita sulla carotide.

"'U 'mmazzàsti," constatò.

"Cu 'nu pùgnu?" replicò Micuzzu, perplesso. "Ma quandu mai?" Però si vedeva che un po' si era tutto inorgoglito per via della potenza dei suoi cazzotti.

In effetti non era stato il pugno, ma l'infarto. Il cuore di Menabarca non aveva retto alla paura e all'angoscia. Ma ai due la causa della morte interessava fino a un certo punto. Adesso c'era da pensare anzitutto a sbarazzarsi del cadavere. E poi ci sarebbe stato tempo per bestemmiare sul mancato compenso.

"Pìgghjalu d'è gàmbi," ordinò il capo.

"A lu cannètu?" domandò Micuzzu.

Il capo schioccò la lingua in segno di negazione. "'U dassàmu ammenzù 'a stràta. Chi 'u vìda s'u ricògghja."

E così fecero. Tempo una o due ore e a momenti nemmeno ci pensavano più.

San Telesforo Jonico
Chiesa di San Telesforo papa e martire

Don Marco era certo che il vescovo avrebbe avuto qualcosa da obiettare. E forse anche tra la cittadinanza qualcuno avrebbe sollevato perplessità. Ma era al tempo stesso certo che quella che si stava preparando sarebbe stata una bella processione, magari non la più bella della storia di San Telesforo Jonico, né la più riuscita o la più partecipata, ma sicuramente la più internazionale.

Ottanta migranti avevano accettato la sua proposta ed erano stati portati da Galati Angelo Domenico tramite cinque viaggi jìra e vvòta da Crotone a San Telesforo. Avevano acconsentito di seguire la statua di un santo di cui prima d'ora non avevano mai sentito parlare. E la ragione era perché volevano ringraziare chi li aveva salvati da morte certa traendoli a riva e che poi li aveva sfamati e dissetati e rivestiti. Volevano dire grazie a chi li aveva aiutati a fuggire dalla fame e dalla malattia, dalla povertà, dalla guerra, da chi voleva venderli come schiavi o usarli come merce per ottenere denaro. Nessuno di loro era cattolico, ma avevano tutti sentito parlare del Cristo e anche del papa, e tutti avevano apprezzato quando don Marco, venuto a fare loro quello strano invito, aveva letto certi passaggi dal loro libro sacro.

Accoglietevi gli uni gli altri come Cristo accolse voi, diceva un verso.

Egli ha preso le nostre infermità e si è addossato le nostre malattie, recitava un altro.

Venite a me, voi tutti, che siete affaticati e oppressi e io vi ristorerò. Non siete più né stranieri né ospiti, ma concittadini e familiari.

Otto di loro, i più forzuti, ossia Ibrahim, Adham, Momo piccolo, Karim, Ismael, Momo grande, Abdul e Hassan, si erano offerti di sorreggere la statua del santo e fargli fare il giro del paese. Altri sedici, vale a dire l'altro Abdul, Bashar, Rashid, Suleiman più altri di cui don Marco non ricordava il nome, avrebbero formato la nuova banda municipale di San Telesforo Jonico. Il resto, una cinquantina e oltre, si sarebbero mescolati tra gli anziani locali che ancora ce la facevano a camminare per formare la processione che avrebbe seguito la statua tra le strade in saliscendi del paese.

Va detto che nessuno dei musicisti selezionati sapeva in effetti leggere uno spartito. Nessuno, altresì, conosceva Gioachino Rossini, Giuseppe Verdi e nemmeno Johann Strauss padre e figlio. Manco di nome. Era stato così concordato che i solisti avrebbero eseguito certi brani popolari di loro conoscenza, arrangiandoli in modo da renderli adatti a una funzione religiosa occidentale.

La popolazione aveva assistito all'arrivo dei nuovi parrocchiani con una forma di perplessa curiosità, ma nessuno aveva avuto alcunché da obiettare. Era da tanto che a San Telesforo non si vedevano facce nuove, per non dire del fatto che l'africàni erano tutti guagliùni, giovani, allegri e quasi tutti belli.

Anche Galati Angelo Domenico, superato il primo momento di titubanza, aveva dovuto convenire che l'idea di don Marco era a suo modo geniale. C'è altresì da considerare che tra gli aspetti che avevano consentito a Galati di disporsi con animo migliore alla fatica che il reverendo gli aveva chiesto, c'era che al terzo viaggio aveva intravisto la signorina Mastranzo Filomena che, insieme alla madre, signora Catena Ciullo vedova Mastranzo, attraversava la piazza diretta verso via Roma. E, come era capitato a un altro tale prima di lui, quella sola vista gli era bastata, tant'è che da quel dì, tremante, lui a Filomena non se l'era più cacciàta dalla testa, con grande gioia della di lei madre.

Alle prove del concerto dirette da don Marco, il quale un'infarinatura musicale ce l'aveva, assistette quasi tutto il paese, riunito sotto il palco della piazza.

"Come ho dichiarato ufficialmente, l'africàni hanno il rìttimo nel sangue," sentenziò Corasaniti Mario, detto 'u Filòsofu, seduto sulla sedia che si era portato da casa.

"La musica del resto è stata inventata in Africa," aggiunse con sicurezza Caldazzo Peppa, detto 'u Sapùtu. "Compresa la musica classica e il valzer. L'opera lirica, no. Quella l'hanno inventata i milanesi."

"San Telesforo papa e martire sarà contento," concluse De Septis Ciccio, detto 'u Rinàtu.

E, a ben vedere, quella era la prima frase sensata che pronunciava da anni.

Alle prove sarebbe seguita una cena paesana collettiva in cui si sarebbero potute gustare alcune specialità locali quali pumadòra salàti, olìvi, pàna àjimu, ciàrdi, pròvula e altri formaggi. Sazìzze e altri insaccati vennero evitati per non urtare le diverse sensibilità.

"E dopo la processione?" domandò Gori Misticò al prete. "Finita la festa del santo che succede?"

Don Marco aveva dovuto ammettere con un poco di tristezza che tutti quei ragazzi sarebbero tornati al centro di accoglienza e, da lì, separati e dispersi nessuno poteva dire dove. Sarebbero ridiventati schiavi, disperati, qualcuno di loro anche delinquente. Molti sarebbero finiti in galera.

Secondo il prete era stato il Signore ad averli mandati lì ed era giusto che lì dovessero rimanere. Gori aveva replicato che il Signore non c'entrava una mazzadipàpa. Erano stati caso mai i mercanti, il caso e le correnti marine a portarli lì. Lo aveva esortato a lasciare in pace Dio dove non c'entrava niente. Ma il prete aveva risposto che Dio c'entra in tutto e che agisce in modo misterioso, e Gori si era dovuto arrendere, dato che alla fine i preti su questo genere di questioni la vogliono sempre avere vinta.

"Lei non è venuto qui per disquisire dell'onnipresenza di Dio, vero, maresciallo?" gli domandò don Marco.

"Esiste qualche ostacolo di diritto canonico riguardo l'elenco dei battesimi?" disse Gori Misticò andando al dunque.

"Il *liber baptizatorum*?" disse il sacerdote perplesso.

"Si chiama così? Allora sì, quello," rispose il maresciallo. "C'è una norma, un codice o chessò io che ne impedisce la consultazione?"

"Il registro dei battezzati, così come quello degli sposi o dei defunti, non è un documento segreto," disse il prete. "Ogni parrocchia è tenuta a compilarlo e a custodirlo. Per quanto io sappia, la sua lettura non è vietata."

"Potrei dargli un'occhiata?" disse Gori Misticò.

Comune di San Telesforo Jonico
Località Tre Croci, detta anche Celata
Ingresso a Palazzo Lauria

L'uomo continuava a dire che lui i suoi soldi li voleva tutti fino all'ultimo centesimo. E strillava, e sbraitava e suonava al cancello, e poi risaliva in macchina e si attaccava al clacson e poi ancora usciva a strillare. Siccome la sceneggiata andava avanti da un po', alla fine il guardiano si decise a chiamare i carabinieri.

Federico Costantino aveva lasciato il maresciallo Misticò alla chiesa di San Telesforo da una decina di minuti. Fu il carabiniere semplice Lo Cardo ad avvertirlo via radio che davanti alla residenza dei Celata era in corso un tafferuglio. Disse proprio così. Tafferuglio. Era la prima volta in vita sua che usava quel termine ed era molto soddisfatto.

Il brigadiere capo si fece ragguagliare. L'uomo che aveva inscenato la gazzarra si chiamava Bortolo Capone e di mestiere faceva l'editore-rilegatore-stampatore di libri di gran pregio. Teneva la stamperia in rione Gallina di Reggio Calabria, via Calazio Moschetto al trentasette ed era stato incaricato dal barone Vittorio Nembro Celata di Lauria di tirare in numero cinquecento copie il manoscritto intitolato *L'influenza dell'architettura araba sul medioevo calabrese* di pagine seicento e settantadue, comprensivo di immagini e copertina in pelle verde con stampe a caldo in oro, nervi sul dorso e tassello sempre in pelle con impressioni a caldo in oro e ottone. Preventivo pattuito, euri quindicimila e ottocento. Acconto versato, euri tremila e cinquecento. Netto a pagare, euri dodicimila e trecento a consegna delle copie.

"Qual è il problema, don Capone?" gli domandò Federico Costantino.

"Il problema, tenente colonnello, è che mi viene impedito di accedere allo studio del barone onde prelevare il manoscritto da comporre e stampare."

"Il barone è defunto," disse il brigadiere.

"Questo l'ho saputo e vi porgo le mie condoglianze," rispose il rilegatore di libri di gran pregio. "Ma io l'incàrrico del lavoro l'ho ricevuto ufficiale e intendo portarlo a termine onde essere giustamente pagato."

"Non credo che ciò sia possibile né ora né mai," ribatté il carabiniere con tono fermo. "Perché non vi siete presentato prima?"

"Perché il nostro è un lavoro artigianale di estrema delicatezza," disse Capone mettendo su una giustificata protervia. "Il barone mi telefonò di persona in data... aspettàti un attimo ché controllo." Cavò dalla tasca un'agendina che pareva la libbrètta della spesa di Napoleone Bonaparte, tolse l'elastico e andò alla pagina cercata. "Ecco qui," disse trionfante. "Nove marzo."

"Il giorno prima che gli sparassero," constatò il brigadiere.

Costantino riuscì a convincere l'uomo che non era proprio cosa che lui potesse entrare in una scena del crimine per prendere un manoscritto e portarselo a stampare e rilegare. Si accontentasse dell'anticipo e se ne tornasse al rione Gallina. Caputo fece per protestare che almeno gli venissero riconosciute le spese di viaggio, giacché andata e ritorno facevano duecento e ottanta chilometri e una spesa complessiva di quarantaquattro euri. Ma poi si fece due calcoli, si rassegnò, accettò il consiglio e risalì in macchina.

Federico Costantino entrò nello studio dove aveva visto il cadavere del barone. Era rimasto tutto come se lo ricordava, a parte i sigilli della polizia, che fece attenzione a non spezzare. Anche il manoscritto era rimasto al suo posto.

Sollevò la copertina, lesse nuovamente titolo e autore. Sfogliò qualche pagina, scorse qualche riga, osservò un paio di immagini. Poi si fece coraggio, afferrò l'intero malloppo e lo alzò come se cercasse qualcosa nascosto sotto i fogli.

L'ultima pagina, mal inserita nel raccoglitore, si sfilò e cadde sul tavolo. Era la pagina dei ringraziamenti.

Il barone Celata si rivolgeva per iscritto a quanti lo avevano direttamente o indirettamente aiutato nella stesura di quel ponderoso volume. Gli studiosi che avevano messo a disposizione il frutto delle loro ricerche, i personaggi storici che con le loro gesta avevano fatto in modo che le vicende umane assumessero dignità tale da poterne raccontare. E, infine, la Calabria che a quelle vicende aveva offerto un teatro.

Finiti i ringraziamenti, Vittorio Celata di Lauria domandava perdono a tutti. Per avere deluso e ferito, per i dispiaceri e i disagi che avrebbe causato. Per non avere capito, saputo ascoltare, parlato, fatto ciò che andava fatto e detto ciò che andava detto. *Acta est fabula*, chiosava.

Federico Costantino estrasse il cellulare e chiamò il suo comandante per raccontargli la scoperta.

San Telesforo Jonico
Via Roma 16
Abitazione di Gori Misticò

La nottata successiva e la giornata appresso Gori Misticò le trascorse chiuso in casa senza concedersi manco cinque minuti di sonno, impegnato a rimettere insieme tutti i tasselli che poteva, a considerare se il centro che gli pareva di avere trovato funzionasse davvero come aggregatore di tutti i rivoli di quella storia. Dopo avere individuato quello che per lui era il peccato originale, quasi allo stremo delle forze, implorò che il cuore non gli scoppiasse proprio adesso.

Man mano che acquisiva nuove informazioni – da uffici comunali, da banche, da ambasciate e consolati, redazioni di giornale, cliniche e ospedali – le trascriveva su foglietti che strappava dal bloc notes e sistemava sul tavolinetto del soggiorno, disponendoli in file verticali che rappresentavano ciascuna un filone. Da sinistra a destra, la prima fila era FONDAZIONE. Poi veniva LAS VEGAS. Seguiva UCRAINO MORTO, LIBRO BATTESIMI, ANAGRAFE e infine FALCO. In certi film polizieschi c'è spesso un detective che a casa tiene una lavagnona di sughero dove stanno appese fotografie, ritagli di giornali, fogli di carta con nomi e poi tutto un sistema di frecce che pare la mappa di una metropolitana. Finché, magicamente, il poliziotto individua in mezzo a tutto quel burdèllù la traccia definitiva, la strappa dal sughero e telefona a qualcuno – il procuratore, un giornalista oppure la sua fidanzata – per dirgli che ha risolto il caso.

Lui la lavagna di sughero non ce l'aveva e poteva chiamare solo Federico Costantino. E così fece.

Il brigadiere, al quale la faccia del maresciallo faceva assai più impressione dei cadaveri in cui recentemente si era imbattuto, si presentò di lì a dieci minuti e gli consegnò il foglio manoscritto in cui il barone Celata di Lauria ringraziava e domandava perdono. Mentre si infilava i foglietti in tasca, appallottolandoli velocemente come fa chi trova banconote per strada e non se le vuole fare soffiare, Gori Misticò gli disse che avrebbe dovuto fargli da ambasciatore presso quel fenomeno assoluto della magistratura che era il sostituto procuratore Girolamo Califano presso il tribunale di Catanzaro, riferendogli quanto segue: che lui, Gori Misticò, riteneva di avere sbrogliato la matassa ma che, per averne la certezza, aveva necessità di conferire con la baronessa Silene Celata di Lauria. Tuttavia, essendo che la stessa baronessa si trovava tuttora, per decisione del magistrato, in regime di arresti domiciliari, e ciò malgrado il fatto che l'ipotesi accusatoria formulata dallo stesso Califano si fosse rivelata una colossale minchiata ("Non è necessario che usi esattamente queste parole, Costantino, l'importante è che sia chiaro il senso"), occorreva che il maresciallo in aspettativa Gori Misticò fosse dotato di un qualche permesso, un'autorizzazione, un lasciapassare, un salvacondotto o qualsiasi altro espediente legale che gli consentisse di parlare con l'indagata senza che un avvocato o chi per lui venisse a rompergli i coglioni ("Anche qui, Costantino, l'importante è il concetto").

Tutto ciò sempre qualora Califano desiderasse il contributo del maresciallo in aspettativa Gori Misticò allo sbrogliamento della matassa. Altrimenti, se quello non era interessato, poteva andare a fare in culo lui e la sua faccia di ciuccio.

"Devo dire esattamente così?" domandò perplesso Federico Costantino.

"Perché no?" rispose Gori Misticò con il filo di voce che gli era rimasto. "È la pura verità."

Federico Costantino non nascose il conforto nell'immaginare che giustizia stava per essere fatta, e Gori Misticò non ebbe cuore di deludere quell'ingenua e sincera aspettativa. Gli rivolse invece i complimenti per come si era comportato, per la competenza e la determinazione dimostrate. Aggiunse che sentiva di potere partire tranquillo, giacché la stazione e la comunità di San Telesforo Jonico, Marina e Superiore, si trovavano nelle mani migliori.

Califano nemmeno ci pensava a chiedere al GIP autorizzazione ufficiale affinché un maresciallo in aspettativa potesse andare a parlare con un'indagata agli arresti domiciliari. La sola idea di mettere in movimento quel tedèum gli faceva venire 'u mangiasùna dietro a entrambe le orecchie. Pertanto, rispose a Costantino che, per quanto gli constava, Misticò poteva andare a parlare con chi cazzo gli pareva e piaceva, pure quel giorno stesso. Non sarebbe stato presente alcun avvocato, anche perché dopo avere licenziato il professor Pinuccio Menabarca del Foro di Reggio Calabria, donna Silene non ne aveva ancora nominato un altro.

Gambiàse Lido
Mister Mystery Private Club

All'entrata si presentò un forestiero. Una donna che stava sistemando certe carte, seduta dietro una piccola scrivania, disse che il locale era chiuso, poi gli fece scorrere un'occhiata da sopra a sotto e ritorno e aggiunse che quello era un locale privato. L'uomo, che parlava con un accento strano che raddoppiava molte consonanti, non fece caso all'occhiata sprezzante e domandò dove potesse trovare il padrone.

La donna lo guardò meglio, come per ricordarsi dove lo avesse conosciuto. "A chi cercate?" disse infine con aria sospettosa. "Al dottor Senese?"

A quel punto abbandonò il registro sprezzante, quello che si usa con i venditori porta a porta, e si fece il ragionamento che l'uomo – una sessantina d'anni portati male, barba di tre giorni, vestiti sgualciti, una mancanza di espressione totale nel viso e nello sguardo, e in spalla una sacca di pelle nera che nessuno poteva sospettare potesse contenere un fucile a canne mozze – fosse un compare di Gennaro Senese, pertanto qualcuno con cui era meglio non mettersi ad alluccàre più di tanto.

Gli disse che il dottore non era ancora arrivato ma che sarebbe tornato di lì a poco. Poteva aspettarlo, ma non qui, ché qui ci entrano i clienti del club, gente elegante che può e sa spendere e che non avrebbe avuto piacere di imbattersi all'entrata in una specie di fattorino attempato, un tirapiedi venuto a comunicare un'ambasciata riservata.

"Vi porto nell'ufficio suo," aggiunse, indicandogli la strada.

L'uomo, che di nome faceva Melis Efisio, si sedette davanti alla scrivania. La poltrona di *Scarface* con le iniziali GS intagliate in oro non gli faceva né caldo né freddo. Controllò un'ultima volta il fucile e si mise in attesa.

Genny Senese arrivò di lì a una decina di minuti e, siccome tutto poteva essere fuori che bàbbu, capì subito chi fosse quell'uomo e che cosa andasse cercando. E pure che non lo avesse capito al primo colpo, trovandosi davanti il fucile spianato e il Melis che gli domandava dove fosse sua figlia che non gli rispondeva più al telefono da tre giorni, qualsiasi dubbio gli si sarebbe fugato.

Gli spiegò il minimo indispensabile ma fece nomi e cognomi, perché se le conseguenze che avrebbe potuto subire da Di Teodoro erano tutto sommato ipotetiche e spostate nel tempo, la possibilità che il sardo gli sparasse a bruciapelo era concreta e immediata. Gli disse che Jessica, vale a dire Pietrina, era sparita da diversi giorni ma che lui non sapeva cosa fosse accaduto.

L'unico che avrebbe potuto dargli indicazioni era l'ingegnere, di cui gli fornì indirizzo e numero di telefono. Se qualcosa era successo, e tutto faceva pensare che qualcosa fosse successo, e pure di brutto, l'unico responsabile era Di Teodoro Ferdinando. Lui era solo il gestore del club.

Efisio Melis gli raccomandò di non dire niente a nessuno riguardo a quella sua visita, specie a questo tale ingegnere, altrimenti lui sarebbe stato costretto a tornare e ridurgli quella faccia da pappone in carne macinata. Genny Senese disse di avere perfettamente capito e garantì che avrebbe rispettato la consegna del silenzio. E così in effetti fece, calcolando anche i possibili vantaggi personali che gli sarebbero potuti derivare da un'uscita di scena, ancorché traggìca, dell'effettivo titolare del Mister Mystery Private Club.

In quel momento l'ingegner Ferdinando Di Teodoro stava finendo di cenare, da solo, a casa sua. A occhio e croce gli rimanevano ancora tre ore di vita, che sprecò sonnecchiando sul divano e svegliandosi solo quando aveva sentito suonare al citofono.

Comune di San Telesforo Jonico
Località Tre Croci, detta anche Celata
Palazzo Lauria

Alle cinque e venti del pomeriggio Gori Misticò varcò per la prima volta in vita sua la soglia di quella casa.

"Grazie per avermi ricevuto, baronessa," disse appena entrato.

La magnificenza di quel luogo lo aveva davvero colpito. Sembrava il set di un film – tappeti preziosi, dipinti, suppellettili, legni pregiati...

"Non c'è di che, maresciallo," disse Silene Celata di Lauria indicandogli dove sedere. "Confido che sarà una conservazione rapida."

"Se vuole, posso anche rimanere in piedi."

La donna sorrise. "Mi avevano avvertito che lei è una persona sagace," disse prendendo posto su una poltrona a schienale alto gemella a quella dove si era seduto un istante dopo Gori Misticò.

"Sagace nel senso di perspicace o sagace nel senso di furbo?" domandò il maresciallo.

Non si sentiva un rumore. Il palazzo era deserto.

"Permettetemi anzitutto di farvi le condoglianze per la vostra perdita," disse Gori Misticò facendosi serio e ricevendo un vago cenno di assenso da parte della donna. "Deve essere stato uno shock, per voi. O mi sbaglio?"

"Lei che ne pensa?" disse donna Silene, volendo sottolineare la stupidità della domanda.

"Volete davvero sapere che ne penso? Io penso che chiunque al vostro posto avrebbe cercato di sapere cosa fosse accaduto," rispose Gori Misticò senza esitazione. "Chi potesse avere commesso un atto del genere e perché. Voi invece avete preferito non fare chiasso. Anche quando qualcuno ha cercato evidentemente di incastrarvi, vi prego di scusare il termine, non avete fatto una piega. Ammiro la vostra compostezza. Deve essere una cosa di voi nobili."

"Non sono nobile. Mio marito lo era. Ma non mi piace lo stesso il chiasso inutile, se è questo che intende dire. Non sono interessata."

"Il fatto è che voi non sembravate interessata neppure a sapere cosa fosse successo esattamente a vostro marito."

"Mio marito è morto, maresciallo," disse la donna con tono

controllato. “Un proiettile lo ha raggiunto al cuore. Ecco cosa è successo esattamente a mio marito. C’è chi davanti a una tragedia cerca la giustizia, e chi cerca solo la maniera di accettare la perdita.”

“E c’è chi cerca di fare dimenticare tutto prima possibile.”

Silene Celata attese qualche istante prima di replicare. “Nel suo caso, sagace non è né per dire perspicace né furbo,” disse poi. “Insolente, forse.”

“Quello non è esattamente un sinonimo,” disse Gori. “Ma ho capito cosa intendete.”

“Forse la nostra breve conversazione può anche terminare qui,” disse Silene accennando ad alzarsi.

Gori Misticò rimase al suo posto. “Non abbiate fretta, baronessa. Vi rubo solo un minuto.”

“Un carabiniere ladro,” commentò ironica la donna rimettendosi seduta. “Di che cosa mi vuole parlare?”

“Cominciamo con Ionian Coast,” disse il maresciallo. “Sono curioso di sapere cosa ne pensiate del progetto di Falco e soci.”

La baronessa fece segno di non sapere di che cosa si stesse parlando e Gori Misticò a sua volta si finse stupito. “Vostro figlio non vi ha mai parlato di alberghi di lusso, case da gioco? Non vi ha mai accennato al fatto che voleva espiantare alberi, spianare colline e perfino mettere su un aeroporto? Che voleva costruire un porto turistico per yacht in una spiaggia abitata da pàpare selvatiche?”

“Falco non avrebbe mai potuto fare niente di tutto ciò.”

“Quindi ne avete parlato.”

“Mi ha accennato qualcosa. Mio figlio ha grande fantasia.”

“Quello che per voi è fantasia per un altro può essere una buona occasione.”

“Un’occasione per cosa?”

“Per speculare, spremere soldi come olio dalle olive. Solo che in questa faccenda, se posso continuare la metafora, non era vostro figlio a fare il frantoio, anche se magari ne era convinto. Ovviamente, sono solo mie deduzioni. Non ho prove di quanto affermo."

"Prove?" disse la donna perplessa. "Non avevo capito che mi stesse interrogando, maresciallo."

"Non potrei farlo nemmeno volendo, signora baronessa. Nemmeno io sono maresciallo. Non più. Ho lasciato l'Arma."

"Sì, ho saputo. Problemi di famiglia?"

"No. Ho un cancro," rispose Gori Misticò con distacco.

"Mi dispiace," disse la donna con sincera compassione. Poi si riprese. "Vorrei fare qualcosa per lei, ma..."

"Voi fate già tanto per un sacco di gente," disse Gori Misticò. "La vostra fondazione ha aiutato migliaia, decine di migliaia di persone."

"Ho avuto fortuna nella vita e penso che sia mio dovere restituire un po' di ciò che ho ricevuto."

"Vi fa onore, donna Silene. Molta gente nelle vostre condizioni penserebbe solo a se stessa."

Gori era scomodo. Si alzò, ma troppo bruscamente. Ebbe un giramento di testa che faticò a nascondere. La baronessa gli chiese se stesse bene. Lui fece cenno di sì e rimase in piedi.

"Il vostro legale è anche il direttore finanziario della fondazione," disse il maresciallo come se fosse ovvio, qualcosa che tutti sapevano, dominio pubblico, quindi non è che ci fosse da farci sopra tanti balletti.

"L'avvocato Menabarca gode da sempre della mia totale fiducia," disse Silene Celata.

"Però lo avete licenziato."

"Non segue più questa vicenda, se è quello che intende dire."

"E non è nemmeno più il responsabile finanziario della fondazione," puntualizzò Gori Misticò. "Almeno, per quanto io sia riuscito a capire parlando con una vostra impiegata. Immagino sia rimasto dispiaciuto."

“Non lo sento da qualche giorno,” rispose Silene facendosi fredda. “Ma troveremo il modo di comporre qualsiasi eventuale incomprensione. Voi vi conoscete?” disse poi, come ricordandosi di qualcosa.

“Ci siamo sentiti alcune volte per telefono,” rispose Gori Misticò. “Ma siccome lui deve essere un tipo un poco timido all’inizio non mi diceva chi fosse.”

“Ritiene che ci siano irregolarità nella gestione finanziaria?”

“Assolutamente no,” disse prontamente il maresciallo. “La vostra fondazione è limpida come l’acqua della fonte di Polìa, e sono certo che il vostro avvocato, chiedo scusa, il vostro ex avvocato, fintanto che se ne è occupato abbia fatto le cose a punto e virgola, come si dice da queste parti. Del resto, bilanci e operazioni sono rendicontate sul sito. E basta andare a vedere per capire che qui nessuno ha niente da nascondere.”

“E lei ha controllato anche quello, immagino.”

“E come no. Voce per voce,” rispose Gori divertito. Si mise una mano in tasca. “Gliene cito solo una, per comodità.” Estrasse un foglietto. “Chiesa del Natale della Madre di Dio di Hornostaipil’,” lesse fingendo un leggero analfabetismo. “La vostra fondazione la sostiene con un contributo di cinquemila dollari all’anno. Può sembrare una cifra modesta, ma è comunque dieci volte il salario medio di quelle parti.”

“La povertà non affligge solo le popolazioni africane, maresciallo,” ribatté donna Silene con severità. “Bastano due ore di aereo per ritrovarsi in luoghi che non sembrano nemmeno più Europa.”

“Anche questo vi fa onore,” disse Misticò. “Sono certo che quel denaro possa fare del bene a un sacco di gente. Famiglie intere.”

“Dov’è il problema, allora?”

“Nessun problema,” rispose Gori. “È solo curioso che la chiesa del Natale eccetera sia l’unico beneficiario religioso della fondazione. I vostri progetti sono tutti, come si dice?, laici. E considerando che voi stessa non siete una persona religiosa, direi che è ancora più curioso."

"Come fa a dire che io non sono una persona religiosa?"

"Non avete fatto battezzare vostro figlio," replicò prontamente Gori Misticò. "Ho dato una lettura anche al registro della parrocchia. Non compare nessun Falco Celata di Lauria. E i preti sono molto precisi in questo genere di cose. Non compaio neppure io, per dire. Infatti, non sono stato battezzato a San Telesforo, essendo nato altrove."

"E mio figlio non potrebbe essere stato battezzato altrove anche lui?"

"Sì, certo," disse Gori. "Potrebbe. Ma qui, a San Telesforo, vostro figlio non ha fatto nemmeno comunione né cresima. Il che mi fa pensare che voi non siate una famiglia religiosa. O, almeno, non cattolica. Non c'è niente di male. Vi dispiace che ve lo faccia notare?"

"Non mi dispiace affatto," disse la baronessa che da qualche minuto si stava tormentando le mani. Gori se n'era accorto, lei invece pareva di no. "Non capisco però lo scopo di tutte queste domande. Lei si comporta come se mi dovessi difendere da qualcosa. La mia fondazione sostiene una chiesa. Cosa c'è che non va?"

"Una chiesa ucraina," precisò Gori Misticò. "Quel paese, come si chiama..." Dovette riprendere il foglio. "Hornostaipil'. Sta in Ucraina. Ho guardato la cartina. Non è lontano da Černobyl'. La vostra attività vi ha portato anche a Černobyl', vero?" aggiunse. "Al tempo del fatto della centrale."

"Sì, la fondazione avviò un programma di aiuto e sostegno alle famiglie colpite da quel disastro," rispose donna Silene. "Facemmo quanto nelle nostre possibilità per alleviare la loro pena, anche se era una goccia nel mare. Il progetto di sostegno continua ancora, ed ecco il perché del contributo a quella chiesa che va avanti da quell'anno."

"L'ottantasei."

"L'anno dell'esplosione del reattore."

"E anche l'anno di nascita di vostro figlio. Falco è nato in Svizzera, vero?" disse Gori rimettendosi seduto senza che la baronessa si fosse ancora mossa.

"Credo che abbiate scoperto anche questo," disse la donna, che adesso pareva contrariata più che tesa.

"Quello non è stato affatto difficile," disse Misticò. "Basta controllare all'ufficio anagrafe. Posso chiedervi se è stata una gravidanza complicata?"

"Non è certamente stato facile," disse Silene. "Non ero più giovanissima e avevo già avuto un aborto spontaneo. Non volevo correre rischi. Ma la gravidanza in sé non è stata più faticosa di quella di tante altre donne. Quello che è stato lungo e difficile è stato il processo di fecondazione. Trent'anni fa era un settore ancora agli albori."

"Dopodiché avete partorito in Svizzera."

"Sono stata seguita dalla stessa équipe alla quale mi ero rivolta per la fecondazione in vitro."

"Sì, mi sembra del tutto logico," rispose Gori Misticò. "Comunque, sono trentatré."

"Come dice?"

"Quando vi sareste sottoposta a fecondazione assistita," disse Gori. "Era il 1986. Me lo ricordo bene perché è lo stesso anno in cui un amico mi lasciava. E quindi Falco sarebbe nato a Zurigo nel dicembre di quell'anno."

"Sì, esatto," rispose Silene, che da quei due condizionali aveva ormai capito verso quale direzione quella conversazione stesse puntando.

Gori le mostrò la brochure della Fondazione Vittorio e Silene Celata di Lauria. La aprì alla pagina in cui Silene compariva in tuta bianca e poi in jeans e maglietta. Indicò proprio quella foto. Era il mese di ottobre, ma era stato un autunno tiepido, oltre che contaminato. "E nessuno se n'è mai accorto," disse, quasi incredulo.

La baronessa guardò quella foto solo per qualche secondo senza cambiare tono né espressione. "Chi avrebbe dovuto?" disse poi, restituendo la brochure. "Perché avrebbero dovuto?"

Gori non aveva intenzione di 'mbuccàrla con tanta facilità. Sentì che si stava innervosendo. "Baronessa, mi volete convincere che nessuno vi ha mai chiesto conto di come mai voi, quando vi mancava poco più di un mese a un parto conseguente a una complicata fecondazione assistita, vi trovavate sul sito di una catastrofe nucleare e per di più senza alcuna traccia di gravidanza?" domandò.

"Potrà sembrarle strano, ma lei è il primo ad avere sollevato la questione," rispose la donna. "Forse nessuno ha mai fatto caso a quelle foto che comunque non avrebbero dovuto mai essere pubblicate."

"Non so se essere contento della mia sagacia o deluso dalla cunnàggine dei miei contemporanei," constatò il maresciallo rimettendo via definitivamente la brochure.

Silene Celata si alzò e prese a vagare per quella sala irragionevolmente ampia. Pareva che non fosse più casa sua e lei capitata lì per la prima volta. Si guardava intorno a cercare punti di riferimento, vie di uscita. "Posso chiederle che idea si è fatto?" domandò quindi a Gori Misticò con uno strano tono incuriosito.

"Idee?" disse il maresciallo. "Signora baronessa, io idee non me ne sono fatte nemmanco una. Supposizioni, quelle sì. Tre o quattro. E una più disgustosa dell'altra, se proprio volete saperlo."

"Posso immaginare," disse la donna con apparente tranquillità. "Ma magari, parlandone…"

"Parlandone temo che il disgusto potrebbe peggiorare," la interruppe Gori. "Perché sono convinto che voi sotto sotto pensate di avere fatto una buona azione."

"Le cose cambiano aspetto a seconda del punto di vista da cui si osservano," provò a dire donna Silene, ma un gesto la convinse a non provare nemmeno a battere quella strada e allora tacque.

"Vi siete comprata un bambino," disse Gori Misticò, dopo istanti di silenzio che parevano eterni. Lo disse sottovoce, come se si vergognasse lui stesso. "Questa è l'unica cosa. E da qualsiasi parte vogliate guardarla, quella cosa non cambia."

Chi sapeva indicare con certezza chi fosse stato a fare la prima mossa? E chi avrebbe potuto spiegare le motivazioni di ciascuno? Di Silene Celata, dell'avvocato Menabarca. E, sì, certo, anche della ragazza e della sua famiglia. Il denaro, uno dei due motori che consente alla commedia umana di perpetuare il proprio movimento, aveva senza dubbio avuto un ruolo. Il denaro offerto alla ragazza e alla famiglia; il denaro su cui avrebbero potuto contare da quel giorno in poi, per tutto il resto della loro vita – era sufficiente indicare un beneficiario e al resto avrebbero pensato loro. Il denaro di cui avrebbe potuto godere quel bambino. Tanto denaro, un destino felice e sereno, da contrapporre a uno di povertà, dolore, forse anche malattia. E non dimentichiamo il giusto compenso per Pinuccio Menabarca, all'epoca giovane, ambizioso e determinato avvocato del Foro di Reggio Calabria, che già da qualche mese collaborava con la Fondazione Vittorio e Silene Celata. In realtà, non era il denaro ciò a cui davvero mirava il legale cui la baronessa aveva chiesto consulenza per la trasferta in quella terra devastata dalle radiazioni. Al giovane Menabarca premeva entrare nel circolo della fiducia di Silene Celata. Il circolo più intimo e ristretto. Quella era l'occasione giusta. E ci era riuscito.

"Volete farmi credere che fu un'idea di Menabarca?" le domandò Gori Misticò. "Che lui era il serpente che vi ha offerto il dono proibbìto e voi lo avete ingenuamente accettato? Pensate davvero che vi possa giovare lo scàrricabarile, baronessa?"

"Non le sto affatto dicendo questo, maresciallo," rispose donna Silene con voce stanca. "Non ho intenzione di nascondere la mia responsabilità. L'idea fu dell'avvocato, ma la decisione è stata solo mia. Avrei potuto dire di no e nessuno avrebbe potuto obbligarmi. Ma non l'ho detto."

"E perché non avete detto di no?"

"Per egoismo. Perché volevo essere felice. Per la prima volta in vita mia."

La fondazione non era un diversivo, il suo scopo non era colmare buchi emotivi o dare senso a una vita troppo priva di problemi. Silene Celata credeva fermamente nel suo dovere di restituire al mondo un po' della fortuna che aveva avuto. Avrebbe potuto dedicarsi ad altro – al mecenatismo o a dilapidare un po' del patrimonio della sua famiglia (che, anche quello, non era niente male) e quello del marito. Forse, se avessero avuto un figlio, chissà... Ma il figlio non era arrivato, nonostante i tentativi e le possibilità che la scienza offriva. E, anno dopo anno, la mancanza si faceva sempre più difficile da tollerare. Il vuoto si allargava. E la distanza tra lei e il marito pareva incolmabile.

"L'avvocato mi disse quello che volevo sentirmi dire e io capii quello che volevo capire. Benché fosse chiaro che si trattava di una trattativa, mi volli convincere che quanto mi veniva riferito fosse vero."

"E che cosa vi veniva riferito?"

"Che la madre voleva mettere al sicuro il bambino," rispose Silene Celata. "La città stava per essere evacuata, nonostante all'inizio avessero detto che non c'erano pericoli. Poi però avevano cominciato anche lì ad abbattere gli animali. Ogni giorno che passava la quantità di radiazioni aumentava. Avevano bisogno di denaro per andarsene. E quel bambino era in pericolo."

"Ed era davvero così? Lo aveva davvero chiesto la madre di comprargli il bambino?"

"Cambierebbe qualcosa?" gli domandò a sua volta la donna.

"Rispondete," ribatté il maresciallo con durezza. "Ve lo ha chiesto la madre o no? Perché se ve lo ha chiesto la madre potreste anche pensare di avere compiuto una buona azione. Ma se non ve lo ha chiesto, se siete stati voi per primi a offrire soldi, se vi siete approfittati della vostra posizione, allora questo, cara baronessa, è tutto 'n'àtru cùntu."

La voce di Gori Misticò rimbalzava su quei muri e su quei legni, riempiva lo spazio, lo gonfiava e lo incurvava.

"Io non ero presente," mormorò Silene. "Non le so dare una risposta."

Le parti si erano messe d'accordo rapidamente: da una parte, in rappresentanza della baronessa Celata di Lauria, c'era l'avvocato Menabarca; dall'altra, la famiglia della giovane ragazza, poco più che diciottenne. Avrebbero pensato a tutto loro, aveva assicurato il giovane legale presentando un prospetto di pagamento preparato di suo pugno che non si limitava all'una tantum, ma che sarebbe proseguito per i successivi anni tramite bonifici internazionali presso il recapito che la famiglia avrebbe indicato. Fecero il nome di una chiesa del paese dove avevano intenzione di trasferirsi a evacuazione avvenuta. Anche le procedure amministrative sarebbero state risolte da Menabarca in persona, compreso il necessario aggiustamento dell'atto di nascita del bambino. Il foglio che diede da firmare, avvertì, era un contratto vincolante. La mancata osservanza della confidenzialità avrebbe portato a gravissime conseguenze per la famiglia. Usò un inglese molto semplice, in modo che l'interprete (una persona fidata) facesse capire bene che, una volta accettate le condizioni, non era il caso di tornarci sopra, né di coinvolgere la signora Celata di Lauria in quella questione.

Donna Silene aveva conosciuto il bambino tre giorni dopo. Lo aveva atteso in una località sicura della Svizzera. Lo aveva chiamato Falco perché quando Menabarca le telefonava per dirle che era andato tutto bene e che sarebbe arrivato con un volo privato l'indomani mattina, lei aveva visto un rapace volteggiare fuori dalla finestra che dava sulle Alpi innevate. Le era sembrato un segno.

"Da quel giorno non ho più fatto domande," disse Silene. "Quel bambino era diventato mio figlio e tale sarebbe rimasto per il resto della nostra vita. Qualsiasi cosa fosse accaduta, io adesso ero sua madre."

Gori Misticò non parlava. Forse non trovava niente da replicare, forse era troppo stanco o disgustato per dire qualsiasi cosa.

"Lei ha figli?" domandò Silene rompendo il silenzio.

"No."

"E allora forse non può capire."

"Forse no."

"Ha famiglia?"

"Nemmeno. Mia madre è morta quando ero ancora giovane. E mio padre non l'ho mai conosciuto." rispose Gori. "Mi ha abbandonato," aggiunse dopo una pausa.

Adesso era la baronessa a non dire niente, come se aspettasse una spiegazione.

"Era l'unico modo per salvarmi," concluse Misticò.

"E allora forse può capire," disse la donna, anche lei dopo qualche istante.

Il maresciallo ebbe un'esitazione. "Quello che capisco è che, è vero, anche le cose sbagliate hanno una parte buona," disse. "Ma le cose sbagliate non diventano giuste. Restano sbagliate."

Le si avvicinò, così che parlando a bassa voce riuscisse lo stesso a sentirlo. "I peccati si portano dietro altri peccati," disse. "Quel tizio che hanno trovato mezzo seppellito. Chi era?"

"Un ricattatore," rispose Silene Celata. "Aveva scoperto la verità su Falco."

"Quello me l'ero immaginato. Per quale ragione un ucraino avrebbe dovuto fare tutta quella strada fin qua?" disse Misticò. "Il nome almeno lo avete saputo?"

La baronessa si avvicinò a uno scrittoio, aprì un cassetto che conteneva un altro piccolo cassetto, ne estrasse un documento con la copertina blu. Si avvicinò a Gori e glielo porse. Era scritto sia in cirillico sia in alfabeto latino.

"Kostenkov," lesse Misticò. "Josef Kostenkov."

Trentacinque anni, nato a Dytyatky. Vabbe', almeno adesso aveva un nome, si poteva dire che era nato, che era esistito.

"Solo voi e Menabarca sapevate chi fosse e che volesse," disse Gori.

Silene annuì.

"Ma voi e il vostro avvocato potreste benissimo esservi messi d'accordo per farlo fuori," aggiunse il maresciallo, come se ci avesse ripensato. "In fondo, è solo la vostra parola."

"Quell'uomo è stato ucciso per colpa mia," lo interruppe donna Silene con un impeto che pareva quasi di orgoglio. "La prima e sola responsabile sono io. I peccati si portano dietro peccati, lo ha appena detto."

Gori fissò per qualche secondo il viso della donna. "Non fatevi più grossa di quello che siete, signora baronessa," le disse, un po' sprezzante. "Per cavare gli occhi a un cadavere ci vuole stomaco. Ma anche per ordinare a qualcuno di farlo occorre esserci portati."

Fece una pausa.

"E dopo di lui, vostro marito," riprese Gori appoggiando il passaporto sulla scrivania. Sollevò lo sguardo verso la donna come se dovesse deciderne il destino in quel momento. “Ho una buona notizia per voi, signora baronessa,” disse poi. “Falco non ha ucciso vostro marito.”

Silene Celata fece istintivamente un passo indietro, come se avesse per un istante perso l’equilibrio. “Cosa vuole dire?” domandò, quasi non ci credesse o non avesse capito. “Ma allora chi...”

“Aspettate. Ne ho un’altra, un po’ meno bella,” riprese Gori Misticò. “Vostro marito si è suicidato.”

La baronessa dovette risedersi. “Non capisco,” disse poi, confusa. “Come lo sa? Chi glielo ha detto?”

“Lui stesso,” rispose Misticò. Le porse l’ultima pagina del manoscritto nella quale Vittorio Celata di Lauria annunciava la sua indisponibilità a continuare quella vita troppo lunga, troppo solitaria, troppo malinconica.

“Non dice perché,” disse Silene Celata finendo di leggere quelle poche ma chiarissime righe. “Perché lo avrebbe fatto?”

“E chi lo sa perché uno decide di ammazzarsi,” replicò Gori che per un momento stava per riprendersi il foglio, ma poi pensò bene che non era proprietà sua. “Perché era stanco, perché suo figlio, o quello che era, voleva farlo interdire. Scegliete voi. Forse perché era venuto a sapere che quel peccato originale, al quale forse non aveva saputo opporsi, aveva generato altra sofferenza. Addirittura un omicidio.”

“Lui aveva cercato di dissuadermi,” lo interruppe la baronessa voltando la testa, come se si rivolgesse a qualcuno che in quel momento era assente. Le lacrime avevano iniziato a rigarle il volto. “Diceva che la cosa migliore era aiutare quella gente, non portare via un bambino alla sua famiglia. Lui e Falco non sono mai stati davvero padre e figlio. Forse aveva ragione lui.”

Poi fece uno strano movimento delle spalle, come se avesse sentito un improvviso brivido di freddo che l’aveva svegliata da un vago torpore. “Sono pronta a pagare, maresciallo. Ma Falco non deve sapere niente." Gli si avvicinò e gli prese la mano tra le sue. "Mi deve dare la sua parola."

"Io non le posso dare proprio un bel niente, baronessa," ribatté Gori ritraendo la mano e alzandosi di scatto. "Pensate che sia tanto semplice? Credete che la verità non salterà fuori? Con tutti i burdèlli che questa storia fetente si porta appresso, mi pare assai improbabile che vostro figlio non venga a sapere niente."

"Che cosa ha deciso di fare?" gli domandò allora la donna.

"E che cosa pensate che possa fare, baronessa?" replicò Gori come se, dei due, quello senza più speranza fosse lui. "Contestarvi i reati di cui vi siete resa colpevole? Se volete ve li elenco. Compravendita di minori, alterazione dello stato civile... E questo sarebbe solo l'inizio. Poi ci sarebbe la complicità in omicidio, l'occultamento di cadavere e altre quisquilie. E potete stare certa che se mi aveste incontrato solo due anni fa non avrei esitato un istante. Avrei fatto giustizia, non avrei guardato in faccia a nessuno. Ma adesso..."

Non concluse la frase. Si avvicinò alla finestra e prese a guardare fuori. La sera stava scendendo rapida, come capita da quelle parti. Di lì a pochi minuti quelle colline sarebbero state avvolte dallo scùro, e gli animali del bosco se ne sarebbero usciti a fare la loro parte. Esiste un ciclo delle cose dal quale non puoi scappare, ecco l'unica verità. Nasci, cresci e poi fai spazio a quelli che verranno, che forse si ricorderanno di te o forse no, a cui forse avrai lasciato qualcosa o forse niente. Il tuo scopo, il senso della tua vita. O almeno solo un segno.

"La vita vostra sarebbe finita e quella di Falco distrutta," riprese Gori Misticò con voce stanca. Provò a orientarsi in quel buio che arrivava di gran carriera cercando di capire da che parte fosse il mare, la sua spiaggetta, le pàpare che a quest'ora si erano già messe la testa sotto un'ala e si preparavano per la notte.

"La prigione non mi fa paura," disse Silene con tono calmo, sereno. "Anche questa," fece un movimento con la punta dell'indice a descrivere il vasto spazio di quella stanza e, idealmente, di quella casa, "anche questa potrebbe essere una prigione. Una prigione con mobili preziosi, ma pur sempre una prigione. Tutto quello che è accaduto è stato per colpa mia, maresciallo Misticò. Tutto quello che potrebbe accadere a mio figlio sarebbe colpa mia. Ecco perché non smetterò mai di proteggerlo. E di perdonarlo. Spero solo che lui possa perdonare me."

Gori non si era ancora mosso e ormai il buio era arrivato. "C'è stato un tempo in cui mi credevo migliore del resto del mondo perché capivo quello che era giusto e quello che non lo era," disse come parlando tra sé. "Adesso non ci credo più. E non credo che sia mio diritto stabilire cosa è giusto e cosa non lo è. Ciascuno deve fare il meglio che può, ecco l'unica cosa che credo ancora."

"Le manca tanto, maresciallo?" domandò donna Silene alzandosi. La voce le si era fatta urgente e ultimativa. Non voleva dire più niente, non voleva più ascoltare.

Mi manca tanto a che cosa?, pensò Gori Misticò. A quando mi dovrò sdraiare su quella barella? A quando mi accorgerò – sempre che me ne accorgerò – che me ne sto andando?

"Se c'è qualcosa che posso fare, me lo dica pure," aggiunse Silene Celata. "Altrimenti, la prego di lasciarmi sola. Ho molte cose da pensare e posso farlo solo con il silenzio."

"Vi farò sapere quello che ho deciso di fare appena lo avrò deciso," rispose Gori Misticò uscendo prima possibile da quel luogo, come se volesse lasciarsi alle spalle anche quella storia e tutti i personaggi che l'avevano determinata.

Catanzaro
Procura della Repubblica, tardo pomeriggio

Girolamo Califano gli aveva dato ancora un solo giorno, l'ultimo prima di dover passare l'inchiesta a Papasòdaro. Gori Misticò si presentò insieme a Federico Costantino a poche ore dalla scadenza dell'ultimatum in quell'ufficio dove il penetrante odore della rassegnazione stagnava e ispessiva la composizione chimica dell'aria e riferì come erano andate le cose.

"Si è sparato lui da solo?" domandò incredulo e indignato il sostituto procuratore a spiegazione avvenuta. "Noi tutto questo tempo a cercare come dei bàbbi all'assassino e quello si spara da solo?"

Era del tutto evidente che, avesse potuto, Califano si sarebbe recato a passo marziale presso l'Istituto di medicina legale di Crotone intimando all'addetto di aprirgli la cella dove la salma del barone ancora si trovava conservata. "Avanti, aprìti 'stu càzzu 'e frigorìferu!" gli avrebbe detto. Poi avrebbe esposto al cadavere il mandato di cattura per i reati di simulazione di omicidio nonché rottura di coglioni al magistrato di turno.

"Ti credo che i miei uomini non venivano a capo di una minchia," disse il magistrato cominciando a passeggiare nervosamente lungo i pochi metri quadri della stanza.

Si sentiva tutto sommato sollevato. Poi si fermò davanti a Gori Misticò, che non si era mosso di un centimetro dalla sediola che occupava. Federico Costantino stava in piedi, alle spalle del maresciallo, muto, impossibilitato e privo di autorizzazione a esprimere pareri. "Quindi, 'a mugghièra e 'u fhìgghiu sapevano che il barone si era ammazzato," riprese con aria sospettosa. "E perché non lo hanno detto dall'inizio?"

Gli era sorta l'improvvisa preoccupazione che il caso tutto fosse fuor che chiuso. Gli venne di nuovo lo sguardo spaurito, simile a quello del povero erbivoro appena scampato dall'attacco del leone, che ha appena girato un angolo di savana e si è trovato davanti un coccodrillo.

"Aspettate, adesso vi spiego tutto," lo rassicurò Gori. "Solo Falco Celata sapeva che il padre si era suicidato, la baronessa era all'oscuro," attaccò Misticò con tono paziente, tipo come quando si cerca di spiegare al proprio gatto che non si deve cacare sul tappeto. "Lui trova il corpo, ma anziché dire le cose come stanno decide di approfittarne per mettere le mani sul patrimonio. E nasconde la pistola in camera di sua madre per inguaiarla. Successivamente, manda a conferire con voi una ragazza spacciandola per l'amante di suo padre, sempre per corroborare la pista dell'uxoricidio."

"Che grandissimo figlio di buona donna," commentò Califano, evitando di considerare le contraddizioni dell'insulto. "E, ditemi un po', la pistola ucraina da dove arriva?"

"Apparteneva a tale Josef Kostenkov," riprese Gori sempre con la stessa cantilena. "Un cittadino ucraino capitato chissà come da queste parti e introdottosi in casa Celata allo scopo di compiere una rapina."

"Sarebbe il morto orvicàto," disse Califano per accertarsi che finora stava capendo tutto.

"Esattamente quello," rispose Gori regalando grande soddisfazione al magistrato.

Lo stesso malvivente, continuò Misticò, era stato convinto dalla signora Silene a lasciare lì l'arma e a rinunciare alla scellerata impresa in cambio di una somma di denaro. La baronessa, seguendo i propri convincimenti morali, aveva ovviamente deciso di non denunciare l'uomo.

"E certo. Sempre con questo buonismo minchione," aveva commentato Califano con disprezzo. "Se invece lo denunciava a quest'ora magari era ancora vivo sia l'ucraino e sia pure il marito."

Poi domandò al maresciallo chi, secondo lui, potesse averlo

ammazzato e ridotto in quello stato. Misticò allargò le braccia, a significare che certa gente fa sempre una brutta fine e stop.

"Infatti, infatti," disse Califano controllando con un occhio la porta del suo ufficio e con l'altro la finestra. "La stessa cosa che ho pensato io. Una sola cosa non mi è chiara," aggiunse, continuando a prendere appunti in modo da non tralasciare nulla di quella ricostruzione che poi avrebbe ripetuto pàra pàra sia al pubblico ministero sia alla stampa. "La ragione che ha portato all'insano gesto."

"Probabilmente l'istanza di interdizione presentata da Falco Celata," rispose prontamente Gori Misticò. "Me ne avevate parlato voi stesso, ricordate? Purtroppo quello è stato un colpo bruttissimo per il barone, la goccia che lo ha fatto traboccare. Del resto era già sofferente di depressione. Mai avrebbe pensato che suo figlio, carne della sua carne, potesse arrivare a tanto."

"Se ci minàvano quattro buffettùni di più quand'era bambino era capace che cresceva diríttu," commentò Califano. "Invece, i troppi sòrdi e i troppi vìzzi fanno diventare i figli così."

"Sono perfettamente d'accordo, dottore," disse Misticò. "A questo punto sta a voi. O far aprire un nuovo fascicolo contro Falco Celata contestandogli i reati di frode processuale e depistaggio, articolo 375 del codice penale..."

Lasciò penzolare la frase come il pescatore fa ciondolare l'esca finta davanti al Pesce Califano, di tutti gli abitanti del mondo acquatico e terrestre, il più 'mbùccacàzzi.

"Oppure?" chiese il magistrato, paventandosi altre indagini, altri interrogatori, altre inenarrabili rotture di coglioni a un passo dalla pensione.

"Oppure evitare di aggiungere ulteriore sofferenza a una famiglia già provata dal lutto," suggerì Gori con un tono in cui abilmente mescolava finto buonsenso e falsa contrizione. "Si potrebbe dire che il barone ha compiuto l'estremo gesto a causa della depressione di cui da tempo soffriva, cosa del resto vera, senza stare ad aprire fascicoli e fascicoletti e complicare inutilmente le cose con pistole nascoste e depistaggi. Se vi chiedono della pistola, potete dire che era stata messa nel tiretto dalla baronessa sotto shock per la tragedia. Fate voi, dottore. Avete tutte le prove del caso per mostrare al procuratore quanto è stata decisiva la vostra iniziativa. Sono certo che troverete le parole giuste."

Califano valutò il suggerimento quanto bastava perché nella sua mente diventasse un'idea sua. "Ho trovato," annunciò. "Dirò che il barone ha compiuto l'estremo gesto a causa della depressione di cui da tempo soffriva. Quanto alla pistola, qualora qualche ficcanaso dovesse chiedere, dirò che era stata messa nel tiretto dalla baronessa. Trovo insensato aggiungere ulteriore sofferenza a una famiglia già provata dal lutto."

"Ottima decisione," disse Gori.

Il magistrato invitò il maresciallo in aspettativa e il brigadiere capo a uscire dall'ufficio giacché la conferenza stampa era prossima e lui doveva preparare quanto da dichiarare ai giornalisti.

"Un'ultima cosa," disse il maresciallo fermandosi sulla porta. "Vi raccomando di sottolineare sia al signor pubblico ministero sia alla stampa l'apporto fondamentale che in questa vicenda ha avuto il brigadiere capo Federico Costantino."

"Sì, sì," disse Califano sbrigativamente. "Vedrò quello che è il caso di dire e di fare."

E fece per guadagnare la porta, ma Misticò gli sbarrò il passo. "No," disse serio, anzi minaccioso. "Non mi sono spiegato bene, dottore. Voi direte esattamente così, ossia che l'apporto del brigadiere capo Federico Costantino è stato fondamentale. Parola per parola. Ci siamo capiti?"

Califano guardò Misticò, poi Costantino e quindi di nuovo Misticò. "Ci siamo capiti," disse, rassegnato. "Abbàsta che adesso mi fate andare."

Gori Misticò gli tenne aperta la porta. Si voltò verso il brigadiere mostrandogli un sorriso che però il giovane carabiniere non ricambiò.

Bretella autostradale
Catanzaro-Aeroporto internazionale di Lamezia Terme

La disinvoltura con cui il suo ex comandante aveva raccontato quella catasta di fesserie nonché la superficialità con cui Califano se le era 'mbuccàte tutte, ché manco una moglie tonta davanti alle fandonie del marito puttaniere, avevano intristito e inquietato Federico Costantino. Tutto sommato, alla suprema coglionaggine di Califano, il brigadiere ci si stava già abituando. Ma fare finta di niente davanti alle menzogne di Gori Misticò, il suo comandante, l'uomo che gli aveva insegnato quasi tutto ciò che sapeva, quella era tutta un'altra questione, quello faceva davvero fatica a digerirlo.

"Siete stato bravissimo," disse dopo che per il primo quarto d'ora di viaggio nessuno aveva aperto bocca. "Una ricostruzione perfetta, i miei più sinceri complimenti," aggiunse con voce incrinata dalla delusione, dalla rabbia repressa. "Peccato che fosse falsa, altrimenti c'era da battervi le mani per come avete messo insieme i fatti."

"Che c'è, brigadiere?" disse Gori Misticò impassibile. "Se avevi qualcosa da obiettare potevi dirlo."

"Mi avevate detto di stare zitto e io sono stato zitto," ribatté Costantino.

"E se ti dicevo di buttarti dalla finestra ti buttavi?" replicò a sua volta Misticò. "Sei un carabiniere, non un bambino dell'asilo. Nessuno ti ha obbligato."

"Falco Celata che voleva mandare in galera sua madre la farà franca, donna Silene che si è comprata un bambino la farà franca. Perfino Menabarca, che ha organizzato un omicidio, la farà franca. Come avete potuto permetterlo, comandante? Come avete potuto?"

Federico Costantino adesso urlava e Gori Misticò lo lasciava urlare, perché Costantino aveva perfettamente ragione. Come aveva potuto accettare tutto questo? Se lo era domandato già da solo. Aveva coperto una compravendita di neonati nonché un brutale omicidio. Che razza di carabiniere era, che uomo era diventato? Perché lo aveva fatto? Solo per salvare una spiaggetta?

Ma che diritto ho io?, si era risposto. Che diritto ho di andare da uno che già non ci sta con la testa e dirgli: Guaglio', sentimi bene, quella che pensi sia tua madre non è tua madre, e quello che pensavi fosse tuo padre non era tuo padre. Tua madre era una ragazzina ucraina, teneva diciotto anni quando ti ha venduto. Tutta la tua vita è un inganno, una messinscena, un'impostura.

Che ci guadagnerei? Quale sarebbe lo scopo? Fare uscire definitivamente di testa quel babbeo? Rovinare la vita a lui e a tutti? Per amore di cosa? Della verità?

La verità?

Per inseguire la verità la gente ammazza, si ammazza e fa ammazzare. Che se ne vada a fare in culo, la verità. Che male ci sta a vivere nell'ignoranza? L'ignoranza è una benedizione.

Aprì la *Gazzetta della Calabria* a pagina diciassette, taglio basso. In attesa del volo (gli avevano già annunciato tramite messaggio un ritardo di due ore a causa di un guasto) oltre al giornale aveva comprato un paio di raccolte di fumetti tra cui una intitolata *I casi insoluti di Topolino*, domandandosi se anche quello non fosse un segno di come i tempi stessero cambiando e in peggio. Insomma, Topolino risolve tutti i casi, quella è una verità di natura, come l'alternarsi di giorno e notte e inverno ed estate. Mo' salta fuori che pure Topolino deve affrontare fallimenti, che nemmeno lui è immune dall'errore. Tutte le sicurezze del mondo che sto per lasciare, pensava Gori Misticò, si stanno sgretolando. E se le cose stanno così, non è che mi dispiace tanto di partire.

Poi si era accorto di avere letto male. Il titolo era *I casi insoliti di Topolino* e aveva tirato un respiro di sollievo. Forse per l'universo esisteva ancora un refolo di speranza.

Gli indicò la notizia, ma siccome Federico Costantino non poteva guardare, essendo alla guida, gli disse che gli lasciava il giornale. "Leggitela appena sei comodo."

Avevano trovato il corpo dell'avvocato Pinuccio Menabarca sul ciglio di una strada. Mostrava segni di percosse, ma il medico legale aveva stabilito senza ombra di dubbio che fosse morto di infarto. Cause naturali, in un certo senso.

Alla pagina successiva compariva un'intervista esclusiva di Annamarialuisa Codiloti all'attore Scamarcio intitolata *Riccardo si confessa: amo la Calabria e le calabresi.* Ma questo non ha nulla a che vedere con quello di cui stiamo parlando.

"Visto che ci tieni tanto, vedrai che qui giustizia è stata fatta," disse Gori Misticò. "Sei contento?"

Federico Costantino sbirciò appena il giornale e non disse niente.

"Quanto al resto, vale a dire compravendita di neonati e tutto quello che ne segue, ormai sta a te" riprese il maresciallo. "Nessuno ti vieta di riprendere l'indagine e sistemarla." Misticò guardava davanti a sé. Lo svincolo di uscita era prossimo. "Convochi baronessa e baroncino e gli contesti i reati che intendi contestargli."

"E credete che lo farò, comandante?" domandò il brigadiere con voce incrinata da tutte le emozioni che gli si incartavano dentro – la paura di non rivedere più l'uomo con cui aveva diviso gli ultimi anni ma anche l'incertezza di non avere fatto interamente il proprio dovere, il dubbio che una parte della sua anima si fosse sporcata e corrotta, il sospetto che il mondo fosse un posto ancora più insensato di quanto finora avesse pensato. "Dopo tutto quello che mi avete detto vi aspettate davvero che lo faccia?"

"Io l'unica cosa che mi aspetto è che la finisci di chiamarmi comandante" disse Gori.

"Noi dovremmo fare quello che è giusto, diavolocàne," disse Federico Costantino serio e contegnoso. "Non quello che ci conviene."

"Fare quello che è giusto..." ripeté Gori Misticò tra sé.

"Adesso vi dico che cosa potreste fare" aveva detto a Silene Celata un paio di ore prima, mentre lui e Costantino stavano per entrare nell'ufficio di Califano. Si era messo da una parte, aveva fatto un cenno a Federico Costantino che lo aspettasse dentro, lui arrivava appena finita la telefonata.

Le trecento persone ospitate dal Centro primo soccorso e accoglienza per rifugiati e richiedenti asilo di Crotone potevano prendersi cura di almeno metà delle terre incolte dei Celata, aveva detto Gori Misticò alla baronessa. Coltivarle, farle fruttare come si deve. Quella terra poteva dare lavoro. E quel lavoro poteva giovare a tutti, giovani e vecchi.

"Sono certo che, data la vostra reputazione, non vi sarà difficile convincere le autorità a rilasciare permessi di soggiorno, specie dopo che li avrete assunti tutti e trecento" aveva aggiunto. "Per l'alloggio dei migranti non vi dovete preoccupare. Le case sfitte a San Telesforo sono più di quelle abitate. Io, per esempio, sono disposto a mettere a disposizione il mio piano superiore. Almeno il paese non morirà."

"E con questo mi garantite che mio figlio non verrà a sapere mai niente?" gli aveva domandato Silene Celata.

"Io non vi garantisco un accidente di niente, baronessa," aveva ribattuto il maresciallo con fastidio. "Mi avevate chiesto cosa potreste fare e questa è una cosa che potreste fare. Per il resto, è una questione tra voi e la vostra coscienza. Ma io lì non posso né ci voglio entrare. Ma immagino che pure la famiglia di quel Kostenkov comincerà a ricevere un po' di soldi tramite la parrocchia. Vero?"

Stava per chiudere la telefonata, poi si era fermato. "Vostro marito merita un funerale come si deve," aveva detto. "Di tutti i personaggi di questa storia, me compreso, lui è l'unico pulito. Perciò, datevi da fare."

"Lo avrà," aveva risposto Silene. "Lo vedrà con i suoi occhi."

"No, io con i miei occhi tra poco non vedrò proprio più niente," aveva concluso Gori Misticò.

Erano arrivati davanti alla porta degli imbarchi. Altro non c'era da fare. Gori Misticò aveva avvertito Gong Sho che non avrebbe più potuto recarsi al centro massaggi romantici – avendo l'impressione che l'anziana cinese avesse capito anche quello che lui non aveva detto – e a Catena che non era più il caso di venire a pulirgli casa. Catena non aveva ficcato il naso più di tanto: era ancora sopraffatta per la gioia della notizia del fidanzamento di sua figlia Filomena con Galati Angelo Domenico. Aveva anche salutato Rosarino Piscopo, al quale invece aveva assicurato che non vedeva l'ora di tornare per mangiare 'nu morzèddhu dei suoi.

E infine era passato alla spiaggetta del Pàparo, aveva parlato un'ultima volta con Michele chiedendogli di aspettarlo, ché molto probabilmente sarebbe arrivato presto.

Non si doveva preoccupare, lì nessuno ci avrebbe costruito un bel niente. La concessione demaniale era stata revocata, Falco Celata aveva restituito i permessi all'ufficio competente (la sola minaccia della madre, di lasciare tutti i terreni in eredità alla fondazione, era bastata). Il porto turistico, se davvero lo voleva così tanto, Falco poteva farselo con il Lego. La mezzaluna era il luogo delle pàpare e della memoria e tale sarebbe rimasto pure quando Gori Misticò non avrebbe più potuto sorvegliarlo.

Alcuni pescatori lo avevano salutato dalla barca, lui aveva risposto con un cenno. Si era voltato alla sua destra. C'erano tre ragazzi che prendevano un po' di sole primaverile. Aveva sorriso. Si era rivisto. Uno era lui, quello più magro, quello che si metteva una mano di taglio sulla fronte per guardare il mare aperto.

Poi aveva preso un sasso con una forma ovale perfetta e lo aveva lanciato sulla superficie del mare contando i salti che avrebbe dovuto fare.

"A volte quello che è giusto e quello che conviene sono la stessa cosa," disse a Federico Costantino uscendo dall'automobile. "Anche se sono cose diverse."

E si avviò verso l'ingresso dell'aeroporto senza cerimonie e nemmeno sceneggiate.

Federico Costantino tornò in caserma.

Sulla porta lo aspettava, al colmo dell'entusiasmo, il carabiniere semplice Lo Cardo Ludovico. Gli annunciava che su Jonic TV avevano parlato di lui, il capo brigadiere di San Telesforo grazie a cui era stato risolto il caso che aveva tenuto col fiato sospeso l'intera Regione.

Il brigadiere gli fece cenno di spegnere il televisore di servizio che, sintonizzato ancora sulla stessa emittente, adesso trasmetteva una vendita di combustibile per stufe condotta da Beppe Piscina.

Quella sera stessa Federico Costantino si sedette alla scrivania e riprese in visione la cartelletta blu consegnatagli da Chiaromonte professor Delfo Agazio, cominciando a trascrivere su un foglietto appoggiato di lato, man mano che ne aveva contezza, la lista dei reati commessi dal futuro suocero e per i quali avrebbe chiesto domani stesso mandato di arresto presso la Procura. Si domandò se a questo punto, dopo aver mandato il padre di Ausilia in carcere, la data che avevano fissato per il matrimonio – diciotto giugno dell'anno venturo, san Gregorio – sarebbe stata ancora valida. E, tuttavia, quella era la cosa giusta da fare e quella era la cosa che avrebbe fatto.

La mattina del dodici di aprile, mentre la prima processione interetnica di San Telesforo Jonico si snodava lungo stradine e vicoli e la possente statua del papa e martire si ergeva salda e stabile, sorretta dalle robuste braccia di otto migranti, mentre altri sedici suonavano un due quarti pentatonico che ricordava, a parere di Mario Corasaniti, detto 'u Filòsofu, Peppa Caldazzo, noto come 'u Sapùtu, e Ciccio De Septis, chiamato 'u Rinàtu, un po' la *Marcia di Radetzky* e po' una canzone di Albano e Romina, il Propofol iniettato nella circolazione sanguigna di Gori Misticò faceva effetto e lui si vedeva su una spiaggia inondata dal sole.

Qualcuno lo chiamava da lontano – *Ti aspetto, Grego', mòviti!* – e a lui, mentre chiudeva gli occhi, scappava un sorriso.

RINGRAZIAMENTI

Maria Cristina Guerra si è innamorata di Gori Misticò dopo averne lette sì e no trenta pagine. La carica che mi ha dato per scrivere le altre trecentosettanta è stata decisiva. Gliene sarò per sempre debitore.

Grazie alle ragazze e ai ragazzi di Bompiani che hanno dato una casa a Gori: Beatrice Masini, Antonio Franchini e Giulia Ichino, che il diciotto luglio mi ha scritto alcune righe che conservo gelosamente.

Grazie a Tommaso Maiorelli per l'eccellentissimo lavoro di editing che definire prezioso è, davvero, alquanto approssimativo.

Grazie in particolare alla dottoressa Giovanna Ichino per i validissimi e competenti consigli.

Un ringraziamento alle pochissime persone che hanno letto di Gori Misticò in forma di manoscritto: Franca Germinario De Poli, prima lettrice ufficiale di qualsiasi cosa vado scrivendo; Simona Pisanello, che mi ha fatto sospettare che forse c'era davvero del buono e ne valeva la pena.

Antonio Pisano, poeta, artigiano calzolaio e musicista calabrese, ha scritto il *Dizionario dialettale calabrese* che mi è stato di grande aiuto nella scrittura del dialetto nonché nel ritrovare parole perdute. Non posso, purtroppo, ringraziarlo di persona, ma la mia riconoscenza è immensa.

La poesia dedicata alla rondine di mare è di anonimo calabrese. I versi di *Al mare Jonio* sono tratti dai *Canti* di Nicola Sole.

Ho citato alcune storie a fumetti. Tra queste, la mia preferita è *Topolino e il mistero della voce spezzata*, scritta da Silvano Mezzavilla e disegnata da Giorgio Cavazzano.

Nico e Riccardo danno senso alla mia vita.

Vale, come canta Billy Bragg, is the reason to get out of bed before noon.

INDICE

MISTO
Carta da fonti gestite
in maniera responsabile
FSC® C023419
www.fsc.org

Finito di stampare nel mese di giugno 2020 presso
L.E.G.O. S.p.A.
Stabilimento di Lavis (TN)

Printed in Italy